Jane Kirkpatrick

Licht über weitem Land

Nach einer wahren Geschichte

Deutsch von Renate Hübsch

BRUNNEN
Verlag GmbH · Giessen

Die englischsprachige Originalausgabe erschien unter dem Titel
„A Light in the Wilderness" bei Revell, einem Imprint der Baker Publishing Group,
Grand Rapids, Michigan, 49516.

Die Ausdrucksweise ist an vielen Stellen so belassen
wie zur Zeit dieser Geschichte üblich. So heißt es „Neger" statt „Afroamerikaner",
auch wenn die historische Bezeichnung heute als nicht politisch korrekt gilt.

MIX
Papier aus verantwortungsvollen Quellen
FSC® C014496
FSC
www.fsc.org

Umschlagfoto: www.arcangel.com und shutterstock
Satz: Uhl + Massopust, Aalen
Druck: GGP Media GmbH, Pößneck
ISBN Buch 978-3-7655-2068-6
ISBN E-Book 978-3-7655-7460-3

www.brunnen-verlag.de

Personen

Letitia (Carson)	schwarze Amerikanerin
David (Davey) Carson	früher Fährtensucher und Pionier, jetzt Farmer und Letitias Freund
Martha & Adam Carson	Kinder von Letitia and David
Smith Carson	Bruder von David
Junior Carson	Davids Sohn aus erster Ehe
Sarah Bowman	eine Nachbarin in Missouri und später auch in Oregon
William Bowman	Sarahs Mann
Artemesia	eine Tochter von Sarah und William Bowman
Nancy Hawkins	Nachbarin der Carsons in Missouri und Oregon
Zachariah Hawkins	Nancys Mann, Arzt in Iowa, Missouri und auf der Reise nach Oregon
Samuel, Mary Ann, Martha, Edward, Laura, Nancy Jane	Kinder von Nancy und Zachariah Hawkins
Die Frau, Betsy	eine Kalapuya-Frau in Oregon
Little Shoot	Betsys Enkelsohn
Greenberry Smith (G. B. Smith)	Mitglied der Sklavenpatrouille
Eliza White	Sklavenmädchen in Missouri, um das sich verschiedene Besitzer streiten
Stephen Staats, Levin English	Reisegefährten von David Carson 1845, Captains
Henry Knighton, Hardin Martin	Viehtreiber für David Carson
Joseph and Frances Gage	Nachbarn von Letitia
A. J. Thayer	Letitias Anwalt

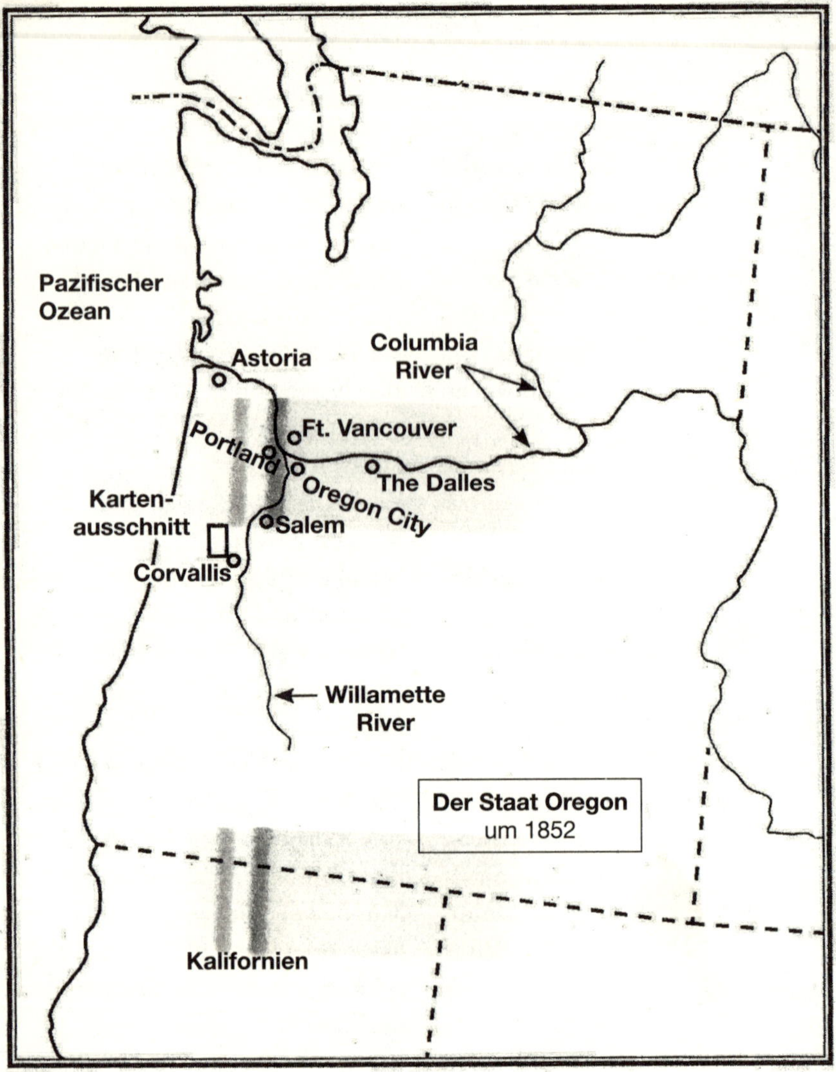

Pazifischer
Ozean
Astoria
Columbia
River
Ft. Vancouver
Portland
Oregon City
The Dalles
Salem
Karten-
ausschnitt
Corvallis
Willamette
River
Der Staat Oregon
um 1852
Kalifornien

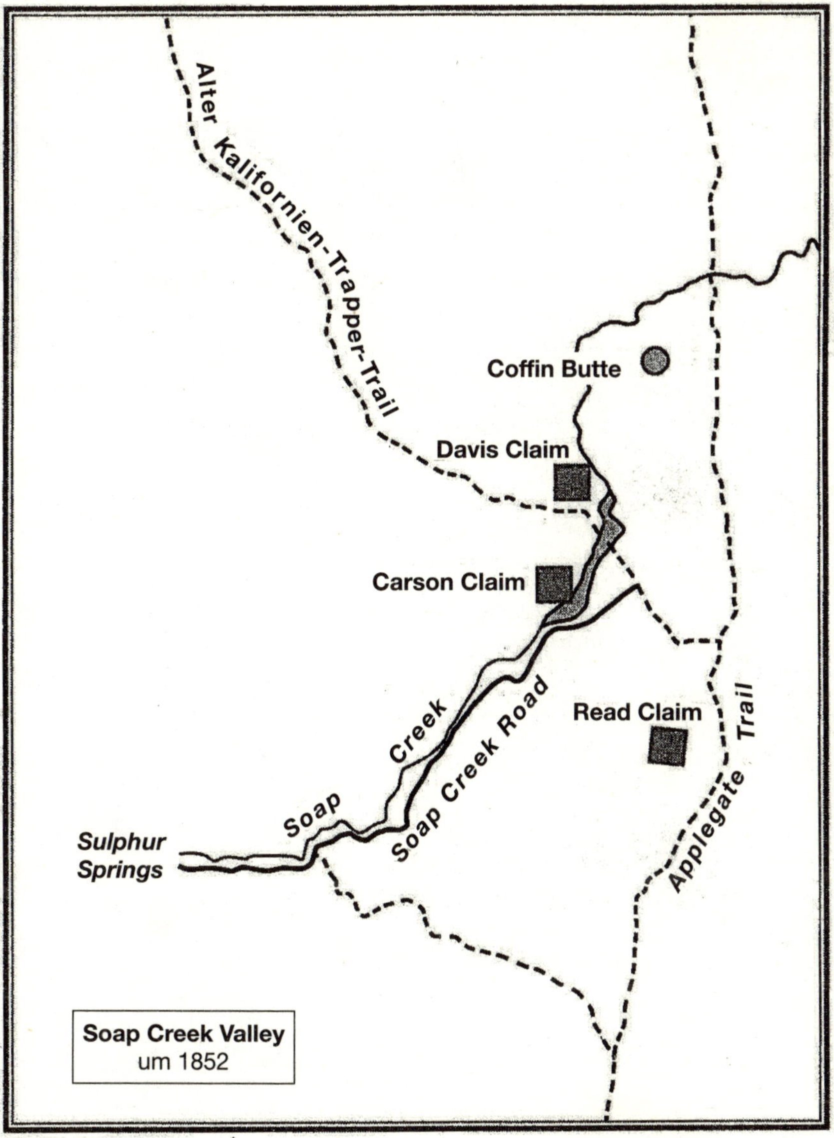
Alter Kalifornien-Trapper-Trail
Coffin Butte
Davis Claim
Carson Claim
Read Claim
Applegate Trail
Soap Creek
Soap Creek Road
Sulphur Springs
Soap Creek Valley
um 1852

Als einer der „Armen Weißen“ aus einem Sklavenstaat kann ich mit einigem Recht für diese Klasse sprechen – viele dieser Leute hassten die Sklaverei. Aber eine noch größere Anzahl von ihnen hasste freie Neger noch mehr als Sklaven.
Jesse Applegate, Auswanderer aus Missouri nach Oregon 1843

Zum Entscheidenden muss es gehören …, wie man sich aus den Trümmern erhebt, wenn dieses Lebens ins Stocken gerät, wie man in die Kellerräume des Kummers eintaucht und nach der Leiter tastet, die ans Licht zurückführt, egal, wie trüb oder seltsam dieses Licht auch sein mag.
Kim Stafford, Buchautor

Sie lief hinaus in die Prärie,
der unerwarteten Verheißung neuer Möglichkeiten entgegen,
das Herz neu erfüllt mit Gnade.
Kathleen Ernst, Buchautorin

Inhalt

Prolog 11

Teil 1

1 Eine eigene Meinung 15
2 Die Entscheidung 19
3 Was mein ist, soll mein bleiben 33
4 Schatten 38
5 Die Geheimnisse von Butter und Käse 49
6 Zusammenstehen 61
7 Kostbare Versprechen 70
8 Unliebsame Überraschungen 81
9 Den richtigen Platz finden 91
10 Hinter den Horizont 104

Teil 2

11 Aufbruch 120
12 Ungewohnte Gefühle 128
13 Bewacht 136
14 „Das Notwendige" 142
15 Weinen hat seine Zeit, lachen hat seine Zeit 151
16 Durchhalten 164
17 Was wirklich zählt 177
18 Doppelt getäuscht 189
19 Liebe 201

20 Ein letzter Übergang 210
21 Getrennte Wege 219

Teil 3

22 Ungewohnte Freiheit 233
23 Wahre Sicherheit 250
24 Verwandtschaft 259
25 Loslassen 270
26 Unbeabsichtigtes Erbe 276
27 Licht über rauem Land 290

Epilog 305
Nachbemerkung der Autorin 309
Über die Autorin 317

Prolog

Kentucky 1842

Immer wieder hatte sie sich den Tag ausgemalt, an dem sie entkommen würde. Es würde am Mittag sein, wenn niemand damit rechnete, dass sie fortliefen. Wenn die Hunde hechelnd in der heißen Sonne Kentuckys dösten. Wenn die Patrouillen pausierten und eine farbige Frau, die ihren Weg in die Freiheit beschritt, nicht verfolgen würden. Sie würde Todesangst ausstehen.

Aber nun verfolgte sie niemand. Es gab kein gellendes Hundegebell; nur ihr Herz pochte bis zum Hals.

Hier stand sie nun, die bloßen Füße bereit, den Boden Kentuckys zu verlassen. Sie würde als freie Frau gehen. Letitia strich über das Schriftstück, das in dem Gürtel um ihre Taille steckte. Dort war es sicher. Dann zog sie den Schal enger um die Schultern, hob ihren Leinenrock und den einen Unterrock an, stieg leichtfüßig auf den Wagen und setzte sich auf den Platz neben Sarah Bowman. Nicht, dass sie auf einer Stufe mit ihr stand, oh nein, das war nicht der Fall und sie wusste es. Aber sie war frei. Und freie Menschen blickten nach vorn, wenn sie reisten. Der grobe Stoff schlang sich ihr um die Beine, als sie sich setzte.

„Sind wir so weit?" Mr Bowman drehte sich zu seiner Frau um.

„Könnte nicht besser sein." Die Frau hielt ein Baby im Arm. Sie streichelte Letitias Finger, umschloss sie für einen Moment mit den ihren und zog die Hand dann zurück, als hätte sie eine Schlange berührt. „Vielleicht solltest du lieber doch hinten im Wagen reisen, Tish. Ja, das wäre besser. Du kannst dich um die Kleinen kümmern."

Letitia zögerte. War dies der Moment?

„Letitia?"

Ohne Widerspruch zog sie um unter die Plane des Wagens, wo die Augusthitze drückend war und ihr der unvertraute Geruch von Segeltuch in die Nase stieg.

„Weg da!" Eines der Bowman-Mädchen blaffte die kleine Schwester an, die auf der Puppe der Älteren saß. Letitia schob sich an der Zweijährigen vorbei. Das Kind lächelte sie an, auch dann noch, als sie die Kleine hochnahm, um die heiß geliebte Puppe zum Vorschein zu bringen. Zwischen Taschen, Bettzeug und sonstigen Habseligkeiten der Bowmans ließ Letitia sich nieder wie eine Seerose auf einem Teich. Sie zog die Kleine mit Schwung auf ihren Schoß, als das Kind zu ihr hinkrabbelte, schnupperte nach dem Lavendelduft im Haar des Mädchens und wies mit ausgestreckter Hand nach draußen, damit das Kind aus der offenen Bespannung hinaussah. Ein heißer Windstoß wehte sie an. Auch Letitia ließ den Blick unter der offenen Wölbung der Plane nach draußen schweifen und tausend Erinnerungen durchtränkten die Tränen in ihren Augen.

Sie würde die Goldrute vermissen, die in Kentucky so üppig wuchs. Was für Blumen wohl in Missouri gediehen? Was würde das Leben dort ihr bringen? Es war nicht wichtig. Sie verließ diesen Ort als freie Frau. Von jetzt an hatte sie nichts mehr zu befürchten. Sie durfte Besitz haben: Fässer, Kerzenhalter, Kohlsamen, alles, was sie erworben hatte. Sie besaß Papiere, die das bestätigten.

In ihrer Brust schlug nicht länger das Herz einer Frau, die auf der Flucht war. Die heiße Luft roch nach Staub. Fliegen summten. Die Kinder hatten sich über die Platzverteilung geeinigt.

Langsam glitt ein Lächeln über ihr Gesicht und ließ einen Schauer über ihre bloßen Arme ziehen. Sie blinzelte die Tränen fort, legte das Kinn auf den Kopf der Kleinen und zog das Kind sanft in ihre Arme. „Allmächtiger Gott, danke“, flüsterte sie. Die Kleine streckte eine Hand aus und strich Letitia über die Wange, ohne aufzusehen. Letitia begann zu singen, leise und ein bisschen heiser: „I gotta right. You gotta right. We all gotta right to the tree of life.“ Auf dem Weg zum Leben … Sie sah aus dem Wagen zurück und lächelte. Eine freie Frau musste nicht nach vorn schauen, um zu wissen, dass sie in die richtige Richtung unterwegs war.

Teil 1

1 Eine eigene Meinung

Platte County, Missouri, 1844

Letitia blieb im Schatten, um dem Geplänkel vor ihr auszuweichen. Aber das Kind an ihrer Hand zog sie mit auf die staubige Straße vor dem Gerichtsgebäude von Platte County. Männerstimmen durchschnitten die Luft, scharf und beißend wie die Peitschenhiebe eines Feldaufsehers. Die Luft war schwer wie eine feuchte, wollene Decke, aber dennoch umgab die beiden Männer eine Staubwolke, als ob Stiere mit den Hufen stampften. „Wir hatten eine Abmachung, offen und ehrlich. Aber sie hat die Arbeit nicht geleistet!“ Letitia kannte den Sprecher: Davey Carson, ein Auswanderer aus Irland, jetzt Einwohner der Siedlung Carroll in Platte County, Missouri. Und offensichtlich aufgeregt. Die buschigen, leicht rötlichen Augenbrauen waren über dem finsteren Blick pfeilförmig zusammengezogen. „Und ich sage, ich hab nichts von allem getan, was sie behauptet. Nichts! Das Mädchen hat seine Arbeit nicht gemacht, so war's!“

Letitia zuckte zurück, erleichtert, dass der Zorn nicht ihr galt. Sie zog das Kind an der Hand mit sich in Richtung des Gemischtwarenladens von Platte City.

„Das klären wir vor Gericht.“ Der zweite Mann stürmte an Davey vorbei und ließ den Iren stehen wie eine verschrumpelte Gurke am Boden des Gurkenfasses, die niemand mehr anfassen mag.

Mit rotem Gesicht überflog Davey die sich zerstreuende Menge. Sein Blick traf Letitia und sie blickte zu Boden. In der heißen Sonne stand ihr Schweiß auf der Stirn und verstärkte den Duft von Kokosöl und Honig, mit denen sie ihr krauses Haar zu glätten versucht hatte. Sie wandte den Kopf zur Seite. „Gehen wir.“ Sie griff nach der Hand des Kindes.

„Du glaubst das wohl auch?“ Es klang wie ein Vorwurf.

Sie blieb stehen.

„Du glaubst wohl auch, ich bin unberechenbar und könnt' ein

Mädel schlagen und missbrauchen, Sklavin hin oder her! Ist das deine Meinung, Frau?"

Meinte er wirklich sie? Sie suchte besser das Weite. Sie brauchte jetzt wirklich keinen Streit mit einem Weißen. Sie war in der Stadt, um Knöpfe und Schleifenband für Mrs Bowman zu besorgen, und Artemesia hatte gebettelt, mitkommen zu dürfen. Das Kind stand mit großen Augen da; die kleine Hand, die sich jetzt in die von Letitia schob, war heiß und feucht.

„Was ich denk, Mista Carson, is' egal. Ich hab gar keine Meinung. Ich wollt nur nich' im Weg sein." Sie hatte sehr wohl ihre eigene Meinung. Er war freundlich zu ihr gewesen, im letzten Jahr, nicht lange, nachdem sie nach Platte County gekommen war. Sie hatte ihn gebeten, ihr Geld zu nehmen und davon eine Kuh für sie zu kaufen.

Seine Stimme wurde wieder lauter. „Ja, ich bin wohl ein alter Fährtensucher und das Leben in der Stadt nicht gewohnt, aber ich versteh mich sehr wohl drauf, den Besitz von andren zu achten." Er warf die Arme in die Luft. „Ich hab sie nicht angerührt. Niemals! Reinlegen wollten die mich, von Anfang an. Die haben das Mädel angestiftet, wegzulaufen, und dann hätten sie ihre Sklavin wiedergehabt und mein Geld noch dazu, und ich stünd' ohne ihre Arbeit da und ohne mein Geld auch." Davey stiefelte die Stufen zum Gerichtsgebäude hoch und verschwand hinter den schwarzweißen Eckpfeilern. Letitia war entlassen.

Eine gerichtliche Anhörung stand jedem Amerikaner zu, wenn es um Ansprüche auf Eigentum ging, das hatte sie gehört. Sie hoffte, dass er mit seinem Anliegen Erfolg hätte. Warum sie das hoffte, war ihr nicht ganz klar. Eigentlich lag es ihr nicht, Partei zu ergreifen. Ihr Herz schlug jetzt wieder normal.

Im Laden angekommen, mussten sie warten. Der Inhaber wollte seine Kunden bei Laune halten – dass die weißen Kunden zuerst bedient wurden, verstand sich von selbst. Letitia strich mit der Hand über die weichen Stoffballen; der Geruch der neuen Farben kitzelte ihr in der Nase. Sie zog einen Ballen Spitze aus dem Regal und ließ die sorgfältig verschlungenen Fäden durch die Finger gleiten. Irische Spitze? Sie schüttelte den Kopf. Die Leute tauschten ihre Luxusgüter gegen Zwieback und Mehl. Man würde bald in den Westen ziehen.

Auch Letitia würde nach Oregon gehen, zusammen mit den Bowmans. Ob sie sich darüber freuen sollte, war ihr nicht ganz klar. Sie hatte die Spielregeln von Missouri erlernt. Ihre Papiere gezeigt, wenn man sie danach fragte. Hatte es ertragen, wenn die Leute von einer „freien Schwarzen“ sprachen, als handle es sich um einen Gestank oder Schlimmeres, eine Art Gift, das man inhalierte, wenn man nur dieselbe Luft atmete wie sie. Aber seit sie hier in diesem Bundesstaat lebte, war ihr auch Gutes widerfahren. Sie hatte sich ihr Geld verdient, indem sie Frauen bei Geburten beistand. Schließlich hatte es für eine Kuh gereicht. Davey Carson hatte tatsächlich den Handel für sie abgeschlossen. Er hatte ihr Geld genommen und die Kuh erstanden, die die Bowmans nun für sie fütterten – sie zahlte dafür, ebenso wie für ihren eigenen Lebensunterhalt.

Aber sie hatte gehört, dass die Einwohner von Oregon sich der Union als freier Staat anschließen wollten. Frei würde sie dort auch sein und das Gespenst der Sklaverei würde nicht mehr über ihr schweben wie ein Schwarm fiebriger Moskitos. Vielleicht würde sie in Oregon auch einen Versuch machen, allein zu leben. Oder sie würde heiraten und Kinder bekommen und die würden als freie Menschen geboren werden und niemand würde sie ihr nehmen und in die Fremde verkaufen können. Was sie an Eigentum besaß, würde wirklich ihr Eigen sein. So wie die Kuh, die ihr gehörte. Sie bestaunte eine silberne Babyrassel im Regal. Kühl und schwer lag sie in ihrer Hand. Für den Fall … falls der noch einmal eintrat. Nein, Mr Bowman hatte gesagt, sie könnten nur das Notwendigste mitnehmen. Eine Babyrassel gehörte gewiss nicht dazu.

Letitia hatte sich also entschlossen, mit nach Oregon zu gehen, Sarah bei der Wäsche zu helfen und sich auch um die Kinder zu kümmern. Sie hatte mittlerweile die Freiheit, sie in der Öffentlichkeit Missus Bowman zu nennen; daheim in ihrem Blockhaus sagte sie Miss Sarah, wie zu einer älteren Schwester. Aber so nah wie Schwestern standen sie einander nicht.

Während Artemesia die Theke mit den Bonbons mit den Augen verschlang, wanderte Letitia durch den Laden, legte eine Packung Nähnadeln in ihren Korb, begutachtete eine Haarbürste und ihr Spiegelbild auf deren versilbertem Rücken. Pechschwarzes Haar kräuselte sich an den Schläfen unter ihrem Strohhut in der Luft, die feucht und schwer war wie der Atem eines Hundes in der Mittagshitze. Dunkle braune Augen leuchteten in einem Gesicht von der Farbe der kurzen Tasten auf dem Klavier. Sie las Traurigkeit darin, eine Traurigkeit, die in ihr all das wachrief, was diese Augen in sechsundzwanzig Jahren gesehen hatten. Die Bürste war zu teuer für sie.

Eine Windbö ließ Sand gegen das Schaufenster prasseln. Draußen braute sich ein ordentlicher Regenguss zusammen. Sie hätte daran denken sollen, den Regenmantel für das Kind mitzunehmen, aber es hatte nicht nach Regen ausgesehen, als sie aufbrachen. Sie wollte nicht, dass das Kind sich erkältete.

Ein Nähkasten fiel ihr ins Auge. Schildpatt, innen ausgekleidet mit grüner und blauer Seide. Sie öffnete das Kästchen und erblickte Spulenhalter aus Elfenbein. Sie könnte einen doppelten Boden hineinarbeiten und ihre Papiere darin verstauen. Es wäre ein sicheres Versteck.

„Was kann ich für dich tun, Miss Artemesia?“, fragte der Ladeninhaber das Kind. Er und Letitia waren jetzt die einzigen Erwachsenen, nachdem alle anderen Kunden bedient waren und das Geschäft verlassen hatten, in der Hand die Schirme, die der Inhaber ihnen angesichts des drohenden Regengusses geliehen hatte.

„Mista Bowman kommt morgen in die Stadt. Die Sachen hier will er dann mitnehmen.“ Letitia reichte ihm eine Liste, sorgfältig darauf bedacht, nicht an seine Finger zu rühren, obwohl sie Handschuhe trug. „Ich hol nur Nadeln.“

„Ist das deine Nanny, Miss Bowman?“ Er wies mit dem Kinn auf Letitia.

„Ja, Sir. Das ist Tante Tish.“

„Hat sie denn Geld für ihre Nadeln?“

Letitia sprach laut und bestimmt: „Ich hab Geld, Mista.“

Er runzelte die Stirn. Letitia zählte ihm die Münzen in die Hand. „Bowmans bezahlen. Ich bin eine freie Frau.“

Er knurrte missbilligend. „Und ihr zieht also alle nach Oregon, Miss Bowman?“

Artemesia nickte.

„Du wirst uns fehlen, kleine Lady, das muss ich schon sagen.“ Er wandte sich um, um Letitias Geld in die Kasse zu legen. „Sieht so aus, als ob die halbe Stadt in den Westen zieht. Ich seh sie schon rollen, die Wagen." Er seufzte. „Hin und wieder hätt ich ja auch nichts gegen einen Tapetenwechsel. Bin nur nicht sicher, ob man diesen Briefen glauben kann, was all die guten Dinge angeht, die in Oregon angeblich auf einen warten."

„Tun Sie uns auch 'nen Schirm borgen, Mista? Es regnet mächtig."

„Hättest eben 'nen Schirm mitbringen sollen."

„Sicher. Hat aber nich' so ausgesehen, wie wenn's Regen gäb. Das Kind soll mir nich' krank werden."

Er nickte. „Das möcht ich auch nicht auf dem Gewissen haben. Hier."

Letitia behielt ihre Meinung über Briefe, die man abschickte oder erhielt, für sich. Es hätte ihn sowieso nicht interessiert. Was sie dachte, interessierte sowieso kaum jemanden. Miss Sarah würde sich schön bedanken, falls sie anfinge, ihr ein paar Tipps zu geben, wie man Flöhe aus dem Bettzeug kriegte oder was man gegen morgendliche Übelkeit tun konnte. Mr Bowman tat so, als ob es sie gar nicht gäbe, es sei denn, er brauchte ihre Hilfe beim Hanfbrechen oder Schweineschlachten. Aber Davey Carson *hatte* sie gefragt, was sie dachte. Das fiel ihr jetzt erst auf. Sie schämte sich ein bisschen, dass sie seiner Frage ausgewichen war und nicht gesagt hatte, dass sie ihn für einen freundlichen Menschen hielt, egal, wessen man ihn nun bezichtigte. Er hatte sie behandelt, als sei sie nicht nur ein Stück Ware. Es hatte sie erschreckt, weil es so selten geschah, und nun war sie überrascht von der Wärme, die die Erinnerung in ihr wachrief.

2 Die Entscheidung

Nancy Hawkins reichte ihrem Mann den Holzdübel. „Das ist der letzte."

„Hab ich dir's nicht gesagt? Du kriegst deinen Quiltrahmen aus guter alter Missouri-Eiche. Aber du hast's mir nicht geglaubt." Ihr Mann, mit dem sie seit zwölf Jahren verheiratet war, grinste.

„Es hat ja auch nur zwei Jahre gedauert." Nancy ließ die Hand über das glatt polierte Holz gleiten.

Zachariah trat einen Schritt zurück und begutachtete seine Handarbeit. Er warf einen Blick hoch unters Dach. „Willst du ihn noch immer da oben haben?“

„Ja, ich möchte ihn aus dem Weg haben und hochziehen können, wenn ich nicht daran arbeite.“

„Wär einfacher, ihn in den Schuppen zu stellen.“

„Ich möchte ihn selbst herunterlassen können. Im Schuppen würde ich Hilfe brauchen.“ Vor ihrem inneren Auge entwarf sie bereits ein neues Quiltmuster und sah sich mit ihrer feinen Stickarbeit (sie schaffte fünfzehn Stiche pro Zentimeter) im Kreis ihrer Freundinnen sitzen, lachen und den neuesten Klatsch erzählen.

„Können wir das später machen?“ Er zog seine Taschenuhr heraus.

„Wieso? Wartet denn jemand?“ Sie sah aus dem Fenster. Der kleine Raum an der Seite ihres Blockhauses diente ihm als Arztpraxis und sie konnte sehen, wenn jemand zum Haus hochkam. Es war niemand gekommen.

„Ich muss noch eine Bestellung für die Apotheke zusammenstellen.“

Sie lachte. „Dir ist alles recht, wenn du einen Grund brauchst, eine Sache liegen zu lassen, stimmt's?“ Sein kleinlauter Blick war Antwort genug. „Komm, vielleicht haben wir ihn ja aufgehängt, bevor Laura und Edward aufwachen. Samuel kann uns helfen, ja, Samuel?“

Ihr Sohn Samuel, mit seinen elf Jahren fast so groß wie sie, nickte.

„In der Decke herumzuhämmern weckt sie bestimmt auf“, warnte Zachariah.

„Los jetzt!“ Sie stupste ihn an. Er wich ihr aus und grinste. „Hol den Flaschenzug und die Seile. Wir machen den Rest.“

Nancy nahm den zweijährigen Edward aus dem Bett, der beim Zuschlagen der Tür wach geworden war. Sie wiegte ihn auf ihrer Hüfte, während sie am Herd stand und den Eintopf umrührte. In diesem Jahr wären sie nach Oregon aufgebrochen, trüge sie nicht ein Kind, das im Oktober kommen sollte. Die Schwangerschaft hatte ihre Reise zwar um ein Jahr verzögert, aber dafür hatte sie den Quiltrahmen, den Zach ihr versprochen hatte, nun bekommen, bevor sie Iowa verließen, und sie hatte vor, davon Gebrauch zu machen.

„Hier sind die Sachen.“ Der eiserne Flaschenzug klirrte auf dem

Holzboden und Nancy befreite sich von dem Seil, das auf den Boden fiel und sich um ihre bloßen Füße ringelte. „Ich befestige das später. Jetzt ist jemand in der Praxis, um den ich mich kümmern muss."

Nancy warf einen Blick aus dem Fenster. Ja, es stieg gerade jemand vor dem Haus vom Pferd. Ein großer Mann in einer eleganten Weste, die Hosen säuberlich in gute Lederstiefel gesteckt. Er ging mit dem Schritt eines Soldaten auf die Tür zu, die Schultern gestrafft. Aber sie glaubte nicht, dass er je bei der Armee gewesen war. „Oh, dieser unangenehme Greenberry Smith. Sag ihm, dass deine Frau deine Hilfe braucht."

„Er ist kein Mann, den die missliche Lage einer Frau beeindrucken würde", erwiderte Zach.

Und das war nur zu wahr. Nancy hatte ihrem Mann einmal assistiert, als Greenberry Smith einen Sklaven zu ihm gebracht hatte, dem das Bein amputiert werden musste, weil eine Entzündung zu lange unbehandelt geblieben war. Der junge Sklave, wohl in den Zwanzigern, hatte Narben von früheren Verletzungen auf beiden Armen und stank nach faulendem Fleisch. Nancy hielt es für anständig von Smith, dass er ärztliche Hilfe suchte, statt den Mann einfach sterben zu lassen – was Sklavenbesitzer ja tun konnten, ganz besonders, da die Amputation seinen Wert als Arbeitskraft erheblich verringern würde. Sie hielt ihre Zunge im Zaum. Noch ein Grund, hier wegzugehen. Oregon war ein freier Staat und würde eine willkommene Abwechslung bieten. Macht ohne Liebe war nie gerecht. Und bei der Sklaverei ging es bloß um Macht und Geld.

Nancy stupste Zach in Richtung des Praxisraums.

Zach nickte zum Flaschenzug und Seil hin. „Steig aber nicht auf einen Stuhl. Das ist die gefährlichste Waffe, die man im Haus haben kann."

„Samuel und ich kommen schon zurecht."

Zach ging und Nancy befingerte die Sachen, die er ihr gebracht hatte. „Wir brauchen einen Hammer und zwei Stahlnägel. Kannst du mir die holen?" Samuel begab sich auf die Suche und sie setzte Edward in einer Ecke des Raums ab. „Mary Ann, Martha, ihr passt auf, dass er uns nicht vor den Füßen herumkrabbelt."

Mit ihren neun Jahren umsorgte Mary Ann ihre zwei Jahre jüngere Schwester und ihren kleinen Bruder wie eine Mutter. Die vierjährige

Laura war noch nicht aufgewacht. Sie war ein kränkliches Kind und schlief die meiste Zeit. Zach konnte nicht feststellen, dass ihr etwas fehlte. Ihre Gesundheit, die dunklen Ringe unter ihren Augen, waren jedoch ein ständiger Anlass zur Sorge. Das Mädchen hatte sich nur schwer stillen lassen und Nancy fragte sich sorgenvoll, wie es mit dem neuen Baby gehen würde. Mit Edward und den drei Älteren hatte es keine Probleme mit dem Stillen gegeben; aber seit den Schwierigkeiten mit Laura …

Nancy schob die Seile auf dem Fußboden an die Stelle im Haus, an der sie den Rahmen aufbewahren wollte. Er sollte an den Deckenbalken befestigt werden. Sie hielt den Flaschenzug prüfend über ihren Kopf. Ja, das war der beste Platz. Samuel reichte ihr die Nägel und sie schlug sie ein, zog das Seil durch die Winde und dann durch die Ösen am Quiltrahmen. „Schaun wir mal, ob es funktioniert."

Samuel zog auf einer Seite, Nancy auf der anderen. Als der Rahmen dicht unter der Decke hing, banden sie die Seile an den Balken der Seitenwände fest. Sie trat einen Schritt zurück und lachte. „Na, ist das nicht gelungen?" Sie führte einen kleinen Tanz auf. „Soll man's glauben? Ich hab geschafft, was eigentlich Männerarbeit ist."

Samuel nickte. „Du hattest ja auch Hilfe, Mama."

„Ja, das ist wahr." Sie wuschelte ihm über den blonden Haarschopf und teilte den kleinen Triumph mit ihm. Sie hatte festgestellt, dass sie die kleinen Erfolge feiern musste, wenn sie verhindern wollte, dass die alltäglichen Anforderungen des Lebens sie überwältigten.

In diesem Moment hörte sie, wie das Seil riss, sah es wie eine wild gewordene Peitsche durch die Luft schlenkern und dann den Rahmen an einer Seite von der Decke stürzen bis kurz über den Fußboden. Als Nächstes kam der Flaschenzug herunter. Martha schrie, Edward weinte, Laura begann zu kreischen. Als Nancy Laura auf den Arm nahm, sah sie das verschlungene Seil und den Flaschenzug direkt neben ihr. Sie zog das schreiende Kind an die Brust und warf einen prüfenden Blick auf die Wange, auf der sich eine Schramme zeigte, die die fallende Winde verursacht hatte. *Eine feine Mutter bin ich.*

Vier Tage später – es war ein Aprilmorgen und neben dem Blockhaus der Bowmans blühten bereits die wilden Pflaumen – lag Letitia in ihrem Bett im Zimmer der Kinder. Der Pinienduft von den ungeschälten Balken kitzelte sie in der Nase. Das kleine Fenster gab den Blick frei auf einen blühenden Hornstrauch. Die Blüten sahen vom ständigen Regen mitgenommen aus, aber dieser Morgen versprach einen klaren Himmel. In der Ferne ließ sich schon die Dämmerung ahnen. Ein Rotkehlchen setzte sich auf einen Zweig im Pflaumenbaum und hing dort so unsicher und so glücklich wie ein Kind, das sich auf der Schaukel zurücklehnt. Letitia kuschelte sich noch einmal in die Federn. Wie schön wäre es, aufstehen zu können, wenn sie dazu bereit war, und nicht, weil jemand etwas von ihr wollte. Sie erhob sich. Heute hatte sie viel vor. Mr Bowman hatte seine Anweisungen beendet, was alles nicht mitgenommen werden konnte.

Die Kinder schliefen noch, als sie mit den Nachttöpfen in der Hand auf das kleine Häuschen zusteuerte.

Nachdem diese Pflicht erledigt war, ging sie zurück. Als sie am Fenster der Bowmans vorbeikam, hörte sie Miss Sarah sagen: „Zu schade, dass Davey Carson seinen Fall nicht gewonnen hat. Jetzt ist er nicht nur sein Geld los, es fehlt ihm auch jemand, der für ihn kocht und putzt und sich um die Tiere kümmert."

Mr Bowman knurrte zustimmend. Letitia blieb stehen.

„Glaubst du, er hat dem Mädchen was getan?" Sarah Bowman glaubte, dass sie flüsterte, aber das gelang ihr nie. Sie hatte eine sehr vernehmbare Stimme.

„Wer will das wissen. Immerhin gab es Verletzungen."

Letitia hörte die Matratze knarren. Mr Bowman war offensichtlich aufgestanden. Bloße Füße tappten über den Fußboden. Er sagte etwas, das Letitia nicht verstand. Dann kam noch „Oregon", dann nichts mehr.

„Oh, das glaube ich kaum." Sarah stand jetzt näher am Fenster. Letitia duckte sich und hoffte, dass Miss Sarah sie nicht sehen würde. „Er hat in Missouri Wurzeln geschlagen, da kannst du sicher sein." Es folgte ein kurzes Schweigen, dann sagte Miss Sarah: „Ich gehe Tish wecken. Das Mädchen wird jeden Tag fauler."

Letitia beeilte sich, durch die Außentür in ihr Zimmer zu kommen. Als sie die Nachttöpfe abstellte, hörte sie das Klopfen.

„Tish! Vergiss nicht, die Sahne in die Buttertrommel zu füllen. Dann hängst du sie an der Wagendecke auf. Die Butter wird sich von selbst schlagen, während wir fahren. Und wenn du die Kinder angezogen hast, holst du meinen Koffer." Sarah Bowman bellte ihre Befehle, als ob Letitia keine Wahl hätte, sie auszuführen oder nicht. „Und das Frühstück soll auch bald auf dem Tisch stehen. Auf dieser Reise wirst du dir deinen Lohn verdienen."

Ja, sie würde ihren Lohn verdienen, auch wenn sie keinen erhielt. Mr Bowman hatte gesagt, ihr Essen und der Transport seien Lohn genug.

„Ja, Miss."

Ihr Magen knurrte. Letitia wusch sich das Gesicht und zog das Leinenkleid mit den Noppen an. Eines Tages würde sie ein wenig Geld für ein gutes Kleid ausgeben, eines ohne die Knoten im schlecht gesponnenen Faden. Aber es hatte keinen Sinn, das Geld jetzt auszugeben – auf der Reise nach Westen würde sie nur ein oder zwei Kleider haben. Es hieß, die Kleider, die man auf der Reise trug, wären verschlissen, bis man Oregon erreichte.

Letitia zog den Gürtel mit einem Ruck straff und band dann ihr rotes Kopftuch um die dichten Locken, die ihr Gesicht umrahmten. Sie verknotete das Tuch im Nacken. Ihre bloßen Füße wurden feucht vom Tau des frühen Morgens, als sie rasch zu dem Schuppen lief, in dem ihre Kuh Charity auf sie wartete.

Die Ochsen muhten in der Erwartung, gleich losgemacht und auf die Weide gelassen zu werden. „Heut nich'", ließ Letitia sie wissen. „Heut geht's in den Westen mit euch. Und mit uns auch." Sie kraulte Charity zwischen den Ohren und dachte an Sarahs Worte. Was würde Mr Carson jetzt tun? Er war nicht mehr jung, sicher schon in den Vierzigern. Er lief, als ob er Knoten in den Knien hätte. Als sie ihn auf seinem Maulesel gesehen hatte, war er ihr groß vorgekommen, aber wenn er auf seinen eigenen Beinen stand, war er höchstens einen Meter achtzig, kleiner als Mr Bowman, aber immer noch deutlich größer als Letitia. *Was würde er jetzt machen?* „Soll mich das kümmern?", fragte sie Charity. Sie kauerte sich hin, zog den Schemel heran, presste ihren Kopf an die Flanke der Kuh und begann zu melken. Der Holzkübel füllte sich schäumend und warm und umgab sie mit einem tröstlichen Duft. Charity stand immer ruhig, während Letitia molk, und dies und ihr Schwanzwedeln beruhigten immer. Warum sie heute etwas Trost nötig hatte, wusste sie selbst nicht. Schließlich brach sie auf in ein großes Abenteuer: Sie würde an einen Ort gehen, wo es nie Sklaverei gegeben hatte. An einen Ort, wo sie sich zur Wehr setzen konnte, falls man sie für eine Sklavin hielt und heruntermachte oder Ansprüche erhob. Sie hatte Papiere. Papiere, auf die sie sich verlassen konnte.

Sie musste an das Sklavenmädchen denken, um das es in Davey Carsons Rechtsstreit gegangen war. Letitia kannte das Mädchen aus der Negerkirche. Hatte er sie missbraucht? Vielleicht hatte sie den Mann ja auch verführt. War die Sache gerecht entschieden worden? Ungewissheit umgab Mr Carson wie Fliegen einen Kadaver. Letitia beendete das Melken, schöpfte den Rahm ab und füllte ihn in das gekühlte Butterfass, das sie aus dem Brunnen zog. Mr Bowman befestigte das hölzerne Fass an der Seite des Wagens und nicht an der Decke, wie Miss Sarah es angeordnet hatte. Sie sagte nichts dazu; vermutlich würde sie sich später dafür einen Tadel einhandeln.

Sie würden zunächst Weston am Missouri ansteuern und dort auf die anderen stoßen, die im selben Treck ziehen würden. Sie fragte sich, wie viele Menschen mit schwarzer Haut wohl mit auf die Reise gingen. Würde sie Bekanntschaften machen, mit denen sie zusammen am Lagerfeuer sitzen konnte? Nun, sie hatte ja jetzt Charity und wenigstens konnte sie mit ihr reden, wenn es hart auf hart kam. Und mit den Kindern. Sie liebte die Bowman-Kinder.

„Beeil dich schon, Tish!“ Miss Sarah war immer kurz angebunden, wenn sie nervös war. Letitia hatte das bereits bemerkt, als Mr Bowman sie mit nach Hause gebracht und seinem Vater vorgestellt hatte und man der neuen Braut Letitia geschenkt hatte. „Ich hätte gedacht, du bist inzwischen fertig.“

„Ja, Miss. Bin ich. Fertig. Hab nur grad noch Hühnerfrüchte hol’n woll’n.“

„Ach du meine Güte! Das sind Eier. Warum musst du unbedingt diese Slangausdrücke verwenden wie deine Mutter?“

„Ja, Miss."

„Also, bring deine Sachen zum Wagen. Zum Glück hast du ja nicht so viel. Wir sind beladen bis unter die Decke und in Weston müssen wir noch Mehl und Reis einkaufen. Der Wagen wird vom Master inspiziert." Sie korrigierte sich. „Vom Treckführer, meine ich. Der nennt sich auch Master. Von jetzt an gewöhnen wir uns wieder an ‚Ja, Master' und ‚Nein, Master', was, Tish?"

Letitia ignorierte die Bemerkung.

Zurück in ihrem Zimmer faltete Letitia ihr Kleid, Leinenunterröcke und ein zusätzliches Tuch zusammen. Sie stellte ihre Schuhe zuunterst in die Reisetasche, dann folgten ihre Kerzenständer und ihr Gürtel. Anschließend kamen saubere Verbände und ein zusätzliches Paar Schlüpfer. Einige Salben und Kräuter in Papiertüten verstaute sie neben ihrer Kokoshonigpaste, mit der sie ihr Haar bändigte. Das Nähzeug mit Nadeln, Fingerhut und Stecknadeln wanderte in die Seitentasche. Dann kam der Quilt, den sie selbst angefertigt hatte – aus den Windeln und dem Leinenhemd ihres Sohnes. Sie legte ihn nicht gleich in die Tasche, sondern hielt ihn sich an die Nase und sog den Duft ein. Er roch noch immer nach ihrem Sohn, obwohl der schon so lange tot war. Sie hatte einmal geglaubt, sie würde Jeremia eines Tages wiederfinden. Dann hatte sie erfahren, dass er im Haus seines neuen Herrn an Typhus gestorben war. Die Erinnerungen, die dieser Quilt in sich barg, waren wie Fäden, die ihr Herz zusammenhielten. In die Tasche damit. Darauf konnte sie nicht verzichten.

Sie brauchten weniger als eine Stunde bis Weston, ein Städtchen, das geschäftiger war als Platte City, wo auch das Landgericht angesiedelt war. Mr Bowman lenkte den Wagen zum Sammelpunkt. Dann mischte er sich unter die anderen, die zur Wagenkolonne hinzustießen, um die neuesten Neuigkeiten aufzuschnappen. Letitia und Sarah wies er an, auf die Rinder zu achten, bis er herausgefunden hatte, mit welcher Herde sie getrieben werden sollten. Außerdem musste er noch den Wagenlenker finden, den sie hatten anheuern müssen.

Sarah nahm die Hand, die Letitia ihr anbot, stieg vom Wagen, stemmte die Hände in die Hüften und reckte sich. Sarahs Kleid hatte ein Streifenmuster mit aufgedruckten Säulen und Ranken. Es erinnerte Letitia an die Hausfront der Plantage, auf der sie eine Weile gelebt hatte, als der alte Mr Bowman sie als Einsatz in einer Wette gesetzt und verloren hatte. Er hatte sie später zurückgekauft, aber solange sie in dem anderen Haushalt lebte, hatte sie die Säulen auf der Veranda bewundert. Immer, wenn sie das blaurotgelbe Muster von Sarahs Kleid sah, musste sie an die Plantage denken. Miss Sarah kleidete sich gern extravagant. Das üppige Muster verhüllte den Grund für Sarahs morgendliche Übelkeit.

„Du hast neue Nähnadeln gekauft." Sarah spie die Worte aus wie eine Anklage.

Artemesia musste ihr von diesem Einkauf erzählt haben. Letitia nickte bejahend.

„Mr Bowmans Hemd muss geflickt werden. Er hat es sich zerrissen, als er das Butterfass auflud. Wenn es nicht geflickt wird, wird es nur noch schlimmer. Wärst du wohl so gut?"

„Nähgarn ha'm Sie?"

„Ähm, ja. Ich habe Garn." Sie zog die Nase kraus. „Aber zuerst muss das Baby neu gewickelt werden. Ich werde heilfroh sein, wenn das Baby erst mal begreift, was seine Aufgabe ist, und keine Windeln mehr braucht. Deswegen dachte ich, du könntest …"

„Ja, Miss. Ich nehm Garn von mir."

Ein langsamer Zorn kochte in ihr, während sie die Nadel durch den Stoff zog. Sie wusste, sobald sie fertig war, würde das Baby wieder gewickelt werden müssen, und diesmal von ihr. Es würde immer schon die nächste Aufgabe auf sie warten, ob sie nun dafür bereit war oder nicht.

Die Ansammlung all der Menschen, die ihren gesamten Besitz in Planwagen verstaut hatten, war in Letitias Augen ein erfreulicher Anblick. Die Reise würde es mit sich bringen, dass man die Dinge etwas anders tat als bisher, das zeigte sich bereits. Mahlzeiten zubereiten, Kinder hüten, Kühe melken – all das würde sich einfügen in die unbekannten Landschaften, die Davey Carson und andere geschildert hatten. Sie spürte, wie das Unerwartete ihre Schritte leichter machte, und hoffte, sie würde auch die Ungewissheit bewältigen, die neue Wege mit sich brachten. Hunde bellten und kratzten sich; einige knurrten beim Versuch, ihr Revier neu abzustecken. Ochsenköpfe hingen schwer nach unten, lange Zungen leckten die feuchte Luft.

Charity, die an den Bowman-Wagen gebunden war, hob den Kopf und ihre braunen Augen hießen Letitia willkommen. Sie streichelte ihrer Kuh den Hals. Ob sie die Kuh mitnehmen konnte, war Gegenstand von Diskussionen gewesen, und Sarah hatte sich für das Recht des Tiers eingesetzt, mit auf die Reise zu gehen. „Wir können die Milch gebrauchen." Die Milch würde als Teil der Bezahlung gelten, die Letitia den Bowmans für ihren Unterhalt zahlen sollte. Denn schließlich verursachte sie Kosten – wie Sarah nicht müde wurde zu betonen.

Rauch von den Kochstellen hing unter dem mit schweren Wolken verhangenen Himmel, ein Mittagsnebel, der Husten verursachte. Letitia behielt die Bowman-Kinder gut im Blick. Den kleinen William hatte sie sich auf die Hüfte gesetzt, damit Sarah sich ein wenig erholen konnte.

„Ich erkläre, wenn mir auf der ganzen Reise so übel ist, dann ist das mein Tod." Sarah stützte sich gegen den Wagen und beugte den Kopf, um sich anzulehnen, wobei sie ihre Haube zerdrückte. Seit sie die Sammelstelle erreicht hatten, hatte sie sich schon zweimal übergeben. Jetzt richtete sie sich auf und wischte sich mit dem Handrücken über den Mund. „Ich kann William jetzt nehmen. Du kannst den Eimer leeren, Letitia. Und spül ihn auch gut aus. Aber bevor du gehst, hol mir noch ein bisschen Trockenobst, damit ich diesen ekelhaften Geschmack loswerde."

Letitia tat, worum sie gebeten war. Oder vielmehr was ihr befohlen war.

Sie war mit dem Eimer in der Hand auf dem Weg zur behelfsmäßig errichteten Latrine, als Sarahs Bruder ihr zurief, sie solle seiner Mutter helfen, einen Deckel auf ein Fass zu heben. Gab es einen Grund, warum er seiner Mutter nicht selbst helfen konnte? Keinen – bloß den, dass er ein Mann war und natürlich mit Männerangelegenheiten beschäftigt.

„Ich kümmer mich grad um Missus Bowman, Mista." Letitia hob den Eimer, damit er ihn sehen konnte.

„Du wirst ja wohl mehr als eine Sache auf einmal erledigen können, Mädchen", sagte er bissig und holte sie ein. Es war nicht vorgesehen, dass sie Vorlieben hatte, und wenn doch, dann kamen die zuallerletzt auf der Liste von allen anderen.

Ja, sie konnte mehr als einem Menschen auf einmal helfen und tat es auch. Zu zweit hoben sie den Deckel auf das Fass, um das Mehl trocken zu halten.

„Danke, Letitia", sagte Sarahs Mutter. Kindergeschrei drang aus den Bettdecken, die im Wagen verstaut waren. „Oh, könntest du kurz auf James achtgeben? Ich muss erst wieder zu Atem kommen. Ich muss sagen, ich bin entschieden zu alt für diese Geburten." Sarahs Mutter hatte einen Säugling; ihre Tochter plagte sich noch mit der morgendlichen Übelkeit. Die ältere Frau sank neben dem Wagenrad zu Boden.

James gluckste zufrieden in Letitias Arm, seine Mutter stöhnte und sie hörte Sarah nach ihr rufen. Die Wahrheit war: Beide Frauen zogen in den Westen. Beide gaben Anweisungen. Und alle anderen würden es ebenfalls tun. Es würde ein Spagat für sie werden: auf der einen Seite die Freiheit, auf der anderen Seite Ketten einer neuen Art. Jeden Tag. Sie waren vielleicht auf neuem Territorium, aber es waren dieselben Menschen, und wo immer sie hinkamen, würden sie mitbringen, was sie eben kannten.

„Aber das kannst du nicht", jammerte Sarah. „Ich brauche deine Hilfe, Tish. Man hat dich mir versprochen. Mit den Kindern und demnächst noch dem neuen Baby … Ich kann nicht ohne dich auskommen."

„Jetzt bitte nicht hart sein, Miss Sarah. Ich hab das Papier. Und vielleicht ist jetzt grad der beste Moment, dass es für mich spricht." Es wurde Abend und sie standen noch immer auf ihrem Platz am Sammelpunkt, mitten im Getriebe von immer neuen ankommenden Wagen, schreienden Kleinkindern, Männern auf Pferden, die vom Hafen zurückkamen, in dem sie alle am nächsten Morgen die Fähre besteigen würden, um den Missouri zu überqueren.

„Rede du mit ihr." Sarah tippte ihrem Mann auf die Schulter. „Bring sie dazu, dass sie mitkommt."

„Ich wüsste nicht, wie sie's hier ohne uns schaffen will." Er funkelte Letitia an, sprach aber zu seiner Frau. „Diese Leute halten sich für was Bess're, als sie sind. 's war 'n Fehler von meinem Dad, dass er sie freigegeben hat, bevor er starb." Er schüttelte den Kopf. „Mir ist's nur recht, wenn sie nicht mitkommt – spart uns die Kosten. Schließlich hab ich schon den Wagenlenker zu bezahlen." Es klang empört. „Alles in allem ist's besser, wenn wir sie hierlassen."

„Du holst dir Hilfe zum Fahren und Viehtreiben und ich soll ganz allein mit den Kindern zurechtkommen? Das ist nicht fair. Ganz und gar nicht fair."

„Hast du Fairness erwartet, Frau?"

Sarah wurde tiefrot. Sie warf Letitia einen Hilfe suchenden Blick zu, aber dann, als habe sie sich besonnen, hob sie das Kinn, schob den Unterkiefer vor und sagte: „Ich werde ihre Papiere anfechten. Und das Gericht wird dafür sorgen, dass sie mitkommt."

„Das wirst du nicht tun." Mr Bowman nahm einen Tabakpfriem aus dem Beutel und steckte ihn in den Mund. „Wir haben keine Zeit für Gerichtssachen. Und außerdem hab ich's ja selbst gehört, wie mein Dad gesagt hat, dass er sie freilässt. Für ihre Arbeit und alles, was sie verloren hat."

„Und was ist mit dem, was ich verliere? Was ich auszustehen habe, wenn sie nicht mitkommt?" Sarah stampfte mit dem Fuß auf, dass der weiße Lederschuh sich mit Staub überzog.

Artemesia tat es ihr gleich und kicherte, bis der Staub sich gelegt hatte. Das Kinderlachen gab Letitia einen Stich ins Herz. Vielleicht konnte sie doch nicht hierbleiben. Die Kinder würden sie schon mitschleifen.

„Du findest schon eine Freundin. Du hast ja auch deine Mutter." Mr Bowman strich seiner Frau begütigend über die Schulter. „Ich muss jetzt los und den Treckführer sprechen. Sie bestimmen ein paar Männer als Captains für die einzelnen Abteilungen des Trecks." Er zupfte seine Tochter am Kinn, drehte sich um und entfernte sich.

„Kann ich mitkommen?" Artemesia rannte ihm nach und er erlaubte dem Mädchen, ihn zu begleiten.

Sarah wandte sich zu Letitia um, der Reifrock ihres Kleids mit dem Säulenmuster schwang um ihre Beine. „Dann geh jetzt sofort. Ich kann deinen Anblick nicht mehr ertragen. Ich dachte, dir läge etwas an mir und den Kindern. Ich habe das wirklich geglaubt. Aber nun – geh endlich."

„Mir liegt an euch, Miss Sarah. Und die Kinder werd'n mir fehl'n. Ich hab sie so lieb, wie wenn's meine wär'n, wie meine, als noch niemand sie mir weggenommen gehabt hat. Das hab ich auch überlebt. Und ich denk, ich werd auch diesen Abschied hier überleben."

„Ich hätte nie gedacht, dass du mir das antust." Sarah weinte jetzt, Tränen malten sich in den Puder auf ihren Wangen. „Bitte …"

Der Knoten in Letitias Magen wurde härter. Anlass für den Kummer anderer zu sein, gehörte nicht zu den Dingen, die ihre Mutter ihr beigebracht hatte. Es entsprach ihr ganz und gar nicht, und doch … „Sie hab'n mehr Kraft, als Sie wissen, Miss Sarah. Ich hab's geseh'n, den ganzen Weg von Kentucky hier rauf. Dieses Oregon is' mächtig weit, aber Sie hab'n doch den Herrgott und auch Ihre Verwandten. Sie komm'n schon zurecht."

„Dass meine Eltern mitreisen, heißt noch nicht, dass ich Hilfe habe. Ich werde ihnen helfen müssen. Ihr Baby ist noch kleiner als meine Kinder."

„Mista Bowman hat recht. Mama kümmert sich um Sie und die Schwestern auch."

Sarah schluchzte noch lauter, sodass eine Frau von einem benachbarten Wagen herankam.

Die neue Nachbarin legte Sarah einen Arm um die Schultern. „Na, na. Es kommt schon in Ordnung, was auch immer diese Schwarze Ihnen angetan hat." Sie warf Letitia einen geringschätzigen Blick zu und wandte sich dann wieder an Sarah. „Sie kommen erst mal mit rüber zu mir. Ich habe 'nen heißen Pfefferminztee im Kessel, der tut gut bei dieser Aprilkälte. Sie erzählen mir, was diese unverschämte Niggerfrau getan hat, und ich werde sie eigenhändig bestrafen. Lassen Sie mich den Kleinen nehmen. Nein, ist der goldig." Sie griff nach der Hand des Babys.

Der Kleine zog seine Mutter am Rock, als die Nachbarsfrau ihn mit Blicken aufforderte, ihr zu folgen.

In Richtung Letitia bellte sie: „Und du, Mädchen, tust besser, was die Herrin gesagt hat. Kommen Sie jetzt, Mrs …?"

„Bowman. Sarah."

Sie tätschelte Sarahs Schulter. „Was für anstrengende Zeiten."

Letitia hatte niemanden, der sie getröstet hätte – und vielleicht stand ihr so etwas auch gar nicht zu. Sie hatte schließlich endlich ihre Entscheidung getroffen. Hatte sie etwa einen Anspruch darauf, dass alles gut gehen würde? Das war in ihrem Leben noch nie der Fall gewesen – außer damals mit dem Schriftstück. Dem kostbaren Schriftstück, das ihr die Freiheit bescheinigte. Und nun hatte sie es endlich für sich sprechen lassen.

Sie band Charity los und holte gerade ihre Tasche und ihr Bettzeug vom Wagen, als die Frau von nebenan im Sturmschritt zurückkam.

„Wo willst du mit der Kuh hin?"

Letitia trat einen Schritt zurück. „Das ist meine. Meine Kuh. Ich hab sie gekauft."

„Und woher willst du wohl das Geld haben, um eine Kuh zu kaufen. Die Kuh bleibt hier." Sie griff nach dem Seil.

„Fragen Sie Missus Bowman."

„Sie hat mir ja gesagt, dass ich herlaufen und diesen Diebstahl verhindern soll."

Letitia bekam große Augen. „Ich hab sie gekauft. Sarah weiß das."

Die Frau schlug ihr ins Gesicht, was sie mehr überraschte als schmerzte. „Untersteh dich, sie mit Vornamen zu nennen", zischte die andere. „Und lüg mir nicht ins Gesicht."

Letitia wich zurück.

Jetzt stand Sarah auf und kam herüber, die Arme über der schmalen Brust verschränkt.

Die Frau fragte: „Kann sie die Tasche mitnehmen, die sie in der Hand hat?"

Sarah nickte.

„Aber Charity, das ist meine. Sie wissen das doch … Sarah." Letitia zuckte in Erwartung eines weiteren Schlags zurück, aber Sarah hielt die andere am Arm fest.

„Lassen Sie sie gehen“, sagte sie und in ihrem hellen Blick lag Triumph. „Aber die Kuh bleibt hier.“

3 Was mein ist, soll mein bleiben

Letitia hatte die richtige Entscheidung getroffen. Aber nun hatte sie Charity verloren, die Kuh, die ihr gehörte. Allerdings war Charity noch ihre geringste Sorge. Sie hatte keinen Ort, wohin sie gehen, an dem sie bleiben konnte. Sie lief am Ufer entlang zum Hotel des Ortes und stahl sich zum Hintereingang. Wenn sie sich zwischen die Abfalltonnen kauerte, könnte sie sich bis zum Morgen versteckt halten. Und dann würde sie mit Mr Bowman reden. Er hatte sie und die Kuh sowieso nicht mitnehmen wollen. Ja, so würde sie es machen. Oder besser: Sie würde warten, bis es dunkel war und alle sich schlafen gelegt hatten. Sie würde die Kuh losbinden und mitnehmen. Sie gehörte ihr. Sie war ihr Eigentum. Ja. Sie würde sich ausruhen und dann zurückkehren und nehmen, was ihr zustand.

Davey Carson stellte den halb vollen Wassereimer vor Rothwell hin. Die spitzen Ohren des Jagdhunds standen aufrecht, während er schlabbernd trank. Davey hörte die Frau nicht, bis sie ihn außer Atem erreicht hatte.

„Mista Carson, Sir.“

Er erschrak über die heisere Stimme und drehte sich um. „Miss Letitia. So früh schon munter?“

„Nein, Mista. Nicht munter.“

„Stimmt was nicht bei den Bowmans? Sie ziehn heute los, wenn mich mein Gedächtnis nicht trügt.“

Sie nickte. „Ich bräucht’ Ihre Hilfe.“

Er runzelte die Stirn. Sie war eine ansehnliche Frau mit tiefen, sanften Augen so braun wie ein Biberpelz. Die Frau war kaum größer als ein Mädchen. Aber dafür kräftig genug, wenn stimmte, was Bowman über sie erzählte. Geschickt auf dem Feld und im Haus. „Was brauchen die Bowmans?“

„Nicht die Bowmans. Ich. Ich zieh nich’ mit und Missus Bowman will Charity für sich. Meine Kuh.“

„Also so eine ist sie doch? Hab nicht gedacht, dass sie auf ihren Vorteil aus ist.“

„Sie … is’ mir böse, weil ich beschlossen hab, ich geh nich’ mit. Aber das kann ich bestimmen.“

„Dann bist du frei? Das habe ich nicht gewusst.“

„Ich hab beschlossen, ich bleib hier. Arbeiten kann ich im Hotel, Wäsche machen und so, aber Charity … sie ist alles, was ich hab.“ Wie sie von der Kuh sprach, hätte man denken können, es handle sich um ein Familienmitglied, das im Sterben lag. Er war sich ganz und gar nicht sicher, ob er sich in diesen Streit unter Frauensleuten einmischen wollte, aber das Mädchen sah verzweifelt aus. Und er kannte die Bowmans als ehrliche Leute. „Dann wollen wir mal sehen, was sich machen lässt.“ Er stieß den Dreck von den Stiefeln und streichelte den Hund. „Hab allerdings meinen Kaffee noch nicht gehabt.“

„Bitte, Mista. Sie sind schon los nach Capler’s Landing, für die Fähre oder das Dampfschiff. Wenn sie erst mal an Bord sind, dann ist’s zu spät. Charity trägt ein Kalb. Das geb ich Ihnen, wenn Sie mir helfen.“

Ein Jahr zuvor hatte er die Kuh mit Letitias Geld von Henry Knighton gekauft. Er selbst hatte keine Milchkuh zu verkaufen gehabt, als sie ihn fragen kam. Er züchtete Rinder für die Fleischproduktion. Aber Letitia hatte eine Milchkuh gewollt und ihm das Geld dafür gegeben. Charity war das Ergebnis.

„Da mach dir mal keine Sorgen. Ich sattle das Maultier, das trägt uns beide.“ Sie war so zierlich, dass sie hinter ihm sitzen konnte, beide Beine zu einer Seite.

„Ich dank Ihnen, Mista“, sagte sie. „Tu ich wirklich.“

Er nickte. Sie musste die acht Meilen von Weston in der Nacht zu Fuß gekommen sein, immer auf der Hut vor den Patrouillen.

Sie strich dem Hund über die Ohren, während er das Maultier sattelte, ein zusätzliches Kissen festzurrte, aufsaß und sie hinter sich auf das Tier zog. Ein Teil von ihm hoffte, dass niemand sie sehen würde. Wenn man glaubte, sie gehöre ihm, dann hätte sie laufen sollen, nicht reiten. So waren die Spielregeln. Aber dann würden die Leute auch sehen, dass er Sklaven gut behandelte – falls man Letitia für seine Sklavin hielt – und nicht zu Fuß gehen ließ, und vielleicht würde sich der bittere Nachgeschmack, den diese kleine Hexe Eliza und der Rechtsstreit hinterlassen hatten, am Ende doch in etwas Schmackhafteres verwandeln.

„Ich hab's versucht, mir Charity zurückzuholen. Aber sie hatten Wachen und ich konnt nicht an sie rankommen."

„Wir werden sehen, dass wir uns einigen können." Davey hatte schon immer ein Herz für die, die in Unfreiheit lebten.

Die Wahrheit war: In der Wildnis achteten die Leute nicht darauf, welchen Platz eine Frau im Leben eines Mannes einnahm. Dort wusste man, wie hart die Frauen arbeiteten. Männer nahmen Pawnee-Frauen, Indianerinnen, und kein Hahn krähte danach. So stellte er sich auch das Leben in Oregon vor, offen dafür, die Dinge anders zu machen. Und deswegen trug er sich auch mit dem Gedanken, selbst die Reise in den Westen zu machen, die er anderen empfahl. Es erinnerte ihn an die Zeiten, in denen er jung und als Trapper an entlegenen Nebenflüssen des Missouri unterwegs gewesen war. Aber nun kam er in die Jahre. Vierundvierzig war er schon und Oregon war ein Land für junge Männer und für Farmer. Er war Viehzüchter. Und er war sich alles andere als sicher, dass es in Oregon Orte gab, an denen man alte Männer dieser Zunft mit offenen Armen empfing. Farmer schon eher. Aber er hatte eine Abneigung gegen den Pflug.

Die Sonne stand schon hoch, als der Hund anschlug. Ein wenig voraus sah Davey eine Frau, die eine Kuh am Strick führte und ein Kind trug, während drei andere hinterherstolperten. Es sah ganz danach aus, als hätten sie Mr Bowmans Frau gefunden. Bevor er sie mit gezogenem und geschwenktem Hut begrüßen konnte, war Letitia schon vom Sattel geglitten und eilte auf die Gruppe zu, blieb dann urplötzlich stehen und beugte sich herab, als eines der Kinder auf sie zulief und sich an ihren Rock schmiegte. Inzwischen hatte Davey sie auch erreicht.

„Mama sagt, du kommst nicht mit, Tish. Ist das wahr?"

Letitia strich dem Mädchen übers Haar. „Is' wahr, ja. Aber wir seh'n uns wieder, Artemesia. Ich spür's."

„Ich weiß nicht, was ich mir gedacht habe", sagte Sarah Bowman. Als sie sprach, sah sie Davey an, nicht Letitia. „Ich weiß, die Kuh gehört ihr und Sie haben sie für sie gekauft." Immer noch hielt sie das Hanfseil in der behandschuhten Hand. Sie und die Kinder waren eine gute Meile gegangen, Davey und Letitia sieben Meilen geritten.

Die Kuh leckte sich mit ihrer breiten Zunge die rosigen Lippen und schüttelte den Kopf, um die herumschwirrenden Fliegen zu vertreiben.

„Mr Bowman sagt, es ist nicht recht, dir wegzunehmen, was du ehrlich verdient hast. Und dass die Kuh nur noch ein Maul mehr zu stopfen ist. Ich war einfach …"

„Enttäuscht", unterbrach sie Letitias heisere Stimme. „Das bin ich auch gewesen, wie die Frau gesagt hat, ich kann Charity nicht haben."

Sarah senkte den Blick. Letitia war so klein, dass sie Mrs Bowman nur bis an die Krempe ihrer Haube reichte.

„Es war falsch von mir." Mrs Bowman räusperte sich. „Ich hatte inzwischen Zeit, darüber nachzudenken. Mr Bowman hat gesagt, ich habe einen Fehler gemacht." Sie lächelte jetzt, hob die Stimme, stellte sich auf die Zehenspitzen, als wolle sie etwas verkünden. „Aus reinem Großmut gebe ich dir Charity zurück." Sie überreichte Letitia das Seil mit der Kuh daran.

„Sie hat nie Ihnen gehört. Die ganze Nacht hab ich mich gefürchtet. Und neben dem Hotel hab ich geschlafen und bin durchs Dunkle gelaufen und hab nur hoffen können, dass ich wiederkrieg', was mir gehört."

„Wo du die Nacht verbracht hast, geht mich nichts an. Und sie würde dir nicht gehören, wenn wir dich nicht für deine Arbeit bezahlt hätten. Also gehört sie zum Teil auch uns. Vergiss das bitte nicht." Letitias Hebammendienste erwähnte Mrs Bowman nicht. Vielleicht zählten die in den Augen dieser Frau nichts.

Davey hoffte, die Frauensleute würden den Disput nicht weiter anheizen; es qualmte zwischen ihnen schon heftig genug. Er saß auf seinem Maultier, die Hände am Sattelknauf, die Zügel locker in den Fingern. Er war nicht gern Zeuge von derartigem Weibergeschwätz. Allerdings fragte er sich, was Miss Letitia wohl dabei empfand, dass Mrs Bowman ihr eine Kuh schenkte, die sie ihr nie hätte wegnehmen dürfen. Wenigstens würde Letitia nun nicht deswegen vor Gericht gehen müssen. Seiner Erfahrung nach waren Gerichte Zeitverschwendung, auch wenn er selbst schon den einen oder anderen Prozess angestrengt hatte. Manchmal erforderte die Gerechtigkeit einen Gerichtssaal, aber es gab nie eine Garantie dafür, dass in einem solchen die Gerechtigkeit auch tatsächlich zum Zuge kam. Was die Leute wollten, waren Entschuldigungen und eine Wiederherstellung ihrer Würde und sie benutzten die Gerichte, um das zu bekommen. Miss Letitia würde nun nicht vor Gericht gehen und sich wohl, wie er annahm, auch ohne eine Entschuldigung zufriedengeben müssen, selbst wenn sie die verdiente.

„Sieht so aus, als hätten Sie da eine Entscheidung getroffen, die man anerkennen muss. Ich bin sicher, Miss Letitia wird es Ihnen danken." Er wartete ihre Reaktion nicht ab. „Ich kann Ihnen für den Weg zurück zu Ihrem Wagen mein Maultier anbieten, Mrs Bowman. Bin auch selbst neugierig, wie's mit der Aufstellung des Trecks klappt. Allerdings wird eins von den Mädchen mit mir zu Fuß gehen müssen. Vielleicht möchte Miss Letitia ihre Kuh schon zurückbringen nach …" Er schob seinen Hut zurück, die Ellbogen gespreizt. „Wohin willst du denn eigentlich mit dem Tier?"

Die Frau schürzte die Lippen, dann hellte sich ihr Gesicht auf. „Könnt ich Charity nich' vielleicht bei Ihnen unterbringen, Mista Carson? Würd mir mächtig helfen."

Er zögerte nicht. „Ganz bestimmt. Wär vielleicht nett, ab und zu ein bisschen Milch zu haben." Charity schien auch gut mit seinem Jagdhund auszukommen. Der beschnüffelte gerade die Nase der Kuh und wedelte mit dem hoch erhobenen, angelhakenartig gebogenen Schwanz.

„Würdest du mir bitte helfen, dass wir Mrs Bowman hier in den Sattel bekommen?"

Davey sprang selbst vom Tier und Letitia verschränkte die Finger ineinander, sodass Mrs Bowman in ihre Hände treten konnte. Ihre Schuhe hinterließen Staubspuren in Letitias blassen Handflächen. Davey half Mrs Bowman, sich im Sattel zurechtzusetzen, reichte ihr das Baby und das kleinere der Mädchen und trat dann einen Schritt zurück. „Ich glaube, da gibt's auch für dich noch einen Platz, junge Lady." Er half dem ältesten Mädchen ebenfalls auf das Tier. Der braunweiß gefleckte Hund saß daneben auf der Straße und kratzte sich und Letitia griff nach dem Halfterstrick, bevor Charity sich aus dem Staub machte.

„Leb wohl, Sar … Miss Bowman." Letitias Stimme war rau. Sie hielt sich die Hand über die Augen gegen die Sonne, weil ihr Strohhut keinen Schutz mehr bot, wenn sie hochsah. „Lebt wohl, meine Kleinen." Sie streichelte die Mädchen und sah aus, als würde sie gleich in Tränen ausbrechen.

Oh Schreck, würden jetzt doch Tränen fließen? „Am besten gehen wir jetzt", sagte Davey. „Wir wollen ja nicht, dass Ihr Mann denkt, seiner Familie sei etwas zugestoßen."

„Nein, das wollen wir nicht." Mrs Bowman gab ein perlendes kleines Lachen von sich. Was für ein Kontrast zu der Stimme der farbigen Frau. Die war tief und unergründlich wie ein Bergsee. Der Hund wedelte erwartungsvoll mit dem Schwanz. Die Kinder winkten. „Pass auf dich auf, Letitia. Und auf Charity auch." Mrs Bowman versagte die Stimme und Davey dachte, ihr musste doch etwas an der schwarzen Frau liegen. Oder an der Kuh.

Überrascht stellte er fest, dass der Hund sich Letitia und ihrer Kuh anschloss und ihn allein neben den Bowmans hergehen ließ.

4 Schatten

In diesem Frühling regnete es viel in Missouri.

„Ich hab schon an Flüssen und Wasserläufen, die irgendwann ihren Weg in den Missouri finden, meine Fallen gestellt, als die Vorstellung, ganze Familien würden einmal mit Sack und Pack und Wagen dort anrücken, als Idee eines Verrückten galt", erzählte Davey Letitia. Die beiden saßen in Daveys Haus am Tisch beim Abendessen. Es gab geschmortes Kaninchen und zum süßen Abschluss Maisbrot mit Sirup.

Es waren Mahlzeiten, wie Letitia sie auch in Kentucky gekocht hatte, und in Davey hatte sie einen dankbaren Esser gefunden. Sie tat die Arbeit als Gegenleistung dafür, dass ihre Kuh hier weiden durfte und sie selbst einen Schlafplatz auf dem Fußboden in Daveys Vorratskammer hatte. Letitia lauschte schweigend auf Daveys irischen Singsang. Er redete davon, dass 1844 der nasseste Frühling sei, den er je erlebt habe. Es war gut, dass er Land weiter oben in den Bergen besaß, wo die Rinder weiden konnten und auch ein paar Schweine ihren Auslauf hatten. Jeder hier hatte Schweine. Es gab keinen Bach in der Nähe des Hauses. Der Frühling brachte ihnen reichlich Trinkwasser und im Mai mussten sie nicht fürchten, dass es nicht ausreichen würde, um auch die Rinder zu tränken. Das Wasser stand überall. Die braunen Lachen waren eine Brutstätte für Scharen von Stechmücken.

Davey war ein redseliger Mensch mit einem großen Vorrat an Geschichten. Es ließ sich gut mit ihm auskommen. Er war fröhlich. Er würde eher bitten als befehlen. Nicht durch die kleinste Geste stellte er Ansprüche an ihre Person. Er tat viele kleine Dinge, die ihr den Tag erleichterten: Er kochte morgens den Kaffee. Er verbrannte Abfall in weitem Abstand zum Haus, damit der Geruch nicht hineinzog.

Einmal brachte er ihr einen Strauß aus wildem Leinkraut, weiß und zart wie eine Wolke am Sommerhimmel.

„Ich dachte, ein Sträußchen könnte dir vielleicht gefallen." Sein Gesicht war gerötet von der Sonne. Oder stahl sich da ein Erröten aus dem grau gesträhnten roten Bart auf seine Wangen?

„Der Frühling bringt wirklich Überraschungen." Letitia hatte die Nase in die winzigen Blüten gesteckt, unsicher, was sie sonst sagen sollte. Niemand hatte ihr je zuvor Blumen geschenkt. Ihre Kinder hatten nicht lange genug gelebt und deren Väter waren keine Männer, die sich darüber Gedanken machten, was einer Frau gefallen könnte. Angesichts dieser Freundlichkeit fragte sie sich, ob Davey vielleicht einmal eine Frau gehabt hatte, jemanden, der ebenso wie Letitia eine gemütliche Unterhaltung bei einer Scheibe Maisbrot zu schätzen wusste.

Zum Klang des unaufhörlichen Regens strich sie Butter auf ein Brötchen. „In St. Jo kommt man jetzt wohl kaum noch über den Fluss, hab ich gehört."

„Ein paar haben es noch geschafft, bevor der Missouri über die Ufer trat.“ Regen stürzte in Bächen vom Schindeldach und bildete einen Schleier, durch den der üppige Hornstrauch draußen nur noch schwach zu sehen war. „'s anzunehm'n, die Kindreds und Bowmans und Gilliams und Fords sind schon längst unterwegs“, fuhr Davey fort.

„Und Robin und Polly und ihre drei.“

„Wer?“

„Sklaven von den Fords und ihre drei Kinder. Die, die Master Ford nicht verkauft hat, eh er losgezogen ist.“ Sie konnte die Bitterkeit in ihrer Stimme nicht verbergen.

„Der Mann hat Besitz, um den er sich kümmern muss.“ Davey sprach zum Teller vor ihm auf dem Tisch. „'s anzunehm'n, es kostet ein hübsches Sümmchen, wenn die eigene Familie in den Westen zieht und eine achtköpfige Sklavenfamilie noch dazu.“

„Er hätt sich das überlegen soll'n, eh er losgezogen ist. Hätt sie alle hierlassen soll'n und ihnen die Freiheit geben. Aber er – drei Kinder hat er verkauft. Ihrer Mutter vom Herzen weg.“

„Woher weißt du denn davon?“

Letitia zuckte die Achseln. Davey hatte wenig Einblick, wie sich Nachrichten unter den Schwarzen im Land verbreiteten. Sie wusste von den Holmeses, die mit dem Treck dieses Jahres gezogen waren, weil die Bowmans darüber gesprochen hatten, wer von wo dabei sein würde – aus Howard oder Platte oder einem Dutzend anderer Bezirke in Missouri.

„Jedenfalls sind sie unterwegs und 's anzunehm'n, wir hör'n lange nichts von ihnen. Bis dann ein erster Brief oder auch zwei kommen und davon schwärmen, wie großartig die Reise war – es sei denn, jemand kehrt vorher um. Das kann immer passieren. Es braucht schon Durchhaltevermögen, angesichts der Strapazen nicht aufzugeben.“

„Strapazen? In Mista Bowmans Büchern hat gestanden, die Reise wär wie ein Spaziergang über 'nen Feldweg.“

„Ein Feldweg durch die Wüste und übers Gebirge. Aber wir sollten über Angenehmeres reden, das eine zierliche Gestalt nicht aus der Fassung bringt.“

„Sollten wir wohl“, sagte Letitia. Sie lächelte über die „zierliche Gestalt“. Sie hatte sich an Daveys manchmal ungewöhnliche Ausdrucksweise gewöhnt. An sein kurzes „'s anzunehm'n“ in manchmal ungewöhnlichem Zusammenhang. Hin und wieder kam auch ein wenig Irisch durch, wenn er sprach. Sie fragte sich, wie er mit der Geringschätzung umging, die man seinem Volk ebenso entgegenbrachte wie dem ihren. Tat er, was er konnte, damit niemand merkte, dass er Ire war? Er konnte seine Wurzeln sehr viel leichter verbergen als sie ihre Abstammung aus dem fernen Afrika.

„Was glaubst du, wen ich heute getroffen hab?“ Davey nahm einen großen Schluck Buttermilch. Die trank er lieber als Kaffee, sagte er. Wie die Bowman-Kinder.

Letitia hob fragend die Augenbrauen.

„Ich sag's dir. Greenberry Smith.“

Ihre Hände zitterten, als sie die Tasse mit Buttermilch an die Lippen setzte.

„Du kennst ihn nicht, nehm' ich an.“ Davey redete weiter.

Letitia kannte Smith. Er war Patrouillengänger und streifte nachts durch die Gegend, um entlaufene Sklaven aufzugreifen und ihren Herren zurückzubringen. Er „übte Gerechtigkeit“ auch direkt auf der Straße, wenn die Besitzer andeuteten, dass ihnen das recht war, und zwar in Form von Peitschenhieben auf nackte Oberkörper oder Schlimmerem.

Einmal hatte er sie angehalten, als sie nach einem Hebammendienst noch spät unterwegs war. Der Weg lag im hellen Mondlicht, ihre Hände waren schweißfeucht. Er und ein weiterer Mann hatten sie überrascht, beide auf großen, nervösen Pferden, die bedrohlich tänzelten.

„Weiß dein Master, dass du hier im Mondschein herumschleichst?“

Sie nestelte den Stoffbeutel hervor, den sie um die Taille trug, froh, dass sie ihn nun nicht mehr an einer Stelle trug, wo sie ihn nur hervorholen konnte, wenn sie das Mieder aufknöpfte. Sie nahm das Dokument heraus und bemühte sich, nicht zu zittern, als sie es ihm reichte. „Ich bin frei.“

Letitia war sich nicht sicher, ob es Gutes bedeutete, dass die Patrouille in dieser Nacht aus zwei Männern bestand. Greenberry Smith würde ihr nichts tun, wenn es einen Zeugen gab; vielleicht würde der andere ihn aber auch drängen, „ihre Pflicht zu tun“, um die Sklaverei aufrechtzuerhalten.

„Die hab ich schon mal gesehen", sagte der andere. Sein Pferd stampfte mit den Füßen, hob abwechselnd die Beine, begierig, nach Hause zu kommen. „Lass sie gehn. Ich hab Magenschmerzen. Sie gehört zu den Bowmans."

„Gehört ihnen? Dann sind diese Papiere hier also gefälscht?" Smith lächelte höhnisch und sie konnte im Mondlicht die Lücke zwischen seinen Schneidezähnen sehen.

„Nee. Sie wohnt nur bei ihnen. Es heißt, sie hat diese Papiere schon in Kentucky bekommen."

„Zu schade, wenn sie verloren gingen. Sie sieht nicht aus wie eine freie Frau."

Letitia senkte den Kopf. Sag nichts. Widersprich nicht.

Das Pferd des anderen schlug mit dem Schwanz und tänzelte seitwärts. Es wollte sich bewegen. „Komm schon, G. B. Geh'n wir heim. Gib ihr die Papiere."

„Nur nichts überstürzen. Ich glaube, wir sollten zuerst prüfen, ob dieses Dokument echt ist. Bringen wir sie zu den Bowmans, wenn sie ihnen gehört, wie du sagst."

„Nicht nötig, jemanden mitten in der Nacht aus dem Schlaf zu reißen. Sie ist frei."

„Hier, Mädchen. Streck mal deine hübsche Hand aus, wenn du sie zurückhaben willst."

Letitia hob die Hand und griff nach den Papieren. Er zog sie fort und hielt sie höher.

„Na, komm schon. Streng dich ein bisschen an."

Sie sprang hoch, ihre Brust streifte sein Bein. Sie hatte die Papiere fast erreicht, aber er hob sie grinsend außer Reichweite.

„Ja, tanz mal schön. Komm, komm, ein hübsches Ding wie du wird doch tanzen können, was?"

Sie sprang und wieder entzog er ihr die Dokumente. Sie sprang noch einmal. Die Demütigung brannte auf jedem Millimeter ihrer Haut wie Hagelschlag.

„Hier!" Der zweite Patrouillengänger riss G. B. Smith die Papiere aus der Hand, lenkte den Wallach zu ihr herüber und gab sie Letitia. „Geh heim. Für so was hab ich keine Zeit." Damit ritt er davon.

G. B. starrte sie eine Weile an und sagte dann: „Glück gehabt. Diesmal." Er grinste, während sie zitternd versuchte, die Papiere zurück in den Beutel zu stecken. „Ich wüsste nicht, was einen größeren Affront für den wirtschaftlichen Erfolg eines Landes darstellen könnte als ein freigelassener Sklave. Solche wie du sind der Inbegriff dieses Affronts. Frei – und dann noch Geld von anständigen, hart arbeitenden Menschen nehmen. Eines Tages werdet ihr dafür bezahlen." Er hatte sein Pferd gewendet und jetzt warf das Tier mit den Hufen Schmutz und Steine auf, die sie trafen, bevor G. B. davonritt.

Sie spürte die Tränen an der Nase entlangrinnen und zitterte, als sie sich das Gesicht abwischte. Sie wusste nicht, was „Affront" bedeutete, aber der Ton, in dem Smith die Worte ausgespuckt hatte wie Speichel, sagte ihr alles, was sie wissen musste. Sie hatte diese Nacht nie vergessen, auch die anderen nicht, in denen G. B. Smith die Straßen beherrschte. Er war ein Mann, der andere zwang, im Schatten zu bleiben.

Davey stellte seine Tasse auf den Holztisch. In seinem Schnurrbart hing Buttermilch, eine Beobachtung, die Letitia in den regnerischen Tag zurückholte.

„Und kennen Sie sich gut?" Sie bemühte sich um einen beiläufigen Ton und kaute langsam ihr Brötchen.

„Aus meiner Zeit in Carolina", sagte Davey. „Er kam hier rauf, als ich schon hier war. Ich treff ihn also heute und er sagt, er macht Pläne, die Gegend zu verlassen. Will irgendwohin, wo's noch Land einzunehmen gibt und in den Grundbüchern nur das steht, was man selbst dort einträgt, und wo ein Mann noch was aus sich machen kann, ohne dass ihm die schlimmen Geschichten anhaften."

„Andrer Ort macht noch keinen andern Menschen." Sie goss die Kartoffeln ab. Der Dampf stieg ihr in die Nase und prickelte feucht auf ihren Wangen.

„Nein? Nun, ein Ort prägt einen doch ganz sicher und lässt einen herausfinden, was für ein Kerl man ist."

„Einen, der hier ein Betrüger und Glücksspieler ist, den macht's auch wohl nicht zu 'nem andren Menschen, wenn er über Berge gestiegen ist und reißende Flüsse überlebt hat."

„Oh, Frau." Davey schob den Stuhl zurück, um Platz zu machen für das, was sie auf den Tisch stellte. Jetzt wischte er sich die Buttermilch von den Lippen.

Plötzlich wurde ihr bewusst, wie nah er ihr war. Sie konnte den Seifenduft riechen, der aus seinem Haar stieg. *War das neu?*

„Hat sich gewundert, wie ich eine freie Negerin von den Bowmans kaufen konnte." Er stieß die Gabel in eine Kartoffel.

Sie spürte, wie sich ihr die Haare auf den Armen sträubten, erstarrte mitten im Tun und wandte ihm den Rücken zu.

„Sie ha'm ihm gesagt, ich gehör Ihnen?"

„Ich hab ihn nicht ins Bild gesetzt. Hab drüber nachgedacht. Hab mir gedacht, du bist sicherer, wenn er glaubt, dass niemand sonst Anspruch auf dich erheben kann. Denkst du anders?"

War es so? „Er weiß, dass ich frei bin." War es besser, wenn die Leute glaubten, sie gehöre Davey? Sie wollte doch nur ein eigenes Leben haben, irgendwann ein Häuschen kaufen und leben, ohne ständig die Patrouillen auf den Straßen fürchten zu müssen. Was war denn anders, wenn die Leute glaubten, sie gehörte Davey, als wenn sie geglaubt hatten, sie gehöre den Bowmans? Aber Letitia gehörte niemandem, abgesehen von Gott, dem Allmächtigen. Das hatte ihre Mutter ihr eingeschärft, bevor sie sich trennen mussten, als Letitia zehn war. Sie hatte ihr gesagt, dass Gott Barmherzigkeit liebte, Gerechtigkeit verlangte und mit denen war, die bescheiden und demütig waren, sich nicht aufspielten und die Kunst beherrschten, sich eher anzupassen, als eine Sonderrolle zu spielen.

„Wenn Sie's man nur wissen, dass ich frei bin."

Er hob eine buschige Augenbraue. „Mädchen, das weiß ich. Ich bin dankbar, dass du bei mir wohnst. Du bist … angenehme Gesellschaft." Er räusperte sich.

„Ich hab's so entschieden, dass ich Ihnen Ihr Essen koch und die Wäsche mach. Weil meine Kuh hier ihr Futter kriegt. Ist so abgemacht." Sie drehte sich wieder zu ihm um.

„Ja, so ist's abgemacht." Er wischte sich ein paar Krümel aus dem Bart, den er sich, wie Letitia jetzt auffiel, gestutzt hatte. *Seit wann machte er das denn?*

„Aber einen guten Rat hat G. B. mir doch gegeben. Hat gemeint, ich sollte mich einbürgern lassen. Mir Papiere besorgen. Auf die Weise können wir Siedler einen neuen Staat beanspruchen, wenn wir uns zusammenschließen."

„Wir Siedler?"

„Mmhmm. Ich hab 'nen Entschluss gefasst. Ich geh nächstes Frühjahr nach Oregon, Hochwasser oder nicht. Sind auch schon andre losgezogen, die weit in den Vierzigern war'n. Dann kann ich's wohl auch. Du musst drüber nachdenken, was du dann machst. Ich verkauf das Anwesen und auch das gute Gras, das deine Kuh jetzt frisst. Nächstes Frühjahr gibt's keine Bettstatt mehr für dich in meiner Kammer."

„Gut, dass Sie's mir jetzt schon gesagt hab'n."

„Muss wohl." Er knurrte irgendetwas. Dann aß er schweigend zu Ende. Dann kam: „Muss los." Er nahm die Pistole aus einer Ecke und vermied es, sie anzusehen. „'s anzunehmen, ich bin vor Sonnenuntergang zurück."

Sie ging zur Scheune, um zu melken, und gestattete sich nicht, darüber nachzudenken, wohin er an solchen Abenden ging. Er sagte, sie würden Waschbären jagen, aber er musste ihr erst noch einen als Braten mitbringen, damit sie es glaubte. Sie wusste, wie Männer aussahen, die entlaufene Sklaven aufgriffen oder freien Männern mit schwarzer Haut auflauerten, wenn sie sie irgendwo antrafen, wo weiße Leute glaubten, sie hätten dort nichts verloren. Sie wollte sich nicht vorstellen, dass Davey auch so einer war. Stattdessen hockte sie sich unter Charity auf ihren Melkschemel und befasste sich mit ihrem Ärger, dass es schon wieder eine Veränderung gab.

„War sicher doch nie verheiratet", verkündete sie Charity. „Das würd kein verheirateter Mann machen, dass er der Frau schon ein Jahr vorher sagt, er verkauft, was er hat, und zieht fort." Nein, er war ein Mann, der tat, was ihm passte, und vielleicht ein paar gefährliche Neigungen hatte – wie die, auf Patrouille zu gehen. Es war töricht von ihr, je etwas anderes gedacht zu haben.

Zeit der Blumenblüten. So sagte man bei den Kalapuya. Ihrem Volk. Kleine grüne Triebe erwachten und brachen aus der schwarzen Erde. Die Frau, die andere als Betsy kannten – ein Name, den methodistische Missionare ihr gegeben hatten –, stieß ihren *Kapn* in den Boden und drückte den Grabstock gegen die zarten Triebe, die nicht länger waren als ihr Finger. Später würde man größere Knollen ernten, die man anhand ihrer großen Blüten fand, in den Purpurfarben des Morgenhimmels. Aber jetzt gruben sich ihre alten Finger in die feuchte Erde und suchten nach den kleinen Knollen, die *Kamas* oder Präriekerzen hießen. Sie hatte den geflochtenen Korb, den sie um die Taille trug, bald gefüllt und ging zurück zu der runden Hütte, um die Wurzeln in einen größeren Korb zu leeren, der aus Weidenruten, Wacholderzweigen und Fasern der geschmeidigen inneren Rinde des Ahorns gefertigt war. Sie hatte ihre Freude daran, dass es in jedem Frühjahr wieder Kamasknollen gab, ein Zeichen, dass der Schöpfer weiterhin für sie sorgen würde, auch wenn so viele aus ihrem Volk im letzten Jahr, einem Jahr bitterer Krankheiten, gestorben waren.

Ihr alter Rücken schmerzte von der Arbeit, aber es war gute Arbeit. Bald würden die Anderen kommen und eine Grube ausheben, in der man die Knollen dann garen würde. Sie war gern morgens als Erste unterwegs, um den Tau auf ihren Ledermokassins zu spüren, der sie so geschmeidig machte. Mit kräftigen Fingern rieb sie die Erde von den Knollen, die fast so weiß waren wie die Haut der Missionare.

Sie kehrte in die Hütte zurück und hob mit den Zehen die Schilfmatte an, auf der ihr Enkelsohn lag. „Es ist Zeit, Little Shoot." Der Junge, neun Sommer alt, seufzte und drehte sich um. Dieser Junge war groß und kräftig und sie musste dafür sorgen, dass es so blieb. Er war nun ihr liebevoll gehüteter Little Shoot, nachdem ihre Tochter und alle anderen Söhne von ihr gegangen waren. Sie grämte sich nicht, dass alle sie verlassen hatten, betrachtete nur manchmal die Narben, die die Krankheit auch auf ihrem Gesicht hinterlassen hatte. Die anderen waren gestorben, sie hatte überlebt. Sie liebte dieses Kind umso mehr, weil es alles war, was ihr geblieben war. Aber sie würde den Jungen nicht verwöhnen, wie ihre Mutter es mit ihrem Bruder getan hatte. Nein, dieser Kleine Spross würde lernen, Frauenarbeit ebenso zu tun wie Männerarbeit, damit er für sich sorgen konnte, wenn sie einmal nicht mehr war. Vielleicht würde er sogar seiner Frau all die Dinge beibringen müssen, falls sie selbst keine *Kasa* – keine Großmutter – hatte, die sie unterweisen konnte. Heute würden sie die Fischreusen abgehen, die sie am Abend zuvor ausgesetzt hatten und die hoffentlich einen Ertrag brachten.

Die Frau wünschte, sie könnte sich an das Kalapuyawort für Großmutter erinnern. Sie hatte *Kasa* verwendet, aber das war Chinook, auch wenn es bei allen Stämmen gebraucht wurde, deren Wege sich mit denen der Kalapuya kreuzten. Es spielte keine Rolle. Es war ein Wort, das der Junge leicht aussprechen konnte, was er gerade tat.

„Kasa. Schau. Little Shoot hat einen Fisch gefangen."

„Ayee. Gut. Ein Fisch in der Reuse ist eine gute Ernte."

Er nickte mit diesem charakteristischen Lächeln, das ihm jetzt übers Gesicht glitt, bevor er ins Wasser stieg und den Korb mit der zappelnden Forelle heraushob.

Sie hatte ihm gezeigt, wo er die Fasern für die Reuse fand, wie er sie trocknen musste und wie er dann zwei unterschiedliche Fasern um Stöcke binden musste, damit sie einen Kegel formten. Es war ihre Winterbeschäftigung gewesen. Außerdem hatte sie ihm gezeigt, wie man die Matten flocht, auf denen sie schliefen. Er besaß einen wachen Verstand und von Jahr zu Jahr nahm er mehr von den alten Gebräuchen in sein Herz auf. Bald würde er alles beherrschen, was sie ihm beibringen konnte, und er würde sie nicht mehr brauchen. Das war der Lauf der Dinge. Traurigkeit legte sich ihr auf die Schultern wie ein Mantel aus Zedernholz.

Mit einer Angel zu fischen war einfacher, brauchte aber mehr Zeit. Wenn die Fische im Fluss so zahlreich wurden wie Heuschrecken, konnte man sie auch mit dem Speer erlegen, manchmal sogar mit den Händen greifen. Aber ein Junge musste viele Arten kennen, wie man einen Fisch aus dem Soap Creek holt. Soap Creek hieß er, seit die Trapper, die nach Süden zogen, ihn so benannt hatten. Wie er in der Kalapuya-Sprache hieß, wusste sie nicht mehr, dieser Fluss, der ein weites Tal geschaffen hatte und sich im Schatten eines Berges verlor, der geformt war wie ein Sarg bei den weißen Männern. Oder wie ein Wal. Ja, eher wie der Wal, den sie einmal am Großen Wasser gesehen hatte, viele Meilen weit weg. Sie wollte lieber einen Wal sehen als einen Sarg. Es war nicht die Zeit, an den Tod zu denken, wo es noch so viel gab, das sie ihr Kind lehren musste.

Einst hatten Biberbauten den Fluss gestaut, aber dann kamen die Trapper und der Fluss strömte wieder ungehindert. Die Landschaft um ihr Volk hatte sich verändert und die Frau versuchte, sich möglichst gut zu erinnern, wie es früher gewesen war, damit sie es Little Shoot erzählen konnte und er einmal seinen eigenen Kindern, wenn sie nicht mehr da sein würde, um die Geschichten von den alten Weisen und Bräuchen weiterzugeben.

Der Junge dankte dem Schöpfer für den Fisch und legte ihn auf eine Decke, dann stieg er wieder ins Wasser, um weitere Reusen mit zuckenden Fischen herauszuholen. Mit schlenkernden Armen lief er an ein paar Büschen vorbei und die Frau rief ihm nach: „Ayee, denk an die Gifteiche. Die ist schlimm. Sehr schlimm für dich. Vergiss es nicht."

Ohne sich umzudrehen, wich er ein wenig aus, aber sie konnte sehen, dass er die stechende Pflanze berührt hatte. „Komm. Wasch es mit Seife. Rasch." Wie konnte er so gedankenlos sein? Sie würden zu den bitteren Quellen gehen müssen, damit er das heilende Wasser trank. *Ayee, er ist noch klein und braucht seine Kasa, damit sie ihm zeigt, was gefährlich ist, und wie man durch die Gefahr hindurchkommt.* Daran wollte sie denken.

5 Die Geheimnisse von Butter und Käse

Der Juni wurde heiß, aber Davey machte immer noch Holz und stapelte es auf für den Winter. Er reparierte einen kaputten Zaun, erneuerte den Riegel an einem Tor, das Rothwell zu öffnen verstanden hatte. Er füllte die Löcher auf, die der braun-weiß gefleckte Hund grub, wenn er im Wald nach wer weiß was jagte, die Schnauze im Boden wie die Schweine. Davey unterhielt sich ausgiebig mit Nachbarn und berichtete Letitia dann, dass eine ziemliche Anzahl von Leuten aus dem Platte County Anstalten traf, auf die Reise nach Westen zu gehen.

Im Hotel lernte Letitia, wie die Missus die Laken gewaschen und aufgehängt haben wollte. Sie biss sich auf die Zunge, als die Frau des Hotelbesitzers sie anwies, ihre Arbeit so einzurichten, dass niemand sie sah. „Es gibt Leute, die nicht in Betten schlafen wollen, wenn eine schwarze Hand sie berührt hat." In Kentucky hatte man erwartet, dass Sklaven die Wäsche machten. In Missouri wusste man nie, woran man war, und das galt ganz besonders für eine freie Frau mit schwarzer Haut.

Selbst wenn diese schwarzen Hände, die das Bett beziehen, Seife gesehen haben? Letitia sprach die Worte nicht laut, aber sie dachte sie und schalt sich anschließend selbst, weil sie zuließ, dass die Geringschätzung anderer ihr ihre Fröhlichkeit raubte. Davey Carson störte es nicht im Geringsten, dass sie seine Wäsche in ihre schwarzen Hände nahm. Daran würde sie sich halten. Aber im nächsten Frühjahr würde es nicht mehr so sein. Dann war er fort und sie steckte immer noch in Missouri und musste nach einem neuen Ort suchen, wo sie ihre Wäsche waschen konnte. Sie hatte ja ihre Arbeit. Und vielleicht konnte sie auch irgendwo im Hotel wohnen und mit einem Teil von Charitys Milch für Bett und Essen bezahlen. Sie wollte den Besitzer noch an diesem Vormittag fragen.

„Die Mädchen übernehmen deine Arbeit, Letitia." Der Hotelbesitzer stand neben den Waschzubern im Hof und versperrte ihr jetzt nicht mehr die Sicht auf die beiden Mädchen, kaum älter als fünfzehn, die sie verlegen anlächelten.

„War meine Arbeit nicht gut?"

„Mit deiner Arbeit ist alles in Ordnung. Aber ich habe die beiden von den Westons gekauft und brauche dich nicht mehr. Zeig ihnen nur noch, wie die Mistress die Dinge getan haben will. Sie fühlt sich heute nicht gut. Mädchen", er nickte den beiden zu – eine war rund wie ein Fässchen, die andere dünn wie ein Besenstiel – „das ist Letitia."

„Wie heißt ihr?"

„Ich bin Cora. Das hier ist Emma." Das größere Mädchen übernahm das Reden. „Aus Tennessee hierher verkauft."

„Jetzt an die Arbeit und kein faules Geschwätz. Komm zu mir ins Büro, wenn du fertig bist, Letitia, und hol dir deinen Lohn."

„Ja, Mista."

Cora wartete, bis ihr neuer Herr wieder im Haus verschwunden war, bevor sie fragte: „Du bist frei?"

Letitia nickte. „So frei, dass er mich entlassen kann."

Das runde Mädchen nickte. „Aber sonst kann ich mir nichts vorstellen, was dran schlecht wär, frei zu sein."

„War er gut zu dir?"

„Ist ein guter Mann. Hat's gern, wenn man die Dinge auf seine Weise tut. Wie die meisten Männer."

„Amen dazu." Emma verdrehte die Augen zum Himmel und alle drei mussten lachen.

„Die Missus ist nicht so umgänglich. Aber wenn man erst mal weiß, was sie will, lässt es sich mit ihr auskommen."

Cora erzählte ihr, dass sie es da, wo sie herkamen, gut gehabt hatten. Aber der frühere Besitzer starb und sie wurden verkauft. Emma beugte sich zu Letitia vor und flüsterte: „Sogar lesen und schreiben durften wir lernen. Irgendwann kaufen wir uns frei. Hast du's auch so gemacht? Dir die Freiheit erarbeitet?"

„Master hat mir die Freiheit geschenkt. Und ich fang grad erst an, sie mir zu erarbeiten."

„Besser, wir geh'n jetzt an die Arbeit." Das war wieder Cora. „Wo gibt's das Wasser? Ist das Holz da zum Anheizen?" Sie wies mit dem Kinn in eine Ecke des Hofs. „Aber wenigstens sind wir zusammen, stimmt's, Emma? Wir haben einander, das ist gut."

In diesem Moment hätte Letitia nichts lieber getan, als ihre Arbeit mit diesen Mädchen geteilt, die etwas Leichtigkeit in ihren Tag gebracht hatten, indem sie die Dinge einfach so nahmen, wie sie kamen.

Letitia blieb vor dem Büro stehen und wartete, während der Hotelbesitzer mit einem Fuhrmann sprach, der Gurkenfässer und Wein vom Dampfschiff angeliefert hatte. Von einer Minute auf die andere hatte sich ihr Leben verändert. Es stimmte, was die Mädchen gesagt hatten: Diese Unvorhersehbarkeit war ein Nachteil daran, dass man frei war. Ebenso wie für die Sklavenmädchen konnten auch für sie immer noch andere die Entscheidungen treffen, die ihr Leben veränderten, auch wenn man noch so gut vorgeplant hatte. Aber ihr standen viel mehr Möglichkeiten offen, was sie tun konnte, als den Mädchen. Sie schwor sich, das Beste aus ihrer Situation zu machen.

Der Besitzer winkte sie zu sich herein, als der Kutscher ging.

„Ich wünsch der Missus gute Besserung."

Der Besitzer nickte und zog einen Umschlag aus der Schublade.

„Ich hab nachgedacht. Dass Sie doch jeden Tag noch was an Butter brauchen. Ich mach die Butter für Sie. Und vielleicht auch Käse. Ganz frisch. Ist immer gut."

Er reichte ihr den Umschlag. „Kein Bedarf, wenn wir erst eine eigene Kuh haben."

„Is' wahr. Aber die Mädchen müssen dann melken und buttern. Hab'n nich' mehr so viel Zeit zum Waschen und Putzen und Bedienen."

Er dachte nach. „Bring mir morgen zwei Pfund Butter und den Käse, sobald er fertig ist. Wir werden sehen, wie du dich als Unternehmerin machst. Aber erzähl's nicht rum, Letitia. Nicht alle Leute haben Sympathien für eine geschäftstüchtige Frau, schon gar nicht, wenn sie eine ehemalige Sklavin ist."

Der Juli war kapriziös wie eine temperamentvolle Frau, verhieß zuerst klare Tage und mündete in gar nicht mehr enden wollende Gewitter. Im ganzen Bezirk wimmelte es von Siedlern wie auf einem Schulpicknick und immer mehr Leute trafen ein: aus North Carolina und Kentucky, Iowa, Illinois. Und alle redeten davon, dass sie im Frühling auf den Treck nach Oregon wollten. Davey verkaufte ihnen Fleisch und Klafterholz und im Winter auch eimerweise Kohlen für die Winterquartiere. Er prahlte damit, was er aus Briefen und Broschüren über Oregon wusste, und wenn er davon sprach, erschien es wie das verheißene Land.

„Was die Leute herbringt, sind die schlechten Preise für Tabak und Hanf, meinst du nicht?“, fragte Davey Letitia. Er lehnte an einem Zaunpfahl und stocherte mit einem abgebrochenen Zweig in den Zähnen, während Letitia in dem Garten, den sie angelegt hatte, Unkraut jätete.

Der Kohl würde bald erntereif sein, falls die Maulwürfe etwas davon übrig ließen und Letitia Rothwell davon abhalten konnte, die Löcher zu graben, die er so liebte. Sie verkaufte ihre Ernte auch an das Hotel, neben Butter und Milch. Mit dem Käse war es schwieriger als gedacht. Schließlich hatte sie darin keine Erfahrung. „Ich wünschte, ich könnt Käse machen. Könnt ihn den Siedlern verkaufen. Milch ist genug da.“

„Mein älterer Bruder weiß vielleicht, wie's geht“, meinte Davey. „Er hatte immer ein paar Milchkühe und in Irland haben wir auch Käse gemacht. Aber da war ich noch ein Kind. Wenn du willst, fragen wir ihn.“

Er hatte einen Bruder? In der Nähe?

Ihre Einkünfte betrugen nur einen Bruchteil von dem, was sie mit ihrer Arbeit im Hotel verdient hatte, aber niemand verlangte mehr von ihr, mitten in der Nacht Drinks zu servieren. Außerdem stellte sie fest, dass es ihr nicht schlecht gefiel, mehr Zeit mit diesem Mann zu verbringen. Der Käse würde ihre Einkünfte verbessern, wenn er ihr gut gelang. Und Daveys Bruder kennenzulernen, klang interessant. Sie würde sehen, ob das freundliche Wesen den Carsons im Blut lag. „Nett von Ihnen, dass Sie das anbieten.“

Das Schweigen, das zwischen ihnen entstand, hatte etwas Vertrautes.

Dann sagte er: „Ich frag mich, was die Leute dazu bringt, die Wurzeln aus dem Boden zu ziehen und sich auf vier Räder zu begeben. Du nicht auch, Tish?“ Er warf seinen Zahnstocher fort.

Sie war nicht sicher, was Leute aus der Heimat in die unbekannte Fremde zog, warum es sie drängte, Sicherheiten aufzugeben für nichts als die Vorstellung einer Zukunft an einem Ort, von dem sie irgendwie glaubten, es werde dort „alles besser" sein. Es gab keinen besseren Platz als den, an dem man war, und wenn man glaubte, es gebe doch einen, fraß einem das ein Loch ins Herz. Aber sie nahm an, man konnte sich selbst neu erfinden, konnte an einem neuen Ort sanfter werden wie ein alter Hund, den man verpflanzte, konnte die Unbedarftheit schlechter Entscheidungen hinter sich lassen. Sie hatte es doch auch versucht, die Vergangenheit hinter sich zu lassen und sich eine Zukunft aufzubauen, oder etwa nicht?

Davey hockte sich hin und riss Unkraut heraus. Man musste ihr ihre Überraschung ansehen, denn er kniff die Augen zusammen und sagte: „Na was? Kann ein Mann etwa keine Gartenarbeit machen? Ist er etwa nur gut dazu, Kaninchen und Waschbären zum Mittagessen zu erlegen?"

„Meine Mama hat gesagt: Eine helfende Hand soll man nie abweisen."

„Deine Mama ist eine weise Frau."

„War."

Später am Abend verbrannte Davey sich die Hand an dem Kessel, den er aufgesetzt hatte, damit sie das Geschirr heiß spülen konnte. Er jaulte wie ein Welpe.

„Hier." Letitia linderte den Schmerz mit einem Umschlag aus Ulmenrindensalbe, die sie aus Kentucky mitgebracht hatte. Sie rieb die Salbe mit ihrer Hand in seine und spürte die Hitze der Wunde und die Kühle des Umschlags.

„Das hilft aber mächtig gut." Davey legte die unverletzte Hand auf die ihre.

Es war das erste Mal, dass er sie anfasste, bis auf damals, als er ihr aufs Maultier geholfen hatte. Die Kerze flackerte über ihren Händen und Letitia ließ es sich gefallen, dass die schwieligen Finger sich um die ihren schlossen wie die Federn einer Henne, die Sicherheit versprachen. Da war nichts Forderndes. Kein Drängen wie bei anderen Männern, in deren Diensten sie gestanden hatte. Sie konnte sich nicht erinnern, wann sie zum letzten Mal die Berührung eines Mannes nicht als Bedrohung empfunden hatte. Letitia ließ ihre Hand noch einen Moment in der von Davey liegen, dann zog sie sie zurück. Davey fasste sie nicht um die Taille oder wurde zudringlich. Er hustete, dankte ihr für den Umschlag und sah ihr in den nächsten Tagen nicht mehr in die Augen.

Davey sah zu, wie Letitia in der bescheidenen Hütte hantierte, die er selbst zusammengezimmert hatte, und das Abendessen machte. Er betrachtete ihre schwingenden Hüften, wenn sie den Sirup aus der Vorratskammer holte, ihre schlanke Gestalt, in der sich so viel Kraft verbarg, wie er gesehen hatte, wenn sie Holz hackte oder stundenlang unermüdlich im Garten arbeitete. Sie hielt sich adrett und roch nach Lavendel und Kokos, auch wenn er nicht wusste, warum. Sie beklagte sich nie und hatte mehr als einmal zum Ausdruck gebracht, wie dankbar sie war, dass er sie und die Kuh bei sich wohnen ließ. Was sie nicht sagte, er aber dennoch vermutete, war, dass sie sich bei ihm sicher fühlte. Er war sich nicht klar, ob er fühlen sollte, was er empfand. Wenn sie wüsste, was er getan hatte, als er noch Patrouille ging – Schwarze aufgegriffen und auf Befehl auch ausgepeitscht, bis kaum noch ein Funke Leben in ihnen war, nur weil die Patrouille sie irgendwo angetroffen hatte, wo sie nicht sein sollten – nun, wenn sie das wüsste, wäre es mit dem Gefühl von Sicherheit vorbei. Aber er hatte sie nie dazu gedrängt, ihn zu behandeln, als sei er ihr Besitzer. G. B. Smith war nur einer von denen, die glaubten, er habe ihre Lage ausgenützt, und die ihn für einen Trottel halten würden, wenn sie wüssten, dass er es nicht getan hatte.

Irgendetwas an ihr ließ ihn vermuten, sie würde fortgehen, wenn er versuchte, sie in sein Bett zu bekommen, und er gestand sich ein, dass er nicht wollte, dass sie ging. Sonntags, wenn er ihr nachsah, wie sie die Straße hinunterschritt zur Baptistenkirche, der Negerkirche, spürte er manchmal einen Anflug von Leere, wie wenn man den letzten Tropfen eines guten Kaffees austrinkt. Sie hatte gesagt, sie würde länger bleiben, um noch ein wenig zu singen, wenn die Sklaven auch kommen durften. Die Leere wich nicht, bis er sie zurückkommen hörte, weil sie mit ihrer heiseren Stimme ein Lied sang. Ihm schmeckte, was sie kochte, und, ja, er mochte auch ihre Freundlichkeit, die Weise, wie sie den Frauen bei den Geburten beistand. Er wollte nichts von all dem missen, wollte die Geborgenheit nicht verlieren, die er in ihrer Gegenwart empfand.

„Was seh'n Sie mich so an, Mista Carson?“

„Ich? Oh, nichts.“ Er lehnte sich in seinem Stuhl zurück.

„Jetzt reden Sie sich aber mal nicht raus.“ Das Lächeln in ihren Augen neckte ihn.

Er hätte sie gern eines Tages als Bettgefährtin gehabt, aber er nahm an, sie würde es anständig wollen und das konnte nicht sein, die Gesetze waren nun einmal so. Eine schwarze Frau konnte keinen Weißen heiraten. Er fand das bedauerlich, diese Trennung, für die es keinen guten Grund gab. Ihr Herz schien jedenfalls dieselbe Farbe zu haben wie seins. Er stand auf, verließ den Raum und rief nach dem Hund. Er musste sich von ihr fernhalten, aber doch so nahbar bleiben, dass sie nicht fortging.

Die Augusthitze brannte heiß auf ihrer Haut. Sie saß im Freien und flickte einen Riss in ihrem Leinenkleid; Frösche quakten ihre Sicht der Welt in die Luft, nach der niemand fragte. Sie hatte Charity bereits trockengestellt, das Kalb würde bald kommen. Also waren sie in den Norden gereist, um Daveys Bruder wegen der Käseherstellung zu fragen. Sie musste wieder an diese Fahrt denken, daran, dass Davey kaum über die Jahre gesprochen hatte, die sie sich nicht gesehen hatten, dass sein Bruder nur geknurrt hatte, als er ihn erblickte, und etwas davon gemurmelt hatte, wie enttäuscht er war, dass sein eigener Bruder „das getan hatte“.

„Nun, jetzt bin ich da. Hab mich gefragt, ob du mir beibringst, Käse zu machen. Hab mir eine gute Kuh angeschafft, für Butter und Käse.“

Letitia hatte nicht richtiggestellt, wem die Kuh gehörte. Worauf es ankam, war, dass sie erfuhr, was sie wissen wollte.

Und Smith Carson hatte sein Wissen bereitwillig zur Verfügung gestellt. Hatte davon gesprochen, dass man den Labmagen einer geschlachteten Kuh brauchte, wie man das Lab in Streifen trocknete und wie viel davon man für einen Laib Käse brauchte. Was sie von seinem

Käse probierten, schmeckte würzig. Letitia dachte, sie würde vielleicht mit Salz und Kräutern experimentieren. Sicher würde sie es tun.

„Hast deine Sklavin gleich mitgebracht, wie ich seh."

Smith war ein fülligerer Mann als Davey. Er sah älter aus, als er war, und wirkte kränklich, die Haut hatte eine gräuliche Farbe. Sein eigener Sklave – Letitia nahm an, dass es ein Sklave war – brachte gekühltes Wasser, nachdem Smith mit seinen Erklärungen zum Ende gekommen war. Der Mann hatte Letitia in die Augen geblickt, als er ihr das Wasser gereicht hatte. Sie saß auf den Stufen, während die Männer es sich in den Schaukelstühlen auf der Veranda bequem gemacht hatten. Sie empfand Kummer und Schuldgefühle.

„Sie wird den Käse machen, also hab ich gedacht, sie sieht sich's besser direkt an."

„Hoffentlich ist ihr Gedächtnis besser als deins, Brüderchen. Du neigst dazu, wichtige Dinge zu vergessen."

„Da hab ich gar keine Sorgen."

Letitia hörte die Spannung, die zwischen ihnen in der Luft lag, und fragte sich, was Davey wohl so Wichtiges vergessen haben könnte und welches Dunkel sich hinter der Fassade dieser Familie verbarg wie ein glitschiger Aal im Schlamm. Oder jeder Familie. Als sie wieder fuhren, hatte Smith Davey zwei Holzfässer mitgegeben, in denen man den Käse transportierte. Sie rochen nach Salz und erhitzter Milch.

„Autsch!" Letitia hatte sich mit der Nadel gestochen. Sie fand zurück auf Daveys Veranda, wo noch immer die Frösche quakten.

Charity hatte beschlossen, in der Hitze zu kalben. Am Spätnachmittag ging es los. „Es ist eine gute Zeit im Jahr", erklärte Davey Letitia. „Bis zum Winter ist das Kalb kräftig genug, um gut durchzukommen." Aber die Kuh brauchte bis weit in die Nacht, und als das Kalb endlich auf dem Boden lag, ging die Nachgeburt nicht ab.

„'s anzunehmen, wir müssen sie auf die Beine bringen und uns drum kümmern", sagte Davey.

Sie standen draußen vor dem Gatter, Davey trug eine Laterne, damit sie Licht hatten. Charity leckte das Neugeborene nur hin und wieder, brüllte, wenn sie den Hals drehte. An ihren Beinen klebten Blut und Schleim von der stundenlangen Geburt. Das Kalb stand auf und saugte, ein gutes Zeichen, aber Charity erlaubte es ihm nur kurz und begann dann, unruhig hin und her zu stolpern. Davey legte der Kuh ein Halfter an, aber sie ließ sich nur mit Mühe in die Scheune ziehen. Das Kalb stakste hinter der Mutter her und blökte verloren wie ein verlassenes Kätzchen. Letitia folgte ihnen nach drinnen.

Es war eine unappetitliche Arbeit, mit warmen Händen in der Kuh herumzutasten und zu erspüren, was man herausziehen musste und was nicht. Charity trat von einem Bein aufs andere, wand und drehte sich, aber schließlich war sie erschöpft und Letitia und Davey vollbrachten, was sie beabsichtigt hatten, und sahen zu, wie das Kalb trank.

Die ersten gelben Sonnenstrahlen begrüßten sie, als sie nebeneinander am hölzernen Wassertrog vor dem Haus standen und sich wuschen, sich das Wasser aus einer Blechschüssel auf die Unterarme spritzten und die Schüssel sich rot färbte. Letitia reichte Davey ein Handtuch. Sie hörten Rothwell irgendwo im Wald jagen, sein Bellen, wenn er einem Kaninchen auf der Spur war, war unverkennbar.

„Ich dank Ihnen schön." Sie schrubbte sich immer noch. „Hilfe konnt ich gut gebrauchen."

„'s anzunehmen." Er räusperte sich, lehnte sich gegen einen Pfeiler der Veranda und trocknete sich die Arme unter den aufgerollten Ärmeln ab. „Ich weiß, es ist völlig unmöglich, dass ich dich heirate."

„Was?" Auf ihrer Oberlippe bildeten sich Tropfen. „Woll'n Sie grob werden, Mista Carson?" Sie wandte ihm den Rücken zu, die Hände noch immer in der Waschschüssel, wo ihre Finger eine abgeplatzte Stelle betasteten.

„Schau, Mädel. Ich weiß, es ist unmöglich, dass ich dich heirate, weil du nun mal schwarz bist. Aber ich wünschte, es wär anders. Ich weiß, ich bin so alt wie die Berge da hinten, aber in deiner Nähe fühl ich mich jünger. Fühl mich, als ob ich noch was Ordentliches zustande bringe. Und es tut einem Mann gut, wenn eine Frau sieht, dass er noch was zustande bringt. Sachen erledigen kann, mein ich."

Als sie sich zu ihm umdrehte, zitterten ihre Hände.

„Oh, jetzt hab ich dich erschreckt. Das wollt ich nicht." Er gab ihr das Handtuch, das er benutzt hatte.

Sie wusste, dass ihre Augen aussehen mussten wie Kastanien, die in

Sahne schwammen. Es war leicht und unbeschwert gewesen, bei ihm zu leben, aber nun … *Vielleicht wär ich doch besser mit den Bowmans in den Westen gegangen.*

„Mista Carson …“

„Davey, bitte.“ Er räusperte sich und nutzte ihr Zögern, um weiterzusprechen. „Ich weiß, auf den Plantagen muss ein schwarzer Mann um Erlaubnis fragen, ob er heiraten darf. Und dann ist da immer dieses Gezänk, wenn ‚der Fall eintritt‘, und ob das Kind dann dem Besitzer des Mannes gehört oder dem der Frau.“

Letitia stand unbeweglich da wie ein Kaninchen, über dem ein Habicht kreist. Es überraschte sie, dass er sich anscheinend bewusst war, welche Demütigung es für einen Mann bedeutete, dass man ihm jederzeit seine Kinder wegnehmen konnte. Wollte denn nicht jeder Mann Frau und Kinder beschützen? Sie schluckte und trocknete sich weiter die Arme ab, an denen kein Tropfen Feuchtigkeit mehr klebte.

„Das is' nicht so, wie ein Mann und eine Frau zusammen leben sollten. Früher, als es hier im Platte County noch anständige Menschen mit ehrlichen Grundsätzen gab, da galt's auch als ehrliche Heirat, wenn, nun ja, eben irgendjemand ein paar gute Worte über einem Mann und seiner Pawneefrau sprach oder seiner Senorita, die er sich aus Mexiko mitgebracht hatte. Da brauchte man keine Priester oder Pfarrer. Aber nur eben, weil's hier nicht erlaubt ist … weil du nun mal schwarze Haut hast … und ich … also … eben anders bin …“

Es war die längste Äußerung, die Davey ihr gegenüber je gemacht hatte. Und er war noch nicht fertig.

„Ich weiß nicht, was nötig wär, damit du dich als meine Frau fühlen könntest, ehrlich und grad. Vielleicht wär's leichter und sicherer für dich in Oregon, wenn du und ich … wenn wir zusammengehör'n würden.“

Sie wandte sich um und zog die Augenbrauen hoch.

„Schau mal, Mädel.“ Er zupfte sich am Bart. „In Oregon müsstest du keine Sorge haben, dass die Leute dich fragen, ob du frei bist oder …“

„Sie können's ruhig aussprechen, Mista Carson.“

Er strich mit dem Zeigefinger über ein Lächeln, das einen abgebrochenen Eckzahn erkennen ließ.

„Davey“, kam sie seiner Bitte nach, „du kannst ruhig ‚Sklavin‘ sagen.

Ich bin's nicht mehr, und ja, ein Makel ist's, dass ich's war, aber jetzt bin ich frei. Und bin's auch immer gewesen, selbst, als ich's noch nicht war. In dem, was ich denk, da bin ich frei. Frei wie ein Kind Gottes."

„Dann denk bitte über meinen Antrag nach, du Frau mit den freien Gedanken." Er lachte ein helles Lachen, das sie noch nie von ihm gehört hatte.

Er ist nervös. Ihr stieg Hitze ins Gesicht. „Deinen Antrag? Dein Angebot."

„Nenn es, wie du willst. Ich biet dir auch meinen Namen, wenn du das willst, offen und ehrlich, und ein Versprechen, dass ich ein so guter Ehemann sein will, wie ich's eben vermag. Und wenn Gott will." Er räusperte sich. „Du denkst drüber nach, ja? Ich hab noch Holz zu hacken."

Letitia sah ihm nach, als er davonging. Auf den Stufen stolperte er, fing sich aber noch. Sie setzte ihren Strohhut auf und machte sich auf den Weg ins Hotel, frisch gekühlte Butter im Korb und um die Schultern einen Schwarm von schwerwiegenden Gedanken.

Später am Tag dachte sie über Daveys Angebot nach, während sie Wasser für den Waschzuber erhitzte, um Bettzeug zu waschen. Liebe war dabei nicht im Spiel, aber Freundlichkeit. Und ein Dach über dem Kopf und Sicherheit und beides könnten Trittsteine auf dem Weg zu etwas Tieferem sein. Es war großzügig, dass er sie gegen geringe Arbeit hier wohnen ließ und ihre Kuh ihr Futter hatte und dass er keinen Anteil von dem verlangt hatte, was sie durch ihre Verkäufe von Milch, Butter und Gemüse an das Hotel erlöste. Er hatte sie fair behandelt, auf Augenhöhe. Auch das war doch sicher ein Trittstein auf dem Weg zur Liebe? Die Väter ihrer beiden Kinder hatte sie nicht geliebt. Sie hatten sie einfach genommen. Später hatte einer sein eigenes Kind verkauft. Und Nathan war so jung gestorben. Gott möge ihr den Gedanken verzeihen – aber zumindest hatte sie nicht mit ansehen müssen, wie man ihn schlug oder ebenfalls verkaufte.

Sie stieß den Wäschelöffel tief in das Stoffknäuel, sodass das Holz sich unter der Last bog. Gehörte es auch zu Daveys Angebot, dass sie Kinder haben würde? Er hatte davon nichts gesagt. Sie konnte sich doch schon glücklich schätzen, dass er ihr diese Art von Heirat antrug, statt sie einfach zu nehmen. Außerdem fragte er sie nach ihrer Meinung über dies und jenes und sie erkannte darin eine Art von Respekt, ebenfalls etwas, was sie für notwendig hielt, wenn einmal Liebe folgen sollte. Und überhaupt – wer war sie denn, dass sie erwarten konnte, es könnte in den Verbindungen ihres Lebens einmal Liebe geben? Ihre Mutter hatte das auch nie erfahren. Liebe war ein Nachtisch. Nicht jeder kam zu Lebzeiten in den Genuss dieser Süßigkeit.

Sie wünschte, sie hätte eine Freundin, mit der sie reden könnte. Die Frau des Pastors in der Negergemeinde flocht ihr regelmäßig die Haare; sie könnte ein offenes Ohr haben. Allerdings konnte es sie auch in Schwierigkeiten bringen – sie würde schließlich Mitwisserin eines Gesetzesverstoßes werden. Letitia hängte die Wäsche auf die Leine und dachte an Sarah Bowman, während der scharfe Wind ihr die feuchten Tücher ins Gesicht schlug. Sarah würde beim bloßen Gedanken daran, dass ein weißer Mann sich mit einer schwarzen Frau zusammentat, die Nase rümpfen, und dass dabei auch noch Liebe im Spiel sein könnte, würde ihr nur ein verächtliches Schnauben entlocken. Natürlich gab es jede Menge Weiße, die sich schwarze Mädchen nahmen; aber in Gottes Augen konnten sie nie zusammengehören. Und doch … wenn es Liebe zwischen ihnen gäbe, könnte dann eine solche Heirat nicht eines Tages doch möglich sein? Auch jetzt wurden Ehen ja arrangiert, von den Sklavenbesitzern, und manchmal gab es darin auch Liebe. Man musste sich nur Robin und Polly Holmes ansehen. Ihr Besitzer hatte die Heirat verlangt, aber dann war Liebe erwachsen, wo zuerst nur wirtschaftliche Interessen im Spiel gewesen waren, und sie hatten sechs Kinder bekommen. Wie es ihnen wohl auf der Reise nach Oregon ging? Drei Kinder zurücklassen zu müssen, musste sehr schmerzlich für sie gewesen sein. Aber ihr Besitzer hatte ihnen die Freiheit versprochen, wenn Robin ihm half, einen Landanspruch in Oregon durchzusetzen. Die Verheißung der Freiheit konnte Balsam sein für die Trauer. Und für die Ungewissheit.

Letitia schob Holzklammern auf die Laken. Wenn sie hierblieb, würde ihr Weg voller Ungewissheiten sein. Ja, sie verdiente eigenes Geld, aber es würde nie reichen, um diese Farm zu kaufen und ein eigenes sicheres Dach über dem Kopf zu haben, nicht in Missouri. Und auch in keinem anderen Sklavenstaat. Vielleicht eines Tages irgendwo anders, wo es keine Sklaverei gab. Hier würde G. B. Smith ihr auflauern, wenn sie sich nach Sonnenuntergang im Freien aufhielt. Sie kannte die Geschichten von Leuten, die Dokumente besaßen, die sie als freie Menschen auswiesen, und die man trotzdem entführt und verkauft hatte – ein gutes Geschäft für die Patrouillen, die die Papiere zerrissen und freie schwarze Menschen wieder in die Sklaverei verkauften.

Aber in Oregon konnte Davey Land beanspruchen. Er war doch amerikanischer Staatsbürger. Vielleicht konnte auch sie dort Land zugeteilt bekommen? Der Gedanke entlockte ihr ein verächtliches Lächeln. Sie war ihr Leben lang auf Gedeih und Verderb Leuten ausgesetzt gewesen, die *sie* als Eigentum betrachtet hatten. Und sie wollte nun selbst Eigentum erwerben? Selbst wenn sie nur eine weitere Kuh kaufen wollte, würde jemand anders den Kauf für sie tätigen müssen, denn niemand würde ihr glauben, dass sie das Geld dafür nicht gestohlen hatte.

Eigentlich blieb ihr nur der nächstbeste Weg: Mitreden zu können im Blick darauf, was ihr wichtig war, und entscheiden zu können, wie sie reagieren wollte, wenn irgendetwas diese Hoffnung bedrohte. Vielleicht waren das ja die Möglichkeiten, die einem Menschen immer offenstanden, ob er nun frei war oder nicht.

6 Zusammenstehen

Davey hackte Unkraut weg, das Letitias Gartenbeete bedrohte. Er hatte aus dem Augenblick heraus gehandelt, als er ihr dieses Arrangement angeboten hatte. Ein Arrangement, für das die anderen Patrouillengänger nur Hohn und Spott übrig haben würden. „Nimm sie dir", würden sie sagen. Und wahrscheinlich annehmen, dass er es längst getan hatte. Aber Tish hatte so eine besondere Art, eine Würde, eine eigene

Ruhe. Sie verdiente Respekt. Er war kein großer Planer. Sein Leben als Viehzüchter in Carroll im Inneren des Platte County war stetiger und strukturierter als alles, was er sonst im Leben betrieben hatte, und mit der Frau an seiner Seite erschien ihm die Arbeit weniger beschwerlich. Sie wusste zuzupacken und war nicht zimperlich; anders als die meisten Frauen, denen er begegnet war, fiel sie nicht beim Anblick von ein wenig Blut in Ohnmacht. Und sie war auch kein durchtriebenes Weibsbild wie diese Eliza. *Ich hab das Mädel nicht angerührt.*

Die Hacke schlug auf Stein und er spürte das Federn des hölzernen Stiels bis hinauf in seine zusammengepressten Zähne. Er unterbrach die Arbeit, um sich ein wenig zu erholen, nahm den Schlapphut ab und wischte sich die Augusthitze von der Stirn. Wenn sie Ja sagte, was konnte er dann tun, damit es irgendwie offiziell war? Kein Diener des Wortes würde diesem Vorgehen zustimmen. Vielleicht konnte er einen Anwalt finden, der Sympathien für die Sklavereigegner hegte, und ihn bitten, ein paar offizielle Worte zu sprechen, damit die Frau zufrieden war. Und er selbst auch, nicht zu vergessen. Er wollte keine Verbindung, die unzuverlässig war wie ein Halm im Wind. Er wollte gewiss sein können, dass sie von der Aussaat bis zur Ernte an seiner Seite bleiben würde, dass sie gemeinsam Holz fällen und spalten und den Dachfirst errichten würden, dass sie, so Gott wollte, seine Kinder tragen würde. Er wollte ihr nicht nachlaufen müssen, weil sie sich aus dem Staub machte. Vielleicht sollte er sofort nach jemand Geeignetem suchen. Damit sie wusste, dass er es so achtbar wie nur möglich einrichten wollte. Ja, das war es, was er tun musste.

Er stellte die Hacke in den Schuppen, wusch sich Gesicht und Arme und machte sich auf den Weg nach Platte City. Davey Carson, der die Dinge im Voraus bedachte. Meine Güte, die Frau hatte ihn jetzt schon verändert.

Letitia ging die Straße zur Negerkirche hinunter, einem kleinen, schindelverkleideten Gebäude, das erst kürzlich weiß getüncht worden war. Als eines der wenigen Gemeindeglieder, die etwas Geld erübrigen konnten, hatte sie etwas zur Bezahlung für den Anstrich beigesteuert. Nach dem Gottesdienst wollte sie mit dem Pastor sprechen, einem alten Schwarzen, der das Schlimmste vom Schlimmen gesehen hatte, bevor er die Freiheit erhielt. Er hatte der Gemeinde mehr als einmal erzählt, wie der Herr ihn hier nach Platte County geführt hatte, damit er aus einem ungenutzten Hühnerstall diese kleine Kirche machte, und wie, siehe da, über Jahre diese Gemeinde gewachsen war, die hier zusammenkam, um zu singen und Gott zu loben, obwohl der Hühnergeruch für ewig in den Wänden festhing.

„Oh nein. Nein, nein, Miss Letitia. Das wär viel zu gefährlich." Sie stand mit dem Pastor unter einer ausladenden Eiche und vertrieb die Hitze mit einem Fächer aus Hühnerfedern. „Die Leute finden so was immer raus. Sie werden Sie anzeigen, wegen ungesetzlichem Verhalten." Er hielt inne. „Schwester, ist er ein guter Mann? Es gab da diesen Vorfall mit Schwester Eliza und er geht Patrouille …" Seine Stimme verlor sich und ließ Weiteres unausgesprochen.

„Ich hab nichts andres als Gutes von ihm erlebt, Pastor. Gibt mir ein Dach überm Kopf und Essen auf den Teller. Und hat nichts dagegen, wenn ich was tu für den Herrn. Für Witwen und Waisen sorgen, das tut er. Witwen und Waisen wie mich."

Der alte Mann tätschelte ihre Hand. „Es ist gefährlich. Aber der Herr würde euch nicht tadeln; Liebe stellt unser Heiland immer über alles. Allerdings möchte ich nicht erleben, dass der Sheriff euch etwas Ungesetzliches nachweisen kann."

„Also wär's dann eine wilde Ehe? Kein Gotteswort als Segen für uns?"

„Es ist am besten, die Leute glauben, du gehörst zu ihm, aber nicht als Ehefrau. Das ist viel sicherer. Wenn nur ihr beide wisst, wie es wirklich steht. Und der Herr. Das reicht aus."

„Tut's das?" Sie spürte eine Beunruhigung, so als gäbe sie etwas von sich selbst auf, wenn sie den Antrag annahm, ohne den Segen Gottes dafür erbitten zu können. Würde das nicht ihre ganze Zukunft aufs Spiel setzen, wenn sie mit einem Mann zusammenlebte, ohne dass das Wort Gottes sie verband? Sie war frei; sie gehörte zu keinem Vater, Bruder, Ehemann oder Sohn, und sie war niemandes Eigentum. Sie wollte, dass es so blieb, aber sie wollte auch das, was eine Bindung an einen Menschen ebenfalls mit sich brachte: Sicherheit, Lachen, neues Leben in die Welt bringen und es in einer guten Familie heranwachsen sehen. Sie würden in den Westen gehen, ins Ungewisse. Vielleicht würde sie in den Augen anderer niemals seine Frau sein, selbst wenn der Pastor die heiligen Worte über ihnen sprach. Aber es war ihr wichtig zu wissen, dass sie es in den Augen des Herrn war.

„Ich sag Ja zu dem Antrag." Sie standen in der Scheune und sahen zu, wie das Kalb trank.

„Mein Antrag? Du sagst Ja?" Davey trat einen Schritt zurück. Er wollte sie anschauen. Sie hatte ein Profil wie die Statuen in der Eingangshalle im Gerichtsgebäude. Es gefiel ihm, wie sie ihr Haar in viele kleine Zöpfe flocht und zurückband, sodass die hohe Stirn klar heraustrat und der krause Flaum an den Schläfen sichtbar war. Sie wandte sich ihm zu – die vollen, kirschroten Lippen zu einem Lächeln gedehnt, die gerundete Nase zart und sanft wie das Ohr eines Lämmchens. Ihre braunen Augen schimmerten und das klare Weiß ihrer Augäpfel ließ sie tief und geheimnisvoll erscheinen.

„Ja. Ich bin willens, Letitia Carson zu werden. Aber was ich möcht, ist … es soll offiziell sein."

Er nickte. „Ich hab mit dem Anwalt geredet, der die Sache mit Eliza für mich vertreten hat." Er zog die Brauen zusammen. *Warum muss ich das bloß erwähnen?* „Er sagt, wir soll'n uns keine Gedanken machen wegen der Worte. Vielleicht kann ich die auch selbst sprechen. Und du ebenfalls." Er schob etwas Stroh zurück in die Futterkrippe, das ihn im Rücken piekste. „Oder vielleicht auch dieser Pastor, wo du sonntags immer hingehst. Würd er das tun?"

„Wir haben gesprochen, aber er sagt Nein."

Sie musste es ernst meinen, wenn sie es mit ihrem Pastor besprochen hatte.

„Er sagte, es wär … würd mich in Gefahr bringen. Und dich vielleicht auch, wenn die Leute denken, wir tun was, was gegen das Gesetz is'. Aber Gottes Gesetz wär nich' dagegen – Gott gefällt's, wenn Menschen fest und für immer zusammenstehen."

„Ja, durch dick und dünn zusammenhalten, das ist wohl, was die Bibel sagt." Er kam auf seinen Vorschlag zurück: „Dann könnten wir die Worte auch selbst sprechen?"

Sie nickte.

Sie schien sich nicht allzu sicher zu sein, aber er ging auf ihr Nicken ein, bevor sie es sich anders überlegte. „Gut. Wie wär's dann nächsten Samstag?" Er schlug die Hände zusammen. „Als Trauzeugin hätten wir ja Charity."

Letitias Miene verdunkelte sich. Er hatte sie aufheitern wollen, aber stattdessen hatten seine Worte dem Vorhaben Ernst und Feierlichkeit genommen. Er räusperte sich. „Gott ist unser Trauzeuge." Sie hatte die Arme über der schmalen Brust verschränkt und er legte seine Hand an ihren Ellbogen. „Er sorgt dafür, dass uns nie wieder etwas trennt."

Es sollte am letzten Samstag im August sein. Letitia würde am nächsten Tag zur Kirche gehen und niemand würde auch nur ahnen, dass sie nun Letitia Carson war.

Gelbe Mädchenaugen säumten den Weg zu Daveys Haus und im Wald fand er Lilien, blassviolett wie ein Sonnenaufgang im Winter. Er pflückte ein paar und wünschte sich, die Seidenpflanzen mit ihrem üppigen Orange würden schon blühen, aber in den Knospen der Pflanze deutete sich die spätere Farbenpracht erst an. Die hellen Lilien mussten genügen. Er hielt das Sträußchen in seiner kräftigen Hand. Seltsam, was Frauen so gefiel. Aber, um ehrlich zu sein, er selbst mochte Blumen durchaus auch und er hob den Strauß an die Nase. Er wünschte sich eigentlich, dass es auch menschliche Zeugen für ihre Verbindung geben könnte. Letitia war eine gute Frau und sicher hätte sie gern eine Freundin in der Nähe gehabt oder auch mehrere. Ob sie wohl Freundinnen hatte? Falls nicht, erschien ihm das irgendwie nicht fair, wo sie doch selbst so großzügig und freundlich war. Und zu solchen Menschen fühlten andere sich doch hingezogen wie Viehzüchter zu guten Fleischrindern.

Verglich er hier gerade tatsächlich seine Braut mit einer guten Kuh? Er schüttelte den Kopf. Wenigstens hatte er Letitia gegenüber nicht laut ausgesprochen, was ihm da durch den Kopf ging, und er würde ganz sichergehen, dass er es auch nicht tat, wenn er ihr die Blumen überreichte.

Davey las ihr die alten Worte aus der Bibel vor, die er aus dem Schrank geholt hatte. Der Ledereinband hatte Flecken. Er sagte, er habe sie aus Irland mitgebracht, als er damals als junger Bursche herüberkam. Seine Mutter war auf der Überfahrt gestorben und sein Pa hatte das nie verwunden. Er war aufs Trinken verfallen und hatte seine Jungen und eine Tochter mehr oder weniger sich selbst überlassen. Davey wies auf die Namen in der Bibel: den seiner Schwester, die inzwischen verheiratet war, und die seiner Brüder, die in North Carolina lebten. „Bis auf Smith, meinen älteren Bruder."

„Den kenn ich ja." Letitia fuhr mit dem Finger über den einzigen Carson-Namen, der außer Davey real für sie war. Davey war derjenige aus der Familie gewesen, der eigene Wege gegangen und bereit gewesen war, als die Regierung 1837 das Land um den Platte River erworben und zur Besiedelung freigegeben hatte. Er hatte seine Berge und die Ströme North Carolinas verlassen und sich als Viehzüchter niedergelassen. Irgendwie war die Familienbibel in seine Hände geraten, und wenn man bedachte, durch wie viel Sturm und Regen er sie mit sich geführt hatte, dann hatte er sie gut erhalten. Aus seiner Stimme klang Stolz, dass das heilige Buch der Familie in seiner Obhut war. Letitia lauschte auf die Worte, die er vorlas. Sie konnte nicht lesen. Sie würde es gern lernen, aber es gab Gesetze, die es verboten, Sklaven zu unterrichten, und nachdem sie freigegeben worden war, hatte sie anderes zu tun gehabt, als sich einen Reim auf schwarze Kringel auf Papier zu machen. Aber jetzt wäre es schön, wenn sie lesen könnte, was in Mista Bowmans Dokument stand, das ihr die Freiheit bescheinigte. Und es wäre auch schön, wenn sie die Bibelworte, die sie nach Davey wiederholen sollte, auch selbst lesen könnte. Sie konnte sich Wörter gut merken. Sie hatten den Wortlaut tagelang gemeinsam eingeübt.

„Dann bist du also willens? Mich zu heiraten?"

„'s anzunehm'n."

Sie sah, wie er lächelte. Sein grau durchzogener roter Schnurrbart umspielte seine Lippen. Sie spürte, wie ihr die Röte in die Wangen stieg, während sie ihn so ansah. Sie trug ihr bestes Leinenkleid und hatte zur Feier des Tages einen gehäkelten Gürtel umgelegt, der ihre schmale Taille betonte. Sie hatte die Frau des Pastors gebeten, ihr das Haar in der Mitte zu scheiteln und zwei straffe Zöpfe zu flechten; einen dünnen Strang hatte sie zu einem kleinen Kranz geschlungen, der ihr wie ein Medaillon mitten auf der Stirn lag. Die Frau des Pastors hatte keine Fragen gestellt, was es mit dieser kunstvollen Haarpracht auf sich hatte, aber Letitia hatte angenommen, dass sie und ihr Mann wohl kaum Geheimnisse voreinander hatten. Den Rest des frisch gewaschenen Haars, das sie mit Kokosöl geglättet hatte, trug sie als Knoten im Nacken. Im Laden in Weston hatte sie ein Band gekauft und kunstvoll in das Ganze hineingeflochten.

„Die hab ich dir mitgebracht." Davey reichte ihr den zart gefärbten Strauß. Eine leichte Röte stieg ihm ins Gesicht. „Und gut schaust du aus, das muss ich sagen. Wie es sich für eine Frau an ihrem Hochzeitstag gehört."

Ihr Blick ging zu Boden auf seine frisch polierten Schuhspitzen. „Danke." Sie nahm den Strauß entgegen. „Ich hol ein Glas dafür."

„Ich hab noch etwas für dich." Er reichte ihr eine kleine Kuhglocke aus Zinn, in die auf einer Seite ein Weißdornblatt eingraviert war.

Sie lag kühl in ihrer Hand. Letitia schüttelte die Glocke. Der etwas scheppernde Ton gefiel ihr. Sie drehte die Glocke um und stellte die Blumen hinein. Ihre Finger strichen über die Gravur. „'s anzunehm'n, es passt so." Sie ging zur Pumpe und füllte Wasser in das Gefäß.

Davey sagte: „Sind wir jetzt so weit?"

„Ja, Mista Carson. Davey."

„Du weißt die Worte?"

„Ich weiß sie."

Er räusperte sich und holte tief Atem, als von der Straße eine Glocke erklang. Der fahrende Händler mit seinem Wagen voller Knöpfe, Schleifen, Töpfe und Pfannen machte seine monatliche Runde, um den Damen des Hauses seine Waren anzupreisen. Er schwenkte den Hut, die beiden Lockenstränge, die ihm bis ans Kinn reichten und sein Gesicht einrahmten, schaukelten. Der Einspänner rollte heran. Rothwell bellte und begrüßte den Mann dann schwanzwedelnd, als er ihn erkannte.

„Darf ich wohl mein Pferd hier zum Brunnen führen?"

„Darfst du, Aaron."

Letitia nahm den Zügel und führte das Tier zum Wassertrog, während Aaron vom Wagen sprang.

„Und warum geht's hier so feierlich zu?", hörte Letitia ihn fragen. Der alte Krämer hatte in seinem Leben auch üble Behandlung erlebt, aber er war kein Sklave und war auch nie einer gewesen, obwohl er aus einer Sklavenfamilie kam. Trotzdem wünschte Letitia, er würde rasch wieder gehen. Wenn es keine Zeugen gab, konnte das Gesetz ihnen nie etwas anhaben. Sie ging hinüber zu den Männern.

„Ein schönes Sträußchen wie dieses hat doch sicher einen Anlass. Und da habt ihr auch ein nettes Väschen dazu. Mit Gravur sogar, wie ich sehe."

„Du siehst richtig", sagte Davey. „Wir brauchen heute nichts von dir. Aber du kannst gern das Pferd tränken und weiterziehen."

„Aaron Moshe hat nicht die Absicht, Handel zu treiben, wenn er in einen feierlichen Anlass hineinplatzt." Er nickte zu Letitia hin. „Eine Braut?"

Letitia schluckte. Ihre Kehle war trocken wie Maisstroh. Was würde Davey sagen. *Er sollte die Bemerkung einfach in der Augusthitze verfliegen lassen.*

„Um die Wahrheit zu sagen: Ja, sie ist eine Braut. Und bald meine Frau."

Nein, nein. Aber dann kam ihr ein anderer Gedanke: Ein Zeuge außer dem Hund würde den Worten viel mehr Gewicht verleihen. Und er würde sie nicht verraten, sicher nicht, oder?

„So, so." Er sah sich um. „Moshe sieht keinen Prediger. Also, die Hochzeit kann wohl nicht stattfinden, oder?"

Letitias Herz pochte wie der Schlägel an den Rand des Butterfasses. Würde Moshe dem Sheriff berichten, dass sie hier gerade Staatsgesetze brachen? Sie sah Davey an. Konnte er wirklich für ihre Sicherheit sorgen? Er hatte sie gerade aufs Spiel gesetzt und ausgeplaudert, was sie vorhatten. *Mach das Beste aus schwierigen Situationen.* Rothwell stupste Letitia mit dem Kopf an und sie streichelte den Hund, dankbar für dieses Zeichen der Zuneigung. „Könnt's vielleicht sein, dass Sie heut unser Prediger sind, Sir?" Lasen Juden nicht auch Daveys Buch?

Und so kam es, dass an einem heißen Tag im August David Carson, ehemals Bürger von Irland, Letitia, ehemals Sklavin in Kentucky, zu seiner Frau nahm. Davey sprach dem Krämer die Worte vor, mit denen sie sich versprachen, einander in Ehren zu halten, in harten Zeiten zusammenzustehen, füreinander zu sorgen und unter Gottes Schutz aneinander festzuhalten und nicht zuzulassen, dass irgendein anderer Mensch sich zwischen sie drängte. Davey sprach sie für sich selbst, die Bibel in der Hand, und Moshe wiederholte sie dann für Letitia, die die zitternden Hände auf den Einband des Buches gelegt hatte. Sie war froh, dass er dabei war. Sie hatte die Versprechen zwar auswendig gelernt, aber jetzt machte der Anlass sie doch nervös. Moshe fügte noch ein paar Segensworte und eine Ermahnung hinzu: Sie dürften nie zulassen, dass Menschen sie entzweiten.

„Und jetzt brauchen wir noch einen würdigen Abschluss", fuhr Moshe fort. Er trottete hinüber zu seinem Krämerwagen. „Moshe hat was dafür, Moment. Ah, da ist es schon."

Letitia sah Davey an, der ihr zuzwinkerte. Sie senkte den Kopf, aber Davey legte ihr die Hand unters Kinn und hob ihren Kopf. Sein Blick nahm ihr den Atem.

„So, da haben wir's also. Wie wär's mit einem weiteren altehrwürdigen Brauch?" Er stellte ein Weinglas auf die Erde. „Also dann. Kein Hochzeitsbaldachin. Aber auf Glas treten kannst du, Davey. Den Hochzeitskelch zu zerbrechen ist deine Aufgabe."

Davey lachte.

„Wozu soll er das?"

„Oh, aus vielen Gründen. Damit eure Kinder so zahlreich werden wie die Scherben. Und eure glücklichen Tage auch. Oder damit ihr an den Tempel denkt, der zerstört wurde. Und Aaron Moshes Lieblingsgrund: Weil die Liebe so zerbrechlich ist wie Glas und eine Ehe etwas ist, mit dem man vorsichtig umgehen muss, und die nie gebrochen werden darf, außer durch den Tod. Also los." Er machte eine auffordernde Handbewegung.

Davey zuckte die Achseln und zertrat das Glas, das in tausend Stücke zerbrach.

„Mazel tov!", rief der Krämer, die Hände hoch erhoben. Das Pferd erschrak, hob den Kopf und schüttelte sich, sodass das Zaumzeug klirrte. Das brachte Rothwell zum Jaulen. „Du darfst die Braut jetzt küssen. Und lasst euch durch die Scherben erinnern: Ihr beide seid jetzt zwar verbunden zu einem Ganzen. Aber die Welt ist immer noch zerbrochen und kaputt und wartet darauf, dass sie jemand in Ordnung bringt."

7 Kostbare Versprechen

Es war der erste Kuss, den sie von ihrem Ehemann bekam. Sein Mund war sanft; seine Lippen schmal und feucht. Sein Bart kratzte an ihren Lippen und Wangen, als er sie an sich zog. Irgendwo tief in ihr breitete sich eine Wärme aus, bis in die Zehenspitzen und Haarwurzeln, bis in ihr innerstes Herz.

Davey ließ sie los.

„Moshe macht sich jetzt am besten auf den Weg."

„Wart noch. Lass mich dir das Glas und deinen Segen bezahlen."

„Betrachtet es als mein Geschenk." Moshe grinste. „Aber ich würde nicht Nein sagen, am Hochzeitsessen teilzunehmen, falls ihr das geplant habt."

Beim Essen redeten sie von anderen ähnlichen Anlässen – Hochzeiten in Pittsburgh, bei denen der Krämer zu Gast gewesen war, bevor er nach Westen zog. Aber dies, sagte er, sei das erste Mal, „dass Aaron Moshe bei einer Trauung assistiert hat".

Letitia tischte auf: Rindfleischscheiben von dem geräucherten Braten aus der Vorratskammer. Frische Salate und Bohnen aus ihrem Garten. Beerenmus mit Buttermilch. Und schließlich einen Johannisbeerkuchen mit frischer Sahne, die sie mit Ahornsirup gesüßt hatte.

„Da hast du eine gute Partie gemacht, Davey. Mrs Carson ist eine selten gute und opulente Köchin."

„Ich weiß zwar nicht genau, was das heißen soll, aber ich nehm's gern als Kompliment. Für meine Frau." Davey hob seine beladene Kuchengabel in Richtung Letitia. „Auf die opulente Köchin."

Letitia kannte das Wort auch nicht, aber es schien Davey Freude ins Gesicht zu malen. Der Anblick half ihr, die Nervosität zu bezwingen, die sie erfüllte, wenn sie daran dachte, was folgen würde, sobald der Krämer gegangen war.

Moshes Krämerwagen ratterte die Zufahrt hinunter. „Vielleicht hätt ich ihm anbieten sollen, hier in der Scheune zu übernachten, wenn er wollte. Aber ich hatte gehofft, die Hochzeitsnacht mit meiner Frau allein zu verbringen."

Letitia senkte den Blick. Bei keinem der Väter ihrer Kinder hatte sie dieses Flattern im Magen gekannt. Aber sie hatte auch noch nie die Wahl gehabt, ob sie einen Mann haben wollte oder nicht. Sie war zu diesen Männern geschickt worden, um Arbeitskräfte für ihren Besitzer zu produzieren. Sie hatte sich gewundert; sie war keine starke Frau und sie hatte festgestellt, dass die Babys von Sklavenfrauen, die größer und kräftiger waren als sie, weniger anfällig waren und zu kräftigen Männern und großen Frauen heranwuchsen. Sie wusste nicht, wie groß Nathan wohl wäre, wenn er noch am Leben wäre. Sein Vater war groß. Aber Jeremia war mit seinen fünf Jahren, als man ihn verkauft hatte, aufgeschossen gewesen wie ein Stechpalmenzweig. Vielleicht hatten ihre Besitzer bemerkt, dass sie einen wachen Verstand besaß, hart arbeitete, sich anpasste und keinen schwelenden Ärger in sich herumtrug und verbreitete.

Das Geschenk einer Heirat mit jemandem, der freundlich genug war, ihr Blumen zu schenken und das Hochzeitsglas zu zerbrechen, war mehr, als sie hatte hoffen können. Irgendwo in der Bibel gab es einen Vers über den Segen, der in einem Maß gerüttelt und reichlich ausgegossen wurde. Heute hatte sie etwas davon erlebt.

Davey trat auf der Veranda zu ihr. Die warme Dämmerung legte sich um ihre Schultern wie ein Schal und sie dachte an einen Brauch, den es bei ihren Leuten gab: Man legte eine Decke um das Hochzeitspaar, das dann über einen Besen springen musste. Sie hatte es einmal gesehen; es war ein Freudensprung.

Ihre Mutter hatte erzählt, der Brauch käme aus Afrika. Sie ging ins Haus, holte den Besen und sie sprangen lachend darüber.

„Du weißt ja: Wir werden's niemand verraten können, dass wir jetzt verheiratet sind." Davey schnappte nach Luft.

„Ich weiß."

„Aber ich werde dich so behandeln, als ob wir's sind."

Sie hatte den ganzen Tag über etwas nachgedacht. „Wir könnten noch was vereinbaren, außer dieser Heirat."

David hob die Augenbrauen.

„Ich versprech, bei dir zu bleiben, dir nächstes Jahr auf der Reise zu helfen und wenn wir unser Land bekommen. Ich werd das Land bestellen, kochen, die Wäsche waschen." Sie sagte nicht: *deine Kinder zur Welt bringen.* „Ich bin deine Frau. Du musst mir kein Geld dafür geben. Und dafür versprichst du, dass du für mich sorgst. Und wenn dir was passiert, dann sagst du jedem, der fragt, dass du mir hinterlässt, was du besitzt. Mir und deinen Söhnen und Töchtern. Wenn wir welche haben ..." Sie wandte den Blick ab. Sie hatten nie über Kinder gesprochen.

Er zupfte sich am Bart. „Das könnt ich wohl tun."

„Und das würdest du auch aufschreiben? Ich könnt ein Dokument haben? Und du würdest's unterschreiben?"

„Das könnt ich tun." Er war dabei, das Band aus ihrem Haar zu lösen. Seine Finger strichen über ihre Wangen.

Er hatte nicht gesagt, dass er eine solche Vereinbarung unterschreiben *würde,* aber Letitia scheute sich, jetzt schon zu sehr darauf zu drängen. Sie begannen ja gerade erst ihr gemeinsames Leben und sie hatte noch nichts für ihn getan.

„Dann sind wir einig. Wir geh'n zusammen nach Oregon. Du und ich."

Er trat noch näher zu ihr und spielte mit dem Daumen mit dem Haarmedaillon auf ihrer Stirn, während er mit der anderen Hand ihr Kinn zu sich emporhob. „Ich mag es, wie du diese Haarsträhne frisiert hast." Seine Hand lag jetzt warm an ihrem Hinterkopf. Sie nahm den Duft von Kokos und Honig war, mit denen sie ihr Haar bändigte. „'s anzunehm'n, der Schlafplatz in der Vorratskammer wird nicht mehr benötigt, oder was würden Sie sagen, Mrs Carson? Das heißt, wenn Sie gern mein Bett teilen möchten."

„Das möcht ich gern." Es gefiel ihr, dass er sie fragte. Und als er sie am Gürtel zog und sanft zu seinem Bett dirigierte, seine Lippen dicht an den ihren …, ließ sie es gern geschehen.

Sie lag wach im Licht des Augustmonds, der schimmernd durch die dünnen Vorhänge zu sehen war, als spiegele er sich auf einem See. Davey schnarchte neben ihr, zufrieden wie sie. Wer hätte gedacht, dass sie in dieser Verbindung Freude finden würde? Sie würde mehr an diesem Mann entdecken, das wusste sie, aber für den Augenblick beruhte ihr Glück auf dem, was er ihr versprochen hatte, nicht nur mit den Worten bei ihrer kleinen Zeremonie. Sie hatte gesagt, sie würde ihm gehorchen, aber er hatte ihr versichert, dass sie für ihn doch keine Sklavin sei, die zu gehorchen hatte. Für ihn sei sie seine Ehefrau, die ihren Mann sicher gern glücklich machen wollte, ebenso wie er hoffte, sie glücklich zu machen. Es lag Respekt in diesem Versprechen. Das war etwas Neues.

Sie bemühte sich, ihn nicht zu wecken. Sie würde neues Stroh für die Matratze beschaffen – sein Körper hatte im Lauf der Jahre eine Kuhle im Stroh geformt, sodass die Schlafstatt in der Mitte tiefer war, wie eine Hängematte. Stroh verschliss sich mit der Zeit. Sie würde auch die Bespannung unter der Matratze straff ziehen. Sie waren jetzt schließlich zu zweit und dieses Bett musste darauf eingerichtet werden. Sie lächelte. So wie jeder andere Bereich ihres Lebens auch, dachte sie. Schließlich hatte sie jetzt einen Ehemann.

Er hatte sie mit der Zärtlichkeit seiner Liebe überrascht. Sie hatten flüsternd geredet: von wo sie kamen, welche Erinnerungen ihnen lieb waren, welche Träume ihnen Flügel verleihen würden. Davey hatte erwähnt, wie sehr er das Patrouillegehen hasste und wie unwohl er sich mit den anderen Männern fühlte, denen es nicht so ging. Sie hatte ihn an ihren schmerzlichsten Verlusten Anteil nehmen lassen, dem Verlust ihrer

Söhne, und er hatte ihre Wangen gestreichelt und ihr zwischen zärtlichen Küssen versichert, dass so etwas nie wieder geschehen würde, solange er auf sie achtgab. Und indem sie die Geheimnisse ihrer Herzen miteinander teilten, waren ihre Körper miteinander verschmolzen wie die Schwingen eines großen Vogels, die sich schützend über ein Junges legen.

In den restlichen heißen Augusttagen kochte sie draußen vor dem Haus und sie aßen an dem rohen Holztisch, den sie auf die Veranda hinausgestellt hatten, um die kühle Abendbrise zu genießen. Davey erzählte ihr mehr aus den Zeiten, in denen er als Trapper unterwegs gewesen war; er ließ auch ein paar Erinnerungen an seinen Vater und an seinen Bruder Smith durchschimmern, den er selten sah. Letitia sprach von ihrer Hebammenarbeit und darüber, wie glücklich sie jedes Mal war, wenn sie den Schrei eines neuen Lebens vernahm. Sie gab Davey Kostproben von ihrem Käse und wollte wissen, ob er schmackhaft war. Aber von der Sehnsucht, noch einmal ein eigenes Kind zu haben – ein Kind, das das Kind einer freien Frau sein würde –, sagte sie nichts.

Der Sommer ging über in einen farbenprächtigen Herbst. Letitia trocknete Gemüse und Obst, sammelte die Samen und bereitete bereits die Reise vor, die sie im Frühjahr antreten wollten. Davey kümmerte sich um sein Vieh und wählte sieben Stiere aus, die er an das Joch gewöhnen wollte. Dreizehn Tiere wollten sie mitnehmen in den Westen. In den Wintermonaten würde er die restlichen Rinder schlachten und auch die Schweine. Das Fleisch würden sie räuchern und so haltbar machen. Auch Tabak würde er trocknen, um ihn zu verkaufen. Davey rauchte hin und wieder seine Pfeife, aber er kaute keinen Tabak und Letitia sagte ihm, dass sie darüber froh war. „Die Spucknäpfe im Hotel sauber zu machen, das hab ich nicht gemocht.“ Sie schauderte noch bei der Erinnerung.

Letitia nähte Hosen für Davey und kaufte von ihren Einkünften Baumwollstoff, um daraus Hemden zu machen. Abends strickte sie Socken und Strümpfe. Für sich kaufte sie Wolle und Flachs. Sie wollte zwei Kleider nähen; mehr, hatte Davey ihr versichert, würde sie für die Reise nicht brauchen. Bis dahin würde sie ihre alten Kleider auftragen. Ihre Unterröcke würde sie alle übereinander ziehen; unterwegs konnte sie davon Verbandszeug oder Binden für ihren monatlichen Bedarf machen. Sie war keine besonders begabte Näherin, das wusste sie. Aber an den Samstagen trug sie die Wolle, die Davey für sie von einer Nachbarfarm besorgt hatte, zum Haus ihres Pastors. Dort spann und webte und nähte sie dann zusammen mit dessen Frau. Die Frage nach der Art ihrer Beziehung zu Davey wurde nie wieder angesprochen. Beide erwarteten voneinander Stillschweigen. So war es sicherer.

Letitia fragte sich, ob sie wohl wieder eine Nähfreundin finden würde, wenn sie einmal im Westen angekommen waren, und ob sie jemals ihre Frauengedanken mit anderen Frauen teilen würde – mit Ehefrauen wie sie selbst. Vielleicht würde sie immer allein sein. In der Öffentlichkeit konnte sie ja keine Ehefrau sein, konnte Davey nicht als ihren Mann vorstellen. Aus seinem Umgang mit ihr wehte sie die Liebe an wie ein sanfter Sommerwind. Und er konnte sie beschützen. Das war es, was zählte.

Sie fand das kleine Kästchen hinter dem Stall des Hotels. Es war kaum größer als ihre Hand. Sollte sie fragen, ob sie es haben konnte? Es lag neben zerbrochenen Rädern, verschlissenen Seilen, einem kaputten Tontopf und anderem Gerümpel auf dem Abfallhaufen. Jemand hatte bereits entschieden, dass das Kästchen wertlos war. Sie konnte es sicher nehmen, ohne in Schwierigkeiten zu geraten, oder? Auf ihrer Oberlippe standen Schweißperlen. Manchmal erhielt man ein unerwartetes Geschenk, hatte ihre Mutter gesagt, und man musste lernen, dann zuzugreifen. Das kleine Kästchen war ein solches Geschenk. Sie würde zum Stellmacher gehen, der Wagen instand setzte und Räder reparierte. Er würde sicher ein kleines Holzbrett für sie haben. Daraus würde sie einen zweiten Boden machen und ihre Papiere endlich sicher verwahren. Und wenn Davey das Dokument schrieb, mit dem er versprach, dass sein Erbe ihr gehören würde, würde sie es zusammen mit ihrem Freiheitsbrief dort hineintun.

Nun war sie gerüstet für die Reise in den Westen.

An einem Tag Ende September hämmerte ziemlich spät am Abend jemand an die Tür. Letitia schlüpfte aus dem Bett in die Vorratskammer und zog sich an, während Davey in Unterzeug die Tür öffnete. Sie hörte eine aufgeregte Jungenstimme. „Samuel Hawkins. Meine Mutter kriegt ihr Kind und etwas stimmt nicht. Sie hat mich losgeschickt, meinen Vater zu holen. Er ist Arzt. Aber er ist irgendwo westlich von hier unterwegs zu einem Kranken. Können Sie versuchen, ihn zu finden? Ich muss zurück zu meiner Mutter."

„Ich geh selbst gleich los. Aber meine … Tish hier, sie kann vielleicht helfen. Kennt sich aus mit dem Kinderkriegen."

Der Junge überlegte nicht lange. „Oh, Gott sei Dank. Kommen Sie."

Letitia griff ihre Tasche mit Nadeln und Garn, einen Kerzenständer samt Kerze, saubere Verbände und die Laterne und folgte dem Jungen in die Nacht. Sie musste rennen, um mit dem Jungen mitzukommen, der bereits auf dem Pferd saß und losritt. Er hielt an. „Kommen Sie, rasch", sagte er und winkte sie heran. Er reichte ihr die Hand und half ihr hinter sich aufs Pferd. „So sind wir schneller."

Der stechende Geruch aus dem Räucherschuppen hing in der Luft. Letitia saß rittlings auf dem großen Pferd, das ruhig dahintrabte, die Tasche zwischen sich und dem Rücken des Jungen. Die Hawkins' wohnten nicht weit von Daveys Blockhaus, aber es schien kein Mond, der ihnen bei ihrem Ritt hätte zu Hilfe kommen können. Letitia schätzte, dass wohl eine halbe Stunde vergangen war, als der Junge das Pferd in die Straße lenkte, die zum Haus der Hawkins' und zur Arztpraxis führte, wo ein großer Planwagen vor einer kleinen Scheune stand. Letitia stieg die Treppen zur Vorderveranda hinauf. Die Tür ging auf und Letitia sah in etliche Augenpaare von Kindern, die aufgereiht hinter der Tür standen, als sie eintrat.

„Ma hat das schon öfters durchgemacht, wie man sehen kann", sagte der Junge. Er sprach beruhigend mit seinen jüngeren Geschwistern; der leichte Singsang in seinen Worten weckte in Letitia Erinnerungen an ihr Leben in Kentucky.

„Du bist aus Kentucky", bemerkte sie, während sie den Raum durchquerte.

„Pa ist aus Kentucky." Er wies ihr den Weg zu einem Bett neben der Leiter, die zum Dachboden führte.

Sie beugte sich hinunter, um Mrs Hawkins zu begrüßen. Letitia spürte mehr, als sie es sah, dass die Kinder am Fuß des Bettes einen Halbkreis bildeten. Gegen die bunte Flickendecke hob sich das Gesicht der Frau darunter besonders blass ab. Letitia legte ihre Hand auf die der Frau und drückte sie. Mrs Hawkins erwiderte den Händedruck schwach und auf dem schweißbedeckten Gesicht zeigte sich ein leises Lächeln.

„Zünden wir erst mal die Lavendelkerze an." Letitia reichte dem größten Mädchen, das vielleicht neun Jahre als sein mochte, die Kerze. „Steck sie in den Halter hier, den ich mitgebracht hab. Der Duft tut gut. Dann kann deine Mama sich entspannen. Sie hat's schon schwer gehabt."

Das Mädchen knickste und sagte: „Ja, Ma'am."

„Sag Letitia." Sie streichelte Mrs Hawkins' Hand. „Ich hab schon ein paar Kleine sicher auf die Welt geholt. So wie diese Familie hier aussieht, versteh'n Sie sicher mehr davon als ich. Aber vielleicht schaffen wir's gemeinsam und Sie halten das Baby bald in den Armen."

Mrs Hawkins nickte, dann sog sie scharf die Luft ein. „Die Wehen kommen sehr schnell und sind sehr schmerzhaft. Sie dauern an. Sehr … anders. Du konntest deinen Vater nicht finden?"

Der Junge schüttelte den Kopf. „Der Mann, zu dem sie gehört, wollte Pa suchen. Ich dachte, ich bring sie am besten her, damit sie helfen kann. Ich kann jetzt selbst auch nach Pa suchen."

Das Mädchen kam mit der brennenden Kerze, die einen würzigen Duft verbreitete, und Letitia stellte sie neben das Bett auf einen Stuhl.

„Das ist Mary Ann, die hat das Licht gebracht", erklärte ihr eins der Kinder mit einem schmalen Gesichtchen. Ein Mädchen mit ebenso hellem Haar, wie alle seine Schwestern es hatten. „Ich bin Martha. Ich bin schon sieben. Und das ist Laura. Die war immer unser Baby und sie ist immer noch die Kleinste. Und das hier ist Edward." Sie schaukelte den Jungen, der ihr auf der schmalen Hüfte saß. „Er ist zwei."

„Danke, dass du mir so viel erzählst, Martha." Letitia wandte sich wieder der Frau im Bett zu. „Und jetzt, Missus Hawkins, woll'n wir zusehen, ob dieses Baby nicht bald zur Welt kommen will."

„Nancy. Bitte, nennen Sie mich Nancy." Sie griff nach Letitias Hand und krümmte sich so unter einer neuen Wehe, dass sie Letitia fast die Finger zerquetschte. Aber Letitia wusste: Eine Hand halten und drücken zu können, würde schon helfen.

„Ich muss es schaffen", keuchte Nancy. „Um Himmels willen. Euer Vater kann doch nicht ohne mich nach Oregon ziehen."

Es dämmerte bereits, als endlich der Schrei eines Neugeborenen durch das Blockhaus hallte. Letitia hatte das Kind drehen können. Ihre Hände waren schmal, aber kräftig, und das war für die Geburtshilfe ein Vorteil. Die Salben, die sie mitgebracht hatte, hatten die Ankunft des Kindes erleichtert. Was für eine Freude zu sehen, wie der kleine Körper sich erstmals rekelte; wie entzückend das zerknautschte Gesichtchen mit seiner Kappe aus hellem Flaum aussah. Nancy Hawkins lag wach, aber erschöpft da, das gewickelte Baby im Arm, als die ersten Sonnenstrahlen durch das geriffelte Glas der Fenster fielen. „Das ist mein Letztes. Du hast es uns nicht leicht gemacht, Miss Nancy Jane!" Sie sah zu Letitia auf. „Danke, Miss … Ich habe Ihren Namen vergessen."

„Letitia. Ich bin Letitia … Carson."

Der Säugling, winzig wie ein Kaninchen, krümmte sich unbehaglich.

„Sie mag die Decke nicht." Das kam von der kleinen Laura. „Ich auch nicht. Die kratzt." Das Mädchen schüttelte sich, als ob ihr eine Schlange den Rücken hinabglitt.

„Da kannst du recht haben. Habt ihr ein Baumwolltuch?"

„Hier." Laura hielt Letitia eine Puppendecke hin, aus deren Satinsaum alle Farbe herausgenuckelt war. „Die riecht nach mir."

„Danke, Laura. Du bist doch Laura?"

Das Kind betrachtete die Decke, als wäre sie aus Zucker. Das Mädchen war fast die ganze Nacht über wach geblieben. Die anderen waren nach und nach auf den Dachboden verschwunden und hatten sich schlafen gelegt; jetzt tauchten sie alle von oben wieder auf. Laura hatte einen blutunterlaufenen Fleck auf dem Unterarm, als sei etwas Schweres daraufgefallen oder als sei er gequetscht worden.

„Seh'n wir mal, ob das Nancy Jane besser gefällt."

Mit dem Wechsel der Decken beruhigte sich das Baby. „Sie ist wohl eine, die empfindlich ist. Is' mir schon öfters begegnet. Heiße Füße, wenn andre kalte haben. Vom Licht tun ihnen die Augen weh. Und der Magen verträgt auch nich' alles."

Nancy lachte. „Das klingt ganz nach mir! Arme Kleine. Hoffentlich wirst du nicht so ein empfindliches Gewächs wie ich."

Jetzt betraten Männer den Raum. In einem erkannte Letitia Doktor Hawkins. Samuel, der sie zu Hilfe geholt hatte, folgte ihm und wenig später Davey.

„Ach, Nancy!", seufzte Dr. Hawkins. „Es tut mir so leid. Mrs Johnson hatte eine wirklich schwere Geburt. Und du … die Wehen hatten noch nicht mal begonnen, als ich zu ihr ging."

„Ich weiß. Sie ist erst vor ein paar Minuten angekommen. Ein bisschen eher als erwartet, aber nun ist sie da. Dank der Hilfe von Miss Carson hier. Letitia."

Der Doktor hatte den Hut vom Kopf gefegt und sich neben seine Frau ans Bett gesetzt. Er nahm das Baby und präsentierte die Kleine ihren Geschwistern und sie streichelten das winzige Gesichtchen oder strichen über die zarten Fingerchen. Dann drehte er sich wieder zu seiner Frau um. In den Blicken zwischen dem Doktor und seiner Frau hing die Liebe wie ein Vogel im Gleitflug in der Luft und Letitia erfüllte eine tiefe Dankbarkeit, eine solch liebevolle Verbundenheit mit ansehen zu dürfen. Davey, den Hut noch immer in der Hand, lächelte ihr zu.

„Ich mach dann wohl mal Eier für die Kinder."

Der Doktor erhob sich und sagte, er würde ihr helfen. Sogar Davey beteiligte sich und ging mit Martha Eier einsammeln, während Samuel seinem kleinen Bruder beibrachte, wie man imaginäre Nägel in den Fußboden schlug. Hier half jeder jedem. Letitia gefiel das Vorbild, das die Hawkins' ihren Söhnen und Töchtern gaben. Sie hatte nie gesehen, dass William Bowman, Sarahs Mann, etwa einem Kind das klebrige Gesicht abgewischt hätte, wie es Mr Hawkins gerade bei dem kleinen Edward tat. Ob Davey so etwas wohl machen würde?

Jemand sprach das Tischgebet und alle, auch Letitia, versammelten sich um den Esstisch, während Nancy und ihre Jüngste in einen erholsamen Schlaf sanken. Die zarte kleine Laura schlief beim Essen ein und ihr Vater nahm sie auf den Arm und legte sie neben ihre Mutter und ihre neue kleine Schwester ins Bett.

„Gute Leute“, bemerkte Letitia, als sie mit Davey nach Hause ritt.

„’s anzunehm’n. Sie gehen auch im Frühling nach Oregon.“

„Ihren Wagen vor der Scheune hab ich geseh’n. Und Missus Hawkins hat was von ihren Plänen gesagt.“ Nancy konnte sicher eine zusätzliche Hand für ihre Kinderschar gebrauchen und Letitia würde sich anbieten. Sie hatte bereits versprechen müssen, am nächsten Tag noch einmal zu den Hawkins’ zu kommen. Sie würde etwas Speck und Brot mitnehmen. „Doktor Hawkins hat mir für meine Hilfe was bezahlen woll’n.“

„Oh, wirklich? Und du hast’s angenommen?“

Letitia schüttelte den Kopf. „Er könnt’s anders wettmachen, hab ich gesagt.“

„Und was könntest du wohl sonst von ihm brauchen?“

„Ich hab’s ihm noch nicht gesagt. Aber was ich von ihm brauch, das ist seine Hilfe als Doktor … im nächsten Sommer.“

Sie ließ die Worte wirken und war froh, dass sie sein Gesicht nicht sehen konnte, da sie hinter ihm im Sattel saß. Er brauchte ein Weilchen, bis er Fergus, sein Pferd, zum Stehen gebracht hatte und sich im Sattel umdrehte, um sie anzusehen.

„Du … bist guter Hoffnung?“

Sie nickte.

„Wann?“

„Juni.“

„Dann sind wir bereits unterwegs.“

Sie konnte nicht sagen, ob der besorgte Tonfall in seiner Stimme verriet, dass er sich um sie ängstigte, oder ob es ihn mehr beunruhigte, wie andere auf dem Treck wohl reagieren würden, wenn ihre Verbindung bekannt wurde oder wenn sich plötzlich ein schwarzes Kind in ihrer Mitte einstellte.

Er streichelte ihr Bein. „Das ist gut. Sehr gut.“

Sie nahm seine Worte auf und schickte ein Gebet zum Himmel, dass dieses Kind gesund zur Welt kommen würde. Dass dieses Kind eine

Mutter und einen Vater haben würde, die sich liebten, bis der Tod sie einmal scheiden würde.

Sie legte ihm die Hand auf den Rücken und spürte seine Wärme. „Dann willst du's haben, dieses Kind?"

Er nickte.

Gab es einen besseren Weg, damit zu beginnen, die Welt in Ordnung zu bringen, als mit einem Baby, das ein Kind der Liebe war?

8 Unliebsame Überraschungen

Papiere. Letitia redete immer wieder davon und drängte ihn, endlich ein Dokument aufzusetzen, in dem er sich bereit erklärte, für sie zu sorgen. Ja, er würde ein solches Papier unterschreiben, und früh genug. Es war doch ein Zeichen, dass sie ihm nicht ganz vertraute, dass sie beim Abrahmen der Milch oder wenn sie seine Hosen flickte immer wieder davon anfing. Es war ein Vormittag im Oktober und Davey ritt zum Bezirksgericht von Platte County. Vom Fluss stieg Nebel auf. Er hatte eigene Angelegenheiten zu ordnen. Natürlich, für Letitia waren die Papiere, die ihr die Freiheit bescheinigten, von großem Gewicht. Missouri wollte noch in diesem Jahr ein Gesetz verabschieden, das jeden Schwarzen, der nicht über solche Papiere verfügte, mit einer Strafe von zehn Dollar belegen und ihn aus dem Staat ausweisen würde. Das Ausweisungsgesetz war schon seit 1825 in Kraft. Jetzt wollte man es erweitern: Auspeitschungen und Gefängnisstrafen sollten hinzukommen. Er hoffte, dass das Gesetz nicht durchging oder, falls doch, dass es nicht zur Anwendung kommen würde, aber Sklavereibefürworter gab es viele in Missouri. Da konnte jemand leicht Papiere verlieren oder ein skrupelloser Patrouillengänger nahm sie ihm ab. Aber für Letitia gab es keinen Grund, sich zu sorgen. In Oregon würde alles anders sein.

Rothwell tat seine Pflicht und deckte anschließend, wie alle Hunde seiner Rasse, den Kot zu, indem er mit der Schnauze Erde darüber schob, statt das mit den Hinterbeinen zu erledigen wie andere Artgenossen. *Seltsame Angewohnheiten hat er, dieser Hund.*

Heute wollte Davey die Unterlagen abholen, die ihm die amerikanische Staatsbürgerschaft verliehen. Er hatte sich im März 1844 darum beworben und die wenigen notwendigen Fragen beantwortet. Was ihn in Rage versetzt hatte, war, dass er ausdrücklich erklären musste, er werde „für immer allen Untertanenpflichten gegenüber jedweder fremden Macht, König, Staat oder Hoheitsgebiet abschwören, insbesondere gegenüber Victoria, Königin von Großbritannien und Irland, deren Untertan er ist". Nicht dass die Queen etwa in seiner Achtung besonders hoch gestanden hätte, so wie die Dinge zwischen Irland und seiner Monarchin standen. Aber Irland war ihm von Kindesbeinen an vertraut und es kam ihm vor wie eine Amputation, dass er alle Verbindungen zu seiner Heimat kappen und das mit seiner Unterschrift besiegeln sollte. Aber es war nun einmal nötig. Wenn sie nach Oregon zogen, musste er sicher sein, dass er sich neben den Hawkins' und Knightons und Staats und allen anderen behaupten konnte, die die Absicht bekundet hatten, im Frühling als amerikanische Staatsbürger auf die Reise zu gehen. Wenn sie an ihrem Ziel ankamen, gehörte Oregon vielleicht bereits zum Hoheitsgebiet oder war gar ein eigener Staat. Er hoffte es jedenfalls. Er hatte vor, einen Anspruch auf Landzuteilung geltend zu machen, aber dafür musste er eingebürgert sein. Ganz offiziell.

Er verfolgte die anderen Angelegenheiten, die in dieser Sitzung verhandelt wurden. Meist ging es um kleinliche Streitereien. In den Bergen regelte man es unter sich, wenn es Probleme gab. Kein Mann brauchte dort einen Richter, der das für ihn erledigte.

Als Bürger der Vereinigten Staaten würde er vielleicht auch die Sticheleien wegen seiner irischen Herkunft nicht mehr so schmerzlich empfinden – diese behauptete „Trägheit" oder „Einfalt". Aber sein rotes Haar und sein Akzent verrieten ihn sowieso, dachte er. Auf die eine oder andere Weise litten sie beide, er und Letitia, unter den ausgesprochenen oder unausgesprochenen Pfeilen, die Menschen verächtlich in ihre Richtung abschossen, aus keinem anderen Grund als dem, dass es sie gab. Als Staatsbürger würde er besser für Letitia sorgen können und nun auch noch für das Kleine. Er würde an dieser Staatsbürgerschaft festhalten wie Tish an ihrer Freiheitsurkunde. Aber selbst wenn er seine Papiere verlieren würde, gab es einen Nachweis, der hier im Gericht hinterlegt war. Tish besaß nichts als dieses einzige Dokument, um jeden zu widerlegen, der ihren Status als freie schwarze Frau anzweifelte. Vermutlich trug sie es deswegen meist bei sich. Oder sie verwahrte es in diesem Kästchen, das sie unter dem Bett versteckte, wie sie meinte. Kürzlich hatte sie es allerdings in eine Dose umquartiert, die er hinter einem Dachbalken entdeckt hatte. Ein Anflug von Schuldgefühlen schnürte ihm die Kehle zu, weil er die Vereinbarung über ihre Arbeit und sein Erbe noch nicht schriftlich verfasst hatte. Aber er war gesund und stark und es hatte keine Eile damit aufzuschreiben, wie er nach seinem Tod für sie sorgen würde. Außerdem konnte er auch nicht allzu gut schreiben. Und er wollte keinen Anwalt dafür bezahlen, das Papier aufzusetzen. Außerdem sollte Tish nicht herausfinden, dass er es selbst nicht konnte. Und niemand außer ihnen beiden sollte erfahren, was er mit ihr ausgemacht hatte. Er hatte gesagt, er würde für sie sorgen. Das sollte doch reichen.

Der letzte Fall, der vor ihm verhandelt wurde, war der von Greenberry Smith. Der Mann nickte ihm zu, als er seinen Platz vor dem Richter einnahm. Er kannte Greenberry Smith aus seiner Zeit in North Carolina und hatte an dem Mann nicht viel entdeckt, das für ihn sprach. Jeden, der die Welt nicht mit denselben Augen sah wie er, behandelte er wie ein Stück Dreck. Davey hatte ein- oder zweimal versucht einzugreifen, wenn G. B. Smith bei der Patrouille zu weit ging, aber das hatte Smith nur weiter aufgestachelt.

Davey merkte auf, als Smith seine Aussage machte. Es ging um einen Mann, der einen Sklaven von ihm für tausend Dollar gekauft und dann nicht gezahlt hatte. Davey dachte an dieses Luder Eliza. *Sklaverei. Nichts als Ärger.* Smith lächelte höhnisch, als der Richter den Fall zur Verhandlung vorsah, und als er sich umdrehte, traf der Blick aus seinen Frettchenaugen auf den von Davey. Smith tippte an seinen Hut, kaum bemüht, ein verächtliches Grinsen zu verbergen. Arrogant war er, dieser Smith. Aber das waren schließlich die meisten Leute, die etwas Besitz und ein bisschen Bildung aufweisen konnten.

„David Carson? Bitte kommen Sie vor."

Er atmete tief durch. Dann ging er vor zum Richter. Dies war sein großer Augenblick.

„Sind Sie David Carson aus Schottland?“ Der Richter winkte ihn noch weiter heran.

„Nein, Sir. Aus Irland, North Carolina und Missouri.“

„Hmm.“ Getuschel mit dem Gerichtsdiener. Dann: „Hier scheint etwas nicht zu stimmen.“

Davey fuhr mit dem Finger um die Hutkrempe. „Sehen Sie, Euer Ehren. Ich habe den Antrag vor vier Jahren gestellt, vielleicht auch fünf.“ Er bemühte sich, ruhig zu sprechen. „Was stimmt nicht?“

„Wir haben keinen Nachweis, dass Sie den Antrag gestellt haben.“

„Wie kommt es dann, dass Sie mich hierherbestellt haben, Sir?“

Der Richter sagte etwas zum Gerichtsdiener, das Davey nicht verstehen konnte. „Ich fürchte, hier liegt eine Verwechslung vor. Es gibt einen anderen Mann namens David Carson, der den Antrag gestellt hat und für den die Papiere ausgestellt wurden. Wir haben Sie irrtümlich benachrichtigt.“

„Aber mein Antrag liegt ganz sicher vor. Er muss da sein und wurde doch sicher auch bearbeitet.“ Er wusste, dass er wehleidig klang, fast verzweifelt.

„Und Sie sind sicher, dass Sie die Papiere vollständig eingereicht haben?“

Er durfte jetzt nicht die Beherrschung verlieren. „Ich schwör’s, beim Grab meiner Mutter.“

„Nun, aber Sie sind nicht der richtige David Carson.“

„Aber ich habe den Antrag gestellt. Sie müssen einen Nachweis haben.“

Der Richter hob warnend eine Augenbraue. „Alles, was ich Ihnen vorschlagen kann, ist, dass Sie den Antrag noch einmal stellen. Der Schreiber soll Ihnen das Formular geben und vielleicht können wir die Sache dann rasch bearbeiten und Ihre Papiere ausstellen.“

„Und wann würde ich sie dann erhalten?“

Der Richter lehnte sich zum Schreiber hinüber und sprach im Flüsterton mit ihm.

„Ich würde sagen, in etwa einem Jahr. Vielleicht zwei.“

„Sir, aber …“

„Geduld ist eine Tugend, Mr Carson. Wir haben allein in diesem Bezirk dutzendweise Leute, die auf ihre Papiere warten.“

„Ich hab gehofft, im Frühling nach Oregon aufzubrechen.“

„Sie haben Glück, dass wir die Formulare hier vorrätig haben. Wie schon gesagt, wir bearbeiten Ihren Antrag, so schnell es geht. Nächste Angelegenheit?“

Als er draußen war, standen Davey Tränen in den Augen. Zwei Jahre. Dann war er schon lange nicht mehr hier. Oder sie würden warten müssen, bis sie aufbrechen konnten. Welches Recht hatte ein Gericht, ihm zu sagen, er müsste eben warten, wenn er doch alles richtig gemacht hatte? Er beugte sich zu Rothwell hinunter und kraulte den Hund zwischen den spitzen Ohren. Dann stieg er aufs Pferd, das unter seiner Last schnaubte. *Gerichte. Papiere. Sie waren so unzuverlässig wie das Wetter.*

Es lag kein Schnee, aber Letitia spürte die beißende Kälte im Gesicht, als sie mit Davey auf Fergus zu den Hawkins' ritten, um Weihnachten zu feiern. Letitia trug einen Biberpelzmantel, den Davey für sie aus erstklassigen Fellen angefertigt hatte, die er selbst gejagt und aufbewahrt hatte. Es war sein Weihnachtsgeschenk für sie. Sie hatte ihm von ihren Erlösen aus dem Milch- und Butterverkauf eine Uhr geschenkt. Sie hatten sich die Geschenke am Heiligen Abend gegeben. Die Erinnerung an den Abend vor dem offenen Feuer im Kamin wärmte ihr noch immer das Herz. Davey hatte die Weihnachtsgeschichte aus dem Buch vorgelesen, das er sein Familienbuch nannte, auch wenn es ihr manchmal so vorgekommen war, als ob er eher erzählte als vorlas. Dann hatten sie über ihre Hoffnungen für Oregon gesprochen, über die Herausforderung, in einem fremden Land völlig neu zu beginnen, aber auch über die Freuden, die sie dort erwarteten. Auch Maria und Josef und der kleine Jesus hatten ja Ähnliches durchgemacht.

„Du bist jetzt Amerikaner. Richtig amtlich.“ In Letitias Stimme schwang Stolz mit. „Hast du's in dein Familienbuch geschrieben?“ Er schüttelte den Kopf. „Ich werd deine Papiere bei meinen aufheben. Da sind sie sicher."

„Oh, das brauchst du nicht. Ich könnt sie verlier'n, aber dann hätten sie im Gericht immer noch eine Kopie davon. Nein, da musst du dir keine Sorgen machen." Er trat sich den Lehm von den Stiefeln.

„Du könnt'st vielleicht auch unsere Abmachung aufschreiben? Und das in dein Buch eintragen."

„Ich komm schon noch dazu, und zwar bald. Aber du hast ja mein Wort."

„Ja, das hab ich", sagte sie. „Ich hab dein Wort. Aber was nützt mir das, wenn du mal tot bist und ich noch nich'?"

„Meine Mutter hat immer gesagt: ‚Gott sorgt für den Sperling, er wird auch für uns sorgen.' Daran sollten wir uns halten. Und uns nicht so viele Gedanken über Papiere machen."

Er konnte so liebevoll sein, aber ihre Sorgen wischte er vom Tisch, wenn sie nicht auch die seinen waren.

„Du bist wie ein Fluss", sagte Letitia. „Der lässt sich auch nich' drängen."

Er streichelte ihre Hand. „Ja, da hast du sehr recht."

Sie konnte ihn nicht drängen, aber sie musste auch keinen Gefallen daran finden, mit ihm auf einem Floß zu fahren und darauf zu warten, dass er sie sicher durch die Stromschnellen steuerte.

Sie erreichten das Blockhaus der Hawkins' und die stille Welt des Heiligen Abends und ihres Ritts durch die Kälte wurde abgelöst vom Trubel eines Weihnachtstags mit lebhaften Kindern, gutem Essen und ausgelassener Fröhlichkeit. Die Kinder lachten und tollten herum, zeigten stolz ihre Geschenke und zogen jeder eine köstliche Orange aus den Weihnachtsstrümpfen. Letitia fragte sich, wo Nancy Hawkins wohl diese Früchte bekommen hatte. Der kleine Edward hatte ein Holzspielzeug in der Hand, das er Letitia mit dem Kommentar „Meins!" präsentierte, als sie ihren Mantel auszog. Mary Ann rührte einen Kuchenteig und die vierjährige Laura saß neben der kleinen Nancy Jane, die im Bett in der Kammer schlief, und atmete im gleichen Rhythmus wie das Baby.

Nancy und Letitia kochten das Rauchfleisch, das die Carsons mitgebracht hatten, bereiteten ein Frikassee aus vier Hühnern und den Nachtisch, während die Männer – einschließlich des elfjährigen Samuel – von nichts anderem redeten als von Oregon: Wer noch mitkommen würde, was für Waffen sie mitnehmen wollten, wer von den Männern wohl als Captain oder Lieutenant infrage käme und was sonst noch alles mit dem Unternehmen „Wilder Westen“ verbunden war.

„Man hört, dass es jetzt noch länger dauert mit der Einbürgerung.“ Doktor Hawkins stopfte sich eine neue Pfeife.

„Mr Carson is' jetzt Staatsbürger.“ Letitia überraschte sich selbst, dass sie sich so einmischte.

„Oh, das ist gut. Wir wollen ja alle Land erwerben.“

„Kann man denn auch auf andern Wegen an Land kommen? Ich mein', wenn man nicht das Glück gehabt hat, dass die Papiere rechtzeitig da sind?“, fragte Davey.

„Vielleicht reicht es ja, wenn man nachweisen kann, dass man den Einbürgerungsantrag gestellt hat. Oder wenn man Zeugen benennen kann, die bestätigen, wie lange man schon in den Staaten gelebt hat.“ Doktor Hawkins zündete seine Pfeife an. Der Tabakgeruch versetzte das Frühstück in Letitias Magen in Aufruhr. „Schwer zu sagen, wie strikt sie vorgehen werden. Es heißt, die Kanadier haben auch mitzureden. Zwei Kanadier haben letztes Jahr für eine provisorische Regierung gestimmt und zwei Stimmen waren letzten Endes ausschlaggebend.“

Sie redeten weiter über die Reisevorbereitungen, wie der Treck quasi militärisch in Trupps und Abteilungen mit Captains und Lieutenants und so weiter aufgeteilt würde, und über hundert weitere Einzelheiten. Letitia hörte zu, ohne sich am Gespräch zu beteiligen.

„Ich mein', richtig was zu tun bekommt man erst, wenn mal die Captains und Lieutenants bestimmt sind.“ Davey hob einen Arm, um eins der Kinder drunter durchschlüpfen zu lassen, die um den Tisch herumtobten, bis ihre Mutter sie fortscheuchte. Letitia verteilte Popcorn an die Kinder und der Duft des Festtagsbratens zog durch den Raum. Im Kamin prasselte ein Feuer.

„Gejammer“, fuhr Davey fort, „– und das wird's geben – kann man als Captain vielleicht durch ein Machtwort zum Schweigen bringen. Aber dann ist's wie mit 'nem Fluss im Sommer: Er kann versickern und fließt unterirdisch weiter. Und Wochen später kommt dann der Unmut irgendwo anders wieder zum Vorschein, nur dass sich inzwischen noch mehr Ärger aufgestaut hat."

„Wir sollten früh reisefertig sein und vor den meisten anderen aufbrechen", sagte Doktor Hawkins.

„Aber nicht eher, als bis die Ochsen und Maultiere unterwegs in der Prärie genug Gras als Futter finden", warf Nancy über die Schulter ein, während sie die beiden Kuchen schnitt, die Letitia mitgebracht hatte.

„Und mit wem redet ihr Frauensleute da gerade?" Doktor Hawkins zwinkerte Davey zu und Letitia konnte sehen, wie froh er war, dass seine Frau in diesem Abenteuer an seiner Seite sein würde.

„Letitia hört viel, was die Leute sich so erzählen, wenn sie Milch und Butter ins Hotel bringt", sagte Nancy. „Man könnte glauben, die ganze Reise wär nicht schwieriger, als wenn man drei Kinder auf den Knien schaukelt. Wenn man später aufbricht, kommt man besser durch die Flüsse, die dann nicht mehr so viel Wasser führen. Aber dafür ist der Weg schon von den früheren Trecks zerfahren und das Vieh findet kaum noch was zu fressen. Und dann die ständige Sorge, ob es Indianerüberfälle geben wird. So ist's doch, Letitia, oder?"

Letitia lächelte. Es freute sie, dass ihr Beitrag zum Gespräch geschätzt wurde. „Wie man sich versteht, das is' am wichtigsten. Wie die Leute ihren Streit austragen, miteinander auskommen, darauf kommt's an. Menschen – die sind immer das Problem."

Davey sah aus seinem Schaukelstuhl zu ihr hinüber und sagte: „In Oregon werden wir unsere Angelegenheiten nicht so oft vor Gericht regeln." Wie zur Bestätigung dieser Worte blies Doktor Hawkins den Pfeifenrauch aus. „Männer sollten lernen, wie man sich mit dem Nachbarn gütlich einig wird. Irgendwann braucht jeder mal Hilfe und dann kann man's nicht brauchen, wenn es da noch alte Geschichten zu bereinigen gibt, weil irgendein Richter einen Anspruch abgewiesen oder zu Unrecht entschieden hat."

Letitia stellte die nun geschnittenen Kuchen aufs Fensterbrett und half Nancy anschließend, den großen Steintopf mit Sauerkraut, der unter dem Vordach hinterm Haus stand, hereinzuholen. Doktor Hawkins bemerkte, wie sie sich abmühten, eilte ihnen mit Samuel zu Hilfe und die beiden setzten den Topf auf den Herd. Dann gingen die Männer den

Wagen inspizieren, den Doktor Hawkins von Siedlern in Bethel gekauft hatte. In der Scheune fütterten sie noch Rufus, den Hund der Hawkins'. Rothwell hatte nicht mitkommen dürfen.

Im Haus genoss Letitia das Geplapper der Kinder. Sie beobachtete, wie die älteren sich um ihre jüngeren Geschwister kümmerten. Wenn sie mehr als ein Kind haben sollte, beschloss Letitia, würde sie darauf achten, dass sie freundlich und rücksichtsvoll miteinander umgingen, und jeden Anflug von Überheblichkeit und Herrschsucht im Keim ersticken. Sie spürte, wie sich das Kind in ihr bewegte, und wandte das Gesicht ab, um in ihrem Glück nicht zu strahlend zu lächeln. Sie hatte Nancy noch nichts erzählt. Letitia war nicht sicher, wie ihre Verbindung mit Carson aufgenommen würde, wenn es nun auch noch ein Kind gab. Es gab bestimmt Leute, die daran Anstoß nehmen würden.

Die Männer kamen mit noch mehr Begeisterung für den Westen von ihrer Wageninspektion zurück. Davey legte Holz ins Feuer, während Nancy die kleine Jane stillte, und in der entstehenden Ruhe versammelte Doktor Hawkins seine Kinderschar um sich, um ihnen die Weihnachtsgeschichte aus dem Lukasevangelium vorzulesen. Die Kinder knäulten sich auf dem Boden um ihn wie Klöße in einem Topf. Anders als Davey schloss Doktor Hawkins beim Lesen nicht die Augen. Die Hawkins' ließen Letitia hoffnungsvoll in ihre gemeinsame Zukunft mit Davey schauen. Sie wusste, Augenblicke wie dieser, in denen die Seele Nahrung bekam, waren selten und konnten im Nu weggewischt werden. Aber in diesem Moment dachte sie an die Worte über die Sperlinge, für die Gott sorgt, und ihre Seele genoss diese Gemeinschaft hier unter Freunden wie einen nahrhaften Eintopf.

Nach dem Essen bot Davey an, nach Hause zu reiten und Charity zu melken. „Der Doktor meint, wir soll'n über Nacht hierbleiben. Es soll noch Spiele geben und wir könnten mit den Kindern ein bisschen singen. 's anzunehm'n, sie woll'n deine schöne volle Stimme gern mal hör'n, Tish."

„Is' schon 'n Weilchen her, dass ich Weihnachtslieder gesungen hab."

„Samuel, du gehst mit und hilfst Mr Carson. Wenn ihr zurück seid, kommen die Kuchen warm aus dem Ofen und dürften allen prächtig schmecken." Das kam vom Doktor.

„Hör'n Sie, ich komm da ohne Hilfe aus. Ich bring meine irische Blechflöte mit und bring euch ein hübsches irisches Liedchen bei."

„Mr Carson, ich komm gern mit. Ich hab hier alles erledigt, was ich zu tun hab. Ich kann ja Rothwell Gesellschaft leisten, wenn es nichts zu tun gibt."

„Also schön, mein Junge. Wir sind rasch wieder zurück. Und wehe, wenn ihr vorher schon vom Kuchen nascht, Kinder!" Davey drohte ihnen lächelnd mit dem Finger und sie kicherten. Letitia gefiel es, wie er Samuel *mein Junge* nannte und die Mädchen neckte. Es dauerte nicht mehr lange und er würde ein eigenes Kind haben, mit dem er so reden konnte.

Der Doktor ging hinaus, um zu melken und die Hühner und Schweine zu füttern. Als er wieder hereinkam, klopfte er sich ein wenig Schnee vom Mantel. Letitia saß mit dem schlafenden Edward auf dem Schoß im Schaukelstuhl, den kleinen Körper des Jungen in eine Decke gehüllt. Der Junge hatte seinen Holzwagen noch immer in der Hand. Neben ihr wiegte Nancy ihre Jüngste und die beiden Frauen legten eine wohlverdiente Ruhepause ein, bevor nachher der Kuchen serviert und die Sahne geschlagen werden musste. Auf dem Herd stand der Wasserkessel für den anschließenden Abwasch. Die Ruhe tat gut.

Der Doktor hatte es sich gerade vor dem Kamin bequem gemacht, als es an der Tür klopfte.

„Na, was hat Davey denn wohl vergessen?" Der Doktor sah auf seine Uhr und legte die Stirn in Falten. „Er kann doch noch nicht wieder da sein."

„Ich hoffe, niemand braucht heute Abend deine ärztliche Hilfe", sagte seine Frau.

Doktor Hawkins bewegte seine große, knochige Gestalt zur Tür. „Kann ich etwas für Sie tun?" Ein junger Mann, vielleicht Anfang zwanzig, trat auf die Aufforderung des Doktors hin ein. Von dem Hut, den er jetzt abnahm, tropfte es leicht. Sein Gesicht war bartlos, das volle, rötliche Haar war feucht vom Nebel, der draußen herrschte. Letitia straffte unwillkürlich die Schultern, noch bevor er etwas sagte.

„Ich suche David Carson."

„Oh, Sie haben ihn gerade verpasst. Er ist nach Hause gegangen, um zu melken und nach dem Vieh zu sehen, aber er wird bald wieder da sein. Wärmen Sie sich inzwischen ein wenig auf. Welche Angelegenheit führt Sie denn wohl an diesem Feiertag zu Mr Carson, wenn ich fragen darf?"

An seinem Blick, der ganz dem Doktor galt, merkte Letitia, dass er die Frauen gar nicht wahrnahm. Und dass das seine Art war. „Welche Angelegenheit? Nun, er ist mein Vater und ich will ihn nach Hause holen."

9 Den richtigen Platz finden

Letitias Magen rebellierte. Edward, der auf ihrem Schoß schlief, spürte ihre Beunruhigung, regte sich und wachte auf.

„Hab nicht gewusst, dass er hier in der Gegend Verwandtschaft hat." Der Doktor winkte dem Mann, sich auf die Holzbank zu setzen, aber der blieb stehen. Seine Gegenwart beherrschte den Raum.

„'s anzunehm'n, er weiß nicht, dass ich in der Gegend bin. Bin noch nie hier gewesen. David Carson", sagte er und streckte dem Doktor die Hand hin. „Bei uns in North Carolina nennen sie mich Junior."

Ihre Gedanken wirbelten umher wie Blätter in einem Wasserstrudel, immer im Kreis, ohne einen Ausweg. Der Besucher setzte die Unterhaltung mit den Hawkins' fort, aber sie hörte kaum zu. *Davey hatte einen Sohn?* Warum hatte er ihr nichts davon gesagt? Konnte dieser „Junior" ein Betrüger sein? Nein, da waren das rötliche Haar, der lange Rumpf auf vergleichsweise kurzen Beinen, diese blauen Augen – all das redete deutlich von Davey Carson. Sie hatte geglaubt, sie würde ihm eine Familie schenken. Er hatte bereits eine.

Vielleicht war dieser Junior auch der Grund dafür, dass Davey sein Versprechen noch immer nicht schriftlich niedergelegt hatte. Er wollte es gar nicht einlösen, wollte nicht seinen gesamten Besitz ihr und ihren Kindern hinterlassen. Er würde ihn aufteilen müssen; sein Sohn müsste seinen Anteil erhalten. Oder auch alles. *Und was war mit der Mutter dieses Junior?*

Auf einmal wurde es ihr im Zimmer zu heiß. Der Duft von Braten und frisch gebackenem Kuchen verursachte ihr Übelkeit. Sie setzte Edward auf seine Matte auf dem Fußboden. „Muss mal Luft schnappen."

„Ist alles okay mit Ihnen?" In Nancys Stimme lag Wärme.

„Nein. Ja, Ma'am. Ich brauch nur frische Luft. 'tschuldigung, Mista." Sie musste an David Carson Junior vorbei, brachte es aber nicht fertig, ihm in die Augen zu sehen.

„Pass doch auf, Mädchen!"

Im Hinausgehen hatte sie den jungen Mann an der Schulter gestreift, denn er hatte sich nicht von der Stelle bewegt, als sie sich entschuldigte, um den Raum zu verlassen.

Sie hörte den Doktor sagen: „Na, na. Sie ist unser Gast", aber sie ging weiter. Sie wollte den Stich des Verrats nicht davon mildern lassen, dass jemand ihre Partei ergriff.

Draußen steuerte sie auf den Abtritt zu; die kalte Luft brachte sie zum Husten. Regentropfen mischten sich mit ihren Tränen. Sie hatte sich einen schönen Traum zurechtgemacht, einen Traum aus Nichtigkeiten. Wie konnte er für sie sorgen, wenn er bereits eine Familie hatte, für die er sorgen musste? Vielleicht hatte er die andere Frau verlassen. Dieser Sohn hatte gesagt, er sei gekommen, um ihn heimzuholen. Davey hatte niemals von seiner Frau gesprochen, mit keinem einzigen Wort hatte er sie jemals erwähnt. Sie hätte damit rechnen sollen. Sie war einfach viel zu glücklich gewesen und das hatte sie nun davon.

Wie konnte ich es übersehen?

Jetzt richtete sich ihr Zorn nicht mehr gegen Davey, sondern gegen sich selbst. Gegen ihre eigene Unbedarftheit. Sie hatte sich blenden lassen, weil sie an die Liebe geglaubt hatte. Und an das Versprechen eines Mannes, ihr Sicherheit zu geben. Die Worte seines Bruders fielen ihr wieder ein, in denen so viel Enttäuschung mitgeschwungen hatte. Sie hätte es besser wissen müssen. Das Loch in der Tür des Abtritthäuschens hatte die Form eines Schafskopfes. Sie war dumm wie ein Schaf, dass sie geglaubt hatte, in ihrem Leben könnte es jemals irgendetwas anderes geben als Lieblosigkeit, Härte und Einsamkeit.

„Letitia?“ Das war Nancy. „Ach, hier stecken Sie. Ich hab Sie im Häuschen gesucht. Sie können nicht hier in der Scheune bleiben. Das Wetter ist eisig.“ Nancy zog die schwere Tür hinter sich zu und hängte die Laterne an einen Nagel. Ihr Schatten fiel auf Letitia. Sie beugte sich zu der schmalen Gestalt herunter, die zusammengekauert in einer der Pferdeboxen hockte. Die Maulesel wieherten, als sie die vertraute Stimme hörten.

„Ich … mir fehlt nichts.“

„Meine Güte. Sie waren so lange fort.“

„Zu viel gegessen, das war's wohl.“

Eine Pause. Dann sagte Nancy: „Sie haben es nicht gewusst. Dass er einen Sohn hat.“

Letitia spürte, wie ihr die Tränen kamen. Nancy ließ sich neben ihr im Stroh nieder. „Niederträchtig, das ist es. Aber die Männer … sie können so begriffsstutzig sein wie Ochsen. Was für uns eine Herzensangelegenheit ist, kann sie völlig verblüffen. ‚Was, das hat dir was ausgemacht?‘, heißt es dann, oder: ‚Was wolltest du, dass ich dir sage?‘ Ich kann Ihnen versichern, wir können sie umsorgen wie eine Henne ihre Küken, alles dafür tun, dass sie es gut haben im Leben, aber sie verhalten sich so, als ob es uns gar nicht gäbe. Und doch lieben sie uns, zärtlich und von Herzen.“

„Nich' alle.“

„Oh, doch. Ich habe gesehen, wie Mr Carson Sie anschaut. Er betet Sie an, Letitia. Dies … dieser Schmerz, der wird vergehen. Er muss vergehen. Denken Sie an Ihr Kind.“

Sie weiß es?

„Ich … ich brauch einfach Zeit. Hier.“

„Sie dürfen nicht zu kalt werden. Ich hole eine Decke. Nehmen Sie erst mal meinen Schal.“

Nancy legte ihr das Wolltuch um die Schultern wie einen Segen. Es reichte Letitia bis über die Knie. „Es kommt alles in Ordnung.“ Nancy streichelte Letitias Knie. „Der Schmerz geht vorbei.“

Letitia nickte, ließ sich in die Wärme einhüllen, die in den Worten dieser wohlmeinenden Frau lag. „Ich brauch …“ Sie konnte nicht sagen, was sie jetzt brauchte.

Nancy verließ die Scheune und kam wenige Minuten später mit einer Decke zurück, in die sie Letitia einhüllte. Sie legte ihr noch einmal die Hand auf die Schulter und ließ sie dann allein.

Im flackernden Licht der Laterne betrachtete Letitia das Muster der Quiltdecke: Eheringe. *Was für ein Witz.* Hier saß sie, an dem Abend, an dem ihr Eheversprechen sich als nichtig erwiesen hatte, und hüllte sich in einen Quilt mit einem Ehering-Muster. Weder der vertraute Geruch der Maulesel und Pferde, die gemächlich an ihren Futtertrögen kauten, noch die Wärme der Tiere konnten die Kälte in ihrem Inneren vertreiben. Sie hörte auch das Knarren der Scheunentür nicht, die sich jetzt öffnete.

„Tish? Da bist du ja. Komm, Tish, komm ins Haus."

Sie erstarrte.

„Du holst dir hier noch den Tod. Du musst an unser Kleines denken, hörst du. Tish, bitte, komm mit."

Sie saß so ruhig da wie Schnee, der den Boden bedeckt. Sie hörte, wie seine Schritte näher kamen; dann kauerte er sich neben sie.

„Hab dir deinen Mantel gebracht."

„Hab schon 'ne Decke. Mit *Eheringen* als Muster. Aber was sollt' dich das schon kümmern." Sie wollte ihn verletzen, so wie Davey Junior sie verletzt hatte. Mädchen. Er hatte sie Mädchen genannt. Und er war gekommen, um seinen Vater nach Hause zu holen.

Sie konnte nicht die ganze Nacht hierbleiben, das wusste sie. Aber sie wollte auch nicht mit Davey Carson nach Hause gehen. „Geh am besten gleich mit, mit deinem *Sohn.* Der is' hier und will dich nach Hause hol'n, sagt er. Wo ist das, Ihr Zuhaus', Mr Carson? Wohl nich' das Stück Land hier die Straße runter, wie?"

„Mein Zuhause, Tish, ist da, wo du bist. Bitte glaub mir."

„Vielleicht lässt Doktor Hawkins mich über Nacht hierbleiben. Morgen früh komm ich dann und hol meine Sachen."

„Was redest du da, Tish? Du kannst nicht fortgehen. Wir sind Mann und Frau, ganz grad und ehrlich. Außerdem, Junior braucht nicht viel Platz. Er kann in der Vorratskammer schlafen oder in der Scheune. Dass er hier auftaucht, war für mich 'ne ebenso große Überraschung wie für dich."

Sie zischte: „Hast zumindest gewusst, dass es 'nen Junior gibt."

„Du brauchst deinen Mantel."

Er versuchte, ihn ihr um die Schultern zu legen, aber sie ließ es nicht zu. Auch nur die kleinste Geste von ihm anzunehmen, würde bedeuten, dass ihr Zorn sich besänftigen ließ, und das wollte sie noch nicht zulassen. Sie zog sich zurück und lehnte sich an die Rückwand der Box.

„Tu's nicht für mich. Tu's für unser Kleines."

Ihr Baby, ja. Sie ließ die Schultern sinken.

„Es tut mir leid, Tish. Hätt's dir längst sagen soll'n. Es ist Jahre her, dass seine Mutter starb und er ist allein zurechtgekommen und 's ist wohl schon mehr als zehn Jahre, dass ich ihn zuletzt geseh'n hab. Ich ... war nicht mehr recht bei Verstand, als seine Mutter starb. Da bin ich nach Platte County gekommen, hab neu anfangen woll'n." Er ließ den Kopf hängen. „Ich hätt's dir sagen soll'n, ja."

„Allerdings. Hätt'st du wohl." Sie schlug den Mantel auf und zog sich den flauschigen Pelz über die Arme, schmiegte sich in den Mantel und fühlte die Wärme in sich aufsteigen. Trotzdem zitterte sie am ganzen Körper. Er zog sie an sich; seine Umarmung hüllte sie ein wie ein Umhang, bis sie nachgab und sich völlig erschöpft an ihn lehnte.

Sie würde sich für seine Fürsorge entscheiden, nicht fürs Rechthaben. „Du ... er soll bei uns wohnen? Weiß er, dass wir ... Mann und Frau sind? Dass ein Baby kommt?"

„Er weiß, dass du bei mir lebst. Sonst nichts."

„Er glaubt, ich bin dein ... Besitz." Sie spuckte das Wort aus. „Hat mich ‚Mädchen' genannt."

„Nein, nein, so weit hat er noch gar nicht gedacht. Er kam, um seinen Pa zu suchen, und er hat mich gefunden. Ich weiß nicht, was er vorhat. Morgen früh sehen wir weiter. Aber du musst jetzt ins Haus kommen und dich aufwärmen."

Ja, das musste sie, für das Baby musste sie es tun. Sie wusste nicht, was sie wollte. Sie wollte die Nacht nicht mehr bei den Hawkins' verbringen; sie wollte auch nicht das Bett mit Davey Carson teilen oder ertragen, dass sein Sohn beobachtete, wie sie als Mann und Frau zusammen waren. Sie wollte die Blicke nicht sehen müssen, die Männer wie David Junior für Frauen wie sie übrig hatten. Und nun würde dieser ständige Vorwurf in ihrem eigenen Heim und Herd wohnen.

„Letitia?" Es war Nancy, die die Tür öffnete. „Oh, gut. Sie haben sie mitgebracht. Warum nehmt ihr beide euch jetzt nicht ein Stück Kuchen und dann spielen wir noch etwas zusammen? Und dann machen wir uns alle fertig für die Betten. Es gibt genug Platz auf dem Fußboden und reichlich Federbetten und Quilts. Morgen früh können Sie sich dann auf den Weg nach Hause machen."

Davey sagte: „Das ist mächtig nett von Ihnen. Findest du nicht, Letitia? 's anzunehm'n, wir fallen nachher in die Betten wie die Holzklötze, wenn die Kinder weiter so rumtoben."

„Wir bleiben hier. Und wir danken Ihnen."

Es lag Sicherheit darin, unter vielen Menschen zu sein und eine andere Frau in der Nähe zu haben, die auch ohne Worte verstand. Das war viel besser, als Davey Carson zuzuhören, wie er seine Blechpfeife blies und so tat, als sei das Leben ein einziger ausgelassener Bauerntanz.

„Du warst ja schon aus dem Haus, als deine Mutter starb. Jetzt komm mir nicht damit, ich hätt dich im Stich gelassen." Davey und sein Sohn hatten ihren Streit aufgenommen, kaum dass die Carsons die Sicherheit des Hawkins'schen Hauses hinter sich gelassen hatten. Letitia war hinausgegangen ins Häuschen, und als sie zurückkam, hörte sie die Fortsetzung des heftigen Wortwechsels, den die beiden noch vor dem Frühstück begonnen hatten.

„Du bist jedenfalls nicht aufgetaucht, um dich um mich zu kümmern."

„Und wie hätt' ich dich wohl finden soll'n, Junior? Du bist von zu Hause weggelaufen, als du zwölf warst. Und was bist du jetzt?" Er unterbrach sich kurz. „Ein junger Mann."

„Du weißt ja nicht mal, wann ich geboren bin."

„Das weiß ich sehr wohl. Am 1. März 1825."

Letitia war überrascht, dass Davey das Geburtsdatum seines Sohnes wusste. Warum war der Junge in so frühem Alter ausgerissen? Nein, sie durfte sich ihn nicht als zwölfjähriges Kind vorstellen. Er war jetzt ein Mann, ein Mann, der ihr gemeinsames Leben störte. Ihr eigener Sohn war noch nicht einmal zwölf gewesen, als man ihn verkauft hatte. Wenn er nicht gestorben wäre – wäre er wohl eines Tages gekommen, um sie zu finden? Hätte sie nicht auch versuchen sollen, ihn wiederzufinden, in all den Jahren zuvor? Der Gedanke stimmte sie milder gegenüber dem Mann, dem Jungen.

Der Austausch an Vorwürfen setzte sich fort. Jeder führte genug Argumente ins Feld, um jeden Richter auf die eigene Seite zu ziehen.

„Bei Ihnen liegt wohl auch genug, was man Ihn'n vorwerfen könnt'."

„Und wer hat dich gefragt, Mädchen?"

„Sie ist kein ‚Mädchen', mein Sohn. Sie ist meine Frau."

Die Worte waren Balsam auf Letitias wunde Seele.

„Nicht so wie Mama. Sie ist eine Schwarze. Sie kann dir nicht die Ehe versprechen und so."

„Nun, sie hat's getan. Wir hatten eine eigene Zeremonie. Und du wirst das akzeptieren, wenn du in meinem Haus bleiben willst. In unserem Haus."

Junior starrte sie noch immer an. „Wie soll ich sie nennen?"

„Mrs Carson dürft's tun", sagte Davey.

„Niemals." Er blickte zur Seite.

„Nennen Sie mich Letitia. Ich nenn Sie Mista Carson. Oder Junior."

„Ich lass mir nicht von 'ner Schwarzen vorschreiben, was ich sagen soll."

„Junior ..."

Der jüngere Mann schüttelte den Kopf. „Also dann Mrs Carson."

„Na also. Wir sind auf dem Weg, eine Lösung zu finden. Und jetzt lass die Frau in Ruhe, damit sie Frühstück machen kann."

Letitia wandte sich ab und spürte Juniors abweisenden Blick im Nacken. Sie rahmte die Milch ab.

„Was hast du gemeint, was man mir vorwerfen könnte?"

Sie drehte sich um und sah ihn an. Auf ihrer Oberlippe schimmerte es feucht und Letitia riskierte es auszusprechen, was sie dachte. „Sie reißen aus von Zuhaus, wer weiß warum, statt dazubleiben und die Sache aus der Welt zu räumen, was immer's gewesen sein mag. Vielleicht hat Ihr Pa Sie nich' gefunden, weil Sie sich gut versteckt hab'n. Dann hör'n Sie, dass die Mama stirbt, und komm'n heim. Aber der Pa is' da nich' mehr, is' in seinem Kummer weggegang'n. Ich mein, Sie könn'n ihm noch so viel vorwerf'n. Und krieg'n vielleicht sogar recht damit. Aber dahin, wo Sie hinwoll'n, komm'n Sie damit nich'."

Junior knurrte etwas, griff sich einen Stuhl und zog ihn an den Tisch. „Willst du mir etwa sagen, was ich zu tun habe, Frau?"

„Ich sag nur, was wahr is'."

Sie stritten sich flüsternd, damit Junior sie nicht hörte, obwohl er in die Scheune gegangen war, um nach seinem Pferd zu sehen. „Er soll mit nach Oregon?"

„Ich weiß es noch nicht. Weiß nicht, ob er's wollte. Aber ich hätt ihn gern dabei. Wir brauchen einen zweiten Wagenlenker. Das ist die Vorschrift. Und wer könnt da besser sein als der eigne Sohn."

„Vielleicht hätt'st du ja lieber den Sohn dabei als deine Frau."

„Nein, Tish, du weißt, dass ich dich dabeihaben will. Das ist unser Leben, das wir uns da aufbaun woll'n. Aber es ist doch noch Platz dort für mehr, meinst du nicht?" Er strich über ihren gewölbten Leib, aber sie wich ihm aus und beschäftigte sich mit ein paar Spinnweben, die entfernt werden wollten. „Er ist doch noch ein Junge, versteh das doch."

„Der denkt wie ein Mann."

„Er wird sich an dich gewöhnen. Die Carsons in Kentucky und in North Carolina hatten alle Sklaven. Meine Brüder haben sie heute noch. Er ist einfach nicht dran gewöhnt, dass eine schwarze Frau ein freier Mensch ist und so akzeptiert wird, wie sie ist."

„Du hattest Sklaven?"

Sie sah, wie Daveys Adamsapfel sich hob und senkte. „Jetzt liegen die Dinge anders. Du weißt das. In Missouri hab ich keine Sklaven gehabt, bis auf die eine, die ich gemietet gehabt hab, diese Eliza, du weißt schon. Und du bist doch keine Sklavin. Du bist meine Frau und meine Partnerin in diesem Oregon-Unternehmen. Jetzt stell dich da nicht quer. Ich brauch dich nämlich, Tish."

„Du hast's ihm gesagt? Dass ich frei bin? Dass ich Papiere hab?"

„Ja, hab ich." Davey senkte den Blick. „Er wünscht sie zu seh'n."

„Wünschen kann man sich, was man will“, sagte Letitia. „Das Papier, das verspricht, dass ich versorgt bin, wenn dir was passiert, hast du immer noch nich' aufgesetzt.“

„Ich tu's. Ich tu's sicher. Hab zu viel um die Ohren gehabt, aber du weißt doch, dass du nichts zu befürchten hast. Denk an diesen Sperling.“ Er grinste und kniff die Augen zusammen. „Du musst dich entscheiden, ob du willst, was ich dir bieten kann. Eine Ehe bedeutet Veränderung, weißt du.“

„Ich weiß.“

„Ich reite jetzt mit Junior nach Bethel, um unseren Wagen zu holen. Und du überlegst dir inzwischen, was du genau willst.“

Davey dachte nicht mit einem Gedanken daran, wieder nach North Carolina zurückzugehen. Wenn es in den Osten ging, dann nicht weiter als bis nach Bethel, wo er einen ebensolchen Wagen kaufen wollte, wie Doktor Hawkins ihn besaß. Robuste Eiche. Solide Räder. Starke Eisenbeschläge. Er glaubte nicht, dass sein Sohn allzu entschlossen war, ihn zu überreden, nach North Carolina zurückzugehen. Der Junge suchte nach einem Ort, wo er die Füße unter den Tisch stecken konnte, nach Verwandtschaft. Das konnte man ihm nicht vorwerfen. Es wäre praktisch, ihn auf der Reise in den Westen dabeizuhaben. Wenn der Junge ihn also drängen würde, in den Osten zurückzugehen, würde er ihn umgekehrt beknien, weiter nach Westen zu ziehen.

Davey würde einen zweiten Mann brauchen, der den Wagen fuhr. Das war die Vorschrift für jeden Treck. Und jemand musste das Vieh treiben. Er wollte fast dreißig Rinder mitnehmen. Junior konnte der erforderliche zweite Mann sein. Er würde jemanden haben, der auch mal ein Rad reparierte oder schieben half, wenn es durch schlammige Etappen ging. Ihnen blieben noch etwas mehr als drei Monate, bevor sie aufbrechen würden, und bis dahin hätten David und Letitia sich sicher miteinander arrangiert. Sie würde ihm verzeihen, dass er ihr nichts von Junior gesagt hatte, und einsehen, dass es von Nutzen sein konnte, wenn man Verwandte dabeihatte. Er hätte es ihr sagen müssen, das wusste er.

Aber er hatte nicht gewollt, dass sie wegging. Die Wahrheit war: Er hatte einen Sohn. Und Neffen. Und Brüder. Sogar eine Schwester in North Carolina. Und nun würde er bald ein weiteres Kind haben, um das er sich kümmern wollte. Dieses Kind würde er anders erziehen. Sein Sohn wäre einfach eine willkommene Hilfe. Letitia würde das einsehen. Sie konnte doch nicht wirklich überlegen, ob sie hierbleiben wollte?

Die Fahrt, um den Wagen zu kaufen, würde ihnen allen guttun. Sie bot eine Abwechslung nach einer Woche, in der sie die Vergangenheit durchgekaut hatten und dann wie auf Eiern herumgelaufen waren in der Hoffnung, keins zu zerbrechen. Jedenfalls hatte er Letitia das gesagt. Sie hatte ein paarmal was angedeutet, sie wolle dabei sein, wenn er einen Wagen für sie kaufte. Aber jemand musste zu Hause bleiben und die Kuh melken und nach dem Rechten sehen, oder?

„Dein Sohn kann hierbleiben. Ich will dabei sein und seh'n, wofür auch mein Geld ausgegeben wird."

„Nein, hör zu, das ist nicht praktisch. Für dich ist's nicht gut, die lange Fahrt nach Bethel zu machen. Nicht in deinem Zustand."

Sie hatte missbilligend geknurrt. „Ich mach grad Pläne, zweitausend Meilen weit zu reisen, in meinem Zustand."

Er grinste sie an. „Da hast du recht. Aber ehrlich gesagt hätt ich lieber Junior dabei. Dann kann er gleich lernen, wie man den Wagen lenkt und wie man Reparaturen vornimmt. Zwei Köpfe, die davon Bescheid wissen, sind besser als nur einer." Und außerdem, was verstand eine Frau – selbst eine kluge Frau – schon von einem Wagenkauf? Und er wollte gern mehr erfahren, was der Junge all die Jahre getrieben hatte. „Ich mach die Fahrt mit Junior und wir bringen den Wagen mit. Ein bisschen Zeit allein wird dir guttun."

Sie hatte schließlich nachgegeben und so waren die beiden Männer aufgebrochen.

Der Januartag, an dem sie loszogen, war kalt, aber klar. Tage wie dieser hoben gewöhnlich Daveys Stimmung. Sie fuhren in einem alten Kastenwagen, den sie verkaufen würden. Die Maultiere würden dann den neuen Wagen nach Hause ziehen.

„Ich hab gern ein gutes Maultier im Gespann." Davey sah zu, wie die Ohren der Zugtiere sich wechselnd aufrichteten und wieder anlegten.

„Onkel Andrew züchtet gute Pferde. Wenn du zurückkämst, würd er dich ins Geschäft einsteigen lassen."

„Nein, nein. Dein Onkel und ich, wir sind zu verschieden. Er liebt die Stetigkeit des Farmerdaseins. Und ich, ich mag öfter mal was Neues. Darum war ich als Trapper und Pelzhändler unterwegs. Bist du bei deinem Onkel Smith gewesen, bevor du mich gefunden hast?"

„Er hat mir gesagt, wo ich suchen soll. Es geht ihm nicht gut. Er sagt, du willst dir in Oregon Farmland sichern. Du hast doch hier auch schon eine Farm. Warum also weggehen?"

„Wenn ich's geschickt anstelle, kann ich dort ein hübsches Stück Land mein Eigen nennen. Ich werde eher Vieh züchten als Getreide anzubauen. Das heißt, ich werd im Sattel sitzen, mich um die Herde kümmern, Menschen begegnen und vielleicht auch in der Gemeinde Sitz und Stimme haben. Ich werd uns ein größeres Haus bauen." Und Letitia würde dort sicherer sein.

„Mir scheint eher, du hast schon, was du dir erhoffst, und du bist dabei, es aufzugeben."

„In Oregon können wir weit mehr Land bekommen. Der Hanf- und Tabakanbau hier in der Gegend geht zurück und ich kann meine Rinder kaum noch verkaufen, außer als Zugtiere für die, die in den Westen woll'n. Das halbe Land scheint das ja vorzuhaben. Und kaum jemand hat Geld, außer er verkauft, was er hat. In Oregon werd ich reich sein." Rothwell, der auf der Ladefläche lag, jaulte, während er eine neue Position für seinen Schlaf suchte. „Und für dich gibt es dort auch einen Platz, mein Junge."

Junior ritt eine Weile schweigend neben ihm. Aus den Augenwinkeln sah Davey die roten Beeren der Stechpalmen. Ob die in Oregon wohl auch wuchsen?

„Kann mir nicht vorstellen, mit 'ner schwarzen Frau zusammen zu wohnen, die sich aufführt, als wäre sie die Herrin im Haus."

„Du siehst ja wohl, was für eine liebevolle Frau sie ist. Wie freundlich."

„Sie ist schwarz und sie benimmt sich nicht wie die Sklavin, die sie ist."

„Nein, hör mir zu. Sie ist eine freie Frau."

„Onkel Smith hat gesagt, du hast 'ne Sklavin dabeigehabt, als du bei ihm warst."

„Ich hab's ihn glauben lassen. War einfacher, als zu erklären, dass sie frei ist."

„Das behauptet sie."

„Nun, in Oregon wird sie auf alle Fälle frei sein. Sie ist eine gute Hilfe für deinen Pa. Du gewöhnst dich schon daran." Was er für sich behielt, war, dass sein Sohn schon bald einen kleinen Bruder oder eine kleine Schwester haben würde. Veränderungen sollten Schritt für Schritt vor sich gehen – obwohl er seit Juniors Auftauchen wohl zugestehen musste, dass sie manchmal recht sprunghaft in Erscheinung traten. Er hoffte, das war kein Vorzeichen dafür, was noch auf ihn zukommen würde.

Letitia scheuerte ihre ganze Enttäuschung in den Dielenfußboden. Jetzt würde sie sich mit zwei starrköpfigen Männern auseinandersetzen müssen. Bisher hatte sie ihre Reise in den Westen mit Freude geplant – hatte an ihr Baby gedacht, daran, wie sich ihre Aufgaben verändern würden, wie viel Gutes diese Reise für sie bringen würde. Aber nun kochte und wusch sie für drei und zog sich dann zurück, wenn die Daveys palaverten und sich die meiste Zeit über so verhielten, als gäbe es sie gar nicht, außer wenn sie ihnen ihr Essen servierte oder den Dreck auskehrte, den sie mit ihren Stiefeln ins Haus schleppten. Sie war tatsächlich zu „ihrem Mädchen" geworden. Die einzigen Herzen, die für sie oder mit dem ihren schlugen, empfand sie, waren das des Babys und das ihrer Kuh Charity. Und vielleicht noch das von Rothwell, aber auch der Hund war schließlich mit den Männern unterwegs, um diesen Wagen zu kaufen. Das Einzige von ihr, das Davey auf seiner Fahrt begleitete, war ein Teil ihres Geldes.

Sie schrubbte Daveys Hemd. Es wurde langsam fadenscheinig. Sie musste ihm ein, vielleicht zwei neue nähen, bevor sie aufbrechen würden. Sie nahm an, dass sie jetzt auch für Junior würde nähen müssen. Davey übersah die vielen kleinen Gehässigkeiten, mit denen Junior ihr zu verstehen gab, „wo ihr Platz war". Oh, er nannte sie Letitia, ja, aber er tat es auf eine Weise, als bisse er auf Bitteres, und wenn Davey nicht in der Nähe war, rief er sie weiterhin „Mädchen". Er bat sie nicht darum, den Sirup auf den Tisch zu stellen; er befahl es. Und ihr Mann sagte kein Wort, das ihn zurechtwies. Sie wusste nicht, wie viel Einfluss der Junge auf seinen Vater hatte, aber der Gedanke, dass er nun eine ganze Woche lang Gelegenheit hatte, seinem Vater um den Bart zu streichen, ohne dass Letitia auch nur in der Nähe war, gefiel ihr ganz und gar nicht.

Ihr fiel auf, wie still es war, während sie auf den Fersen hockte, sich ein wenig ausruhte und sich den Schweiß von der Stirn wischte. Und wenn Junior Davey nun überredete, wieder in den Osten zu gehen? Sie spürte, wie die Tränen aufstiegen, aber sie kämpfte sie zurück. Wenn das passierte, überlegte sie, würde sie hier in Missouri bleiben. Oder nein. Sie würde die Hawkins' fragen, ob sie mit ihnen reisen konnte. Ja. Sie konnte sich ein Leben im Westen aufbauen auch ohne Davey Carson, wenn es sein musste. Sie besaß eine Kuh und hatte ein wenig Geld gespart; sie konnte für ihren Unterhalt während der Reise zahlen. Sie konnte hart arbeiten. Auch mit einen Baby würde sie für sich selbst sorgen können. Sie brauchte keinen Ehemann. Und sie brauchte schon gar keinen zweiten Davey, um ihm die Schuhe zu putzen.

Oh, es verlangte sie danach, sich zu weigern, mit nach Oregon zu gehen, wenn Junior auch dabei war. Aber sie würde es nicht tun. Es war ja nicht nur Daveys Traum. Es war auch ihrer, das hatte sie inzwischen begriffen. Ein Traum, den sie sich in soliden bunten Farben ausgemalt hatte und den nichts und niemand wegwischen konnte. Sie hörte Charitys Kuhglocke draußen klingen. Davey hatte ihr die Glocke geschenkt. Lange bevor er ihr Ehemann wurde, war er schon freundlich zu ihr gewesen. Und sie hatten sich ihr Versprechen über der Bibel gegeben. Nein, wenn er zurückkam und beschlossen hatte, dass Junior mitkam, würde sie damit leben. Aber sie würde sich nicht für ihn zur Sklavin machen. Sie erinnerte sich an einen Bibelvers, den ihre Mutter ihr beigebracht hatte. „Zur Freiheit hat uns Christus befreit! Bleibt daher standhaft und lasst euch nicht wieder unter das Joch der Sklaverei zwingen!"

Sie würde ihren Frieden damit machen, diesen Stiefsohn zu haben, wie sie es nun nannte. Sie würde lernen zurückzutreten, beiseitezustehen oder sich unsichtbar zu machen, wo es nötig war. Junior konnte sie nicht wieder zur Sklavin machen, es sei denn, sie selbst ließe das zu. Nur sie selbst konnte sich wieder unter das Joch der Sklaverei zwingen. Nein. Sie würde ihren Platz behaupten und das Beste daraus machen. Auf diese Weise konnte sie ihrem Kind helfen und den kleinen Riss flicken, den ihre Welt bekommen hatte.

10 Hinter den Horizont

Nancy Hawkins saß vor dem Kamin und rieb sich die heißen Füße, während sie Sarah Bowmans Brief las. Es war bereits Ende März 1845 und das war die erste Nachricht, die sie erhielt, aber deren Ankunft war sehnlich erwartet worden. Sie hoffte, Sarah würde ihr mitteilen, was sie auf keinen Fall vergessen durfte mitzunehmen.

Der Fluss, den sie Columbia nennen, ist breiter als der Missouri und oh, so viel tiefer. Tagelang schlängelt er sich durch hohe, karge Uferklippen. Dann erreicht er einen Engpass, wo das Wasser hufeisenförmig über mehr als haushohe schwarze Felsen hinabstürzt. Der Klang ist ohrenbetäubend; man kann das Trommeln des Wassers unter den Füßen spüren. Stämmige Indianer stehen auf wackeligen Podesten, die sie in die Felsklippen gebaut haben, und stechen mit Speeren nach riesigen Fischen. Sie binden sich mit Seilen auf den Podesten fest, damit sie nicht abrutschen, sagt Mr Bowman. Aber irgendwer hat mir erzählt, die Fische machen die Podeste glitschig, und wenn ein Podest in den Sog der Fälle geriete, könnte niemand das nicht überleben. Wenigstens würde die Familie den Körper auffinden und bestatten können. Ich habe meinen Spiegel gegen einen Lachs eingetauscht – ein sehr wohlschmeckender Fisch. Der Spiegel war mir im Juli durch einen Unfall zerbrochen, bei dem unser Wagen umgekippt ist. Für eine Weile war ich recht kränklich. Die Leute nennen die Stadt hier Wascopam, ein indianisches Wort, das die Stromschnellen hier im Fluss beschreibt. Wir haben sie „The Dalles" genannt. Ich hab die Luft angehalten, als sie uns auf winzigen Flößen direkt unterhalb der Wasserfälle über The Dalles gesetzt haben. Ich hab kaum zu atmen gewagt, bis wir das andere Ufer erreichten und die Wagen wieder aufgestellt waren und wir weiterrollen konnten in Richtung des Willamette-Tals, wo wir jetzt sind. Erlaube mir, dir zu sagen, was du mitbringen solltest …

Nancy las die Seite zu Ende und drehte den Bogen dann um. Sie las auch zwischen den Zeilen und dem, was Sarah über ihre Reise von The Dalles aus entlang des Columbia River berichtete. Nancy erschauerte bei der Vorstellung der gewaltigen Wasserfälle. Es musste wirklich furchterregend sein. Vielleicht gab es einen anderen Weg über die Berge bis ins Willamette-Tal. Sie würde Zach fragen, der würde es sicher wissen.

Die Gruppe, mit der die Bowmans 1844 gereist waren, hatte Oregon im November erreicht. Aber sie hatten unterwegs weitaus mehr Regen gehabt, als irgendjemand geahnt hatte. Sarah schrieb nichts von dem Baby, das längst hätte geboren sein sollen, bevor sie Oregon erreichten. Nancy nahm an, dass die Bemerkung, Sarah sei „kränklich" gewesen, bedeutete, dass sie das Kind verloren hatte.

Nancy ging ganz sicher, dass *sie* nicht schwanger sein würde, wenn sie zu dieser Reise aufbrachen. Dass sie Edward so lange gestillt hatte, hatte die Ankunft von Nancy Jane nicht verhindert. So viel konnte man also auf diese Altweibergeschichte geben. Sie hatte den Jungen entwöhnt, sobald sie von ihrer Schwangerschaft wusste. Im Blick auf die beschwerliche Reise würde sie keine Risiken eingehen. Sie hatte sich einen Schwamm besorgt. Es kam ihr zwar merkwürdig, aber auch irgendwie richtig vor, dass etwas, das aus der See stammte, verhindern sollte, dass sie ein Kind empfing, das dann im Wasser ihres Schoßes heranwachsen würde, wenn der Schwamm seine Aufgabe nicht erfüllte. Sie hatte es Zach erzählt und er hatte, wenn auch zögernd, schließlich zugestimmt. Sie konnte es sich nicht leisten, auf dieser Zweitausend-Meilen-Reise ein Kind im Leib zu tragen, während ein anderes ihr noch auf der Hüfte saß und fünf weitere auch noch ihre Aufmerksamkeit brauchten, um sicher anzukommen.

Sie würde Sarahs Brief noch an etliche Frauen weitergeben, die ebenfalls in den Westen aufbrachen. Elizabeth Knighton wüsste sicher gern, dass man in Fort Laramie noch Mehl und Reis kaufen konnte, falls benötigt. Eveline Martin würde die Bemerkung zu schätzen wissen, dass man Flanellhemden gut als Tauschgut bei den Indianern einsetzen konnte, die die Weißen nicht bekämpften. Ebenso wie Nancy würde sie ein paar überzählige Exemplare nähen. Und es war noch Zeit, eine weitere Quiltdecke anzufertigen, die man vielleicht auch gegen Güter eintauschen konnte, die man im Westen nötig haben würde. Ein tröstlicher Gedanke.

Ihr Blick ruhte auf dem Quiltrahmen, der von den Deckenbalken hing. Er würde mitkommen in den Westen. An ihm hingen zu viele Erinnerungen an „Nadeln und Geschwätz", wie Zachariah die Aktivitäten der Frauen nannte, die zum Quilten zusammenkamen. Vom Herunterstürzen des Rahmens hatte Laura zum Glück nicht mehr als eine Schramme auf der Wange zurückbehalten. Aber das Kind stieß und schrammte sich ohnehin jeden Tag irgendwo. Die Gänseblümchen im Garten blühten leider gerade nicht und so konnte sie sie nicht lindernd bei den kleinen Verletzungen einsetzen, die die Kinder sich immer wieder zuzogen. Aber Zach besaß ähnliche Pflanzenstoffe, die Wunder wirkten. Ihre Gänseblümchen würden auch mitkommen nach Oregon.

Nancy hörte das Knirschen von Wagenrädern vor dem Haus. Sie zog die Vorhänge zurück, wobei ihr der Duft von Lavendelseife in die Nase stieg. Von weiter im Osten waren schon etliche Siedler eingetroffen und jede Woche trafen sich die Männer, um alles Mögliche zu diskutieren. Die Frauen blieben sich selbst überlassen, schlossen Bekanntschaften und unterhielten sich darüber, wie es wohl sein würde, wenn man sieben oder acht Monate lang zusammen unterwegs war.

Letitia war zu diesen Treffen eingeladen, aber sie erschien nie. Es hätte die Situation vielleicht vereinfacht, wenn die anderen Frauen schon jetzt Gelegenheit gehabt hätten, Letitias freundliches Wesen und ihre sanfte Art kennenzulernen. Nancys Familie stammte aus Hamilton County in Ohio. Sie wurde sich bewusst, dass ihre Ablehnung der Sklaverei sie in eine seltene Kategorie Mensch einreihte: Sie war jemand, der über die Hautfarbe hinweg und direkt ins Herz eines Menschen sehen konnte. Diese Haltung war etwas, was ihr Glaube von ihr verlangte. Auch Zachariah hatten bestimmte Erfahrungen in Hardin County,

Kentucky, zu einem Gegner der Sklaverei gemacht. Sie würde darum beten, dass Letitia während der Reise ein paar Freundinnen gewinnen würde. Wenn man einmal im Westen angekommen war, würden sich ja auch neue Nachbarschaften ergeben. Sie hoffte, die Carsons und die Hawkins' würden Nachbarn werden.

Nancy Jane wachte auf und Nancy legte sie zum Stillen an die Brust. Der Duft von Schinken und Bohnen wehte herein. Sie fragte sich, ob Zach wohl zugestehen würde, dass sie das kleine Kohleöfchen mitnahmen. Er wog jedes Stück Gepäck ab, damit sie die empfohlene Ladungsmenge nicht überschritten. Nancy faltete den Brief zusammen und verwahrte ihn. Sarah hatte es mit ihren sechs Kindern geschafft. Also würde sie die Reise auch bewältigen. Und sie war wenigstens nicht schwanger.

Sie dachte wieder an Letitia, die ein Kind trug.

Letitia schien sich damit abgefunden zu haben, dass David Carsons Sohn aufgetaucht war. Nancy wusste ein wenig davon, wie es ist, wenn man von Menschen aus der eigenen Familie links liegen gelassen wurde. Manchmal beneidete sie ihren Sohn Samuel regelrecht. Er ging seinem Vater ständig zur Hand, während sie mit den Kindern ins Haus verbannt war. Wie schön wäre es, wenn sie wieder einmal gemeinsam in die Stadt fahren würden, nur sie beide, sie und Zach. Es schien Äonen weit her, dass sie Händchen gehalten hatten, aber es lag erst dreizehn Jahre und sechs Schwangerschaften zurück. Wenigstens würde sie wieder an allem teilhaben, was ihr gemeinsames Leben ausmachte, wenn sie erst einmal unterwegs waren. Vielleicht würde es wieder so werden wie in den alten Zeiten, als sie alles mit ihrem Mann teilte. Nur diesmal würde ein wenig mehr Ungewissheit mit im Spiel sein.

„Ich schwöre dir, Frau, wenn wir könnten, würden wir das gesamte Blockhaus mitnehmen, aber …"

„Du brauchst nicht zu schwören, Zachariah Hawkins. Ich weiß es ja. Aber den Quiltrahmen und mein Spinnrad brauche ich unbedingt. Schließlich hast du beides für mich gebaut. Und da soll ich sie hierlassen?" In Nancys Stimme lag so viel Missfallen, wie Letitia es von ihr noch nie gehört hatte. Die Hawkins' hatten den Wagen vors Haus gefahren und die Carsons halfen ihnen beim Aufladen des Gepäcks. Die Hawkins-Kinder mit ihren strohblonden Haarschöpfen wuselten ihnen zwischen den Beinen herum; Rothwell jagte hinter Samuel und Laura her und Letitia wiegte Nancy Jane auf der Hüfte. Der Apriltag war sonnig und wolkenlos.

„Weibsbilder", spöttelte der Doktor und schüttelte den Kopf in Richtung Davey. „Also schön, nehmen wir den Rahmen mit. Notfalls machen wir ein paar Bodendielen daraus. Und in jedem Fall kann er uns als Material für Reparaturen dienen."

„Oh, ganz sicher nicht. Ist schließlich beste Eiche." Dann folgte: „Natürlich. Was immer nötig sein wird."

Letitia fragte sich, ob sie und Davey ähnliche Debatten führen würden, wenn morgen die Hawkins' mit ihrem Wagen bei den Carsons vorfahren würden, um ihnen beim Aufladen zu helfen. Sechs Ochsen würden sie mitnehmen, außerdem Charity und ihr jüngstes Kalb. Davey wollte dreißig gute Zuchtrinder treiben lassen. Die Männer hatten sich getroffen und einige Regeln aufgestellt, die während der Reise gelten sollten. Man hatte diskutiert, wer die robustesten Wagen baute, und war schließlich auf die von Bain und Shutler gekommen. Davey und Zachariah hatten keinen solchen Wagen, aber die Planwagen, die sie erworben hatten, waren massiv gebaut. Sie wurden von vier Ochsen gezogen. Zwei Ochsen waren zum Auswechseln gedacht.

Letitia hatte die zuverlässigen Tiere ins Herz geschlossen, die sich nie gegen das Zugjoch wehrten. Davey hatte sie A, B, C und D genannt. „Weil man sich das gut merken kann." Wenn sie versucht war, in Selbstmitleid zu verfallen, dachte sie an die Ochsen, die jederzeit klaglos das taten, was man von ihnen verlangte.

„Der Amboss kommt zum Schluss", wies der Doktor die Männer an. Zu dritt wuchteten sie das schwere Teil auf den Wagen.

„Mächtig schwer", sagte Davey. „Wenn ich meinen auch mitnehme, sind wir schnell bei den erlaubten 2500 Pfund."

Der Doktor nahm den Hut vom Kopf und wischte sich mit dem Unterarm den Schweiß von der Stirn. „Ja, ich weiß. Aber er ist unverzichtbar, wenn wir unterwegs Reparaturen vornehmen müssen."

„Wir Frauen müssen standhaft bleiben, wenn es um nur ein paar Dinge geht, die für *uns* unverzichtbar sind." Nancy nahm Letitia das Baby ab und zwinkerte ihr zu.

„Unverzichtbar", knurrte der Doktor.

„Wie fühlst du dich?", fragte Nancy Letitia. Man duzte sich mittlerweile, so sehr war die Freundschaft zwischen den Familien gewachsen. Die Frauen standen etwas abseits von den Männern, die die Fässer mit Mehl und Reis aufluden, und verstauten die gusseisernen Töpfe und Pfannen in einer Kiste, die Zach für den Transport gebaut hatte. Trockenfleisch, Trockenobst und Tabak kamen ebenfalls hinein.

„Ganz normal, würd ich mein'n."

„Wann, glaubst du, kommt es?" Nancy hob fragend die blonden Augenbrauen.

„Ende Mai. Anfang Juni." Letitia zögerte, dann sagte sie: „Diesmal fühlt sich's ganz anders an. Aber ich glaub, gerechnet hab ich richtig."

„Du hast … ich meine, das ist nicht dein erstes Kind?"

„Mein drittes. Eins ist bei der Geburt gestorben. Das andere … hat der Master verkauft. Ich hab später gehört, dass er auch gestorben ist."

Nancy legte Letitia die Hand auf den Arm. „Ich kann mir nicht vorstellen, wie du das ausgehalten hast – zweimal solch bitteren Kummer." Die Hand auf ihrem Arm tröstete wie ein milder Windhauch. „Es muss doch so sein, als risse man dir das Herz aus der Brust."

„Brennt immer noch, der Schmerz." Letitia erwähnte nicht, dass ihre Reise in den Westen bedeutete, dass sie sich noch weiter von ihren Söhnen entfernte. Von einem kannte sie ja nicht einmal sein Grab.

Sie standen beieinander, jede in ihre eigenen Gedanken vertieft. „Komm, hilf mir bei den Betten, ja? Für acht Personen zu packen ist so lästig."

„Ich muss nur für drei denken."

„Das Los der Frauen." Nancy grinste und ging Letitia voran ins Haus, in dem noch Tische, Stühle und Kommoden standen, die nicht auf den Wagen kommen würden. Diese Schätze würden zurückbleiben, ebenso wie so viele Erinnerungen, die daran geknüpft waren.

„Bist du schwanger?“ Junior stellte die Frage, als Davey außer Hörweite war. Er war mit den Ochsen beschäftigt, die ihren Wagen ziehen sollten, und untersuchte ihre Hufe. Junior baute sich breitbeinig vor Letitia auf, die Ellbogen nach außen gespreizt, drohend wie ein Stier. „Und wag's nicht, mich anzulügen.“

„Ja, Mista. Ich trag ein Kind.“

„Du redest ganz schön geschwoll'n für ein Niggerweib. Hörst du, ich sag sonst nicht, was du wirklich bist. Papa zu Gefallen.“ Er schnaubte verächtlich, sprach es aber dann doch noch einmal aus, den Blick auf seinen Vater gerichtet, der mit seiner Arbeit beschäftigt war. „Du hast ihm den Verstand verdreht, das hast du.“ Er flüsterte die Worte zischend. Der Lärm vom Anschirren der Tiere, von Männern, die sich etwas zuriefen und schreienden Kindern verhinderte, dass Davey etwas mitbekam. „Hast ihn ins Bett gelockt und jetzt kann er nicht mehr gradaus denken.“ Er stach ihr den Finger in den Leib. Der physische Schmerz war viel geringer als die Wunde, die seine Worte hinterließen, und dass er es wagte, sie anzufassen.

Sie stieß ihn zurück und fuhr ihm mit den Fingern ins Gesicht.

Junior packte ihren Arm. Mit der anderen Hand wischte er sich über die Wange. Etwas Blut blieb an den Fingern hängen. „Na, siehst du, was du angerichtet hast!“

„Du rührst mein Baby nicht an. Und mich auch nicht. Nie wieder!“

„Ich werd mit dir machen, was ich will.“ Er verdrehte ihr den Arm und sie schrie auf.

Davey rief herüber: „Alles bei euch in Ordnung?“ Die Ochsen versperrten ihm die Sicht.

„Alles bestens, Pa.“

Junior betrachtete das Blut auf seiner Hand. Sein Atem roch nach Rache, als er ihr ins Ohr flüsterte: „Du hast ihm eingeredet, dass ich mein Erbteil nicht krieg.“

Sie wich einen Schritt zurück. „Dein Daddy hat versprochen, er sorgt für sein *jüngstes* Kind. Und für mich. Aber er will, dass du auch zu seinem Leben gehörst. Also hab'n wir Frieden geschlossen. Seinetwegen.“ Sie warf einen Blick auf Davey. „Ich bin niemand, der Streit sucht, Mista Carson. Ich such einfach, gut miteinander auszukomm'n.“

Er quetschte ihren Arm noch härter, dann schleuderte er ihn von sich wie ein erloschenes Anmachholz. „Glaub bloß nicht, dass ich jemals mit solchen wie dir auskomme."

Sie hob den Blick und sah ihm in die Augen. „Dann wär's wohl besser, einer von uns würd seine Schritte anderswohin lenken."

Eine rötliche Augenbraue hob sich.

„Und meine Füße geh'n mit meinen Kochtöpfen. Nach Westen."

Es war eine Bagatelle und doch waren sie darüber in Streit geraten. Davey lenkte Gespann und Wagen zum Sammelplatz in Weston. Alle Vorbereitungen waren reibungslos verlaufen, aber dann hatte Junior darauf bestanden, nur ein Jagdgewehr und die Pistolen mitzunehmen. Aber die Regeln für den Treck verlangten, dass jeder Mann einen Vorderlader und das entsprechende Zündpulver dabeihaben musste. Junior wollte sich dieser Bedingung nicht fügen.

„Du kannst doch mit so 'nem Gewehr umgeh'n. Was soll also das Theater?"

Etwa zweihundert Planwagen hatten sich bereits am Ufer des Missouri eingefunden. Lagerfeuer brannten und Kinder tanzten wie Puppen an Fäden zwischen den Feuerstellen. Am 5. April waren Davey und Junior auf dem Rückweg von einer Versammlung am Wolf River, bei der festgelegt worden war, wer als Captain eine Abteilung des Trecks leiten würde, und tausend andere Dinge besprochen wurden. Die Carsons und die Hawkins' sollten sich bei Stephen Staats aus New York melden. Ein gewisser Tetherow würde Captain ihrer Abteilung sein. Davey war ins Exekutivkomitee gewählt worden. Er würde es Letitia nicht sofort sagen. Es bedeutete, dass er Aufgaben übernehmen musste, die ihn zeitweise von ihrem Wagen fernhalten würden. G. B. Smith war auch unter den Siedlern. Er hatte sich für die Wahl als Subcaptain gemeldet, war aber jemand anderem unterlegen. Smith hatte keine Familie. Davey hatte ihn aber immer wieder mal um die älteste Tochter der Hugharts herumschleichen sehen. Das Mädchen war sicher kaum fünfzehn und zart und zerbrechlich wie ein Vögelchen. Er konnte nur hoffen, dass ihr Vater ein wachsames Auge auf sie hatte.

Alles war verlaufen wie geplant und dann musste es Junior einfallen, die Vorschrift, einen Vorderlader mitzunehmen, sei „einfach idiotisch. Und ich will nicht mit Leuten unterwegs sein, die idiotische Regeln aufstellen".

Vielleicht hatte Junior Fieber. Eine Schramme von einem Dornzweig auf seiner Wange hatte sich entzündet und er hatte nicht zugelassen, dass Letitia sie mit ihren Salben behandelte. Davey hatte seinen Gedanken laut ausgesprochen und Junior hatte sich an die Wange gefasst und geknurrt, sein Temperament hätte gar nichts mit der Sache zu tun. Es ginge nur um die Gewehre. Aber dann hatte Davey beobachtet, wie er Letitia ansah, die am Feuer saß. Seine blauen Augen waren schwarz vor Zorn. Es war ein Blick, der Davey schaudern ließ.

„Ich nehm ein zweites Gewehr mit. Vielleicht wirst du froh sein, dass wir's haben", sagte Davey. „Und wir halten uns damit an die Vorschrift."

„Hab keine Zeit für Leute, die so idiotische Vorschriften machen. Ich hab's mir anders überlegt. Komm wohl doch nicht mit."

„Hör mir mal zu, Junge. Ich brauch dich, um den Wagen zu fahren. Ich brauch deine Hilfe unterwegs. Hab gedacht, wir sind wieder 'ne richtige Familie."

„Sieht eher so aus, du hast 'ne andre Familie."

„Du kommst doch gut mit Tish aus, oder etwa nicht? Warum willst du uns jetzt im Stich lassen?"

„Wenn ihr heil hinkommt, komm ich dich vielleicht besuchen. Segle besser ums Horn, statt neun Monate mit dir und deinem Nig…, deinem Mädchen unterwegs zu sein. Seh deine nette kleine ‚Familie' dann in Oregon."

Davey verzog das Gesicht. Er sah sich um, ob Letitia etwas von ihrem Gespräch mitbekam. Sie war nirgends zu sehen. Es hatte den Anschein, als ob sie und Junior nie am selben Feuer standen, außer beim Essen.

„Nein, Junge. Wir sind doch gut miteinander zurechtgekommen, seit du wieder da bist. Wär 'ne Schande, wenn du jetzt 'nen Rückzieher machst."

„Du kommst schon drüber weg. Bist du ja früher auch."

Davey spürte den Schlag in der Brust.

Junior ging um den Wagen herum und lud sein Gepäck ab. Ohne ein weiteres Wort stieg er aufs Pferd, legte die Hand an den Hut und ritt davon.

„Ich weiß, es is' hart für dich, dass Junior gegangen is'." Letitia stand auf, um die Kerze in der Laterne auszublasen. Jetzt leuchtete nur noch der Mond in ihr Zelt. „Is' vielleicht … meine Schuld. Hat böse Worte gegeben zwischen uns."

„Nein. Es sind die Vorschriften. Er hat sich noch nie an Regeln gehalten. Wenn's nicht die Gewehre gewesen wär'n, früher oder später wär's was andres gewesen. Ist beim ersten Mal ja auch deswegen ausgerissen. Weil er sich an Regeln halten sollte." Er strich Letitia, die in dem kleinen Zelt mit ihm unter einer Decke lag, über die Hüfte. Eine kühle Brise rüttelte an der Zeltwand und brachte die Funken im erlöschenden Feuer davor noch einmal zum Aufglühen. „Du bist nicht schuld. Aber wir müssen jetzt 'nen zweiten Mann für den Wagen finden. Sie werden's nicht dulden, dass wir diese Vorschrift umgehen."

Sie fragte sich, ob sie ihm sagen sollte, was sie sich überlegt hatte, als er ihr mitgeteilt hatte, dass Junior nicht mitkommen würde. Es war die Sache wert. „Und wenn ich der Ersatzfahrer für dich wär?"

„Weiß nich', ob das durchgeh'n würde. Frauen machen solche Sachen nicht. Die sollten kochen und so weiter."

„Aber wenn ich … bei dir angestellt wär? Dann könnt niemand was dagegen hab'n, oder?"

Er stützte sich auf einen Ellbogen und sah auf sie herunter. Das aufglühende Feuer von draußen beleuchtete ihr Gesicht. „Aber du bist … du weißt schon."

„Vielleicht ist's sicherer, wenn Leute glauben, ich bin deine Sklavin." Es würde sie schmerzen, als ginge sie barfuß über Glas, nicht sagen zu können, dass sie eine freie Frau war. Aber wenn man ihnen die Geschichte abnahm, wäre es sicherer. Ihr Magen zog sich zusammen und das Baby bewegte sich. „Wir hab'n doch die Abmachung. Ich koch und sorg unterwegs für dich und helf dir, das Land zu roden, wenn wir mal da sind. Deine Sache is', dass du aufschreibst, dass du mir und unsren Kindern was hinterlässt, falls dir was passiert. Auf dem Papier könnt ja steh'n, dass ich für dich arbeite. Und du kannst doch wohl anstell'n, wen du willst."

„Aber das Kind … Die Leute werden's sich denken, dass …"

„Lass das Kind mal erst kommen. Dann sorg ich für es. Is' ja nich' das erste braune Kind, das die Leute in Missouri zu sehn bekomm'n. Die werd'n ihm schon aus dem Weg gehn. Oder ihr. Und wenn du krank bist und nich' fahr'n kannst, kommt das Baby ins Tragtuch. Hab ich mit meinen Jungs auch bei den Bowmans so gemacht. Die war'n da drin so zufrieden wie kleine Kätzchen. Und Nancy Hawkins kann mir auch bei dem Kind helfen."

Er zupfte sich am Bart. „Das könnten sie schlucken. Ich kann sehr überzeugend sein. Und ich hab Knighton und Martin angestellt, die treiben unsre Rinder. Find vielleicht auch noch 'nen dritten Mann, dann könn'n sie sich abwechseln. Vor allem, wenn … also, wenn das Kind dann kommt."

„Erzähl ihnen, du hast Papiere, in denen steht, was wir abgemacht hab'n."

„Niemand wird danach fragen." Sie sah ihm an, dass er nachdachte. „Ehrlich gesagt, Tish, so gut schreiben tu ich nich'. Und lesen auch nich'." Er räusperte sich. „Ich werd Zach bitten, alles aufzuschreiben und mit zu unterzeichnen. Dann soll er dir das Papier geben. Gleich morgen früh als Erstes mach ich's. Und wenn jemand fragt, dann bist du … bei mir angestellt."

Am Morgen drückte Davey Letitia ein Dokument in die Hand.

„Is' es das? Da steht drin, was wir abgemacht hab'n?"

„Zach hat's heut morgen aufgeschrieben, als wir die Ochsen fürs Gespann geholt haben. Da is' meine Unterschrift." Er zeigte auf den Schriftzug. „Steck's zu deinen andern Papieren."

Mit zitternden Fingern drückte sie das Papier an ihr Herz. *Wenn ich's doch lesen könnte …* „Ich hab auch noch Platz für deine Papiere. Dass du Amerikaner bist."

„Die sind da, wo sie sind, gut aufgehoben."

Davey ging wieder an seine Arbeit und sie überlegte, wo sie ihre

Sicherheitspapiere – so nannte sie die Dokumente – am besten aufbewahren sollte. Schließlich schlug sie sie in ein Stück Stoff ein, das noch von Nathans kleiner Babydecke stammte. Dann rollte sie das Bündel zu einer faustdicken Rolle zusammen und band ein Band darum. Und nun wohin damit? Sie blickte sich im Wagen um. Vielleicht in ihren Nähkasten? Nein, das war zu offensichtlich. Und sie brauchte ihr Nähzeug so oft, dass das kleine Päckchen versehentlich herausgeschoben werden könnte. Zu Hause hatte sie die Papiere in einer Blechdose in den Dachsparren versteckt, aber die gab es in einem Planwagen nicht. *Das Mehlfässchen.* Das war der perfekte Platz. Sie würde die Papiere ganz weit nach unten stoßen. Nancy hatte ihr verraten, dass sie ein paar Teile ihres besten Geschirrs in ihrem Mehlfass versteckt hatte. „Zach muss ja nichts davon wissen." Davey würde auch nichts wissen müssen.

Sie hatte nicht darum gebetet, dass Junior am Ende doch nicht mitkommen würde. Aber vielleicht hatte Gott ihre stumme Bitte erhört. Dass Junior aus eigenem Entschluss gegangen war, machte es leichter für sie, Davey über diesen zweiten Verlust seines Sohnes hinwegzutrösten. Und dann besaß sie jetzt das kostbare Dokument. Es war für sie von unschätzbarem Wert. Sie drückte das Stoffbündel tief in das Mehlfass. Aus dem Kummer, den sie zu Weihnachten erlebt hatte, war etwas geworden, was sie sehnlichst erhofft hatte: Sicherheit. Sie rieb sich das Mehl vom Mieder, löste das Leinentuch, das sie um den Leib trug, und begann zu singen: „Oh religion is a fortune, I really do believe." Sie wiegte sich langsam im Rhythmus des Liedes. Sie hatte ihre Papiere, ein Baby würde bald kommen und mit Gottes Güte war sie unterwegs in wirkliche Freiheit. Konnte sie sich noch mehr wünschen?

Teil 2

Oregon

Die Frau und der Junge hatten den morschen Baumstamm ausgebrannt.

„Jetzt füll ihn mit Erde und misch sie gut mit der Asche. Dann kommt der Samen hinein."

Nicht mehr lange und sie würden Tabakpflanzen haben, die sich leicht ernten ließen. Sie hatten bereits zuvor einen Stamm ausgebrannt, in dem die Pflanzen besonders gut wuchsen. Im Jahr zuvor hatten sie bereits einmal geerntet und nun kamen schon die neuen Schösslinge heraus. Sie hatten die geernteten Blätter mit den immergrünen Blättern der Bärentraube vermischt. Kinnikinnick nannten die Trapper das Gewächs. Und sie verkauften den Tabak besser, wenn Kinnikinnick beigemischt war; er milderte den Geschmack und auch den Geruch.

„Du findest die Bärentraube?" Die Frau nickte Little Shoot mit dem Kinn zu. Er ließ die Schultern hängen, seine Miene war verdrießlich. Er blieb stehen und hockte sich dann in ein niedriges Kissen aus grünen Blättern mit rosa Beeren, die wie die Laternen geformt waren, die die Händler bei sich trugen. Später würden die Beeren rot an den kurzen Stielen hängen, die wie Haarsträhnen vor seinem Gesicht hingen.

„Warum machen wir so viel Tabak, Kasa? Wir können das doch nicht alles rauchen."

„Wir rauchen nur wenig davon selbst. Mehr bekommen die Alten im Dorf; es macht ihre Tage heller. Und den Rest verkaufen wir."

„Den wenigen Trappern, die es noch gibt?" Der Junge sprach herausfordernd.

„Am Großen Fluss bei den Wasserfällen gibt es Leute, die unseren Tabak wollen. Und es werden immer mehr kommen. Bald sind wir hier nicht mehr allein."

„Wenn es guten Tabak gibt, werden sie bleiben wollen."

„Der Tabak gehört uns nicht. Wir bereiten ihn nur zu. Die anderen könnten das auch. Dann brauchen sie uns nicht mehr."

„Hmmpff."

Sie sammelten die glänzenden Blätter, die sie dann zusammen mit den geernteten Tabakblättern in Wasser warfen, das sie auf heißen Steinen zum Kochen gebracht hatte. Bärentrauben- und Tabakblätter vermischten sich im Wasserstrudel.

„Ich sag es dir jetzt, damit du dich vorbereitest." Sie machte eine auffordernde Geste, dass er nicht aufhören solle, die Blättermischung zu rühren. „Die Missionare sagen, die anderen werden kommen und viele werden bleiben, so wie sie ja auch. Wir wollen keinen Ärger mit ihnen. Wenn sie kommen, werden wir umso klarer wissen, wer wir sind."

„Mir ist das klar genug." Er hielt den Stock, mit dem er rührte, mit seinen mageren Armen hoch über den Kopf. Ein Junge im Triumph. „Ayee. Das sollte ich im Gedächtnis behalten."

Die Frau sah zu, wie der Junge an Kraft gewann. Und sie lächelte, weil er anfing zu erkennen, welche Dinge es wert waren, dass man sie im Gedächtnis behielt.

11 Aufbruch

„Sie haben mich ins Exekutivkomitee gewählt. Als Captain." Davey kam vom abendlichen Treffen am Wolf River zurück, einem ruhigen Flüsschen, das in den Missouri mündete. Sie warteten noch darauf, dass weitere Siedler eintrafen, bevor die große Gruppe in den Westen aufbrechen würde. Er nahm den Blechbecher mit Kaffee, den Letitia ihm reichte, und setzte sich dann auf die Deichsel des Wagens. Einladend klopfte er auf das Eisen, damit Letitia sich zu ihm setzte.

„G. B. Smith hat sich danach gedrängt, Captain zu werden, aber die Männer haben mich gewählt."

Dass Greenberry Smith ihnen auf der Reise Gesellschaft leisten würde, hörte sie zum ersten Mal. „Geht er dann Patrouille?"

„Nein, so was gibt's nicht, keine Patrouillen. Das hier ist doch kein

Sklaventransport. Aber natürlich muss jemand das Vieh bewachen und Ausschau halten, ob die Indianer Ärger machen. Dafür wird er gut zu gebrauchen sein." Davey beugte sich hinunter, um den Entfernungsmesser am Rad zu befestigen. „Die Offiziellen machen noch eine genaue Inspektion, um sicher zu sein, dass jeder alles hat, was er braucht. Ich tu das bei anderen, aber sie werden ein paar Männer bestimmen, die unseren Wagen überprüfen. Da wird niemand begünstigt."

Später am Tag erschien G. B. Smith mit einem weiteren Mann, um die Inspektion durchzuführen. Letitia hoffte, dass sie wieder gingen, ohne grob zu ihr zu werden. G. B. trug eine Weste über dem fabrikneuen Hemd und einer steifen Hose. Seine hoch aufgeschossene Gestalt strotzte vor Selbstbewusstsein. Der schwarze Bart war gestutzt, anders als der von Davey. Letitia trat zur Seite und versuchte, sich so unsichtbar wie möglich zu machen. Eine Windbö ließ die Leinwand flattern, als sie den Stoff zurückschlug und festband.

„Sie haben einen zweiten Fahrer?" Das kam vom Sekretär. Eine rein formelle Frage.

„Hab ich."

„Dann sehen wir uns mal Ihre Vorräte an. Sie müssten für drei Personen reichen." Er stieg hinten in den Wagen und warf dabei einen Blick auf den Teerkübel. Dann machte er eine Notiz über das Butterfass, das von der Wagendecke herabhing.

G. B. Smith stand neben dem Wagen und rührte sich nicht vom Fleck. „Ich sehe, Sie haben eine Sklavin dabei." Auf Letitias Arm sträubten sich die Haare. „Sie wissen, dass die provisorische Regierung von Oregon ein Gesetz verabschiedet hat, dass Schwarze nicht aufgenommen werden. Wer dreist genug ist, trotzdem zu bleiben, soll zweimal im Jahr die Peitsche zu spüren bekommen, bis er verschwindet. Sie wird also wohl nicht lange dort sein."

Letitia drehte sich zu Davey um. War das tatsächlich wahr?

„Hab davon gehört. Hab auch gehört, dass sie die Sklaverei für illegal erklärt haben. Spielt aber keine Rolle. Letitia hier ist eine freie Frau."

„Ach ja? Das ist die schlimmste Sorte von schwarzen Teufeln, wenn Sie mich fragen."

G. B. weiß, dass ich frei bin. Hat ja meine Papiere gesehen.

„Hab nicht gehört, dass jemand Sie gefragt hätte." Davey zwinkerte ihr zu.

Der Schreiber meldete sich aus dem Wagen: „Wer ist Ihr zweiter Fahrer?"

„Sie ist's." Davey klang völlig unbekümmert. „Spart mir Geld. Ich muss ihr nichts zahlen, nur dafür sorgen, dass sie unterwegs zu essen hat."

„Scheint mir eher, als wollen Sie nur eine Sklavin aus Missouri rausschaffen", sagte G. B. Smith.

„Ich sag Ihnen doch, sie ist eine freie Frau. Und wenn sie hierbliebe, wäre das auch nicht ungesetzlich. Sie ist frei und ich hab sie eingestellt. Wird mich auf der Reise unterstützen. Kann den Wagen lenken und mir im Westen auf dem neuen Land helfen."

Der Schreiber steckte den Kopf durch die Leinwand. „Eine Frau als Fahrerin? Kommt nicht infrage. Die hat nicht genug Kraft, um mit dem Gespann zurechtzukommen. Oder mal ein Rad anzuheben, falls das nötig wird. Das haut nicht hin."

Letitia überlegte, ob sie sich einmischen sollte, obwohl ihre Kehle staubtrocken war wie der Boden eines Hühnerkäfigs. Ständig musste sie entscheiden, ob sie für sich selbst einstehen oder sich lieber unauffällig verhalten und anpassen wollte.

„Ich hab drei Viehtreiber. Mehr als genug für meine zweiundzwanzig Rinder und sechs Ochsen. Mit den Pferden und Mauleseln komm ich auf dreißig Stück Vieh. Ein Treiber kann notfalls auch den Wagen fahren. Kommen Sie, bringen wir das hinter uns."

Davey klang zuversichtlich. Ein Mann konnte für seine Sache einstehen. Eine Frau durfte das nicht.

„Und was die Frau angeht: Sie ist zwar zierlich, aber sie hat Kraft. Es wird sowieso jeder jedem helfen müssen. Das Gesetz des Trecks, nehm ich an." Davey lachte und Letitia erkannte daran, dass er nervös war.

Rothwell lag unter dem Wagen und beäugte die Männer ebenso wachsam, wie Letitia es tat.

„Sie sind mir ja ziemlich erfinderisch, Mr Carson." G. B. Smith klopfte sich den Staub von den neuen Hosen und starrte auffällig auf Letitias gewölbten Leib. „Ein Frauenzimmer für den Wagen und fürs Bett."

Wie gern hätte sie gerufen: „Wir sind verheiratet!“ Stattdessen wandte sie den Blick ab.

„Scheint alles in Ordnung zu sein. 20 Pfund Blei, 10 Pfund Pulver. Schinken – 200 Pfund; 600 Pfund Mehl und 100 Pfund sonstige Lebensmittel. Vier Gewehre.“ Der Sekretär hakte seine Liste ab.

„Ich hab auch ’nen Entfernungsmesser angebracht. Haben Sie den gesehen – vorn am Rad?“

Der Schreiber nickte. „Nur wegen des zweiten Fahrers bin ich mir noch nicht sicher.“

„Die Leute nehm’n doch auch jeden Jungen als Fahrer, wenn er man nur zwölf is’. So stark bin ich wohl auch.“

„Da hat sie recht.“ Davey schlug mit der Hand aufs Rad. „Wie Sie sagten: alles in Ordnung.“

Der Schreiber schürzte die Lippen. „Dann beten Sie mal, dass Sie sie nie brauchen. Aber mit den Treibern wird’s gehen, schätze ich mal.“

G. B. Smith lehnte sich vor und flüsterte Davey etwas zu, bevor er seinem Partner zum nächsten Wagen folgte. Letitia konnte nicht verstehen, was er sagte, sah aber, wie Davey die Zornesröte in die Wangen schoss. G. B. Smith sah sie an, wie ein Jagdhund einen Waschbär ansah. Beutefieber lag in diesem Blick. Als er weg war, stieß sie tief die Luft aus, die sie unwillkürlich angehalten hatte.

„Das is’ kein Mann, mit dem ich gut Freund sein kann.“

„Nein, ich geh ihm auch gern aus dem Weg. Aber wir sind durch die Inspektion und das ist schon mal gut.“ Davey streichelte ihr den Rücken und sie spürte seine feuchte Hand auf ihrem Kleid. „’s ist jedenfalls anzunehm’n.“

„Hab nicht gewusst, dass ich auch für die Treiber kochen werd.“

„Hatt ich noch nichts davon gesagt? Mmmhm, für Knighton und Martin. Die haben zwar Familie dabei und ’s anzunehm’n, da werden sie auch was zu beißen kriegen. Aber wenn’s nötig wird und du’s nicht mehr schaffst, mit dem Baby und allem, dann stell ich noch ein junges Ding zum Kochen ein.“

„Mit den Ochsen komm ich zurecht. B ist einer, der gut und stetig zieht.“ Sie kannte diese Ochsen und die Pferde und Esel ebenso. „Was war das, was G. B. zu dir gesagt hat?“

„Nichts für die Ohren einer Lady. Komm, Tish, mach dir keine Sorgen mehr. Wir haben diese Inspektion hinter uns."

Diese, ja. Aber sie hatte den Verdacht, dass es noch viele Anlässe für Inspektionen geben würde, solange G. B. Smith sich in der Nähe herumtrieb.

Davey räusperte sich. „Du … hast dich eingemischt."

„Ja, hab ich."

Er kratzte sich am Bart. „Ich … nun, ich bin mir nicht sicher, ob das so gut für uns ist, Tish."

„Sie hab'ns akzeptier'n müssen, dass ich genauso gut bin wie 'n zwölfjähriger Bub."

„Nach außen hin, ja. Aber damit hast du G. B. gereizt. Er ist kein Mann, der es vergisst, wenn eine Frau ihm Widerworte gibt."

Letitia wollte dafür sorgen, dass sie beschäftigt war. Das half ihr gegen die Anspannung – dieses Flattern und Schaudern vor etwas Unbekanntem, das sie erfasste, sobald G. B. Smith auftauchte. Sie wusste nicht mehr, warum sie überhaupt den Mund aufgemacht hatte. Es war sonst nicht ihre Art. War es zumindest früher nicht gewesen.

Sie flickte gerade das Zelt, unter dem sie schliefen, als Nancy Hawkins herüberkam. Letitia entdeckte ein paar neue Sommersprossen auf Nancys cremefarbener Haut. Sie musste ohne Hut in der Sonne gewesen sein. Letitia trug ihren Strohhut als ständigen Sonnenschutz. Der kleine Edward trippelte neben seiner Mutter her und Nancy Jane saß auf ihrem Arm, das Gesichtchen lag im Schatten der Babymütze. Die größeren Kinder hatten bereits Spielgefährten gefunden und jagten gerade einem unglücklichen Frosch nach. Sogar die zarte Laura hüpfte ausgelassen und dreckbespritzt herum.

„Wie kommst du zurecht, Tish?" Nancy pustete Staub von ihrem Arm in die klare Morgenluft.

„Werd's wohl überleben."

„Meine Güte, natürlich. Gott sei's gedankt, das wirst du." Nancy nahm Nancy Jane auf den anderen Arm. „Ich muss zugeben, ich bin jetzt schon erschöpft, und wir sind ja gerade erst am Anfang der Reise." Wenn sie lächelte, zeigten sich zwei Grübchen in ihrem hübschen Gesicht.

„Wird vielleicht alles leichter, wenn wir uns mal an alles gewöhnt haben."

Nancy nickte.

„Wie viele sind wir eigentlich?"

„Zach sagt, Tausende. Aber der Treck wird in mehrere Abteilungen aufgeteilt. Und er hat gesagt, wir sollen achtgeben, dass die Kinder immer bei der eigenen Abteilung bleiben. Sonst könnten wir sie leicht verlieren und bis Laramie nicht wieder zu Gesicht kriegen. Kannst du dir vorstellen, ein Kind so zu verlieren – grad ist es noch da und am nächsten Tag spurlos verschwunden?"

Letitia konnte es nur zu gut.

„Oh, Tish, es tut mir leid." Nancy legte Letitia die Hand auf den Arm. „Wie gedankenlos von mir. Ich wollte nicht …"

„Weiß ich ja. Ich werd die Kleinen gut im Auge behalten. Du hast genug andres zu tun."

Nancy lachte. „Ja, allerdings. Und ich muss feststellen, dass Zach nicht halb so hilfsbereit ist wie sonst, wenn er Männergesellschaft hat, mit denen er abends angeln gehen oder palavern kann, wie er sagt, wenn er nicht gerade zu irgendeinem Kranken muss. Früher haben wir unsere Abende gemeinsam verbracht, Quiltrahmen gebaut, Pläne geschmiedet und darüber gelacht, was die Kinder wieder angestellt hatten – jedenfalls wenn er nicht aus dem Haus gerufen wurde, um jemanden zusammenzuflicken." Sie seufzte. „Jetzt hat er mehr als genug mögliche Patienten und Angel- oder Jagdkumpane. Und Samuel ist schon genauso schlimm. Und wenn erst mal meine Brüder mit ihren Familien zu uns stoßen, wird es sicher noch schlimmer."

„Männer sind anders, wenn Frauensleut' in der Nähe sind."

„Ja, das kann man wohl sagen." Nancy verlagerte das Kind wieder auf den anderen Arm. Letitia bot an, die Kleine zu nehmen, aber Nancy sagte: „Ich sollte besser gehen und mich um meinen Haushalt kümmern. Und du versprichst mir, dass du mir Bescheid sagst, wenn du dich nicht gut fühlst." Sie beobachtete, wie Letitias Finger Stiche in den Zeltstoff setzten. „Jetzt schon ein Riss?"

„Nein. Ich mach den Saum stärker. Dann werd ich den Stoff wachsen."

„Oh, da kannst du gleich bei unserem Zelt weitermachen, wenn du fertig bist." Nancy meinte es nicht ernst.

„Mach ich gern. Wäre mir eine Ehre." Letitia versuchte sich zu erinnern, wie Nancy und Davey redeten. Irgendwie vornehmer, kultivierter.

„Oh, Letitia, das war doch nur Spaß. Ich kann doch unser Zelt selbst wachsen. Ich hab nur nicht dran gedacht, es zu tun. Du hast genug eigene Arbeit. Manchmal bist du einfach zu hilfsbereit."

„Oh, papperlapapp." Nancy wischte ihre Worte weg, aber Letitia sah die leichte Röte, die das Kompliment hervorgerufen hatte. Das mit der Ehre hatte sie nicht als Kompliment gemeint. Für sie war es die Wahrheit. Freundlichkeit fand sich nicht leicht in dieser Gesellschaft fremder Menschen. Aber Nancy Hawkins war die Freundlichkeit in Person.

Es gab die verächtlichen Bemerkungen eines G. B. Smith und auch anderer Männer; die wölfischen Blicke, mit denen sie sie verschlangen, wenn sie mit dem Rauchfleisch fürs Abendessen aus dem Wagen stieg. Sie hatte Nancy nichts von der Frau erzählt, die von ihr verlangt hatte, einen schweren Topf auf den Dreifuß über ihrem Kochfeuer zu heben. Letitia hatte sich geweigert und gesagt, sie trage ein Kind; aber die Frau hatte nur geschnaubt und gesagt: „Was geht mich deine schwarze Brut an? Ich muss dafür sorgen, dass meine Kinder was zu essen kriegen. Du hilfst mir jetzt mit dem Kessel oder ich beschwere mich beim Captain über dich." Letitia hätte gern aus freien Stücken geholfen; dass man es ihr befahl, rief ihren Widerspruchsgeist hervor.

Sie sagte Nancy auch nichts von ihren Befürchtungen, wie die Frauen wohl reagieren würden, wenn das Baby erst einmal da war. Sie wünschte sich ein Mädchen. Ein Mädchen war weniger bedrohlich als ein Junge, jedenfalls wenn das Baby so pechschwarze Haut hatte wie sie selbst.

Die Geräusche, Gerüche und das Durcheinander auf dem Lagerplatz bei Capler's Landing machten Letitia krank. Vieh brüllte unbehaglich, Kinder lärmten und übertönten die Männer, die irgendwelche Kommandos gaben. Staub wirbelte auf und lag körnig zwischen ihren Zähnen, als die Wagen auf die Fähre rollten, die auf den dunklen, schäumenden Wassern des Missouri schaukelte. Das Übersetzen war der „Absprung", wie die Leute sagten, und der Fluss schien sie anzüglich anzugrinsen. Sie sah zu, wie ein Mann Apfelbaumsetzlinge in Sacktuch einschlug, das er im Fluss befeuchtet hatte. Jemand, der ein Stück Hoffnung mitnahm auf die Reise.

Das galt auch für sie. Sie trug ein Kind, das als freier Mensch geboren werden würde. Das Wasser war bedrohlich und sie hauchte ein Gebet, dass sie sicher übersetzen würden. Letitia war kaum je an einem so breiten Strom gewesen. Schlammige Wellen schlugen gegen die Holzplanken des Bootes, das jetzt mit knarrendem Führungsseil ablegte. Die Strömung war so stark, dass sie die Fähre flussabwärts trieb, bis das Seil sich mit einem „Klong" straffte und das Gefährt, das dabei gehörig ins Schaukeln geriet, gegen die Strömung auf Kurs hielt.

Letitia schnappte nach Luft, lehnte sich an Charity und hielt sich an ihrem ledernen Halsriemen fest, an dem die Glocke hing. Rothwell lag hechelnd unter dem Wagen, die Zunge hing ihm aus der gefleckten Schnauze. Er hatte ein schattiges Plätzchen gefunden. Davey stand vorn und beruhigte das Ochsengespann, die Esel und Pferde. Die Rinder würden bei einer der nächsten Überfahrten nachkommen; das Vieh wurde in einer großen Herde zusammen mit den Tieren aller anderen getrieben.

Sie rieb die Finger an den samtigen Ohren ihrer Kuh. Die Berührung war so tröstlich, wie wenn sie die Babydecke ihres Sohnes durch die Finger gleiten ließ. Der Wind blies ihr den Strohhut vom Kopf und er war im Nu fort und trieb als winziger strohfarbener Kreis auf dem schäumenden Wasser. Jetzt würde sie mit ihrer Haube auskommen müssen … oder an bedeckten Tagen mit einem ihrer roten Tücher.

Davey stand vorn bei den Ochsen, denen man neue Brandzeichen auf die Hörner gebrannt hatte. „Damit wir die toten Tiere identifizieren können, wenn sie von der Herde abkommen oder Indianer sie stehlen", hatte er erklärt.

Davey warf ihr von vorn einen Blick zu. Er tippte sich an den Hut, wollte sie beruhigen. Der Abenteurer in ihm lebte auf und ließ ihn schweben, unbekümmert wie ein Junge, der einen Drachen in der Luft hält und sich um nichts in der Welt sorgen muss. Bestimmt war es gut, dachte sie, dass wenigstens einer von ihnen sich sicher fühlte und beschwingt war wie eine Sommerwolke. Sie ermahnte sich, den Blick starr aufs Ufer zu richten, und schluckte die Übelkeit hinunter.

Wenn sie den Strom überquert hatten, waren sie nicht mehr auf dem Territorium der Vereinigten Staaten, nicht mehr „unter dem Schutz des Gesetzes", wie Davey es ausdrückte. Sie hatte den Schutz des Gesetzes noch nie erfahren. Einzig ihre Papiere gaben ihr Sicherheit.

„Achtung, der Keil rutscht weg!", rief jemand Davey zu.

Er wirbelte herum, um den Wagen zu sichern, sodass er nicht nach vorn rollen konnte. Letitia klammerte sich fester an Charitys Halsriemen. Die Kuh wandte den Kopf und fuhr mit ihrer rauen Zunge über Letitias Arm, was die Glocke zum Läuten brachte. Gischt regnete auf sie herab. Sie konnte hören, wie ihr Herz schlug; ihr war übel und schwindlig vor Bangigkeit, und als die Fähre am Ufer anstieß und sie gegen die Kuh warf, schickte sie Stoßgebete zum Himmel. Der Wagen ruckte, blieb aber sicher stehen. Man schrieb den neunten Mai.

„Wenn das kein wunderbarer Morgen ist! Wir haben's geschafft!" Davey zog den Hut und schwenkte ihn. „Jetzt sind wir raus aus den Staaten. Jetzt fängt die Reise richtig an."

Letitia konnte seine Begeisterung nicht teilen. Sie beugte sich über die Reling und spie das Frühstück aus.

12 Ungewohnte Gefühle

Daveys Blick ruhte auf Letitia, die mit den meisten anderen Frauen im Schatten der Wagenreihe stand. Einige Frauen hatten sich auch unter die Wähler gemischt, die den Mann bestimmen sollten, der den Treck im unbekannten Territorium führen würde, aber keine Frau meldete sich zu Wort. Davey war froh, dass Letitia wusste, wo ihr Platz war. Nancy Hawkins war sicher eine gute Frau, aber sie nahm doch wohl ein wenig zu viel Einfluss auf Zach. Ein Mann konnte sich nicht von einer

Frau bestimmen lassen, auch dann nicht, wenn diese Frau durchaus hin und wieder sehr vernünftige Vorschläge machte.

Drei Männer hatten sich um den begehrten Posten als Führer des Trecks beworben, der ihnen für den Weg bis Fort Vancouver 250 bis 500 Dollar einbringen konnte. Jede Familie würde ihren Teil zu dieser Summe beitragen. Davey hatte selbst in den Bergen North Carolinas gelegentlich Reisegruppen oder Einzelne geführt, aber so viel Geld hatte er dafür nie erhalten. Er war allerdings auch nicht für tausend Menschen und ihren gesamten Besitz verantwortlich gewesen. Es war nicht einfach, all die vielen Einzelheiten zu erinnern, die die Bewerber aufführten, um bei den Anwesenden um ihre Stimmen zu werben.

Davey wünschte sich, Junior wäre noch bei ihnen und könnte ihn zu diesen Zusammenkünften begleiten. Dann hätten sie anschließend alles miteinander durchsprechen können. Andererseits bedeutete die Tatsache, dass er und Letitia nun nicht dauernd aneinandergeraten konnten, einen Knoten weniger, den er lösen musste.

Er hatte gerade auf einer Tonne Platz genommen, als jemand vom Rand der Versammlung rief: „Überfall! Es fehlt Vieh!"

„Diese Kaws! Ich hab's ja gewusst."

„Nun mal halblang. Die Kaws sind keine feindlichen Indianer." Das kam von einem der möglichen Treckführer.

„Was spielt das für eine Rolle?" Ein Mann aus Iowa ergriff das Wort. „Auf die Pferde und dem Gesindel nach!"

Davey sah Letitias missbilligende Miene, als er aufsaß. Fünfzig Männer – den möglichen Treckführer nicht mitgerechnet – galoppierten in Richtung einer verschlafenen Kaw-Siedlung, an der sie etwas früher am Tag vorbeigekommen waren. Davey spürte, wie es ihn in den Fingern juckte, Leute, die Vieh stahlen, ihrer gerechten Strafe zuzuführen. Die Männer preschten in die Siedlung, aber Davey zügelte sein Pferd. Etwas stimmte hier nicht. Er sah, wie die Kaws wie aufgescheuchte Feldmäuse in ihren Zelten oder hinter Bäumen verschwanden, wie die Frauen mit fliegenden Zöpfen die Kinder in Sicherheit brachten, während Schreckensschreie und Angriffslärm durch die Morgenluft hallten. Kein einziges Rind war zu sehen. *Das hier sieht nicht aus wie eine Siegesfeier nach einem Raubzug.*

„Hört mal!", rief er. „Lasst uns erst mal versuchen, Antworten zu bekommen, bevor wir Skalps erbeuten."

Pferdeköpfe wirbelten schnaubend herum, als ihre Reiter die Zügel anzogen. Davey verhandelte die Angelegenheit mit den sechs oder sieben unbewaffneten Männern, in deren Siedlung sie gerade eingefallen waren. Für ihn war die Sache klar: Diese Indianer konnten keine Viehdiebe sein. Nirgendwo lief hier Vieh herum. Warum hatte er es so eilig gehabt, mit auszurücken? Er musste an Letitias missbilligenden Gesichtsausdruck denken.

„Hier ist der Kerl! Kommt grade zurück! Ich wette drauf, er hat unser Vieh gestohlen." Ein Mann aus Kentucky wies auf einen Indianer, der gerade auf einem Esel ins Dorf ritt, und gab seinem Pferd die Sporen. Greenberry Smith packte den Indianer am Arm und zerrte ihn von seinem Tier. „Wir nehmen dich mit, Bürschchen. Vor den Richter."

„Er wollte Ihnen seinen Esel anbieten, G. B.", sagte Davey. „Würde er das tun, wenn er Vieh gestohlen hätte? Es gibt hier keine Spur von einem Rind. Das sind friedliche Leute."

„Hören Sie endlich auf, den Indianer zu verteidigen. Der ist so gut wie tot."

Niemand unterstützte Davey und der Mann wurde gefesselt und mit einem Seil an den Sattelknauf eines Pferdes gebunden.

Wenigstens hängen sie ihn nicht an Ort und Stelle auf. Wenn er dafür sorgen konnte, dass der Mann lebend bis zum Treck kam, würden ruhigere Gemüter sich durchsetzen. Davey nahm den Hut ab und wischte sich den Schweiß von der Stirn.

„Lassen wir ihn am Leben", sagte Davey. „Er soll ein faires Verfahren haben."

Da waren sie erst wenige Tage in der Wildnis, und schon gab es überall Anschuldigungen und Rechtshändel und die Leute benahmen sich wie dumme Schuljungen.

Sie hatten die Wagenkolonne erreicht. Der Mann, den sie zum Richter bestimmt hatten, rief: „Ich eröffne das Verfahren." Richter Kindred, ein Schwager von Doktor Hawkins, führte den Vorsitz in diesem behelfsmäßigen Gerichtssaal aus Wagen und Seilen. „Carson, fragen Sie ihn, ob er etwas von verschwundenem Vieh weiß."

Davey kam der Aufforderung nach. Der Kaw schüttelte so energisch den Kopf, wie es jemand tut, der zu Unrecht des Diebstahls bezichtigt wird. „Er sagt, er weiß nichts davon, Euer Ehren. Und um genau zu sein, er kam eben gerade ins Dorf geritten und dort hatte irgendeine Zeremonie stattgefunden. Ich glaube daher nicht, dass sie kurz vorher irgendwo auf Raubzug hätten gehen können. Der Esel war auch nicht abgekämpft, als wenn jemand damit Vieh getrieben hätte. Der Mann hier hat sogar angeboten, Greenberry Smith sein Tier abzutreten. Warum hätte er das tun sollen, wenn er gerade von einem Diebstahl zurückgekommen wäre?"

„Ist das so, G. B.?"

Smith zögerte, nickte aber schließlich.

„Jeder Mann hasst es, einer Sache beschuldigt zu werden, die er nicht getan hat." Davey dachte an dieses Luder Eliza, die seinen guten Ruf in Zweifel gezogen hatte.

„Und um genau zu sein, Richter: Die Treiber sagen, dass überhaupt kein Vieh fehlt! Sie haben nachgezählt." Die kleinlaute Stimme kam von einem von Daveys eigenen Viehtreibern.

Es hatte gar keinen Diebstahl gegeben?

„Nicht schuldig!", verkündete der Richter. „Gebt dem Mann etwas zu essen. Vielleicht vertreibt das die Angst aus dem armen Kerl."

Niemand schien auch nur noch ein Wort über dieses sogenannte Gerichtsverfahren verlieren zu wollen. Sie nahmen die Diskussion über den Treckführer wieder auf, wo man sie abgebrochen hatte. Aber Davey dachte, sie hätten ruhig ein wenig beschämt sein können, dass sie wegen einer Nichtigkeit wie die wilde Jagd losgestürmt waren und Frauen und Kinder in Angst und Schrecken versetzt hatten. Er jedenfalls schämte sich.

Letitia steckte den Arm tief ins Mehlfass und fühlte nach der Stoffrolle mit dem roten Band, die ihre Papiere enthielt. Sie öffnete das Bündel nicht, aber sie musste sich versichern, dass die Papiere noch da waren. Sie waren der „Beweis", dass sie frei war. Ohne diesen Nachweis würde sie sich nicht verteidigen können – wer wusste schließlich, was für abwegige Anschuldigungen auf dieser Reise nicht noch alles erhoben werden würden? Der bedauernswerte Kaw war dem Gericht auf Gedeih und Verderb ausgeliefert gewesen. Gott sei's gedankt, dass Davey besonnen genug gewesen war, ihn zu verteidigen. Sie wollte niemals auf die Gnade eines anderen angewiesen sein.

Sie zog den Arm aus dem Mehl und klopfte sich den Mehlstaub ab. Dann warf sie eine Handvoll in eine Schüssel und machte sich daran, den Teig fürs Maisbrot zu kneten. Das Lied, das sie summte, galt ihrem Kind.

Am nächsten Morgen ging der Wettstreit der möglichen Treckführer weiter. Heute stieg Stephen Mock auf eine Tonne und donnerte: „Beim gewaltigen Mose, ich war dort und …" Er malte wortgewaltig aus, was für Gefahren ihnen bevorstanden und dass sie nur heil an ihr Ziel kommen würden, wenn sie „auf meine Kommandos hören, beim gewaltigen Mose!". Aus irgendeinem unerfindlichen Grund entschied sich eine Abteilung der Oregon-Siedler für ihn. Eine andere beschloss, ohne einen Führer aufzubrechen. Davey sagte Letitia, er wolle „endlich in Gang kommen. Dieses ganze Gerede raubt uns nur wertvolle Zeit und Vorräte."

Etwas in ihr wünschte sich, nur noch ein paar Tage an Ort und Stelle zu bleiben und erst einmal dieses Kind zur Welt zu bringen. Sie fühlte sich wie eine reife, pralle Wassermelone; jeder Schritt fiel ihr schwer.

Jetzt, wo sie unterwegs waren, begann die Arbeit morgens bereits vor Tagesanbruch. Nancy Hawkins fand es seltsam, dass die Männer immer wieder die Abteilung wechselten, mit der sie unterwegs sein wollten. *Diese* Abteilung führte weniger Vieh mit, auf das man achten musste; *jene* kam schneller voran. Sie schüttelte den Kopf. Und dann hieß es, Frauen wüssten nicht, was sie wollten! Nachdem sie den Missouri überquert hatten, zogen die Carsons und die Hawkins' in nordwestlicher Richtung weiter, bis sie auf Solomon Tetherow und Stephen Staats trafen, die von da an Captains für die Abteilung sein sollten. Er sei froh, den Captainsposten jetzt abtreten zu können, vertraute Davey Carson Zach an. Er kümmere sich lieber um seine eigenen Angelegenheiten als um die anderer Leute.

Nancy ging neben dem Wagen her; die Staubschwaden brachten sie zum Husten. Wenn das Baby schlief, konnte sie auch im Gehen einen Flicken quilten oder ein wenig häkeln. Sie schob ihre Haube ein wenig zurück, um besser auch zur Seite sehen zu können, Sommersprossen hin oder her. Diese Hauben gaben ihr das Gefühl, in einem Tunnel zu leben. Sie hasste es, den Kopf drehen zu müssen, wenn sie sehen wollte, welche Gefahren möglicherweise lauerten, oder auch nur eine Freundin grüßen wollte. Nancys Mutter, ihre Schwester und zwei Brüder – darunter einer, den alle „Richter" nannten – waren samt Familien inzwischen zum Siedlertreck gestoßen. Es war angenehm, ihre Familie nah um sich zu haben. Da gab es Schwägerinnen, Nichten, Neffen und auch ein Baby, die kleine Mary Margaret, die erst im März kurz vor der Abreise zur Welt gekommen war. Nancy verstand sich auch gut mit ihrer Schwiegermutter; die beiden Frauen tauschten ihre Erfahrungen aus, wie man am besten mit einem Neugeborenen umging.

Vögel zwitscherten in den Büschen am Kansas River, dessen Lauf sie nun folgten. Der Himmel war diesig. Nancy tat einen Schritt weg vom staubigen Fahrweg, sorgfältig darauf bedacht, keinem anderen Wagen in die Quere zu kommen. Ihre Augen hielten Ausschau nach den Kindern. Diese Laura. Hatte es faustdick hinter den Ohren. Solange sie ein festes Dach über dem Kopf gehabt hatte, war sie schüchtern und zart gewesen. Aber hier draußen in der offenen Wildnis war sie ein regelrechter Wirbelwind geworden, der flachsblonde Haarschopf stets in Bewegung, ob sie nun mit dem Hund um die Wette lief oder vom Wagen herunter- und wieder hinaufsprang oder einen Stock an die Radspeichen hielt, weil das so schön klickte. Sie musste das Mädchen im Auge behalten und es beschäftigen, damit es nicht in Schwierigkeiten geriet.

Nancy stellte überrascht fest, wie erleichtert sie war, wieder einen regelmäßigen Tagesablauf zu haben. Sie musste nicht mehr planen und überlegen, was mitkam und was nicht. Was sie jetzt dabeihatten, war alles, was sie besaßen, und ob die Vorräte zur Neige gingen oder das Wetter umschlug – man musste damit zurechtkommen, genau, wie Sarah es in ihrem Brief geschrieben hatte. Nancy mochte das Geklirr von Zuggeschirr und Kummet, das Muhen der Rinder und das Klackern des Entfernungsmessers, während die Räder sich Meile um Meile weiterdrehten. Sie trug Nancy Jane jetzt in einem Tuch vor der Brust und streichelte den kleinen Windelpo, während sie mit ihrer Schwester plauderte.

Oben auf einer kleinen Anhöhe angekommen, blieb Nancy stehen und sah sich um. „Oh, sieh mal." Unwillkürlich packte sie ihre Schwester am Arm. Vor ihr öffnete sich eine neue Welt. Wie buchweizenfarbene Wollstränge, die man über das grüne Präriegras gebreitet hatte, zogen sich die Wagenkolonnen durch die Landschaft, nicht nur in einer Reihe, sondern in etlichen. Der Fluss bildete eine blaue Grenze. „Ist das nicht wunderschön?" Das würde von nun an ihr Leben sein: Sie würden langsam durch immer neue Landschaften wandern und in Gedanken Ausflüge ins Unbekannte mit all seiner Verheißung machen. *Eines Tages mache ich diesen Anblick zum Motiv für einen Quilt.* Sie würde noch das eine oder andere Gänseblümchen mit ins Bild bringen, auch wenn die Blume hier nirgends wuchs.

Sie hatte sich schon überlegt, wie sie die Gleichförmigkeit der Tage auflockern wollte, wenn sie sich erst einmal an Ausblicke wie diesen gewöhnt hatte. Sie würde die Geburtstage der Kinder feiern und Mehlteig herstellen, den die Kinder mit Farben aus den Blütenblättern der Wildblumen bemalen konnten, wenn das Wetter schlecht war und sie im Wagen sitzen mussten. Nancy zog das Tragtuch fester, indem sie ihre Jüngste trug, und strich der Kleinen eine blonde Haarsträhne aus der Stirn. *Heiß.* Vielleicht von der Sonne. Sie musste besser darauf achten, dass das Mützchen gut saß und Schatten spendete. Sie zog das Baby eng an sich. Wieder beim Wagen angekommen, riss sie ein Stück von einem ihrer zahlreichen Unterröcke ab, tauchte den Stoff ins kühle Wasser im Wasserfass und legte ihn dem Kind aufs heiße Gesicht.

„Ich mache mir Sorgen um Nancy Jane", erklärte Nancy ihrem Mann am selben Abend.

Die Kinder lagen bereits in ihrem eigenen Zelt in den Decken. Sie und Zach schliefen mit Edward und dem Baby in einem zweiten. In der Ferne bellten Hunde. Sie hatten ihren Hund nicht mitgenommen. Zach hatte gemeint, Hunde seien nicht wirklich willkommen. „Sie erschrecken die Rinder." Aber Nancy fehlte ihr alter Jagdhund. Letitia hatte ihr geholfen, ein neues Zuhause für ihn zu finden – er gehörte jetzt den beiden schwarzen Mädchen im Hotel.

In einiger Entfernung fiedelte jemand eine fröhliche Melodie. „Ich glaube, sie hat Fieber. Ich habe sie mit kaltem Wasser gewaschen, aber sie ist immer noch heiß. Ich hatte so gehofft, sie wäre ein robustes Baby. Dabei mache ich mir schon genug Sorgen um Laura, nachdem sie jetzt so ein Wildfang geworden ist. Jetzt hab ich zwei Kinder, die mir auf der Seele liegen."

„Sie hat kein Fieber." Zach legte der Kleinen die Hand auf die Stirn. „Das ist nur die Sonne. Ich kann sie mit einer Tinktur einreiben, aber ein kühles Tuch wirkt am besten und das hast du ihr schon aufgelegt." Er streckte sich unter der Decke und verschränkte die Arme hinter dem Kopf.

„Sag mir was Aufmunterndes."

„Es wird alles gut."

Sie zog ihre Hand aus der seinen. „Das ist nicht aufmunternd. Das ist … herablassend."

Zach rollte sich auf die Seite. Das Baby lag zwischen ihnen. Er stützte sich auf den Ellenbogen und spielte mit einer blonden Haarsträhne des Babys. „Nach Osten gehe ich nur gezwungenermaßen, nach Westen aus freiem Willen."

„Thoreau", sagte Nancy.

„Ja. Und Kinder werden krank, egal, wo sie sind. Das hätte auch in Missouri passieren können."

„Ja, ich weiß."

„Es gibt hier so viele Arten von Ungewissheit, aber in mir trage ich den festen Glauben, dass wir genau hier sein sollen, dass diese Reise irgendwie Teil eines größeren Plans ist. Ich kann nicht zulassen, dass Sorgen mir den Mut rauben."

„Das will ich auch nicht. Ich bin eben …"

„Eine Mutter. Ich weiß. Und ich weiß auch, dass du alles tun wirst, was in deiner Macht steht, um gut für unsere Kinder zu sorgen, egal, wo du bist. Du liebst sie, Nancy. Es gibt keine bessere Arznei. Und ich bin so glücklich dran, auch in den Genuss dieser Arznei zu kommen." Er beugte sich vor, hob mit der Hand ihr Kinn und küsste sie. Er roch nach Leder und nach dem Laudanum, das er einem Patienten verabreicht hatte. Der Geruch war tröstlich. „Und du hast nicht zufällig deine Meinung geändert, was ein weiteres Baby angeht?", fragte er grinsend.

„Nein!" Sie lachte, während er seine Finger an ihren Schultern entlangwandern ließ und sie vor Glück erschauerte. Er hatte sie aufgemuntert, sie daran erinnert, dass sie in Gottes Hand waren, dass sie aus eigenem, freiem Willen in den Westen zogen.

Die Wärme seiner Hand auf ihrer Hüfte machte sie schwach. Zach nahm Nancy Jane hoch und legte sie ans Fußende der Bettstatt neben den schlafenden dreijährigen Edward, der leise schnarchte. Dann streckte er die Hand nach Nancy aus.

„Ich hab so wenig Willenskraft", flüsterte sie.

„Du bist eben ein gehorsames Eheweib. Vertrau mir. Es wird alles so, wie es sein soll. Morgen früh geht es Nancy Jane schon besser."

„Darum bete ich."

„Ich ebenfalls. Und darum, dass du nie aufhörst, mich zu lieben."

Sie ließ sich in seine Arme ziehen. Der Gedanke, dass andere in der Nähe waren und sie hören konnten, trieb ihr die Hitze ins Gesicht und verstärkte zugleich das wonnige Erschauern, das Zachs Kuss auslöste. Sie erwiderte den Kuss. *Ich hab so wenig Willenskraft.*

13 Bewacht

Der Treck war erst wenige Wochen unterwegs, als Davey zu Letitia sagte: „Sie verdoppeln jetzt nachts die Wachen. Ich muss auch Wache gehen." Er stieß Fergus das Knie in die Flanke, damit der Wallach Wind abließ und Davey den Sattelgurt festziehen konnte. Dann tätschelte er dem Tier freundlich den Leib.

„Pass vor allem gut auf Charity auf." Letitia biss in einen Zwieback in der Hoffnung, damit ihr Unwohlsein etwas zu mildern. Die Hoffnung erfüllte sich nicht. Ihr Rücken schmerzte beim Gehen, aber Gehen war immer noch besser, als im Wagen zu sitzen und sich auf dem unebenen Weg durchschütteln zu lassen.

„Oh, Tish, ich wollt dich nicht beunruhigen. Ich sorg schon dafür, dass es der guten alten Charity gutgeht und sie ganz friedlich im Mondschein ihr Futter verdaut." Er strich Letitia über die Schulter. „Ich hab die erste Wache. Bin in ein paar Stunden zurück." Davey sah sich um und hauchte ihr einen Kuss auf die Wange.

Letitia hielt Rothwell am Halsband fest und beide sahen Davey nach, als er davonritt. „Du bleibst bei mir, Roth." Sie kraulte den Hund zwischen den Ohren. Sie hätte ihm nicht befehlen müssen, bei ihr zu bleiben. Er wich ihr kaum noch von der Seite, seit sie unterwegs waren. Die Wachen mochten es nicht, wenn die Hunde überall herumliefen, was Letitia wunderte. Die Tiere würden es eher merken als die Menschen, wenn irgendwo ein ungewöhnlicher Klang zu hören war. Sie hatte den Hund gern bei sich, sah ihm gern zu, wie er im Präriegras einem Kaninchen nachjagte und dann glücklich hechelnd zurückkam, obwohl er seine Beute nie erwischte.

Während sie Davey nachblickte, wurde ihr klar: Sie würde während der Reise wohl die meiste Zeit allein sein, auch wenn Davey keine Aufgaben als Captain mehr hatte. Er würde überall und nirgends herumschwirren wie eine Pferdebremse, die ebenso schnell verschwindet, wie sie aufgetaucht ist. Davey fuhr ihren Wagen, aber sobald sie anhielten, ging er anderen zur Hand oder schlichtete häufig auch zwischen Parteien, wenn sich Ärger angestaut hatte. Deshalb beklagte sie sich nicht. Aber auf den Hund an ihrer Seite konnte sie zählen. Davey war ein guter Ehemann, das wusste sie, aber manchmal, so wie heute Abend, wünschte sie, er hätte bei ihr bleiben können. Sie strich sich über den Leib, die Finger auf dem groben Leinenstoff.

Die Wagenburg stand am Ufer eines Flusses, dessen Namen sie nicht kannte. Ihre Route durch die Prärie führte sie immer wieder auch an Flussläufe, die es zu überqueren galt. Sie ging mit Rothwell zu einigen Weiden hinüber, deren Schutz nicht nur die Kaninchen zu schätzen wussten, sondern auch Frauen, die ihre Toilette machten. Die trockene Luft, der klare Himmel und das Vogelgezwitscher im Gebüsch hätten ihre Stimmung heben sollen, aber sie war voller Unruhe. Sicher redete sie sich ihre Beklemmung nur ein, denn sie war hier noch keiner wirklichen Gefahr begegnet und hatte auch nicht gesehen, dass ihr jemand gefolgt war. Und wenn sie einen Blick zu spüren glaubte und sich rasch umdrehte, war nie jemand da. Dass abgelegene Plätze wie dieser ihr Angst machten, musste auf alten Erinnerungen beruhen, sagte sie sich, als Wachsamkeit gegenüber möglichen Gefahren lebenswichtig gewesen war. Aber hier musste sie derartige Befürchtungen einfach aus ihren Gedanken verbannen.

Vielleicht setzte ihr nur die Schwangerschaft zu. Sie streichelte Rothwell den Kopf, griff zur Seife und füllte einen Eimer mit Wasser. Dann trat sie in die Büsche und streifte Schultertuch und Mieder ab. Mit bloßen Armen und im weißen Unterhemd bückte sie sich mühsam und ließ das kühle Nass über Nacken, Schultern und Arme rinnen. Dann goss sie kaltes Wasser über ihre Füße. Dieser ewige Staub. Manchmal war es, als liefe man über sandgelbe Mondstrahlen und bade die Füße im Staub des Weges. Aber es erfrischte sie, jetzt den Staub abzuspülen. Rothwell schnupperte in einiger Entfernung nach Spuren. Sie zog das Mieder wieder an und legte das Schultertuch darüber. Leise sprach sie in zärtlichen Worten zu ihrem Baby, das bald kommen würde, Worte voller Liebe und Trost und Willkommen. Wieder angekleidet und erfrischt trat sie aus dem Gebüsch.

„Oh!“ Sie lief beinahe in Nancy Hawkins hinein. „Meine Güte!“

„Hast du mich erschreckt.“

„Ich sah einen Mann hier aus den Büschen kommen. Ich dachte nicht, dass sonst noch jemand hier ist.“

„Hier? Wie nah?“ Letitia spürte, wie ihr die Hände zitterten.

„Ziemlich nah. Du solltest mir besser Bescheid sagen, wenn du dich waschen gehst. Und wenn es nur dazu dient, dass ich dich nicht mehr erschrecke!“ Nancy blickte ihr forschend ins Gesicht. „Meine Güte, ich muss dich ja gewaltig erschreckt haben. Deine schönen geschwungenen Augenbrauen verschwinden gern bis in den Haaransatz, wenn du dich fürchtest. Es tut mir so leid.“

Letitia lachte und spürte, wie Erleichterung sich in ihr ausbreitete. „Komm, Roth. Wir beide stehn jetz' für dich Wache."

„Sehr erfreut."

Als Nancy ihre Toilette beendet hatte, gingen die beiden Frauen zurück zu Letitias Wagen. Letitia griff nach Eimer und Melkschemel, dann begleitete sie mit dem Hund Nancy zurück zu ihrem Wagen, der ein Stück hinter dem der Carsons stand.

Als sie zu dem mit Seilen abgezäunten Pferch für die Milchkühe kam, war keine Charity zu sehen. Weiteres Vieh fehlte. Suchend schweifte ihr Blick umher. Es wurde schon dämmrig. „Diese Kuh, die brauchen wir", erklärte sie ihrem Baby.

Sie blieb wach und wartete auf Davey. Den schlafenden Hund neben sich, lauschte sie auf die Geräusche im Lager, wo die Familien sich anschickten, schlafen zu gehen. Ein Mann hatte sie unten am Fluss beobachtet. Nancy hatte ihn gesehen. Es fehlte Vieh. Ihre Befürchtungen waren doch begründet gewesen. Letitia nahm eine der Pistolen zur Hand und legte sie sich in den Schoß. Sie würde sich selbst beschützen, falls sie einschlief, bevor Davey zurück war. Oder falls er nicht mehr zurückkam.

Daveys Gesicht war erhitzt und in den Fältchen sammelte sich Staub und Schweiß, aber er saß hoch aufgerichtet im Sattel. „Die gute alte Charity! Hat unseren Tag gerettet", berichtete er.

Die Sonne warf ihr erstes Licht auf Letitia, als sie aus dem Zelt kroch. Davey hatte Gefallen an dieser Suche nach dem vermissten Vieh gehabt, auch wenn es einen kleinen Zwischenfall gegeben hatte. Nein, das war nicht das richtige Wort. Es hatte ein *Problem* gegeben. „Jawohl. 's anzunehm'n, ohne deine Charity und die Glocke an ihrem Hals hätten wir die Rinder nie gefunden. Unser Treck ist der erste, der hier in diesem Jahr durchkommt. Und das Indianervolk soll von Anfang an wissen, was passiert, wenn sie nachts angeschlichen kommen, um unser Vieh zu stehlen. Wir setzen ihnen nach und wir hol'n uns unsre Rinder zurück."

Letitia stützte die Hände mit gespreizten Fingern in den schmerzenden Rücken. Sie würde die Kuh nach der Anstrengung, die das Tier hinter sich hatte, nicht melken müssen. Zumindest eine mühsame Aufgabe weniger.

„Hat einfach immer brav den Kopf geschüttelt, wie sie's gern macht. Bin froh, dass ich dir eine gute, solide Glocke für sie gegeben hab."

„Hat sie wer gestohl'n gehabt? Indianer?"

Davey schluckte. „Ein paar von den Wachen sind eingeschlafen." Jetzt redete er rasch. „Ich hab selbst keine Indianer gesehen. Aber die Männer vom andren Suchtrupp haben in 'nem Baum über sich was Ungewöhnliches gehört, als sie das Vieh zurücktrieben. Sie dachten, es wär ein Bär oder sonst ein guter Braten, und haben geschossen, ohne genau hinzuseh'n." Er klopfte den Staub von seinem Schlapphut. „Und was meinst du, was es war? Von dem Baum fiel ihnen ein Indianer vor die Füße."

Letitia holte tief Luft.

„Hast du Proviant fertig, den ich unseren Viehtreibern mitnehmen kann?"

„War er tot?"

„Wer? Oh, dieser Indianer. Sobald ich's gehört hab, hab ich den Männern gesagt, das war nicht besonders klug. Wir wollen keinen Ärger mit den Stämmen hier. Wir sind nur Durchreisende, und wenn wir ab und zu mal auf die Suche nach unserem Vieh gehen müssen, ist das wohl ein geringer Preis dafür, dass wir durch ihr Gebiet ziehn, würd ich sagen."

„Sie hab'n ihn begraben?"

Davey schüttelte den Kopf. „Liegen gelassen, wie ich gehört hab."

„Hat er Charity gestohl'n gehabt?"

„Das bezweifle ich. Er war zu Fuß. Hat sich wohl auf dem Baum vor irgendwas in Sicherheit bringen wolln." Er sah sie forschend an. „Alles in Ordnung mit dir? Soll ich Mrs Hawkins holen?"

„Ich … muss mich nur hinlegen."

„Tu das. Hab dich nicht aufregen wolln. Hab nur gedacht, du freust dich, dass Charity wieder da ist. Lass nur, ich find schon ein paar Maisfladen und den Schinken für die Treiber."

Er wusste nie, was eine Frau aufregte und was sie glücklich machte. Vielleicht hätte er ihr die Sache schonender berichten sollen. Aber er hielt auch nichts davon, schlechte Nachrichten zu verschweigen. Es würde noch mehr als genug schlechte Nachrichten geben, bis sie ihr Ziel erreicht hatten, und sie sollte lernen, damit umzugehen. Es war ja nicht so, dass sie in ihrem Leben noch nie schwierige Situationen zu meistern gehabt hätte. Schön, die Sache mit dem Indianer hatte er vielleicht etwas voreilig erzählt. Er kippte den Rest seines Kaffees aus, der schwarze Perlen im Staub bildete.

Dann ging er zu ihrem Zelt. „Letitia? Ist alles in Ordnung?"

Ein stetiger Nieselregen fiel, als sie das Zelt vom Wagen lud und anschließend Davey half, die Ochsen auszuspannen. Das Baby bewegte sich, hatte aber anscheinend nicht vor, an diesem kühlen Abend in die Welt zu kommen. Es war ein langer Tag gewesen, an dem sie morgens spät losgekommen waren, weil die Männer irgendwo ein kaputtes Wagenrad reparieren mussten. Diesmal hatte es nicht ihren Wagen getroffen. Letitia trug Eimer und Melkschemel zum Pferch, wo das Milchvieh stand. Charity kaute friedlich und sah Letitia aus ihren sanften braunen Augen an. Charity war hier sicher. Das Fieber der kleinen Nancy Jane war gesunken. Trotzdem lag Letitia etwas auf der Seele. *Dieser Indianer.* Sie hatten ihn erschossen und ihn dann nicht einmal begraben. Vielleicht hatte er Kinder. Eine Mutter würde um ihn trauern. Was hatte Davey gesagt? *Hat sich wohl auf dem Baum vor irgendwas in Sicherheit bringen wolln.* Die warme Milch strömte in den Eimer und Letitia verlor sich im Rhythmus des Melkens und im Duft der Milch.

Sie musste an einen Vorfall auf der Plantage denken, auf der sie als Sklavin gelebt hatte. Ein Schwarzer hatte sich in einer Platane zu verstecken versucht. Der Master hatte ihn mit einer langen Peitsche heruntergeprügelt und dann vor den Augen der anderen Sklaven totgeschlagen. „Lasst euch das eine Lehre sein." Das Klatschen der Peitsche, seinen Aufschlag und die Schreie hatte sie nie vergessen. Der Schwarze war nicht mehr als eine Ware. Der Master hatte gesagt, er könne schließlich mit seinem Eigentum machen, was er wolle.

Sie betete im Stillen. *Bitte, gib, dass mein Baby eher helle Haut hat wie sein Daddy und nicht so dunkle wie ich.* Vielleicht würde ihr Sohn oder ihre Tochter ja als weiß durchgehen. Davey würde sein Kind dann sicher mehr lieben, oder? Ihr kamen die Tränen und sie wischte sie ärgerlich mit dem Handrücken fort. Sie musste der Wahrheit ins Auge sehen. Ein Kind mit heller Haut konnte Davey leichter als seines anerkennen.

Sie strich die Zitzen aus, um sicherzustellen, dass keine Milch darin geblieben war. Als sie den Eimer nahm, tauchten ihre Fingerspitzen in das warme, cremige Weiß. Ein sicherer Ort? Vielleicht gab es den nirgendwo.

14 „Das Notwendige"

„Wir treffen uns mit einigen Frauen für die Morgentoilette", sagte Nancy zu Letitia. „Kommst du auch? Mary Ann passt so lange auf Nancy Jane auf."

„Bis du's erwähnt hast, ist's mir noch gut gegangen." Letitia rieb sich den Leib. „Aber jetzt spür' ich den Druck." Sie grinste. Davey hatte gesagt, sie bräuchte mehr Gesellschaft, wie er sich ausdrückte.

Sie folgten einer Gruppe von Frauen, die lachend einen großen Kreis bildeten. Sie standen mit den Rücken zueinander und spannten die Röcke zu einem Sichtschutz auf. In den Röcken mit den zahlreichen aufgebauschten Unterröcken wirkten die Taillen so klein wie die Naben von Wagenrädern. Als sie die anderen fast erreicht hatten, winkte Nancy ihrer Mutter zu und stellte sich den anderen vor.

„Kommen Sie nur ruhig." Eine der Frauen ließ ihren Rock los und winkte die beiden heran. Ihr Gesicht trug Pockennarben; ein Schneidezahn war abgebrochen. „Rutschen Sie gleich hier rein." Die Frau trat einen Schritt zur Seite, um Platz im Kreis zu machen.

„Das ist meine Tochter", wandte sich Patsy Hawkins an die anderen Frauen im Kreis. „Schwiegertochter. Eine bessere könnt' ich mir nicht wünschen."

„Oh, Mama Hawkins, ich hab dich gar nicht gesehen."

„Hast mein Hinterteil nicht erkannt, meinst du?" Die Frauen lachten, neckische Worte und Geplänkel klangen durch die frische Morgenluft.

„Das ist Letitia Carson." Nancy fand einen Platz neben ihrer Mutter und winkte Letitia zu sich.

Letitia spürte den Druck auf der Blase und kam einen Schritt näher.

„Sie kann wohl bis zuletzt warten." Eine kräftige Frau mit einer sauberen weißen Schürze über einem pinkfarbenen, blumengemusterten Baumwollkleid hob die Hand und wies Letitia zurück. „Und zwar da hinten." Sie wies mit dem Finger in die Ferne.

Letitia spürte, wie ihr die Röte in die Wangen schoss. Für einen Augenblick hatte sie vergessen, hatte gedacht, sie gehöre dazu. Aber sie tat es nicht. Das Baby strampelte; sie musste sich unbedingt erleichtern. *Geh einfach fort. Und halt bloß dein Wasser.* Sie zupfte das Tuch zurecht, dass ihr Haar im Nacken zusammenhielt, hob den dicken Zopf ein wenig, zwang ihren Körper, ihr zu gehorchen. *Bitte. Nicht jetzt.*

Dann spürte sie, wie die ersten Tropfen ihre Beine hinunterrannen. Am liebsten wäre sie im Staub versunken.

Nancy hatte nichts bemerkt. „Ich weiß auch nicht, warum unser Körper nicht immer das tut, was wir gerade von ihm erwarten. Deswegen bekommen manche von uns wohl auch Kinder, die wir nicht erwartet haben." Sie sagte es scherzend und ein paar Frauen lachten. Die kräftige Matrone gehörte nicht dazu. Nancy fügte noch hinzu: „Vielleicht *kann* sie nicht bis zuletzt warten, wollte ich nur anmerken."

„Ich werde ganz sicher meinen Allerwertesten nicht vor einer schwarzen Sklavin entblößen, die sich hier als Ehefrau aufspielt. Sie gehört nicht in diesen Kreis."

„Sie ist keine Sklavin, sie ist meine Freundin und ..."

„Schon gut. Bleib du hier." Letitia zog sich aus dem Kreis zurück an einen schattenlosen Platz etwas abseits.

„Das ist doch lächerlich." Nancy folgte ihr. „Oh."

Sie riecht es.

„Bitte. 's ist leichter so. Geh wieder zu ihnen." Letitia winkte Nancy fort, hockte sich dann hin und erleichterte sich.

Nancy stemmte die Hände in die Hüften. Ihr Kinn wirkte entschlossen. Dann akzeptierte sie Letitias Bitte und marschierte zurück zu ihrem Platz neben ihrer Mutter. Die unfreundliche, stämmige Frau verzog verächtlich die Lippen, drehte den anderen den Rücken zu und breitete ihren Rock aus, um der Ersten, die in den Sicherheit gebenden Kreis trat, Schutz zu bieten. Eine hagere Frau beugte sich zu Nancy herüber und sagte etwas, das Letitia nicht verstand, Nancy aber das Blut in die Wangen trieb. Sie ließ die Schultern ein wenig sinken. Als alle Frauen ihre persönliche Hygiene erledigt hatten – „das Notwendige", wie Nancy es nannte –, verließ die stämmige Frau den Kreis und ging zum Camp, ohne einen einzigen Blick zurück zu werfen. Ein paar andere schlossen sich ihr unter Kopfschütteln und vielsagenden Blicken an. Die Frauen aus Nancys Familie blieben zurück und einige andere auch, die auf Nancys Betreiben hin auf Letitia zutraten.

„Ich bin so weit."

Letitia ließ ihre Röcke fallen, dass die Säume Staub aufwirbelten. Heiße Tränen rannen ihr über die Wangen. Nancy umarmte sie, dankenswerterweise schweigend, und hielt sie eine Weile einfach fest an sich gedrückt. Durch die Tränen hindurch hörte sie, wie eine Frau einer anderen anbot, ihr ein bestimmtes Gewürz zu bringen. Eine Großmutter erzählte eine Geschichte davon, wie ihr jüngster Enkel einen Frosch gefangen hatte.

Nancy strich Letitia über den Rücken und entließ die Freundin, die sich die Augen wischte, aus der Umarmung. „Weiß zufällig jemand, wie man Fieber senkt?" *Das war das Notwendige. Umsorgen. Heilen. Freundschaft schenken.*

Sie gingen zurück und Nancy nahm Letitias Hand. „Du hättest mich für dich sprechen lassen sollen, Tish. Die Leute ändern sich nicht, wenn man sie nicht mit ihren Vorurteilen konfrontiert. Manchmal muss man ihnen vor Augen führen, wie unsensibel sie sind."

„Ich kenn' meinen Platz. Vergess' es nur manchmal, weil du so freundlich bist. Nein, sprich nicht für mich. Kriegst nur Schwierigkeiten, wenn die Leute seh'n, du schenkst solchen wie mir deine Freundschaft."

„Wenn sie dich kennen würden, würden sie sehr schnell sehen, dass deine Seele und dein Gemüt dieselbe Hautfarbe haben wie ihre." Nancy sagte es mit einem bitteren Schnauben.

„Leute ändern sich nich' bloß deshalb, weil man sie drum bittet. Ändern tun sie sich, wenn sie wissen, dass sie sicher sind, weil der Herr für sie sorgt. Wenn ich da bin, fühl'n sie sich nich' sicher ... So wie ich mich eben auch nich' – bei den meisten von ihnen."

Unter dem einschläfernden Geklirr des Zuggeschirrs zogen A, B, C und D ihr schweres Joch über grasbewachsene Prärien und durch angeschwollene Flüsse. Blassgelbe Wolken wichen der Dämmerung und Letitia bereitete eine leichte Mahlzeit zu. Am Abend sollte es eine Hochzeit geben. Der Führer des Trecks, Stephan Meek, würde eine achtzehnjährige Braut heiraten, die er gerade einmal drei Tage kannte.

Am Abend zuvor war Letitia mit der kleinen Laura am Fluss spazieren gegangen und hatte Schildkröteneier gefunden, aus denen sie nun einen Hochzeitskuchen machen würde. Die Braut war erst vor Kurzem Waise geworden, als ihr Vater ein paar Tage zuvor ertrunken war. Sie hatte keinen Menschen mehr auf der Welt. Letitia buk den Kuchen und genoss den Duft, der aus dem kleinen Reflektorofen aufstieg.

Nachdem das Ehegelübde vor den Ohren eines Baptistenpastors aus Mississippi abgelegt worden war, verging der Abend mit Tanz und Lachen, Essen und Erzählen. Letitia bewegte die Füße zum Klang der Musik, hielt sich aber von der eigentlichen Feier fern. Sie musste an ihre eigene Hochzeit denken. Nicht immer war es die Liebe, die zwei Menschen zueinanderzog. Manchmal war es das Bedürfnis nach Sicherheit, wie etwa, so vermutete sie, bei der neuen Mrs Meek. Aber wie guter Boden gute Früchte trug, konnte Sicherheit der Boden sein, auf dem eine starke Liebe wuchs. Eine Ehe, die man sich mit einem heiligen Eid versprach, war auf Lebenszeit gedacht und sie hoffte, das würde sowohl für sie und Davey gelten als auch für die Meeks.

Sie sah zu Davey hinüber, der mit einigen Männern zusammenstand, redete und lachte. Einmal sah er herüber zu dem Platz, wo sie im Dunkeln stand. Er lag nicht im Schein des Lagerfeuers und Letitia wusste, dass Davey sie nicht deutlich sehen konnte, aber es gefiel ihr, dass er sich trotzdem die Zeit nahm, nach ihr Ausschau zu halten. Jetzt winkte er ihr zu, die weißen Hemdsärmel bauschten sich im Abendwind, der breite schwarze Gürtel betonte seine schlanke Gestalt. Sie nahm die Hand von ihrem Leib und winkte zurück. Über den Tanzboden, für den jemand einen Wagenkasten zur Verfügung gestellt hatte, kam Davey zu ihr herüber. „Darf ich dir wohl Gesellschaft leisten?"

„Ich wär höchst erfreut."

Er legte ihr den Arm um den runden Leib und sie lehnte ihren Kopf an seine Schulter. Manchmal wusste man nicht, was man brauchte, bis jemand anders es einfach anbot. Eine Ehe bestand aus Momenten wie diesem, entschied sie. Sie würde lernen, sie auszukosten.

„Von jetzt an teilen wir uns in drei Gruppen auf", berichtete Davey, während Letitia eines der seltenen Schildkröteneier in die Pfanne schlug.

Sie wünschte, sie hätten Hühner mitgenommen. Davey nannte das Rauchfleisch, das sie täglich aßen, „Schinken". Der „Schinken" brutzelte neben dem Ei.

„Meek zieht mit denen, die keine Rinder dabeihaben, als Erster los. Dann folgt Joel Palmer mit den Leuten, die nur wenige Stück Vieh treiben – und dazu gehör'n wir auch. Der Rest bildet dann die letzte Gruppe mit dem Großteil der Herden. Jede Woche soll eine andere Gruppe den Treck anführen. Vielleicht gibt's dann weniger Streit darum, wer im Staub der anderen fahren muss." Er rückte den breiten Gürtel um seine Taille zurecht. „Ich glaub' fast, ich hab ein paar Pfund verloren, Tish. Schneide mir noch 'ne Scheibe Schinken rein, ja? Und wie fühlst du dich?"

„Mir würd's gefall'n, 'n paar Pfund loszuwerden." Sie strich sich über den Leib.

„Alles zu seiner Zeit. Alles zu seiner Zeit."

In dieser Woche sahen sie Wölfe. Sie folgten den großen Büffelherden, die sie in der Ferne an den aufgewirbelten Staubwolken erkennen konnten. Diskussionen kamen auf, ob man auf Büffeljagd gehen sollte, aber die Mehrheit stimmte dafür weiterzuziehen. Eine Gruppe von Trappern, die Felle nach St. Louis brachten, begegnete ihnen und bot an, Post in die Staaten mitzunehmen. Man rastete früh, damit Briefe geschrieben und übergeben werden konnten. Mittlerweile war auch ein Trupp von neunzehn Soldaten aus Fort Leavenworth zu ihnen gestoßen, die neben ihren Gewehren und Flinten auch zwei Wagen mit Haubitzen mitführten. „'s anzunehm'n, das is' zu unsrer Sicherheit und um die Indianer abzuschrecken", vermutete Davey.

Sie gingen in dem Wissen zu Bett, dass die Dragoner nicht weit von ihnen ihre Zelte aufgeschlagen hatten. Letitia erwachte mit einem Ruck. Der Boden des Zeltes war nass. War die Fruchtblase geplatzt? Nein. Jetzt hörte sie den Donner. „Davey. Lass uns aufsteh'n und in den Wagen umzieh'n. Es regnet mächtig."

In diesem Moment erhellten Blitze die Nacht und spalteten den weiten Himmel in zackige Teile. Der Donner rollte und krachte so laut, dass sie sich die Hände über die Ohren halten musste.

„Ich zieh das Zelt unter den Wagen, der hält den Regen ab."

Im zuckenden Licht der Blitze kroch sie unter den Wagen. Auch andere huschten aus den Zelten oder zurrten die Zeltbahnen fest und beruhigten weinende Kinder. Vieh brüllte. Dann folgten Hagelkörner so groß wie der Daumen eines Babys. Einer traf sie am Bein und sie zuckte zusammen. Rothwell drängte sich ins Zelt zu ihnen. Davey vergewisserte sich, dass Letitia warm zugedeckt war; dann kroch er aus dem Zelt und ging, um nach dem Vieh zu sehen. Die Treiber würden Hilfe brauchen. Ein kleiner Schrei entrang sich ihm, als ihn der Hagel traf, aber er rannte weiter zum Pferch, um sein Pferd zu holen, und zog die Krempe des speckigen Hutes tief ins Gesicht zum Schutz gegen den Sturm.

Ein Windstoß hob die Zeltbahnen und ließ einen Schwall Wasser auf das ölgetränkte Leintuch herabrauschen. Hier unter dem Wagen zu hocken, war töricht. Letitia war so nass, als hätte sie direkt im Regen gestanden. „Roth, du bleibst hier." So gut sie konnte, kroch sie aus dem Zelt und war bis auf die Knochen durchnässt, bevor sie ihren gewölbten Leib in den Wagen zog. Drinnen verzurrte sie vorn und hinten die Zeltbahnen und schüttelte das Wasser von Armen und Händen. Ihre Hände fuhren über die eng am Kopf anliegenden Zöpfe mit ihren Knoten und fanden endlich ein trockenes Leintuch, das sie sich um den Kopf legte.

Durch eine o-förmige gekrauste Öffnung starrte sie hinaus in die Unermesslichkeit der Nacht. Ein Gewitter wie dieses hatte sie noch nie erlebt. Der Sturm schüttelte den ganzen Wagen, als wollte er ihn umstürzen; aber er hielt sich schwankend auf den vier Rädern. Da zuckte ein neuer Blitz. Unter dem gewaltigen Himmel wirkten die Planwagen winzig und so ungeschützt wie Kaninchen unter einem Himmel voller Falken. Der Hagel durchschlug die Leinwand und sie erhob sich, um das Loch zu flicken, damit es nicht noch größer wurde. Suchend sah sie sich nach ihrem Nähzeug um. Das Flicken würde warten müssen. Sie ließ den Stoff los, griff nach einem Holzeimer und stellte ihn unter die Öffnung, damit der Regen sich darin sammeln konnte. Wenn doch Davey nur schon zurück wäre! Dass sie allein gegen dieses Unwetter bestehen musste, gefiel ihr nicht.

„Roth! Hierher!"

Sie musste kein zweites Mal rufen. Sie öffnete den Wagen vorn und ließ den Hund hereinhuschen. Dann kauerten sie nebeneinander im Wagen, zitternd, aber nicht mehr allein.

Am Morgen blickten Zach und Nancy aus dem Wagen auf ein Bild der Verwüstung. Wagen waren umgestürzt, die gesamte Ladung an Decken und Fässern und Kinderpuppen und das Spielzeugboot eines kleinen Jungen lagen im Schlamm, der so dick lag, dass die Leute fünf Zentimeter größer wurden, wenn sie ihn unter die Stiefel bekamen. Zerbrochene Deichseln und Wagenräder würden mindestens einen Tag an Reparaturen erfordern, vermutlich mehr. Dutzende Pferde und Rinder fehlten und man hatte einen Suchtrupp gebildet. Zach machte sich auf den Weg, um zu erkunden, ob jemand verwundet war.

Nancy sah zu Letitia hinüber, die ein Loch in der Zeltbahn flickte, die bereits in der Sonne trocknete. Auch Letitias Gesicht war erhitzt. Auf der Kutschbank des Wagens war Kleidung zum Trocknen ausgebreitet. Nancy hatte eine Wäscheleine an der Seite ihres Wagens befestigt und das andere Ende am Wagen ihrer Mutter festgeknotet; jetzt hängte sie die durchnässten Decken darüber. Dann ging sie hinüber zu Letitia.

„Das war ja eine ziemlich Flut letzte Nacht." Nancy schaukelte ihre Jüngste auf der Hüfte, während Laura schon in den Wagen der Carsons kletterte. „Sieh dich vor", mahnte Nancy ihre Tochter. „Martha, hol sie zurück. Sie hat so viel Schlamm an den Füßen, wie der Platte River mit sich führt, und muss den nicht unbedingt über Mrs Carsons Habseligkeiten verteilen."

„Kaum zu glauben, dass es nach 'nem solchen Gewitter schon wieder so warm ist und die Sonne scheint."

„Vielleicht sollen wir daraus was über die schweren Zeiten lernen." Nancy wischte dem Baby eine Fliege aus dem Gesicht. „Kaum wärmt die Sonne, sind auch schon die Fliegen da."

„Wenigstens rührt sich das Baby noch nicht."

Nancy streckte die Hand aus und streichelte die von Letitia. „Du musst mich rufen. Oder Rothwell schicken, wenn du allein bist. Davey findet wohl immer noch was zu tun." Der Hund hörte seinen Namen und wedelte mit dem Schwanz. „Unsere Wagen werden immer in der Nähe von eurem stehen."

Sie würde dafür sorgen, dass auch Zach das im Blick behielt. Davey mochte ja gut für seine Rinder sorgen, aber lieber Himmel!, was seine Frau brauchte, bekam er leider manchmal gar nicht mit.

„Die Luft ist auch wieder frischer. Ein guter Tag, um den Dreck loszuwerden. Laura, komm herunter."

Hinten im Wagen streckte Letitia die Arme nach der vierjährigen Laura aus.

„Oh, du hebst sie mir nicht", warnte Nancy.

„Ich bin zu groß zum Getragenwerden." Laura entschlüpfte Letitias Händen und landete im aufspritzenden Schlamm. Das Kind gab keinen Mucks von sich. Klatschend schlug es mit der Hand auf den Boden und wirbelte schwarze Kleckse auf, die ihm wie Sommersprossen im Gesicht klebten.

„Mama", jammerte Martha, die den Lehmtropfen auswich.

Kopfschüttelnd zog Nancy Laura vom Boden hoch und gab ihr ein paar Klapse auf den Po. Dann schickte sie die Kleine und Martha mit einem Auftrag fort. „Zeit, die Wassereimer zu füllen, ihr zwei. Wir wollen doch mal sehen, wer das meiste Wasser bringt. Martha, du passt auf diesen kleinen Dreckspatz auf. Und vielleicht bringt ihr auch ein bisschen trockenes Holz für uns mit."

„Das wer'n sie wohl kaum finden." Letitia beschattete die Augen mit der Hand gegen die Sonne. „Du schickst sie mit den Eimern zum Fluss? Glaubst du, es ist sicher? Jetzt nach dem Regen fließt er mächtig schnell."

Nancy blickte nachdenklich. „Sie kommen schon zurecht." Sie drehte sich wieder zu Letitia um. „Wir haben das Wasserholen zu einem Spiel gemacht. Letitia, fühlst du dich okay? Du siehst ein wenig blass aus."

„Is' mir auch schon besser gegangen." Letitia lehnte sich an ein Wagenrad. Sowohl die Hawkins' als auch die Carsons besaßen robuste Bethel-Planwagen, die dem Sturm ohne größere Schäden getrotzt hatten. Nur die Risse in der Plane und das klitschnasse Bettzeug zeugten noch von der Sintflut. Letitia legte sich die Hände an die Wangen. „Mir is' nur heiß. Und ich wünscht', das Baby tät bald kommen. Is' schon überfällig, wenn ich richtig gerechnet hab."

„Dann ist es ein Mädchen." Nancy schien sich ganz sicher zu sein. „Wir Frauen kommen immer zu spät."

Letitias Lachen wurde vom Ruf eines Kindes unterbrochen. „Mama!"

Nancy drehte sich um in Richtung des Flusses. *War das Laura, die da schrie?* Nancy zögerte kurz, dann begann sie zu rennen.

„Gib mir Nancy Jane."

Nancy warf den Säugling geradezu ihrer Freundin in die Arme, dann raffte sie die Röcke und eilte los.

„Martha? Laura!"

Zwischen den Weiden tauchte eine schluchzende Martha auf.

„Wo ist Laura? Wo ist deine Schwester? Was ist passiert?" In Marthas Augen stand die blanke Angst.

Nancy sah sich um. „Wo ist Laura?" Sie stürmte an ihrer Tochter vorbei. „Laura! Wo bist du, Laura?" Sie hatte doch gar nicht genug Zeit gehabt, sich in Schwierigkeiten zu bringen, oder doch?

Martha folgte ihrer Mutter durch die Weiden und stand schluchzend herum, während Nancy am Ufer entlangeilte, die Röcke gerafft, und den Namen ihrer Tochter rief. Am Flussufer lag ein leerer Eimer. Nancy spürte ihre Mutter eher, als sie sie sah. Ihre Schwiegermutter. Letitia. Ihre Schwester. *Der Fluss ist gestiegen und schnell.*

„Martha." Nancy drehte sich um und packte das Mädchen an den Schultern. „Wo ist deine Schwester?"

Martha wies auf den Fluss. Ihr Kummer äußerte sich in einem Schluckauf. „Sie war dort. Und dann war sie nicht mehr da. Es tut mir leid, Mama."

Nicht halb so sehr wie mir.

15 Weinen hat seine Zeit, lachen hat seine Zeit

Ein Schatten legte sich über das Lager. Letitia hörte, dass ein Kind an Typhus erkrankt war; ein anderes war unter einen Wagen geraten und hatte nur deshalb überlebt, weil die Räder es in den weichen Schlamm gedrückt hatten. Der schwere Regen hatte ein Kind genommen; ein anderes war gerade durch die Fluten gerettet worden. Doktor Hawkins hatte zwei Knochenbrüche geschient. Letitia hörte das keuchende Husten eines Kindes. Laura war fort. Es gab keine Spur von ihr.

Als die Männer zurückkamen, ritten sie das gesamte Flussufer ab und suchten nach dem kleinsten Hinweis.

„Beim gewaltigen Mose, dieser Fluss hier ist mächtig gestiegen und die Strömung reicht aus, um 'nen ausgewachsenen Mann mitzureißen, und's kann Wochen dauern, eh' sie ihn wieder ausspuckt."

Nancys große Familie stand ihr in ihrer Trauer zur Seite, aber sie saß oftmals teilnahmslos da und schien nicht zu bemerken, dass eins ihrer Kinder ihr die tränenfeuchten Wangen streichelte. Laura war nun ein Kind des Flusses. Alles, was von ihr geblieben war, waren Erinnerungen, die aufflackerten wie letzte Strahlen bei Sonnenuntergang.

Letitia bot sich an, die Kuh für Nancy zu melken. Es war die Hilfe, die sie geben konnte. Zach nickte dankbar, die geröteten Augen zusammengekniffen.

Nancy wiederholte ein ums andere Mal: „In den Tod habe ich sie geschickt. In den Tod habe ich sie geschickt."

„Nein, das hast du nicht." Der Doktor, der neben ihr auf einer Decke im Schatten des Wagens saß, zog sie in seine Arme. Er strich der Weinenden über den Rücken. „Solche Dinge … wir sind es nicht, die über Leben und Tod bestimmen." Er räusperte sich und nickte Letitia zu.

„Aber ich habe sie an den Fluss geschickt. Letitia hat noch gefragt, ob das nicht gefährlich sei. Ich hätte es wissen müssen. Ich war so … leichtfertig. Ich habe sie umgebracht!"

„Nancy, es war ein schreckliches Unglück. Ich könnte auch sagen, wenn ich hier gewesen wäre, wäre es nicht passiert, also bin ich schuld. Oder wir hätten erst gar nicht aus Missouri fortgehen sollen. Auch daran bin ich schuld. Und die arme Martha macht sich auch Vorwürfe. Aber auf unserer Landkarte gibt es keinen Ort, um Vorwürfe zu verteilen, und keine Route für den Rückweg. Hier, das ist der Punkt, an dem wir jetzt sind."

Letitia legte der Freundin eine Hand auf die Schulter. Dann griff sie nach Melkschemel und Milchkübel der Hawkins'. Sie wartete noch einen Moment und suchte nach Worten. Was hatten die Leute zu ihr gesagt, als Nathan kaum einen Tag lang geatmet hatte? Was hatte sie da getröstet?

„‚Weinen hat seine Zeit, lachen hat seine Zeit; klagen hat seine Zeit, tanzen hat seine Zeit.' Daran glaub ich, danach leb ich. Wenn das Weinen und Klagen vorbei ist, wird's auch wieder besser. Ich bet drum, dass du auch wieder lachst und tanzt. Und bis dahin bleib ich an deiner Seite, Miss Nancy. Niemand sollt' allein sein beim Trauern."

Nancy nahm Letitias Hand. „Du hast auch ein Kind verloren. Es tut mir so leid. Und der andere Junge verkauft." Sie wandte sich wieder ihrem Mann zu. „Es gibt … keinen Leichnam. Wir können sie nicht begraben." Wieder schluchzte sie.

Als Jeremia starb, den man verkauft hatte, hatte es auch keinen Leichnam gegeben. Letitia betrauerte einen körperlosen Tod und Nancy nun auch. Ein solcher Tod war am schwersten zu ertragen.

Der Doktor flüsterte irgendetwas über das Leid. Nancy nickte und wischte sich die Nase, noch immer an seine Brust gedrückt. Letitia konnte sehen, wie sehr der Doktor seine Frau liebte und seine eigene Trauer hintanstellte, um ihr in ihrem Schmerz beizustehen.

Später am Abend hielt man eine Trauerfeier für Laura Hawkins. Der Doktor machte aus zwei Seitenhölzern des Quiltrahmens ein hölzernes Kreuz und schnitzte Lauras Namen hinein. Sie richteten es im weichen Untergrund am Flussufer auf.

Mit der großen Traurigkeit kamen auch Letitias Zweifel zurück, ob sie Kentucky überhaupt je hätte verlassen sollen. Vielleicht war ihr Sohn gar nicht tot und wartete darauf, dass sie ihn suchte und fand? Sie betete um Gottes Trost für die Hawkins'. Was hatte der Doktor gesagt? Auf ihrer Karte gab es keinen Weg zurück.

Streit lag in der Luft und die Leute spürten die angespannte Stimmung wie ein Joch auf den Schultern. Davey zupfte sich Tabak zurecht. Das hier war schlimmer als die Zusammenkünfte in der Stadt, wo man sich über den Hund des Nachbarn stritt oder darüber, dass Vieh auf dem Gemeindeland frei herumlief. Die einen beschwerten sich über die Reihenfolge der Wagen im Treck, die anderen verlangten, dass man in zwei Reihen nebeneinanderfuhr und Frauen und Kinder im Schutz der Wagen dazwischen gehen sollten. Wieder andere wollten in einer Reihe fahren. Staub gab es in jedem Fall – als ob man daran etwas ändern konnte.

Als sie zum ersten Mal ein vermeintlicher Indianerüberfall aufgeschreckt hatte, war ein Chaos ausgebrochen, als ob ein paar Männer auf ungezähmten Pferden durch ein Kaufhaus sprengten. Frauen und Kinder kreischten, Männer mit Munition in den Händen rannten zwischen ihnen herum, Kinder krochen unter die Wagen, als wäre es dort sicherer. Niemand schien den Überblick zu haben oder jeder meinte ihn zu haben. Sie hatten es überstanden und kein einziger Indianer war ihnen zu Gesicht gekommen. Alles nur, weil jemand Dinge gesehen hatte, die es gar nicht gab, und seiner Panik Luft gemacht hatte.

„Es gibt hier so wenig Gras", sagte Davey zu Letitia, „dass die Tiere nachts immer weiter vom Lager wegwandern. Wir brauchen den halben Vormittag, um sie wieder zusammenzutreiben."

Letitia kratzte die Reste des Frühstücks von den Blechtellern und verfütterte sie an Rothwell.

„Aber wir müssen mehr als die paar Stunden am Nachmittag auf den Beinen sein, sonst sind wir zu Weihnachten noch nicht in Oregon. Oh, was ist nun schon wieder los?"

Man hörte einen Esel schreien und Davey erhob sich.

„Sieh mal einer an. Der kleine Esel schlägt eine ganze Büffelherde in die Flucht, so zieht's ihn nach Westen. Tish, der kommt viel schneller voran, als wir es je fertigbringen werden." Davey lachte trotz seiner Verärgerung. „Hat Mumm in den Knochen, der kleine Kerl." Er seufzte und schenkte sich noch eine Tasse Kornkaffee ein.

Letitia sah den Possen des Tieres zu und lächelte. Die Büffel mit ihren massigen Köpfen und Leibern stoben auseinander wie aufgescheuchte Hühner.

„Hör mal, Tish. Wir sollten uns der ersten Abteilung des Trecks anschließen. Wir könnten schon längst unterwegs sein, statt hier herumzusitzen, bis die Treiber das Vieh wieder zusammenhaben. Leute, die weit hinter uns waren, haben uns inzwischen eingeholt. Ich denke, wir sollten das tun."

„Aber verlässt sich denn hier nich' einer auf den andern? Musst du nicht Wache gehen, wenn du an der Reihe bist?"

„Wir finden neue Reisegefährten."

Tish schwieg. Er wusste, dass sie nachdachte, denn sie kaute auf ihrer Unterlippe, bis sie ihre Gedanken in Worte fassen konnte.

„Wir werden schon zurechtkommen. Wenn wir nicht in den Bergen in einen frühen Schneesturm geraten wollen, müssen wir einfach schneller unterwegs sein."

„Ich weiß, wo ich sein muss. Bei den Hawkins'."

Hatte die Frau auf einmal ihren eigenen Kopf? „Sie haben zwei Wagen, Vieh und die große Familie. Sie können nicht viel schneller vorankommen. Aber wir schon."

„Wir kennen sie. Sie sind Freunde. Sie brauchen uns."

Sie kaute noch immer auf ihrer Unterlippe und strich wie abwesend über ihren Leib. *Vielleicht braucht sie sie auch.* Er konnte doch nicht jeder Frauenlaune nachgeben. Aber … er wollte nicht, dass sie sich wegen des Babys Sorgen machen musste. Sie war ihm eine gute Hilfe und außerdem mochte er sie, liebte sie vielleicht. Jedenfalls war sie ihm am liebsten, wenn sie ihm nicht wegen irgendetwas, das er getan hatte, grollte. Er würde ihr nicht erzählen, dass er vom Wachegehen ausgeschlossen worden war, weil ihn der Schlaf überwältigt hatte. Dass er keine Hiebe bezogen hatte, war noch ein Glück.

„Also schön. Wir warten, bis das Baby da ist. Aber ab dann ziehen wir mit dem ersten Trupp." Frauen brauchten einander wohl, wenn es schwierig wurde, dachte er. Männer waren da anders. Die kamen allein zurecht.

Es war ein angenehm kühler Abend an einem der ersten Junitage. Der Fiedler spielte einen bekannten Folksong. Am Tag hatte eine Hochzeit stattgefunden, man hatte getanzt und kräftiges Büffelfleisch gespeist. Letitia und Nancy samt Familie hatten das Fleisch in Streifen auf Spieße gesteckt, die die Männer über das Feuer gehängt und so das Fleisch in fünf Stunden geräuchert hatten. Die Männer waren zufällig auf eine Büffelherde gestoßen und hatten beschlossen, dass es an der Zeit war, ein wenig zu ernten. Jedenfalls hatte Davey es so genannt: ernten. Letitia garte Fleischstücke in einer Salzlake und das Wasser lief ihr schon dabei im Mund zusammen. Dieses Fleisch würde Monate reichen. Aber alle waren ermüdet von der Anstrengung, die es gekostet hatte, es zu bekommen. Manche Frauen wussten nicht mal, wie man es räucherte oder das Fell von den Muskeln trennte.

Nancy hatte neben Letitia gearbeitet und sogar sie hatte gelächelt, als Nancy Jane ihre Patschhändchen ins Salzfass gesteckt und dann an den Körnern geleckt hatte. Das Gesichtchen verzog sich, bis es aussah wie ein eingedellter Pfirsich. Letitia bemerkte, dass Nancy Mary Ann eng bei sich hatte und Martha noch enger. Sich selbst zu vergeben würde noch länger dauern, als zu begreifen, dass es keinen Weg gab, den leeren Platz in ihrem Herzen zu füllen, den Laura hinterlassen hatte.

Die Wagenkolonne würde nun bald Fort Laramie erreichen. Dort konnten sie die Vorräte an Mehl und Mais auffüllen und auch Eisenwaren für größere Reparaturen erhalten. Letitia wollte neue Wundsalbe für die Ochsen und auch für Charitys Hufe besorgen, die unter dem harten, trockenen Boden gelitten hatten. Die Tiere waren zum Glück gutmütig, aber wenn sie die Hufe kontrollierte, ließ sie doch besondere Vorsicht walten. Ein Stoß und ihr Baby … sie dachte lieber nicht weiter darüber nach.

Letitia ging hinüber zu Nancys Wagen. Im Vorübergehen erhaschte sie einen Blick auf ihr Bild in dem zerbrochenen Spiegel, den Nancy an der Seite des Wagens befestigt hatte. Unter der heißen Sonne war ihr Gesicht noch dunkler geworden, trotz der Haube, die sie immer trug. Sie war pausbäckig wie ein Erdhörnchen. Wann würde dieses Baby endlich kommen?

„Ein gutes Gefühl, eine volle Vorratskammer zu haben." Sie wies mit dem Kinn auf das getrocknete Büffelfleisch.

Nancy seufzte. „Wenigstens kann ich dafür sorgen, dass die Kinder satt sind, wenn schon nicht für ihre Sicherheit."

Letitia erwiderte nichts und fuhr mit den Fingern durch den feinen Flaum auf Nancy Janes Kopf. Nach einer Weile sagte sie: „Ich glaub nich', dass wir's sind, die für Sicherheit für unsre Kinder sorgen. Nich' für immer. Was wir tun könn'n, is', sie auf Gefahren vorzubereiten."

„Das hab ich nicht gerade gut getan."

„Ich hab gehört, wie du gesagt hast, sie soll'n vorsichtig sein. Aber Kinder …" Sie hob die Hand. „Kinder lassen sich nich' davon abbringen, was ihnen in den Kopf kommt. Sie sind nun mal so."

„Wird dieser Schmerz je vergehen?"

Nancy sah Letitia an und der Schmerz in ihrem Gesicht war so schneidend, dass Letitia ihre Antwort aus der tiefsten Quelle in sich schöpfen musste.

„Wunden heilen. Auch die von scharfen Messern. Was bleibt, sind Narben."

„Ganz besonders im Herzen. Meine Schwägerin sagt mir immer, ich solle aufhören, darüber zu reden. ‚Du bist nicht die erste Frau, die ein Kind verliert', predigt sie mir."

„Wir trauern alle anders. Man muss den Verlust anerkennen, sonst kann man nich' weitergehen. Jeder tut's auf seine Weise."

„Ich bete drum, dass ich es kann.“

„Er hört zu. Hat mich vielleicht geschickt, damit ich auch zuhör.“

Nancy sah auf. „Danke, dass du nicht auch sagst, ich sollte besser schweigen.“

„Jedem passt ein andres Trauerkleid. Wenn du so weit bist, trägst du auch wieder andre Kleider. Bis dahin bin ich da und trag's mit dir, das Trauertuch.“

„Wenn ich dich nicht hätte. Dich und Zach. Er sagt nie, ich solle nicht mehr von Laura sprechen. Oder von der Leere, die in mir ist.“

„Er liebt dich. Das wirkt Wunder. Heilt die Seele.“

Nancy nickte. Sie saßen schweigend nebeneinander und lauschten auf den entfernten Klang der Fidel. Letitia hatte niemanden gehabt, dessen Liebe ihre Seele geheilt hätte, aber sie wusste instinktiv, wie sie selbst anderen diese Liebe erweisen konnte. Das war die Art, wie der Herr für Menschen sorgte, nahm sie an.

Auf dem Rückweg zu ihrem Wagen spürte Letitia, wie die Fruchtblase platzte. „Dann kommst du also heute. Is' ebenso gut wie jeder andre Tag.“ Sie kehrte um, um ihre Freundin zu holen.

Sie nannten das Mädchen Martha. Davey sagte, das sei der Name seiner Mutter, und Letitia gefiel der Gedanke, der kleinen Martha Hawkins eine Namensschwester zu geben und so ein Zeichen zu setzen, dass das Leben weiterging.

„Ihre Haut ist wie Mamas Kaffee“, sagte Martha zu Letitia. Ihre zarten Finger strichen sanft über die Wange des Babys. „Sie gießt immer ganz viel Milch hinein.“

„Ich trinke ihn schwach.“ Nancys Blick ruhte auf dem Kind. „Sie ist eine Schönheit. Schau nur, wie kräftig ihr Haar ist. Und ein bisschen widerspenstig. Und diese Wimpern. Meine Güte, wenn ich solche Wimpern hätte!“

Davey war um den Wagen herumgeschlichen und war zur Stelle, als Doktor Hawkins die kleine Martha kurz vor dem Morgengrauen des 9. Juni entband. Als die Wehen begannen, hatte Letitia auf Fidelklänge gelauscht, und als Martha ein paar Stunden später ankam, spürte sie noch immer einen Nachhall der Melodien.

„Ich weiß nicht, ob ich es fair finde, dass diese Geburt so rasch ging“, neckte Nancy, während sie Martha betrachtete, die ihre kleine Namensschwester im Arm hielt.

„,s is’ nichts fair am Kinderkriegen, außer, wenn’s vorbei ist.“

„Amen dazu.“ Nancy sah wehmütig aus. „Laura war eine schwere Geburt, die schwerste von allen. Sie war so zerbrechlich, dass ich Sorge hatte, ob sie auch nur die erste Nacht überleben würde.“ Sie schluckte. „Aber das hat sie. Sie war zart wie eine welke Kornblume, bis wir zu dieser Reise aufbrachen. Da war sie auf einmal lebhaft und sprühte nur so vor Energie, bis ...“

„Ich mein, so sollt’st du an sie denken – an das lebhafte, gesunde Kind. Und an die guten Tage, die ihr hattet.“

„Du hast recht. Es tut mir leid. Heute ist dein Freudentag und ich trage Kummer hinein.“

„Das könnt’st du nich’, wenn ich’s nicht zuließ’. Trotzdem: Erinnerungen soll’n heilen und nich’ neue Wunden reißen.“ Sie hatte nicht gewusst, dass sie eine solche Erkenntnis besaß, bevor sie die Worte ausgesprochen hatte. Auch für sie wäre es gut, sie zu beherzigen. „Wollt ihr Paten für sie sein?“

„Oh, Zach und ich würden uns sehr geehrt fühlen.“ Nancy wurden die Augen feucht. „Ich freu mich so für dich, Tish. Das sollst du wissen.“

„Weiß ich doch. Tränen verbinden. Und helfen uns, dass wir wie Spatzen aus der dunklen Höhle fliegen, in ’nen Himmel voll Licht.“

Nancy legte ihre Hand auf Letitias Schulter und wischte mit der anderen die Traurigkeit aus ihren Augen.

Während des Vormittags reiste Martha Hawkins mit Letitia und ihrem Baby im Wagen. Aber am Mittag fühlte Letitia sich wieder kräftig genug, um zu gehen. Unter den flinken Füßen des kleinen Mädchens neben ihr spritzte der Dreck auf und so vergingen von jetzt an ihre Tage:

Martha sorgte sich auf jede ihr mögliche Weise um das Baby und Letitia genoss es, dass sie wieder ein Kind in den Armen hielt und ein weiteres um ihre Knie herumstrich.

„Du bist eine gute Mama." Davey sah ihr beim Stillen zu. Er hatte bei den Hawkins' gegessen und für Letitia eine Suppe mitgebracht, die er nun auf den Kutschbock stellte.

„Ich hab Übung. Magst du … willst du sie mal halten?"

„Ach, ich kenn mich mit so ganz Kleinen nicht aus."

„Sie is' nich' zerbrechlich."

„Aber sie … sieht so aus."

„Eine ordentliche Portion Schinken und genauso stabil, nehm' ich an." Letitia beobachtete, wie Daveys Blick nach einer momentanen Verunsicherung weich wurde wie ein Rührkuchen, und legte ihm das Windelpaket in die schwieligen Hände.

Er schaukelte den Säugling vorsichtig, der prompt das Abendessen ausspuckte. „Oh, hier, nimm." Er reichte ihr das Kind zurück.

„Ganz gut für den Anfang. Sie macht 'nen Papa aus dir." Letitia hielt inne. „Wenn du's nich' schon wärst."

„Nun bin ich's zweifach. Und schätze mich glücklich."

Davey hob den Rippenknochen eines Büffelskeletts auf, das von Johannisbeersträuchern halb überwuchert war. Bis Fort Laramie waren es nur noch ein paar Tage.

„Lässt sich brauchen, falls wir den andern, die später kommen, eine Nachricht hinterlassen wollen oder müssen."

Letitia runzelte die Stirn. *Er hat's noch nicht aufgegeben, mit der schnelleren Gruppe zu ziehen. Warum sollte er sonst Nachrichten hinterlassen? Und ich hab gedacht, er könnte nicht schreiben.* Sie rückte der kleinen Martha das Mützchen zurecht, um sie vor der Sonne zu schützen.

„Oder noch besser: Wir nutzen es als Rückenkratzer." Er demonstrierte den Gebrauch und beide brachen in Gelächter aus.

Später am Tag erreichten sie eine tiefe Schlucht und die Männer machten sich an die mühsame Arbeit, die Räder festzustellen und die

Wagen mithilfe von Seilen auf den Boden des engen Canyons hinunterzulassen, den auf einer Seite ein trockenes Flussbett und auf der anderen steile Felswände begrenzten. Das Vieh wurde über eine andere Route getrieben, die die Wagen nicht passieren konnten. Sie zogen an Felsen vorbei, die höher waren als alle, die Letitia je gesehen hatte. Aus den Felsspalten wuchsen kleine Bäume und sie roch den Duft der Heckenkirschen an den kräftigen Ästen, die sich ihren Weg durch die Felsen nach oben ans Licht gebahnt hatten. Sie waren sparsam mit Wasser umgegangen, waren aber den ganzen Tag noch an keinem Fluss vorbeigekommen und nun waren ihre Kehlen so trocken wie altes Pergament.

Davey sagte, wenn sie Ash Hollow erreichten, sollten sie auf den Rest des Trecks warten, aber von den Gruppen, die ihnen voraus waren, seien auch einige bereits weitergezogen. „Wir können ebenso gut auch gleich weiterreisen“, meinte er.

„Aber Nancy …“

„Hawkins kann für sich selbst entscheiden. Sie folgen wie wir der Nordroute und wir treffen sie schon wieder. Spätestens in Oregon.“

„Ich hab’ gedacht … sie … is’ eine große Hilfe für mich.“ Wie sollte sie ihm begreiflich machen, wie selten und kostbar es für sie war, dass eine andere Frau sie wie eine Freundin behandelte?

„Wenn wir in Fort Laramie sind, wechseln wir zu den anderen. Sowieso bist du eine größere Hilfe für sie als umgekehrt.“

„Nein. Sie …“

„Tishi, die Sache ist beschlossen. Verabschiede dich von ihr. Wir brechen beim ersten Morgengrauen auf, dann holen wir den vordersten Trupp ein. Mach’s jetzt, wie ich sage. So wird’s gemacht und ich will darüber nicht streiten. Denk dran: Ich hab dich angestellt. Der Mann muss das Sagen haben.“

„Ich … komm’ Auf Wiedersehn sagen. Davey hat’s so beschlossen.“ Letitia hatte die kleine Martha im Wagen gelassen, wo sie schon für die Nacht zurechtgemacht schlief, aber sie fühlte sich ohne das Kind im

Arm irgendwie unangezogen, als hätte sie mitten am Tag die Schürze abgelegt.

„Oh, Letitia!“ Nancy nahm sie in den Arm. „Ich werde Zach bitten, mit ihm zu reden.“

„'s wird wohl nichts nützen. Wenn er sich was in den Kopf setzt …“

Nancy nickte seufzend. „Das Los der Frauen. Mary Ann, hol Tish eine Tasse Tee.“

„Marthas Hilfe werd ich vermissen. Und deine auch.“ Gerade jetzt saß Martha im Wagen der Carsons und passte auf, dass das Baby nicht aus dem Bettchen fiel, auch wenn sie sich nicht vorstellen konnte, dass ein so kleines Kind von selbst herausrollen konnte. Sogar Rothwell überließ das Baby beruhigt Marthas Obhut. Er war mit Letitia zum hawkinsschen Wagen getrottet.

„Hast du es Martha schon gesagt?“

Letitia schüttelte den Kopf.

„Es wird schmerzlich für sie sein. Das arme Kind. Es hat ihr gutgetan, sich um das Baby zu kümmern. Ich würde Martha auch mit euch bis nach Laramie reisen lassen, aber …“

„Nein, nein. Du würd'st dich zu sehr sorgen.“

„Sie wäre bei dir in guten Händen und ich müsste nicht immer in diese traurigen Augen schauen, die mir Schuldgefühle ins Gewissen schießen wie Pfeile, die ihr Ziel gefunden haben.“

„Du bist 'ne gute Mama. Martha braucht dich.“

Die Frauen umarmten einander noch einmal. Man musste Abschied nehmen können, denn Abschiede gehörten nun einmal zum Leben.

„Ich hoff nur, 's gibt viele Bäume am Weg, dann komm ich fürs ‚Notwendige‘ ohne Schutz aus.“ Letitia gab den Worten einen leichten Klang, aber sie nagte an ihrer Unterlippe. Sie war nicht sicher, ob sie wieder Menschen begegnen würde, die sich schützend um sie stellten. Und nun, wo sie dieses nussbraune Baby hatte, würde es wohl noch mehr hochgezogene Augenbrauen und verächtliche Worte in ihre Richtung geben. Kaum ein Weißer sah es gern, wenn wieder ein Schwarzer mehr die Welt bevölkerte – es sei denn, er wäre sein Besitzer.

„Vielleicht …“ Konnte sie fragen, ob sie nicht mit den Hawkins' weiterreisen konnte anstatt mit Davey? Davey kam sehr gut ohne sie zurecht. Das war er ja auch jahrelang, bevor sie auf der Bildfläche erschien. Und jetzt auf der Reise hatte auch nur er die Ochsen gelenkt. Mit der fortgeschrittenen Schwangerschaft und jetzt mit dem Baby war sie ihm in letzter Zeit kaum eine Hilfe gewesen. Er würde sich keine Kommentare über seine „schwarze Frau" und das Kind mehr anhören müssen, wenn sie nicht bei ihm war. Und sie ebenfalls nicht. Die Leute würden glauben, dass sie die Nanny der Hawkins' war, und sie konnte in der großen Familie untertauchen. Und Nancy und Martha in ihrem Kummer trösten. Sie konnte die Kühe melken, Charity eingeschlossen. Davey würde wohl erlauben, dass sie Charity bei sich behielt.

„Vielleicht könntest du mit uns reisen", meinte Nancy.

Hatte sie den Wunsch etwa laut ausgesprochen? Letitias Unterlippe wurde erneut benagt.

„Ich hab's grad fragen wolln." Sie sah zu Boden. Manchmal war es besser, wenn ein Wunsch ein Wunsch blieb. „Aber 's is' wahr, ich hab die Ehe versprochen und hab nun noch eins mehr in der Familie als Davey. Und er hat mir auch was versprochen. In Oregon sehn wir uns wohl wieder, sagt Davey." Jedenfalls würde sie beten, dass es so war.

Oregon

Enten flogen auf, als die Frau Wasser aus der sprudelnden Quelle schöpfte, um Little Shoot zu trinken zu geben. Ein Geruch stach ihr in der Nase. „Diese Blätter sind nicht freundlich", erklärte sie ihm.

„Sie stechen wie die Moskitos."

„Ayee." Die Gifteiche wuchs hier üppig, aber das taten auch viele bekömmliche und heilsame Pflanzen. „Man muss lernen, mit Gut und Böse zu leben."

Little Shoot litt immer noch unter der Berührung mit den Gifteichenzweigen, auch wenn das Jucken nachließ und das frische Quellwasser zu helfen schien. Viele Tage lang aßen sie nun schon die Bachforellen, hatten sie zerlegt, Kopf und Eier entnommen und das Fleisch getrocknet. Heute legte sie ein Stück Trockenfisch in einen Korb mit heißen Steinen, um eine Suppe zu kochen. Als die Flüssigkeit kochte, fügte sie ein Büschel getrockneter Prärielilien hinzu. Der ganze Stamm verbrachte einige Tage hier in den Bergen und sie würden gut zu essen haben.

Die Fischeier würden sie für den Winter aufheben, ebenso lange Streifen Trockenfisch. Die Fische waren längst nicht so groß wie die im Willamette River, aber durch ihre schiere Anzahl würde es für einen langen, nassen Winter reichen.

„Fühlst du dich wohl genug, um wieder fischen zu gehen?"

Little Shoot stöhnte. „Ich brauche noch Ruhe."

Sie war nicht sicher, ob er sie neckte, aber vielleicht hatten sie für heute auch genug erreicht. Sie machten sich auf Weg zurück ins Lager, wo etliche Familien aus Haselzweigen, Schilfmatten und Gräsern runde Zelte errichtet hatten. Die Frau wusste, dass jede Hand gebraucht würde, wenn sie die Lilienknollen, die sie ausgegraben hatten, haltbar machten oder die Samen zu Mehl zermahlten. Aber sie genoss auch die Zeit, die sie allein mit ihrem Enkel verbrachte und in denen er von ihr lernte und nicht von den anderen Jungen, die sich besser mit Kinderspielen auskannten als damit, sich etwas zu essen zu beschaffen, um zu überleben.

Als sie ins Lager kamen, schnüffelte ein Schwein auf der Lichtung herum. Sie hatte diese Tiere bereits auf der Missionsstation gesehen. Dieses hier musste irgendwo weiter weg ausgerissen sein. Es wühlte nach Eicheln und gehörte zu diesem Land. Little Shoot und ein paar andere Jungen scheuchten es durchs Lager.

„Ayee. Meinem Enkel geht es besser."

Die Frau machte sich daran, den Jungen zu zeigen, wie man aus jungen Schösslingen und Gräsern eine Umfriedung flocht. „Ihr werdet es hüten und die Umfriedung immer so verrücken, dass das Tier an Eicheln herankommt. Im Herbst wird es uns dann sein Fleisch schenken, wenn wir es so lange hier halten können."

Die Jungen sahen nicht beglückt aus. Little Shoot erzählte ihr später, dass die Jagd nach dem Schwein viel vergnüglicher gewesen war als das, was geschehen sollte, nachdem sie seiner habhaft geworden waren.

„Es ist gut, wenn du das jetzt lernst, und wenn du es klug anstellst, dann machst du auch das Hüten zu einem Erlebnis. Es gibt immer Gelegenheit, wieder neu zu lernen, wie man ein unerwartetes Geschenk gebührend würdigt."

16 Durchhalten

Die nächsten Wochen, in denen sie ohne Nancy an ihrer Seite weiter nach Westen zog, waren für Letitia schwerer. Hin und wieder überholten sie einen Wagen und dann bat sie Davey, ob sie sich mit Martha in den Wagen setzen konnte. „Damit die Kleine den Staub nicht in die Augen kriegt."

„Dauert doch nicht lang, 'nen Wagen zu überholen." Aber Davey stimmte zu, hielt die Ochsen für sie an, damit sie unter die schützenden Planen kriechen konnte, bevor sie anderen begegneten.

Wenn sie im Wagen saß, ersparte sie sich den schneidenden Schmerz, zu erleben, wie andere Frauen ihr ein Willkommenshallo zuriefen und dann abrupt aufhörten zu winken, wenn sie der Reisegefährtin ihr dunkles Gesicht zeigte. Eine weitere Frau mit schwarzer Hautfarbe musste sie auf all den Wagen, an denen sie vorbeigezogen waren, erst noch entdecken. Sie sehnte sich nach jemandem, mit dem sie ihre Mutterfreuden teilen konnte: Wie warm Martha an ihrer Brust lag, wie gut sie trank, sanft und genüsslich, niemals gierig, als wüsste sie, dass ihre Mutter diesem Kind mehr als genug zu geben hatte. Aber die anderen Frauen hatten sie links liegen gelassen.

Letitia fragte sich, ob sie wohl auch Nachbarn mit dunkler Haut haben würde, wenn sie erst einmal Oregon erreicht hatten. Das würde dann immer noch nicht bedeuten, dass man auch gut miteinander auskam. Würde sie überhaupt Nachbarn haben, die mit ihr sprechen würden?

Irgendwo östlich von Laramie zog Davey sich einen Husten zu, dazu kamen Halsschmerzen, die Letitia mit einem Kräutersud behandelte.

Der Sud wirkte und Davey sagte, er sei ihr dankbar. Sie lag neben ihm im Zelt; die kleine Martha in ihrem Arm krähte fröhlich und Davey streichelte Letitias Hüfte. Aber er hustete die ganze Nacht und vor dem Zelt bekundete Rothwell das Ausmaß seiner Besorgnis durch tiefes Schnarchen.

Neue Herausforderungen der Route verlangten den Siedlern viel ab. Einmal mussten sie eine lange Etappe von fünfzig Meilen ohne Wasser für Ochsen, Hunde und Menschen zurücklegen. Die Wegbeschreibung, aus der Davey vorgelesen hatte, hatte von dreißig Meilen gesprochen. Die wenigen hohen Wolken taten kaum etwas, um die Hitze zu mildern, und je mehr sie sich Fort Laramie näherten, umso spärlicher wurden die Bäume am Wegrand. Ein seltsam geformter hoher Felsgipfel schoss in einiger Entfernung vor ihnen aus dem Boden wie ein Riesenschlot und sie musste nicht fragen, wie er hieß. Davey hatte gesagt, sie würden nun bald den Chimney Rock zu sehen bekommen. Letitia wünschte, sie könnte dabei sein, wenn Martha Hawkins die Felssäule entdeckte. Das Kind würde große Augen machen vor Staunen.

Sie ertappte sich dabei, dass sie mit der kleinen Martha sprach, wie sie es mit Nancy getan hatte; sie hob sie hoch und erklärte ihr die Landschaft, plauderte über das Wetter oder über Daveys Gemurmel, wenn er die Ochsen anspannte. Selbst wenn sie Charity molk und das Baby sie mit großen Augen aus dem Körbchen neben ihr ansah, redete sie weiter. „Ich red viel mehr mit dir wie dein Daddy. Du hast sicher eher gewusst wie er, dass uns das Maismehl noch reicht. Aber Weizenmehl wird knapp." Über ein Kochrezept oder schwindende Vorräte konnte man mit einer Frau besser reden. Davey wischte jede Sorge, die sie äußerte, als belanglos vom Tisch oder erklärte ihr, wie er das Problem lösen würde. Es war ein Zug an ihm, der sie ärgerte wie ein zu enger Schuh. Man wollte ihn nicht ausziehen, aber man wünschte sich, er würde sich ein wenig weiten, damit man etwas bequemer darin laufen konne.

„In Laramie kaufen wir Weizenmehl."

„Und wenn's teuer ist? Oder 's gibt keins mehr?"

„Dann kaufen wir Mais. Dann machst du eben Maisbrot statt Weizenbrötchen. Ich werd's überleben." Er hob ihr Kinn sanft an und lächelte. „Du sorgst dich viel zu viel."

Manchmal wollte sie gar nicht, dass er sofort eine Lösung vorschlug, wenn sie äußerte, was sie bekümmerte. Sie wünschte sich einfach, jemand würde zuhören, wenn sie aussprach, was ihr durch den Kopf ging, ohne ihre Gedanken als unwichtig abzutun, weil der Hörer ihnen keinerlei Gewicht beimaß.

Federgeschmückte Tipis mit schwarzen Ornamenten auf den Zeltbahnen begrüßten sie, als sie sich dem Fort näherten. Die dreieckigen Gebilde umgaben die Lehmziegelbauten von Fort Laramie wie eine Armee aus spitzen Hüten. Davey und Letitia trafen mit der Abteilung von Captain Rigg im Fort ein, nachdem ihr Planwagen einem weiteren Hagelsturm nur mit einem gebrochenen Rad entkommen war. Während Davey sich auf die Suche nach dem Schmied machte, schlenderte Letitia über den weiten Innenhof zur Bäckerei und der Geruch von frisch gebackenen Mohnbrötchen ließ ihr das Wasser im Mund zusammenlaufen. Sie würden drei oder vier Tage hier verbringen und sie würde wieder rund werden wie in der Zeit der Schwangerschaft.

Ob die Hawkins' wohl während ihres Aufenthaltes hier eintreffen würden?

Der Bäcker zögerte kurz, bevor er ihr das gewünschte Brot reichte, musste dann aber beschlossen haben, dass ihr Geld ebenso gut war wie das jedes Weißen. „Solche wie dich sieht man hier nicht oft." Er reichte ihr das eingewickelte Brot.

„Was sieht man hier nich' oft? Mamas? Unser Camp ist voll davon."

Der Bäcker grinste. „Hab schon fast so was erwartet."

Sie würde das Einwickelpapier aufheben. Vielleicht würde Davey einen Brief für sie schreiben, den sie für die Hawkins' hinterlegen konnte. Nein, er hatte gesagt, mit dem Schreiben sei's bei ihm nicht so weit her. Und es gab sonst niemanden, den sie fragen konnte.

Später am Tag trug sie einen Korb mit Wäsche und ihr Waschbrett zum Laramie River hinunter. Die kleine Martha schmiegte sich in ihrem Tragtuch an ihre Brust. Während sie Daveys Hosen auf dem Waschbrett scheuerte und sich hin und wieder am rauen Blech die Knöchel aufriss, schnappte sie die Geschichten auf, die hier erzählt wurden. Wenigstens hatten sie keinen Ochsen verloren wie andere, deren Tier in Panik geraten war und sich den Hals gebrochen hatte.

Eine Frau erzählte von einem Tauschhandel mit Indianern um eine perlenbestickte Börse, die sie ihrer Mutter in Iowa schicken wollte. Letitia hatte gesehen, dass die Indianerfrauen ihre Babys auf einer Art Holzbrett oder Gestell auf dem Rücken trugen. Sie wollte versuchen, eine solche Trage zu bekommen. Aber was konnte sie im Tausch dafür anbieten? Vielleicht eins von Daveys Flanellhemden? Sie widmete sich wieder ihrer Wäsche, während sie weiteren Geschichten lauschte, in denen es um eine durchgegangene Rinderherde ging.

„Captain Barlow hat noch angeordnet, wir sollten die Deichseln zu Boden lassen, um sie aufzuhalten, aber es war bereits zu spät. Sie haben uns einfach überrannt", berichtete die Frau, die dem Ansturm entkommen war, den anderen Wäscherinnen.

„Ein Wunder, dass überhaupt jemand überlebt hat." Eine schlanke Frau breitete eine Schürze direkt am Wasser aus und begann sie zu bearbeiten. „Ich kann nur sagen, ich hätte mich nie auf den Weg gemacht. Aber dann wäre ich allein in Kentucky zurückgeblieben. Dieser Mann war einfach nicht davon abzubringen, im Westen zu siedeln."

„Wie ich gehört hab, gab's in einem Trupp die Masern", äußerte Letitia, die ihren ganzen Mut zusammennehmen musste, um sich am Gespräch zu beteiligen.

Wie auf Kommando drehten sich alle Frauen nach ihr um. Etliche runzelten die Stirn.

„Hab davon nichts gehört", erwiderte die Frau aus Kentucky.

„Erwähn so was besser erst gar nicht, Mädchen. Das hätte uns hier draußen gerade noch gefehlt."

„Kennt jemand ein gutes Rezept für getrocknete Johannisbeeren?"

Ein kühler Wind strich Letitia über das brennende Gesicht. Martha begann in ihrem Tragtuch zu schreien und die Frauen nahmen das Geplauder wieder auf. Die Stimmen drangen über das Wasser zu ihr. Über schlimme Dinge zu reden, die einem zustoßen konnten, und alle möglichen Sorgen in einen Korb zu werfen und mit sich herumzuschleppen, war vielleicht keine gute Idee. Während sie den Klagen der anderen Frauen lauschte, beschloss Letitia, dass sie besser dran war als viele von ihnen. Sie war aus eigener Entscheidung mit Davey losgezogen. Es war ihr eigener Entschluss, dass sie mit ihm ein neues Leben beginnen würde.

Sie breitete ihre nasse Wäsche über einige Büsche und beobachtete dann die glänzenden Sonnenflecken auf dem Wasser, die sich auf den Blättern im Buschwerk als heller immerwährender Dunst niederschlugen.

Die Frau aus Kentucky setzte sich den Korb mit nassen Kleidern auf die Hüfte, blieb dann kurz neben Letitia stehen und warf einen Blick auf Martha. „Sie ist hinreißend, deine Kleine. Mit diesen Wimpern wird sie mal einem Mann mit einem Augenaufschlag das Herz brechen."

„Ja, Ma'am, so wird's wohl sein." Letitia wischte ihrer Tochter ein wenig Spucke vom Kinn.

Die Frau ging weiter, aber in ihrem Kielwasser blieb ein Hauch von Vertrautheit zurück. Letitia würde diese Kräuselwellen auf dem Meer der Ungewissheit, in dem sie schwamm, zu schätzen wissen. Dass sie hier war, war schließlich ihre eigene Entscheidung, erinnerte sie sich selbst.

„Wir brechen morgen zusammen mit Captain English auf", verkündete Davey Letitia, die ein Fässchen verrückte, um das Waschbrett wieder dahinterzustellen. Er hoffte, sie würde seine Entscheidung nicht hinterfragen. „English hat nur 26 Wagen mit unserem und 300 Stück Vieh. Wir gehören immer noch zum Haupttreck von Tetherow, den Meek führt, aber wir werden schneller vorankommen. Mehl, Zucker, Salz, Tee und Kaffee hab ich eingekauft, außerdem noch Tabak. Und Blei. Es ist gut, wenn wir den anderen ein wenig voraus sind." Er knotete sich sein Halstuch um und hustete. „Dieser ekelhafte Staub. Der Zucker wird hier bald ausgehn und wer zuletzt ankommt, muss sicher doppelt so viel für ein Pfund Mehl zahlen wie ich mit meinen acht Cent."

„Gut gehandelt hast du." Sie hob den Deckel vom Mehlfass. „Tut gut, wieder aufgefüllte Vorräte zu sehn. Ich hab versucht, ein Hemd von dir gegen eine Trage für das Baby einzutauschen, wie die Indianer sie haben."

„Du warst im Indianerlager? Ach, dann hast du also da gesteckt. Ziemlich mutig." Er goss sich frischen Kaffee ein und der Duft zog durch die klare Morgenluft.

„War nur neugierig. Mrs Meek war dabei. Ihr Mann sagt, 's wär sicher. Sie spricht, wie wenn sie aus'm Norden ist."

„'s anzunehm'n, sie ist Französin."

„Vor einem Tipi stand eine Trage. Ich hab ihnen dein Hemd gezeigt. Aber die Frau hat den Kopf geschüttelt."

„Diese Tragen sind etwas Besonderes. Sie machen sie immer für ein ganz bestimmtes Kind. Sie wollten sich wohl nicht davon trennen."

Dann kam sie auf den Punkt zu sprechen, den er zu vermeiden gehofft hatte. „Können wir warten? Nur noch einen Tag? Auf die Hawkins'?"

„Tishi, schau mal." Wenn sie sich etwas in den Kopf gesetzt hatte, konnte sie so hartnäckig sein wie eine Stechmücke. „Wir dürfen keine Zeit verlieren."

„Wir sind gut in der Zeit. Hat Mr Meek gesagt."

„Letitia. Ich hab's so entschieden."

Aber am nächsten Morgen wachte Davey mit geschwollenen Augen, Halsschmerzen und einem quälenden Husten auf. Letitia ging mit ihm zum Spital im Fort.

„Masern?"

„Einen Jungen aus einem früheren Trupp haben wir schon begraben. Und in einem der letzten Trupps, die ankamen, gibt's auch Masernfälle", erklärte der Arzt. „Dein Master könnte ziemlich krank werden." Er nickte Letitia zu.

„Vielleicht können wir noch bleiben. Ich find raus, ob Nancy mit dem Trupp von gestern angekommen is'. Können Sie was tun?"

„Sehr wenig." Der Arzt wusch sich die Hände in einer Schüssel. „Kalte Bäder oder Umschläge, um das Fieber herunterzubringen. Halt das Baby von ihm fern. Wenn das geht. In drei oder vier Tagen wird er Pusteln entwickeln. Die jucken, aber er sollte nicht kratzen. Das verlängert die Krankheit. Ich würde empfehlen, dass ihr hierbleibt, bis das Fieber sinkt."

„Ja, Sir."

„Tishi, schau. Wir müssen weiter." Davey ließ sich von Letitia zurück zu ihrem Wagen helfen."

„Doktor Hawkins hilft dir, wenn wir warten."

„Wir warten nicht, Tish." Das Sprechen strengte ihn an. „Du wirst den Wagen lenken müssen. Die Treiber sind viel zu weit hinter uns. Es kann vielleicht drei Tage dauern, bis sie uns einholen. Ich will von hier weg. Und sag bloß kein Wort zu niemand von Masern."

„Wenn ich den Wagen lenk, kann ich mich um dich nich' kümmern."

„Es ist Ende Juni und bis zu Hause sind's nur noch 650 Meilen. Ich steh das durch. Vielleicht sind's gar nicht die Masern." Er atmete kurz und stoßweise. „Du lenkst."

„Du bist zu krank."

Er fluchte und Letitia zuckte zusammen.

„Tut mir leid."

Sie widersetzte sich ihm selten. Und vielleicht hatte sie ja recht. „Okay. Einen Tag. Aber mir gefällt dieser Aufschub ganz und gar nicht."

„Morgen früh geht's dir besser. Wer weiß, wozu's gut is'."

Er wusste, sie meinte, dass die Hawkins' oder die Treiber mit dem Vieh sie einholen würden. Also schön. „Wir warten nur deshalb, weil der Tag eh schon fast rum ist."

Letitia machte es Davey im Wagen bequem. Am Morgen brachte sie ihm eine dünne Suppe, die er aß, während sie die Ochsen anspannte. Sie tat es allein, aber die Anstrengung pochte in ihren Schläfen. Dies würde keine einfache Reise werden und die Wahrheit war, sie war sich durchaus nicht sicher, dass sie mit dem Fuhrwerk zurechtkam. Sie war nicht sehr kräftig und dann war da noch Martha, die gestillt werden musste, und wenn sie schrie, auch gewiegt. Ihr Puls ging schneller, wenn sie an die Geschichten von durchgehendem Vieh dachte oder an die Befehle der Captains, rasch einen Wagenring zu bilden. Sie hatte so gehofft, dass die Hawkins' sie einholen würden. Alles schien leichter zu ertragen, wenn man die Probleme mit jemandem teilen konnte, selbst wenn die Schwierigkeiten dadurch nicht kleiner wurden.

„Dank dir.“

Letitia wandte sich auf den Knien um und stellte die Suppenschale weg.

Er stützte sich auf die Ellbogen. „Sieh mal, wer da kommt.“

Letitia drehte sich um. „Nancy?“

Aber anstelle von Nancy waren es ein Indianermädchen und Meek, der Treckführer, die sich dem Wagen näherten.

„’s hat auch Vorteile, wenn man ’ne dunkle Haut hat. In solch ’ner Menge ist man leicht zu finden“, sagte Meek. „Kommen Sie, Mrs Carson. Wollte mich bedanken, dass Sie mit meiner Elizabeth unterwegs war’n. Missus Meek. Fühlt sich einsam hier draußen. Braucht Frauensvolk zum Reden.“

Letitia kletterte aus dem Wagen und sah sich einem Indianermädchen gegenüber, dessen Augen vom Weinen gerötet waren. Das Mädchen war jung; es war nicht die ältere Frau, die gestern die Trage nicht hatte eintauschen wollen.

„Ich hol grad das Hemd.“

Meek hob die Hand, um Letitia aufzuhalten. „Kein Tausch. Sie will, dass Sie es nehmen. Als Geschenk. Sie ist eine Arapaho. Ein großzügiger Stamm.“

Das Mädchen hielt Letitia die Trage hin. „Nehmen.“

„Sie möchte Ihnen die Trage schenken, fürs Kindchen, für Ihre Kleine. Kam ins Fort, um Sie zu suchen. Hat das halbe Camp in Angst und Schrecken versetzt.“

„Aber die Trage is’ für ihr Baby?“

„War für ihr Baby.“

„Ich geb was dafür.“

„Sie geben was, wenn Sie das Geschenk annehmen“, sagte Meek. „Und dann sind Sie dran mit dem Geben. Vielleicht geben Sie nicht grad das Waschbrett da drüben, sondern was andres, was Wert hat. So macht man das hier. Ihr Baby ist gestorben und nun verschenkt sie alles, damit die Seele des Kindchens ungestört in die Welt der Geister reisen kann, ohne dass etwas sie hier zurückhält. Seh’n Sie, es ist Wildrosenholz. Im Kissen steckt Moos. Und unter dem kleinen Babypo auch.“ Er befingerte den grünlichen Flaum, der unter dem weichen Leder hervorquoll, das ihn umschloss. „Wir brechen dann sofort auf. Nehmen Sie's nun?"

„Ja, Sir." Sie drückte die Trage an die Brust und wollte die Frau berühren, um ihr spürbar zu danken. Dann streckte sie einen Arm aus und das Mädchen ließ sich in diese einarmige Umarmung hineinziehen. Es war größer als Letitia, lehnte sich aber an sie an. Letitia spürte ihre Trauer, die nicht anders war als ihre eigene, als der kleine Nathan gestorben war, oder Nancys Kummer über Laura. Umsorgen und Risse heilen, das geschah durch Fäden aus vielen Farben.

Letitia stellte fest, dass sie in der Lage war, das schwere Zugjoch für die Ochsen zu heben, um es am Wagen festzuschirren, und die Zügel entsprechend an den Ringen zu befestigen. Die Handgriffe waren ihr fremd und sie waren anstrengend, aber sie schaffte es und der Erfolg freute sie. Mit einem Schlag mit dem Zügel und einem lauten: „Los, A, los, B" konnte sie das Gespann in Gang setzen und die Tiere fielen in ihren Trott. Manchmal sprang sie vom Wagen und lief neben den Tieren mit, die stur dem Wagen vor ihnen folgten. Der Sitz auf dem Kutschbock bekam Letitias Rücken nicht gut, obwohl die Sonne ihn angenehm wärmte. Sie hatte nicht erwartet, dass es so unangenehm war, wenn man lange Stunden auf dem Kutschbock verbringen musste. Davey stieg in ihrer Achtung, weil er diesen Teil der Unannehmlichkeiten der Reise übernommen hatte.

Wenn sie das Baby viel draußen an der frischen Luft trug, wuchsen die Chancen, dass es sich nicht bei Davey anstecken würde. Aber wenn Davey sich die Masern geholt hatte, indem er einfach mit dem Treck zog, dann konnte sie sich auch anstecken und Martha ebenfalls. Sie wunderte sich, dass es nicht schon längst passiert war. Sie strich Davey über die heiße Stirn. Man sah noch keine Pusteln. Vielleicht waren es doch nicht die Masern. Sie betete, dass es so sein möge.

„Jetzt ganz sachte." Davey stöhnte im Wagen.

Sachte? Auf diesem felsigen, unebenen Weg? Das ging selbst auf einer gepflasterten Straße kaum. Jeder kleine Ruck musste ihm wehtun.

Aber sie konnte nichts dagegen tun, wenn sie nicht anhalten wollte. Sie würde langsamer gehen und sich überholen lassen. Davey wollte weiterkommen, aber sie bezweifelte, dass er sich beschweren würde, wenn es heute etwas langsamer voranging. Solange die Ochsen mitspielten, würden sie bei dem Trupp bleiben, den er ausgewählt hatte, wenn auch am hinteren Ende der Kolonne.

Am dritten Morgen tauchte G. B. Smith auf. „Du kannst wohl 'ne zusätzliche Hand gebrauchen."

Irgendwie waren sie am Abend ausgerechnet hinter seinen Wagen geraten. G. B. trug die Weste zugeknöpft, als sei er auf dem Weg in einen Spielsalon. Sie hatte ihn nicht kommen hören, da er nicht auf seinem stattlichen Pferd saß. Rothwell tauchte unter dem Wagen auf und bellte. *Ein bisschen spät.* G. B. stieß mit dem Stiefel nach dem Hund und das Tier trollte sich unter den Wagen zurück, wo es den schweren Kopf auf die Pfote legte, den Mann aber genau beäugte, die Ohren flach zurückgelegt. Ein leises Knurren war zu hören.

„Ich komm zurecht." Ja, sie konnte eine zusätzliche Hand gebrauchen, vor allem für das schwere Joch. Aber bestimmt nicht seine. Das Melken morgens und abends und alles, was sonst noch zu tun war, erschöpfte sie. Selbst dass sie die Milch gegen Treibmittel und Eier zum Backen eintauschen konnte, versüßte ihr die Mühe nicht. Wenigstens ließen sich die Frauen auf solch einen Tauschhandel mit ihr ein, wenn sie sie schon nicht in ihre Gespräche einbezogen. Sie wusch Davey kalt ab, wenn das Fieber stieg; sie kochte ihm Fleischbrühe. Sie selbst musste auch essen und bei Kräften bleiben, schon wegen Martha, aber allein eine Mahlzeit aus getrocknetem Büffelfleisch und Zwieback zuzubereiten, forderte ihre ganze Kraft.

„Sei nicht dumm. Ich seh doch, dass du Schwierigkeiten hast. Carson!" Er rief es in Richtung Wagen.

Davey tauchte aus dem Wagen auf, immer noch fiebrig, aber ohne Pusteln. Allmählich glaubte sie, der Arzt im Fort hatte sich geirrt.

„Ich bin's höchstselbst."

„Ihr *Mädchen* hier lehnt meine Hilfe ab." Das Wort *Mädchen* schien ihm auf der Zunge zu brennen wie Gift. „Sagen Sie ihr, sie soll sich helfen lassen."

„Tish, lass ihn helfen."

„Na also, was? Dein *Arbeitgeber* möchte, dass du ein kluges Mädchen bist. Du kannst es mir später mal bezahlen." Er hob eine Augenbraue und trat dann so nah neben sie, dass sie seine Zahncreme riechen konnte.

„Ich schaff's allein. So hab ich's unterschrieben."

„Ach ja, ich erinnere mich. Als Carsons zweiter Fahrer. Und für wer weiß was noch."

„Tish, lass ihn helfen."

Hochmut kommt vor dem Fall. Sie konnte wählen: Wollte sie recht haben oder glücklich sein?

Gemeinsam hoben sie das schwere Joch, das sie in den letzten Tagen auch allein bewältigt hatte. Sie sah G. B. nicht einmal an. Sie achtete darauf, dass ihre Hand die seine nie berührte, obwohl er immer wieder näher an sie herankam als nötig. Er versuchte nicht, sie anzufassen. Vielleicht lag ihm wirklich nur daran, dass die Kolonne aufbrechen konnte.

„Das hätten wir." Er tippte sich an den Hut, als wäre sie eine Lady. „Hat mich gefreut, dass ich helfen konnte, Carson." Er schlenderte davon. Zurück blieb die Witterung von Gefahr.

Als Davey sich später am Tag einen Kuchen wünschte, wusste sie, dass die kritische Phase seiner Krankheit überstanden war. Am nächsten Morgen knetete sie den Teig auf dem glatten Sitz, füllte ihn mit den Johannisbeeren, die sie am Abend zuvor gesammelt hatte. Ein Ei hatte sie gegen eine Tasse von den Beeren getauscht. Dann legte sie die abschließende Teigplatte auf und übergab das Ganze ihrem Ofen, damit der Kuchen garen konnte, während sie weiterzogen. Zumindest musste es Davey besser gehen, wenn er Hunger auf Kuchen hatte.

Sie näherten sich jetzt dem Independence Rock und Davey sagte, der Felsen erinnere ihn an einen Wal, den er mal auf einem Bild gesehen hatte. In die Felswand eingeritzt waren lange Namenslisten von Einwanderern, die hier vorbeigezogen waren. Letitia war neugierig, ob sie wohl Sarah Bowmans Namen aus dem Jahr 1844 entdeckt hätte oder den von Polly Holmes. Hatte Polly ihren eigenen Platz erkämpft oder hoffte sie wie Letitia, einmal dazuzugehören, wenn sie sich unauffällig verhielt und anpasste? Aber sie war zu müde, um auf den Felsen zu klettern. Außerdem hätte sie ohnehin nichts lesen können.

Sie stand da und wartete darauf, dass Davey den Felsen ersteigen würde. Jemand stimmte „America the Beautiful" an, andere fielen ein und die Stimmen hallten über die Prärie und klangen den Siedlern noch in den Ohren, als sie wieder auf die Fuhrwerke stiegen oder ihren Weg zu Fuß fortsetzten.

Der nächste Gesang brach geradezu aus Letitia heraus: „I want Jesus to walk with me." Bald stimmten andere mit ein und Letitia spürte, wie sich eine Wärme in ihr ausbreitete. Sie rührte ebenso sehr von den Gebetsworten des Gesangs als von dem tröstlichen Gefühl her, dass sie zu der Gemeinschaft gehörte, die in diesem Treck unterwegs war.

Ohne Letitia an ihrer Seite war es nicht mehr dasselbe, stellte Nancy fest. Sicher, sie hatte ihre Schwester und ihre Mutter und genoss es, auch mit Frauen zu plaudern, die aus Gegenden kamen, die sie selbst nie gesehen hatte. Aber mit Letitia war alles so ungezwungen gewesen. Sie konnten stundenlang nebeneinander herlaufen, ohne zu reden; ein andermal wieder wollte das Geplauder gar nicht abreißen, während sie zusammen eine Mahlzeit zubereiteten. Wenn sie und Letitia allein waren, lachte Letitia öfter und sprach bereitwilliger und weniger scheu aus, was sie dachte, als wenn die ganze Hawkins-Großfamilie zusammen war. Einmal hatte sie sogar angefangen zu singen. Die tiefe, klare Stimme hatte Nancy seltsam getröstet. Mit Letitia hatte sie sich weniger allein gefühlt, weil sie wusste, dass auch die Freundin ein Kind verloren hatte. Aber jetzt war sie wieder allein.

Mit Zach sprach sie nicht über Laura. Er glaubte, sie habe die Sache „hinter sich gelassen". Denn das musste sie, wie ihre Schwiegermutter nicht müde wurde zu betonen. Aber sie konnte ihr Herz nicht „hinter sich lassen" und dort hatte Laura für immer einen Platz.

„Glaubst du, wir treffen die Carsons noch mal?", fragte sie Zach an diesem Abend. Mary Ann war inzwischen dafür zuständig, unter Nancys Anleitung das Abendessen zu machen. Nancys Zeit gehörte vor allem Martha. Das Kind hatte mehr abgenommen als die anderen und stocherte selbst dann im Essen herum, wenn es frisches Büffelfleisch gab. Sie hätte das Kind mit den Carsons mitschicken sollen. Dann hätte sie auch sicher sein können, dass man sich wiedersehen würde. Und Martha hätte sich um ihre kleine Namensschwester kümmern können und die Verantwortung hätte vielleicht ihr Selbstvertrauen zurückgebracht.

„Vielleicht mal in Oregon. Carson hat davon gesprochen, dass er irgendwo südlich von Oregon City siedeln will. Aber wie er gehört hat, sei ein Großteil des guten Landes bereits von französischen Kanadiern mit ihren indianischen Frauen besetzt."

„Vielleicht haben sie uns ja in Fort Laramie eine Nachricht hinterlassen. Oder in Fort Hall. Das waren doch die Hauptrastpunkte, oder?"

„Ja, du hast recht. Vielleicht hören wir auch unterwegs mal was von ihnen. Manchmal haben die Trapper ja Neuigkeiten für die Siedler. Aber sicher nicht für uns."

Die Enttäuschung darüber, dass sie nichts von den Carsons hörte, war fast so bitter wie die Gedanken an Laura, die sie schmerzhaft überfielen, wenn sie es am wenigsten erwartete. Wie gern hätte sie Trost in der Zukunft gefunden, selbst wenn Laura darin nur noch eine Erinnerung sein würde.

Aber vor allem: Wenn Letitia noch neben ihr gehen würde, hätte Nancy jemanden, dem sie ihr Geheimnis anvertrauen konnte: Sie glaubte, dass sie wieder ein Kind unter dem Herzen trug. Ihre Gefühle glichen einem Schiff auf dem Meer. Manchmal gab die Hoffnung ihr Rückenwind und bescherte ihr eine ruhige See. An anderen Tagen quälten sie Schuldgefühle, dass sie wieder Freude empfand, während ihre Familie noch litt, und schleuderten ihr Lebensschiff auf rauer See hin und her. Sie wollte nicht, dass Zach sie weinen hörte. Sie wünschte, sie könnte Letitia bitten, ihr wieder einmal zu versichern, dass ein Tag kommen würde, an dem der Schmerz vorbei war.

17 Was wirklich zählt

Den 4. Juli feierte der Trupp unter Captain English, dem Davey sich angeschlossen hatte, mit Feuerwerk und Gewehrsalven. *Für Feuerwerk hatten die Männer Platz auf den Fuhrwerken gefunden. Aber die Frauen mussten ihr bestes Geschirr zurücklassen.* Letitia konnte diese Gedanken mit niemandem teilen, nicht einmal mit Missus Meek, die inzwischen neben ihrem Mann auf dem Pferd ritt. Sie überquerten Bäche und Ströme und zogen durch rote Felsformationen, wo kleine Wälder Schatten und Schutz boten, wenn sie für sich allein „das Notwendige" verrichtete. Etliche Reisende litten unter Fieber und Knochenschmerzen und Letitia befürchtete, dass es diesmal wirklich die Masern waren. Aber es musste wohl doch das Fieber sein, von dem Davey sich inzwischen gut erholt hatte.

„Denguefieber", hörte sie Captain English zu Davey sagen. „Wir bleiben ein paar Tage hier, ich hoffe, das entspannt die Lage."

Ein paar Tage, in denen die Hawkins' sie einholen könnten.

„Würdest du bitte kommen und meiner Mutter helfen?" Ein Junge mit Sommersprossen so groß wie Pfefferkörner tauchte neben dem Wagen auf. „Der Captain sagt, du bringst Babys zur Welt. Meine Ma schickt mich."

„Ja, ich komm. Hol nur meine Sachen." Sie huschte zurück in den Wagen und griff nach dem Korb mit Nadeln, Faden und Lavendelkerzen. Den Kerzenhalter ließ sie im Maisfässchen, in dem sie ihn versteckt hatte. Dann nahm sie Martha in der Trage auf den Rücken. „Ich bin so weit. Welcher Wagen?"

Der Junge wies in eine Richtung und sie eilte ihm voran.

„Missus, da bin ich. Wie weit sind Sie schon?"

„Oh, Gott sei Dank, Bennie hat dich gefunden. Oooooh."

Letitia ließ ihre Blicke durch den Wagen streifen, sah, dass saubere Tücher bereitlagen und eine Blechschüssel mit Wasser neben dem schmalen Lager stand. „Seit wann haben Sie Wehen?"

„Seit drei Stunden. Jetzt kommen sie rascher. Oooooh."

„Der Herr schenkt Ihnen das Baby, Missus. 's wird Ihnen an nichts fehlen. Wir schaffen das zusammen." Dann begann sie mit ihrer Arbeit.

Während die Wehen andauerten, wimmerte Martha und Letitia redete leise mit dem Kind und sagte der Kleinen, sie müsse jetzt warten. Eine gute Hebamme kümmerte sich um die Mutter und stärkte ihre Zuversicht, dass sie dieses Kind zur Welt bringen konnte; da mussten die Belange der eigenen Familie zurückstehen. Es dauerte nicht lange und Martha war eingeschlafen.

Letitia hatte Bennie angewiesen, die Kerze anzuzünden und in einen Kupferhalter zu stecken. Sie war bereits halb heruntergebrannt und erfüllte den Wagen mit einem süßen Duft. Sie schickte den Jungen zu Davey, um ihm zu sagen, dass er für sein Abendessen selbst sorgen musste. „Und deinem Papa kannst du das auch sagen. Und dass er für dich auch was machen soll." Die Wehen hatten nachgelassen und Letitia versicherte Ava, so hieß die Gebärende, dass das ganz normal war. „Geht es gut, kommen die Wehen rasch. Dann lassen sie nach, das ist normal. Dann kommen sie wieder rascher. Sie wissen's doch." Sie summte eine kleine beruhigende Melodie.

„Schön, die Melodie."

„Ja. Babymusik."

Ein kräftiger Junge erblickte zum Krähen eines Hahns aus einem benachbarten Wagen das Licht der Welt. Ava Rinehart legte das gewindelte Kind an die Brust und strich mit dem Finger sanft über die rosigen Wangen. Sie sah Letitia an. „Ich weiß deinen Namen nicht."

„Letitia Carson. Das ist Martha." Sie hatte das Baby inzwischen aus der Trage genommen und trug es auf dem Arm.

„Du hast eine schöne Trage für sie."

„Ein Geschenk."

„Für deine Hilfe bei einer Geburt?"

„Nein, Ma'am. Um einen Kummer zu lindern."

„Nun, jedenfalls ist sie wirklich schön. Mein Mann zahlt deinem Besitzer etwas für die Entbindung von meinem Andrew hier."

„Wenn er das tun will, kann er's mir zahlen. Ich bin frei. Ich kann's annehmen."

„Oh, ich wusste nicht … es tut mir leid. Natürlich. Dein Mann? Nun ja. Du meine Güte."

Der nächste Vorfall, der Letitias und Daveys Trupp aufhielt, ereignete sich Mitte Juli am North Platte River. Pawnee-Indianer hatten etliche Pferde gestohlen und die Männer beschlossen, nach den Tieren zu suchen. Die Frauen nutzten die Gelegenheit, im strömenden Wasser des Flusses Wäsche zu waschen. Inzwischen hatte eine andere Gruppe einen Bären aufgestöbert. Letitia hielt es für sicher, dass sie einen oder auch zwei Tage hier lagern und auf die Rückkehr des Suchtrupps warten oder vielleicht auch Bärenfleisch haltbar machen würden. Sie nutzte die Zeit, frisches Gras als Polster für die Trage zu schneiden, und dankte Gott für ihr gesundes Baby, das fröhlich vor sich hin gluckste, während sie arbeitete.

Außerdem war es ein guter Zeitpunkt, um Brötchen zu backen. Die Luft war klar und das Plätschern von strömendem Wasser belebte Letitia. Sie sang Martha Kinderlieder vor, während sie den Deckel vom Mehlfässchen nahm. Er kam ihr schwerer vor als früher. Vielleicht wurde sie ja nicht stärker, sondern schwächer, weil sie Davey beim Joch für die Ochsen half und Meilen zu Fuß zurücklegte. Vielleicht aß sie auch nicht genug. Ihre Kleider waren ihr deutlich zu weit. Zum Glück konnte sie die Schürze darüber passend binden.

Martha sah ihre Mutter aus großen braunen Augen an, strampelte vergnügt und lächelte sie an. Letitia war sich sicher, dass es ein Lächeln war und nicht irgendein Unwohlsein. Die Kleine hatte Daveys schmalen Mund und ihre eigene schmale Nase. Martha liebte ihre Trage und beruhigte sich immer sofort, kaum dass Letitia die weichen Lederriemen über das frisch gewickelte Kind zog. Jetzt lehnte die Trage an einem Wagenrad und Martha sah Letitia beim Kochen zu. So konnte Letitia sie auch mal einen Moment aus den Augen lassen, ohne befürchten zu müssen, das Baby würde umstürzen. Das würde auch nützlich sein, wenn sie wieder einmal zu einer Entbindung gerufen wurde.

Sie hob den Messbecher und maß Mehl ab. Als der Teig fertig war, schob sie die Brötchen in den Ofen, den sie ans Flussufer gestellt hatte, wo ein leichter Wind ging, der die Glut anfachen würde. Sie nahm Martha aus der Trage, stillte sie, ließ sie ihr Bäuerchen machen, wobei der Kleinen schon die Augen zufielen. Sie setzte sie zurück in die Trage, wo Martha sofort einschlief. Letitia öffnete ihr Nähkästchen, um an ein paar Flicken zum Quilten zu arbeiten. Von etwas weiter weg klang das Geplauder der anderen Frauen herüber. Es wäre schön, ein paar Minuten mit Freundinnen zu verbringen. Vielleicht würde Ava ja auch außerhalb des geschützten Raums einer Geburt ein paar Worte mit ihr wechseln?

Sie kletterte in den Wagen, um mehr rotes Garn zu holen. Als ihr Blick auf das Mehlfass fiel, erstarrte sie. Hatte der eiserne Fassring schon immer einen Rostfleck gehabt? Sie hatten doch kaum feuchtes Wetter gehabt. Vielleicht hatte Davey das Fass ja gedreht, als er Mehl nachgekauft hatte. Sie sah kurz nach Martha, dann hob sie den Deckel vom Fass, streckte ihre Hand hinein und suchte nach der Rolle, die ihre Papiere enthielt.

Nichts.

Sie steckte nun beide Hände tief ins Mehl, dass es bis zu ihren Ellbogen hochstaubte. *Nichts.* Hatte sie die Papiere vielleicht im Reis versteckt? Sie durchforstete auch dieses Fass, ließ die Reiskörner durch die Finger rinnen. Staub und Reisduft kitzelten ihr in der Nase. *Ganz ruhig.* Hatte sie ein anderes Versteck gefunden? Sie untersuchte das Maisfass, ertastete den Kerzenleuchter darin, aber nichts sonst. Sie hatte die Papierrolle doch immer im Mehl versteckt, oder nicht? Also noch einmal das Mehlfass. Wann hatte sie die Papiere zum letzten Mal angeschaut? Lange vor Fort Laramie. Konnte Davey sie woandershin gelegt haben? Aber wusste er überhaupt, dass sie ihre Papiere im Mehlfass versteckte? Wenn er sie herausgenommen hätte, hätte er es ihr ganz bestimmt gesagt. Wenn er daran gedacht hätte. Hatte er sie herausgenommen, als er das Fass in Fort Laramie neu befüllt hatte? Sie nagte an der Unterlippe. Ihre Hände waren feucht und sie rieb sie an der Schürze trocken. *Freiheit.* Ihre Freiheit und ihre Sicherheit. Weg.

Sie sprang vom Wagen. Wo steckte Davey? Er hatte gesagt, er wollte mit ein paar Männern einen Bären jagen. Sie sah nach den Brötchen im Ofen. Lief auf und ab. Nahm Martha in den Arm. Konnte sich auf ihre Handarbeit nicht konzentrieren. Wo konnten die Papiere sein? Davey verstand mehr als jeder andere Mensch, was die Dokumente ihr bedeuteten. Konnte jemand sie gestohlen haben? Aber außer ihr und Davey wusste ja niemand, dass es sie gab. *Schenk mir Frieden. Schenk mir Frieden.*

Es war schon dämmrig, als die Männer zurückkamen. Sie brachten zwar nicht alle vermissten Pferde, dafür aber einen erlegten Bären mit.

Davey sattelte Fergus ab und begann, das Tier abzureiben. Sie konnte nicht länger warten; sie trat zu ihm. „Hast du … meine Papiere … sie sind weg." Sie redete leise, damit andere sie nicht hörten.

„Was? Deine Papiere?" Daveys Stirn legte sich in Falten.

„Meine Freiheitspapiere. Dein Versprechen." Sie bemühte sich, nicht in Panik zu geraten, aber ihr war eng ums Herz. Ihre Wangen glühten.

„Ach, die. Die hab ich nicht mehr gesehn, seit du sie in der Blechbüchse hinter den Dachbalken versteckt hattest."

„Ich hab sie … in Stoff eingewickelt und im Mehlfass versteckt."

„Ich hab sie nicht rausgenommen." Aber dann trat ein abwesender Ausdruck in seine Augen. Er hörte auf, das Pferd abzureiben. „Im Mehlfass?" Jetzt rieb er Fergus wieder, kräftiger. „Dort hast du sie aufbewahrt?"

Letitia nickte. „Ganz unten. Als das Mehl fast alle war, guckte nur die Spitze schon raus. War'n aber wieder ganz versteckt, als du's wieder aufgefüllt hast."

„Als ich's wieder aufgefüllt hab. Sicher. Hab ich gemacht." Er räusperte sich und drehte sich zu ihr um. Rieb immer noch das Pferd ab.

„Wo sind sie?"

„Oh, Tish, was für ein Unglück!" Er sprach zum Pferd, räusperte sich wieder. „Siehst du, ich … ich hab unser Fass nicht aufgefüllt. Ich hab's gegen ein volles eingetauscht."

„Es is' nicht mehr unser Fass?"

„Ich hab's nicht gewusst, Tish. Ich hab's wirklich nicht gewusst." Sie wich stolpernd zurück. Sie bekam keine Luft. Blut pulsierte in ihren Schläfen. Sie stützte den Kopf in die Hand. Martha in ihrer Trage auf dem Kutschbock wurde unruhig. „Meine Papiere!“ Ein gequälter Klagelaut kam aus ihrem Mund.

„Tishi, hör mir zu. Es wird alles gut.“ Davey streckte die Arme nach ihr aus. „In Oregon brauchst du doch diese Papiere nicht mehr. Das ist ein freier Staat oder wird’s zumindest bald sein, das sagen alle. Niemand wird danach fragen. Ich werd für dich einstehn.“

Ihre Gedanken wirbelten durcheinander, suchten fieberhaft nach einer Lösung. Konnte sie zurückgehen? Nein. Hatten die Hawkins’ Laramie bereits verlassen? Ja. Selbst wenn sie ihnen irgendwie eine Nachricht zukommen lassen könnte, dass sie nach den Papieren fragen sollten, wären die sicher bereits weggeworfen oder standen nun irgendwo in einem fremden Wagen. Sie konzentrierte sich plötzlich auf Daveys letzte Worte und dann stellte sie ihre Frage klar und deutlich: „Schreibst du ein neues Papier? Dass dein Besitz an deine Familie geht, wenn dir was passiert?“ Es hatte Wochen gebraucht, bis er Doktor Hawkins endlich darum gebeten hatte, das Schriftstück aufzusetzen. Aber er konnte es noch einmal tun. Sie konnte ihn dazu bringen. Ja, sicher. Aber jemanden, der ihr ihre Freiheit bescheinigen konnte, gab es nicht. Niemanden.

„Sicher, das tu ich. Ich suche jemand, der’s für mich aufschreibt. Aber du wirst so was nicht brauchen. Oregon ist nicht Kentucky und auch nicht Missouri. Patrouillen gibt’s da nicht. Du bist in Sicherheit. Dafür sorg ich.“

In Oregon würde die Situation nicht anders sein als während des Trecks: Es würde Menschen wie die Hawkins’ geben, die Neger als freie Menschen akzeptierten, aber auch Menschen wie Greenberry Smith, der das nicht tat. Sie hatte während des Trecks nicht gerade viel Verständnis für ihre Hautfarbe erfahren, und falls Davey etwas zustoßen würde, wusste sie nicht, wer ihr glauben würde, wenn sie ihre Freiheit beteuerte. Die Bowmans würden sich erinnern, dass sie Papiere besaß, die ihre Freiheit bescheinigten. Doktor Hawkins hatte eine Vereinbarung verfasst. Sie würde sie alle in Oregon erst einmal finden müssen, falls jemand Fragen stellte und Davey krank wurde und … den Gedanken, dass er sterben könnte, gestattete sie sich nicht.

Ihr Magen fühlte sich an wie ein heißer Stein. Sie konnte ihm nicht zürnen. Er hatte es nicht gewusst. Sie war im Indianerdorf gewesen, als er das Fass austauschte. Warum war sie nicht dabeigeblieben und hatte sich selbst um die neuen Vorräte gekümmert? Sie hätte es besser wissen müssen, hätte es ihm sagen müssen. Sie besaß keine Papiere. Angst kroch ihr den Rücken empor wie eine Schlange, die sie zu ersticken drohte.

„Ab jetzt wird's ernst", sagte Zach Hawkins zu Nancy. „Wir sind bald in den Bergen. Bisher waren die Steigungen nur mäßig, aber es wird schwieriger." Sie standen oben auf dem Independence Rock und betrachteten den Sonnenuntergang über dem Sweetwater River. Sie hatten den Felsen gemeinsam erklommen. Nancys Schwester beaufsichtigte das Baby und die kleineren Kinder und so konnten die beiden auf dem abgerundeten Felsen stehen und den Ausblick auf die trockene Prärie genießen. Ein heißer Wind trug Gesprächsfetzen von anderen herüber, die ebenfalls auf den Felsen gestiegen waren. Manche kratzten mit dem Messer ihren Namen in den Fels.

„So leid es mir tut, aber wir müssen das Gewicht auf den Wagen verringern. Die Ochsen sind allmählich erschöpft. Und es wird für sie nicht leichter werden."

„Gewicht verringern? Also Sachen zurücklassen?"

Zach nickte. Sie wandte sich zu ihm um.

„Haben wir noch nicht genug zurückgelassen?" Ihre Gedanken waren bei Laura und dem einsamen Kreuz, dass Zach am Flussufer aufgestellt hatte. Warum verdarb er diesen Augenblick, in dem solche Schönheit vor ihnen lag, indem er von noch mehr Verzicht sprach? „Ich will jetzt nicht darüber nachdenken."

„Es muss aber sein, Nancy."

„Ich weiß, dass es sein muss. Ich werde es auch tun. Tue ich das nicht immer?" Sie wandte sich ab, wollte ihn nicht ansehen, weil sie fürchtete, dann würde es nicht bei Vorwürfen darüber bleiben, dass sie ihre persönlichen Dinge aufgeben sollte. Sie gab sich inzwischen nicht mehr selbst die Schuld an Lauras Tod, sie gab sie ihm – weil er sie überhaupt auf diese Reise in den Westen geführt hatte, weil er nicht wie früher zu Hause da war, um zu helfen, weil er begeistert und hoffnungsvoll in die Zukunft blickte, während sie in der Vergangenheit gefangen war.

„Ich sage es nicht gern, aber der Quiltrahmen gehört sicher nicht zum Notwendigsten."

„Wenn du es nicht gern sagst, dann sag es eben nicht."

„Nancy."

Sie schüttelte die Hand ab, die er ihr auf die Schulter legte, und verschränkte die Arme vor der Brust.

Von hier oben auf dem Felsen erschien ihr die Welt so weit, wie ein riesiger Quilt, bestickt mit dem Blau des Sweetwater River und dem Grün der Ufer, das sich wie eine Zierkante dagegen abhob. Friedvoll und tröstlich war dieser Anblick. Und doch hatten sie auf dem Weg durch diese Idylle ein Kind verloren – und vielleicht auch einander. Nancy zupfte am Band ihrer Haube, zog es dann auf und ließ die langen Flechten im warmen Wind flattern.

„Wir müssen ihn noch nicht hier zurücklassen", sagte Zach. „Aber ich wollte, dass du dich an den Gedanken gewöhnen kannst, dass der Quiltrahmen zurückbleibt."

„Und dein Amboss? Der wiegt dreimal so viel wie der Rahmen. Lässt du den auch zurück?"

„Ein Mann braucht einen Amboss. Um Reparaturen zu machen oder neue Geräte zu fertigen, wenn wir in Oregon sind."

„Und eine Frau braucht einen Quiltrahmen. Gute, solide Eiche. Die finden wir in Oregon vielleicht nicht wieder und was mache ich dann? Ich kenne keine andere Frau, die ihren Quiltrahmen mitgenommen hat, noch dazu einen, den ihr Ehemann eigens für sie gemacht hat und der dann als Material dienen musste, um ein Grab zu bezeichnen." Sie funkelte ihn an. „Ambosse sind bestimmt zu Hunderten unterwegs in den Westen."

„Das beweist es ja: Quiltrahmen sind nicht notwendig. Ambosse schon."

„Du kannst dir einen leihen. Aber wer borgt mir einen Quiltrahmen?"

„Nancy …"

Nancys Magen befand sich im Aufruhr. Sie hatte ihm noch nichts von dem neuen Baby gesagt, das sie trug. Sie war noch nicht bereit, Zach noch glücklicher zu sehen. Sie neidete es ihm, dass er Trost gefunden hatte, sie aber noch lange nicht. *Was für ein Mensch ist nur aus mir geworden?*

„Du bist dir in allem so sicher", sagte sie.

„Ein Mann muss sich seiner Sache sicher sein, Nancy. Nur so kann ich auch die schweren Zeiten bewältigen. Ich glaube, wir sind aus einem guten Grund hier und der liegt darin, ein neues Leben anzufangen und eine Zukunft für meine Familie aufzubauen – unsere Familie. Ich dachte, du wolltest das auch. Du wolltest doch mitkommen." Als sie nicht antwortete, fügte er hinzu: „Selbst wenn du deine Meinung geändert hast – ein Zurück gibt es nicht."

Doch. Das gab es durchaus. Sie könnte mit den Soldaten oder Trappern reisen, denen sie immer wieder begegneten und die auf dem Weg nach St. Louis waren. Auch enttäuschte Siedler, die in den Osten zurückkehrten, trafen sie hin und wieder. Nicht nur ihre Fuhrwerke wirkten mitgenommen und beschädigt; die Menschen waren es nicht weniger. Sie schüttelte den Kopf. Er hatte recht. Sie konnte ihn und die Kinder nicht verlassen. Vielleicht konnte sie einfach nicht mehr klar denken.

„Zach, ich kann den Quiltrahmen noch nicht aufgeben. Anderes vielleicht, aber nicht den Rahmen. Der letzte Quilt, den ich darauf gefertigt habe, war für Laura. Ich könnte noch nicht darauf verzichten." Die Stimme versagte ihr und als ein plötzlicher Windstoß sie erfasste, legte sie unwillkürlich schützend die Arme um ihren Leib.

Zach starrt sie an. „Nancy? Bist du …"

„Ja." Sie wusste, dass sie zornig klang. „Ich bin schwanger. Mit Übelkeit und allem. Ich hatte mir geschworen, dass das nicht passieren würde. Du überredest mich immer wieder zu Dingen, die ich nicht will."

„Oh, du hattest nichts dagegen, wenn ich mich recht erinnere", grinste er.

Ihr liefen Tränen über die Wangen.

„Ach, Nancy." Er nahm sie in den Arm. „Wie wunderbar, dass du jetzt ein neues Leben in dir trägst. Ein Grund, gut auf dich achtzugeben. Und für uns eine solche Hoffnung: Im Frühling kommt ein neues Baby."

War es so? War das Gottes Weise, sie vom Rand des Strudels zurückzuholen, in dem sie zu versinken drohte? Sie betrachtete das Leben nicht mit derselben Zuversicht wie Zach. Lauras Tod verdunkelte noch immer ihr Herz. Und nichts konnte diese Dunkelheit vertreiben.

Zach tupfte ihr mit den Daumen die Tränen von den Wangen und zog sie in seine Arme. „Über diesen Amboss werde ich noch mal nachdenken."

Letitia goss Kaffee in Daveys Blechbecher und setzte mit einem Knoten im Bauch den Deckel aufs Mehlfässchen. „Geht mir nich' gut. Weil meine Papiere verlor'n sind."

„Tish, ich fühle mich furchtbar deswegen, glaub mir." Er sah sie nicht an.

„Du schreibst die Abmachung neu? Du versprichst, du sorgst für Martha und mich? Und alles, was wir zusammen aufbaun, hinterlässt du uns? Ist das noch so?"

„Oh, sicher. Ich lass es aufschreiben, sobald wir in Oregon sind."

„Besser früher." Was, wenn ihm unterwegs etwas zustieß? Würden sie ihr den Wagen und Daveys Geld abnehmen? Und sie selbst verkaufen? Das waren Sorgen, die sie nicht in ihren Korb legen und mit sich herumschleppen konnte.

„Tish, für so was gibt's jetzt keine Zeit. Vor dem Winter kann ich niemanden damit behelligen. Wir werden den Doktor treffen und er kann's sicher aus dem Gedächtnis noch mal neu schreiben."

„Ich weiß, was drinstand."

„Du machst dir viel zu viele Sorgen. Gibt's noch Fisch?"

Sie legte ihm nach und sie aßen schweigend.

„Bisher ist doch alles gut gegangen, Tish. Wir schaffen es. Und ich hab's ja schon gesagt: Sorg dich doch nicht wegen der Papiere. Ich kann bezeugen, dass du frei bist. Ich werd dich verteidigen." Er grinste. „Ich hab nämlich vor, ewig zu leben, damit wir noch jede Menge Zeit miteinander haben."

Fort Hall lag 600 Meilen vor ihnen. Die Ochsen hatten wunde Klauen und nicht genug Futter bekommen und ließen sich nicht mehr so einfach anspannen. Berggipfel waren in der Ferne zu erkennen, aber obwohl die Ochsen den Wagen jeden Tag viele Stunden lang durch den Staub zogen und man nicht einmal am Sonntag eine Pause einlegte, hatte es den Anschein, als ob die schneebedeckten Kämme keine Meile näher kamen. Die tosenden Quellflüsse des Sweetwater River mit ihrem kühlenden Dunst und den donnernden Stromschnellen hörte Letitia immer schon lange, bevor sie sie schließlich erreichten. Davey sagte, dies seien „junge Flüsse", ungestüm, voller Strudel und Wirbel, nicht zu vergleichen mit dem Missouri oder dem Platte River, die sich gemächlich durch die Landschaft schlängelten. Nach ein paar weiteren Tagen öffnete sich vor ihnen eine ausgedehnte Wiese voll wilder Erdbeeren, die zum Pflücken reif waren. Sechs Meilen später stießen sie auf einen Fluss, der nach Westen floss. Sie hatten die Wasserscheide hinter sich.

Letitia sprach Martha ein Gebet vor und beschrieb ihr dann, was sie sah. „Gewaltig is' sie, die Schöpfung, mein Baby." Vielleicht sollte sie wirklich aufhören, sich zu sorgen, ob Davey ein neues Dokument unterschreiben würde. Gott erschuf mitten im Nirgendwo eine Fülle süßer Erdbeeren. Gott bestimmte die Richtung, die reißende Flüsse zum Meer nahmen. Ein solcher Gott konnte doch gewiss auch für sie und ihre Tochter sorgen?

„Mir is' zum Verneigen." Letitia küsste Marthas winzige Nase. Martha gurgelte kleine Bläschen zwischen den Lippen hervor, kaum größer als Sonnenblumenkerne. „Heut zumindest. Weil ich so beschenkt bin! Mit meinem Kind, das ich in meinen Armen halt'. Und einem Ehemann, der glücklich ist und pfeift, wenn er seinen Wagen lenkt. So ein Segen."

Die Flüsse strömten zwar jetzt nach Westen, aber das hieß nicht, dass das Gelände einfacher wurde. Zu beiden Seiten ihrer Route stiegen die Berge hoch auf und es gab noch etliche Flüsse zu überqueren und Berggipfel zu überwinden. Aber die Großartigkeit der Landschaft rief in Letitia so etwas wie Ehrfurcht wach. Sie hätte noch nie eine so unermessliche Weite gesehen, sagte sie Davey, noch nie so hohe Bäume, die kerzengerade in den Himmel ragten. Sie stießen auf Bighorn-Herden und sehr oft auf Wapitis und anderes Wild und genossen den Duft des Fleisches beim Braten und den angenehm gefüllten Magen nach dem Mahl.

Um den Green River zu überqueren, der durch die Schneeschmelze in den Bergen stark angeschwollen war, brauchten sie vier Tage. Sie mussten behelfsmäßige Flöße bauen und die Wagen einzeln über den Fluss bringen. Niemand kam zu Schaden und Letitia genoss die Wartezeit, die ihr etwas Erholung brachte. Eine Familie, die in den Osten zurückkehrte, kam ihnen entgegen und Letitia fasste sich ein Herz und fragte, ob sie eine Nachricht für Freunde mitnehmen würden, die ein wenig nach ihnen ebenfalls nach Oregon unterwegs waren.

„Versuchen können wir es." Die Frau trug eine verblichene Haube, die zu ihren sonnenverbrannten Wangen passte. „Geben Sie mir einfach den Brief, meine Liebe."

„Ich … kann ihn nich' schreiben", sagte Letitia. „Können Sie … einfach behalten, was ich Ihnen sag?"

„Wem soll ich es denn ausrichten?"

„Doktor Hawkins und seiner Frau Nancy. Sagen Sie einfach, den Carsons geht's gut. Und wir hoffen, sie hol'n uns bald ein." Die Frau nickte und Letitia fügte rasch hinzu: „Und dass wir für sie beten."

„Das ist die beste Art von Freundschaft." Die Frau schob ihre Haube zurück. „Wenn die Dinge aus dem Ruder laufen, kann nur Beten verhindern, dass man völlig vom Kurs abkommt."

„Selbst dann gibt es keine Garantie." Das waren die ersten Worte, die der Mann von sich gab. „Hat das Beten etwa verhindert, dass wir in den Westen gezogen sind?"

Letitia spürte die hitzige Stimmung zwischen den beiden – so weit entfernt waren sie von einem Zuhause, das nicht mehr dem glich, das sie verlassen hatten. Sie waren wohl mit einer ganzen Ladung von Vorwürfen im Gepäck unterwegs. Davey und sie würden keine solche Fracht mit sich schleppen. Dafür würde sie sorgen.

18 Doppelt getäuscht

In der Nähe des Green River traf Daveys Trupp wieder auf die Gruppe unter Tetherow, mit der sie zuerst aufgebrochen waren. *Wenigstens sind wir jetzt vorn dran. Lang genug haben wir ja dafür gebraucht.* Sie näherten sich einem tiefen Canyon und die Ochsen mussten vorn und hinten angespannt werden: vorn, um die Fuhrwerke zu lenken, und hinten, um sie zu bremsen und zu verhindern, dass die Wagen die Zugtiere vorn überrollten und mitsamt der Ladung über die Klippen stürzten. Im Wagen zu fahren bedeutete, mit seinem Leben zu spielen.

„Setz dich auf den Hintern", wies Davey Letitia an, „und rutsch den Hang runter."

Dem Erfolg dieses Vorgehens folgte unten eine Landschaft mit so vielen Grillen, dass die Wagenräder sie im Staub zerknackten.

„Schau dir das an." Davey wies auf eine Art Grillenkäfig, den friedliche Indianer aufgestellt hatten, eine Falle, die die Insekten in kleine Körbe trieb.

„Sie essen sie?"

„'s anzunehm'n."

Wie Davey später erfuhr, zermahlten die Indianer die Insekten und kochten das Mehl in Wasser zu einem dicken Brei, der sich ein Jahr lang hielt. „Wenn ich's essen müsste, würde sich's auch noch länger halten", bemerkte Davey zu Tish.

Sie zogen jetzt durch eine Gegend, in der viele Quellen aus dem Boden sprudelten. In manchen war das Wasser so heiß, dass Letitia eine Tasse davon schöpfte, Teeblätter hineingab und den Tee genoss. Gleich daneben war eine weitere erfrischend kühl. Gleichzeitig sah man Fontänen heißer Geysire in die Luft steigen. Mit dem natronhaltigen Wasser aus einem Felsen, der wie ein Dampfschiff geformt war, wurde Letitias Brot wunderbar locker. Nach einigen weiteren Tagen erreichten sie Fort Hall, einen Handelsposten der britischen Hudson Bay Company, wo schneebedeckte Berge sie begrüßten und von nichts anderem geredet wurde als davon, wie man nun weiter vorgehen sollte: Die Wagen verkaufen und den engen Pass mit Packtieren bewältigen? Nein, lieber mit den Wagen nach Kalifornien ziehen, wo man sie wie Könige empfangen würde. Setzlinge zurücklassen. Trockenfleischvorräte auffüllen. Oder einfach wie bisher weiterziehen Richtung Oregon, über den gefährlichen Snake River und gewappnet für die Blue Mountains und dann noch für den Columbia River, der schon manchem Siedler zum Verhängnis geworden war.

Davey wollte keine falschen Entscheidungen treffen. Allerdings leuchtete ihm der Gedanke ein, den Wagen zurückzulassen und mit Packtieren weiterzuziehen – es war jetzt viel die Rede von feindlichen Indianern und sehr unwegsamem Gelände, das auf sie wartete. „Ich bin mir nicht sicher, wie wir's machen sollen, Tish." Er war selbst überrascht, dass er seine Unsicherheit ihr gegenüber eingestand. „Hab den Verdacht, die Britischen vom Fort tun alles, um die Leute nach Kalifornien zu lotsen. Dann können sie Oregon für sich behalten."

„'ne Menge Vieh gibt's hier."

„Ja. Viele Siedler wie wir gehn nicht das Risiko ein, ihr Vieh über die Berge zu treiben. Aber wenn wir unsre Kuh nach Oregon bringen, haben wir ein Pfund, mit dem wir wuchern können. Das wissen die Britischen ganz genau."

„Könnten wir Setzlinge mitnehmen? Von Apfelbäumen?" Tish beobachtete, wie einer der Siedler ebensolche Setzlinge ablud. Rothwell beschnüffelte den Stapel, der schon am Boden lag.

„Er lässt sie hier, weil sie in Oregon nicht wachsen. Hat jedenfalls einer der Trapper aus Kanada ihm erzählt. Mich würd's wundern. Der Boden dort ist gut, da wächst alles."

„Ich seh's schon vor mir: Apfelbäume überall auf unserm Land. Und direkt vor der Haustür." Sie breitete die Arme aus angesichts der weiten Landschaft in ihrer Vorstellung.

Davey zuckte die Achseln. Die Stämmchen würden nicht viel Platz beanspruchen, und wenn er hier nachgab, würde sie vielleicht nicht mehr so oft von den Papieren reden und dass sie auf die Hawkins' warten sollten. Wenn die sie erst einmal eingeholt hatten, würde sie ihm keine Ruhe lassen, bis er ihre Abmachung wieder schriftlich festhalten ließ. Er war immer noch am Überlegen, ob er Junior in die Abmachung einschließen sollte oder nicht. Tish gegenüber hatte er das Thema vermieden. An Sterben und Tod dachte er nicht gern.

Tish stand hoch in seiner Achtung: Er schätzte ihre Arbeit und dass sie ihn nicht dafür verantwortlich machte, dass ihre Papiere verloren waren. Es war nicht seine Schuld, aber er verstand auch, dass gewisse Vorwürfe berechtigt sein konnten. Aber Tish hatte ihm keine Vorwürfe gemacht. Manchmal war es ihm selbst fast peinlich, dass er so viel Hochachtung für eine schwarze Frau empfand. Aber wenn er sie nicht als Schwarze sah, sondern als seine Frau und als den guten Menschen, der sie war, und als die Mutter seines Lieblings Martha, dann war ihm etwas ganz anderes peinlich: dass er je gedacht hatte, er sollte diese Vereinbarung besser *nicht* unterschreiben. Wenn man sich mit einer Frau zusammentat, musste man mit rauen Wegen rechnen.

„Dein Apfelgarten sagt, wir werden einen Wagen brauchen. Sieht also so aus, als ob wir durch die Blues gehen und dann zum Columbia." Es gefiel ihm, dass sie die Sache gemeinsam entschieden hatten. „Da er die Setzlinge sowieso hierlässt, gibt er sie uns vielleicht umsonst."

„'s freut mich. Danke." Er wusste, dass sie gerührt war. Das Lächeln in ihrem Gesicht und das Funkeln ihrer Augen sagten alles. Ihr Gesicht war nicht mehr so rundlich wie in der Schwangerschaft und die Grübchen waren wieder sichtbar. Der Anflug an Dankbarkeit, den er an ihr sah, ließ es ihm warm ums Herz werden, und auch das gefiel ihm. Er musste öfter Gelegenheiten wie diese schaffen – solange dieser Tanz um die Papiere dabei nicht im Spiel war.

Am Abend vor ihrem geplanten Aufbruch aus Fort Hall traf die Hawkinssippe ein. „Tish! Tish!" Marthas dünne Stimme übertönte klirrende Reparaturen an den Wagen, muhende Rinder, das Gelächter der Männer und bellende Hunde.

Letitia kletterte vom Wagen und hob ihr Baby in der Trage auf den Rücken. Dann kauerte sie sich hin und breitete die Arme aus, in die Martha Hawkins hineinflog und eine schmutzige Wange an die von Letitia drückte.

„Meine Güte, Martha." Das war Nancy hinter ihr. „Du wirfst sie noch um."

„Alles gut. Alles sehr gut." Letitia stand auf und strich Martha über den Kopf. Der Abendwind bauschte den Rock des Kindes, an dem ein Saum lose war. Sie wollte Nancy umarmen, war sich aber unsicher, ob sie es tun sollte. In der Trauerzeit, da mochte das sein, aber jetzt, ohne freundschaftliche Verbindung? Nein, sie waren doch Freundinnen. Sie hatten Freude und Leid geteilt.

Nancy hatte Letitia schon in die Arme geschlossen. „Ich bin so froh, dass wir euch eingeholt haben." Jetzt flüsterte sie. „Ich habe jemanden vermisst, bei dem ich über meine Schwägerin und meine Mutter jammern konnte. Es ist schon lange her, dass ich so viel Zeit mit ihnen verbracht habe, und ich kann nur sagen, Tish: Wenn ich nicht schon vorher verrückt war, dann bin ich es jetzt. Mit Verrücktheit kann man sich nicht nur bei den Kindern anstecken, sondern auch bei den Eltern."

Letitia lachte aus tiefster Seele. Es war lange her, dass sie so herzhaft gelacht hatte.

„Lass mich mal diese kleine Kaffeebohne bestaunen. Was hast du da für eine ausgeklügelte Trage?" Sie beugte sich zu der Kleinen. „Du solltest gut drauf aufpassen. Sonst könnte ich sie mir eventuell ausborgen. Nancy Jane scheint eine Tonne zu wiegen, wenn ich sie auf der Hüfte trage."

„Wir baun auch eine für dich."

„Das wäre großartig. Aber nicht mehr heute Abend. Ich bin müde wie ein Jagdhund, der den ganzen Tag hinter dem Wild her war. Und da wir grad davon sprechen: Wo steckt Rothwell?"

„Mit Mr Carson unterwegs. Muss wohl mal wieder Löcher buddeln, wie er's immer macht. Is' wirklich mehr ein Schwein, dieser Hund. Wie habt ihr's geschafft, so viel Zeit aufzuholn?"

„Leicht war's nicht." Nancy hockte sich neben eines der Wagenräder und ließ Nancy Jane auf die Decke krabbeln, die Letitia ausgebreitet hatte. „Einen Doktor im Treck lassen die Leute nicht gern wieder gehen. Aber Zach wusste, dass ich es eilig hatte. Er hat auch den Rest der Sippe angetrieben. Und Martha … nun, Martha hat dich so sehr vermisst, dass er wohl alles getan hätte, damit dieses Kind endlich wieder einmal lächelt. Die paar Stück Vieh, die wir haben, lassen wir mit der Herde treiben. Und über den Green River sind wir in wenigen Stunden drüber gewesen. Andere sollen vier Tage dazu gebraucht haben."

„Das war'n wir."

Doktor Hawkins schlenderte heran und Martha lief ihm entgegen und schlang die Arme um seine Knie. „Martha ist viel größer geworden."

Nancy wies auf die Trage, aus der Letitia das Baby nun heraushob.

„Prächtig sieht sie aus. Und Sie, Miss Letitia?"

„Auch prächtig. Bin keinen Tag krank gewesen. Davey hat das Denguefieber gehabt."

„Das kann tödlich sein. Gut, dass er es überstanden hat. Wo ist er überhaupt?"

„Bei den Pferden." *Soll ich ihm von dem verlorenen Dokument erzählen?*

„Doktor Hawkins, Sie hab'n doch dieses Papier geschrieben, was Davey unterschrieben hat. Das, wo drinsteht, dass er für mich sorgt und für unser Kind, weil ich für ihn arbeite und koch und ihm helf. Es ist weg, das Papier."

„Oh nein", sagte Nancy. „Ihr habt einen schriftlichen Vertrag?"

Letitia nickte. „Aber er ist weg. Und mein Freiheitspapier auch."

„Oh, Letitia!" Nancy strich ihr über den Arm.

„Davey sagt, die Bowmans wissen, ich bin frei. Und ich muss sie in Oregon finden. Aber mit Davey, da brauch ich ein neues Papier mit seiner Unterschrift. Falls Davey stirbt und ich noch leb."

Doktor Hawkins runzelte die Stirn. „Ich weiß von keinem solchen Papier, von dem Sie sprechen, Miss Letitia."

„Davey sagt, Sie haben's für ihn geschrieben. Dass er für mich und das Kind sorgt. Dass wir bekommen, was er hat, falls er stirbt. Er sagt, er hat's unterschrieben. Vor Ihren Augen."

„Ich habe kein solches Dokument aufgesetzt." In Doktor Hawkins Blick lag Bedauern. „Vielleicht hat jemand anders es für ihn getan. Ja, bestimmt, so wird's sein."

„Sie … hab'n nichts für ihn geschrieben?"

„Nein. Es tut mir leid."

„Oh.“ Jede Menge Vorahnungen stürmten ihr durch den Kopf. Aber keine davon konnte sie aufmuntern.

„Er weiß nichts von dem Vertrag, sagt Doktor Hawkins.“ Letitia spie Davey, der vom Angeln zurückkam, die Worte förmlich ins Gesicht und stieß ihm den Zeigefinger in die Brust. „Was war's dann, was du mir gezeigt hast? Was du unterschrieben hast? Hat's jemand anders für dich geschrieben?“

Die Wahrheit war: Er hatte nie die versprochene Vereinbarung unterschrieben. Er hatte eine Liste der Dinge unterschrieben, die sie mitgenommen hatten. Er wollte keinesfalls, dass irgendein weißer Mann erfuhr, was er einer schwarzen Frau mündlich versprochen hatte. Sie würden ihn für verrückt halten, sich einer Schwarzen und ihrem Kind gegenüber derart zu verpflichten, selbst wenn er sie als seine Familie betrachtete. Seine zweite Familie. Davey hatte bereits einen Sohn und jetzt, da er wusste, wo der steckte, hatte er das Gefühl, er müsse auch für dieses Kind sorgen, für den Fall, dass ihm etwas zustieß. Mit schlechtem Gewissen hatte er festgestellt, wie erleichtert er war, als Letitia ihn nicht mehr ständig um etwas Schriftliches bat, das bestätigte, was er ihr versprochen hatte. Noch mehr schämte er sich dafür, dass sie, wie ihm nun klar war, sich an eine wertlose Liste irgendwelcher Sachen geklammert hatte, als sei es das Evangelium. Jetzt konnte er zusehen, wie er die Suppe auslöffelte, die er sich selbst eingebrockt hatte, würde seine Mutter wohl sagen.

„Ich … du hast doch mein Wort. Das sollte genügen.“ Er richtete sich auf und senkte die Stimme. Es musste ja niemand mitkriegen, dass sie stritten. „Überhaupt, wozu sind Papiere gut? Die gehen nur verloren. Wie deine. Du hast mein Wort. Unter Männern reicht das aus. Und für dich sollte es auch reichen.“

„Du hast gelogen, was du mir da gezeigt hast. Und ich hab's so sorgfältig gehütet und dann hast du's weggeworfen.“

„Tish, das hab ich doch nicht gewollt. Das weißt du doch.“

„So? Mein Mann sagt, er sorgt für mich. Und betrügt mich dann, wie wenn ich ein Kind wär, dem man Bonbons wegnimmt. Dem man erzählt, 's wär süß, wo's doch giftig ist. Ein schönes Stück Papier hab ich gekriegt. Aber es is' nix als Dreck."

Es schmerzte ihn zu sehen, wie ihr die Tränen in die Augen stiegen. Aber ein Mann sollte sich nicht wegen jeder Kleinigkeit rechtfertigen müssen. „Tishi, ich kann was Schriftliches besorgen. Aber es ärgert mich, dass so was nötig sein soll. Ich habe dir gesagt, ich werde für dich sorgen. Ich hab's doch bis jetzt getan. Ich tu's auch weiterhin. Wir haben eine Abmachung – *mündlich.*" Er beugte sich dicht zu ihr herüber. „Die gilt doch noch immer."

„Und wenn dir was zustößt? Was mach' ich dann? Und Martha?"

„Wir sind bald in Oregon. Wir erhalten unser Land. Und irgendwann wird Oregon zu den Staaten gehören." Wie es mit den Papieren über seine Staatsbürgerschaft stand, hatte er für sich behalten. Er sprach jetzt mit ihr wie mit einem unverständigen Kind. „Ehrlich gesagt: Ich weiß nicht, ob du überhaupt erben kannst."

„Ich kann Geld verdienen, das du mir bezahlst, und ich kann es behalten, wenn du stirbst, wenn du das aufschreiben lässt. Gesetze ändern sich. Vielleicht ist's mal so weit, dass Frauen Land erben können. Vielleicht sogar schwarze Frauen."

„Ich hab dir doch gesagt, Tish, du musst dir keine Sorgen machen."

Martha begann zu weinen.

„'s gibt keine Zeugen, dass du mir was versprichst. Sag's mir vor Doktor Hawkins. Dann glaub ich dir." Sie legte sich das Baby über die Schulter, klopfte ihm den Rücken und wandte sich ab.

„Keine Zeugen? Natürlich gibt's einen Zeugen", rief er ihr nach, ohne sich darum zu kümmern, ob ihn jemand hörte. „Dieser Händler, der die Worte für uns gelesen hat, als wir … du weißt schon." Sie blieb stehen. „Er hat gehört, was ich dir versprochen hab."

„Nicht, dass ich Geld bekomm für meine Arbeit."

„Nein, das nicht. Aber dass ich für dich sorge in gesunden und kranken Tagen und so weiter. Gott ist Zeuge dafür. Einen besseren gibt es nicht." *Das sollte sie trösten. Und sie endlich zum Schweigen bringen.*

„Ich will auch einen Menschen als Zeugen. Doktor Hawkins. Wenn du’s vor ihm versprichst, bin ich beruhigt. Wenn’s dann nötig wär, kann er das mal vor Gericht bestätigen.“

Sie standen im Schatten einer hohen Pappel etwas entfernt vom Fort. Doktor Hawkins nickte, während Davey erklärte, dass er mit Letitia eine Übereinkunft hatte: Von dem Zeitpunkt an, wo sie Missouri verließen, bis zu seinem Tod würde sie ihm helfen, für ihn und seine Kinder sorgen und mit ihm das neue Land bearbeiten. Dafür würde er das Land auch auf ihren Namen eintragen lassen, wenn das möglich war. Oder falls das Land verkauft wurde, erhielte sie den Erlös als Gegenleistung für ihre Arbeit. Davey starrte zu Boden.

„Ich kann das leicht für Sie aufschreiben, Davey. Sie unterschreiben es und Tish kann es in eurer Bibel aufheben.“

Letitia sah Davey bittend an. „Hörst du? ’s ist leicht zu machen.“

„Mein Wort ist Gold wert und du musst mir vertrauen, Tish. Ist schon schlimm genug, dass ich einen anderen Mann in unser kleines … Arrangement einweihen muss.“ Er stemmte die Hände in die Hüften.

Es war kein kleines Arrangement, aber sie hatte ihn an seine Grenzen gebracht. Es war ihm nicht recht, dass andere wussten, dass er ihr verpflichtet war. Sie sollte sich glücklich schätzen, dass er sich von einer Frau drängen ließ, überhaupt etwas zu unternehmen.

Sie hatte es für Martha getan. Oder für die Kinder, die sie vielleicht noch haben würden. Obwohl sie sich im Moment nicht vorstellen konnte, ihm so nahezukommen, dass sie ein weiteres Kind haben würden. Sie würde Zeit brauchen, wenn sie ihm wieder vertrauen sollte. Und es brauchte Vertrauen, wenn sie wieder das Bett mit ihm teilen sollte. Aber wenn sie doch noch weitere Kinder haben sollten, musste sie sicher sein, dass er seine Kinder nicht verkaufen würde, so wie der Vater von Jeremiah es getan hatte. Dass Doktor Hawkins ihre Vereinbarung nun bezeugen konnte, mochte das vielleicht nicht verhindern, aber es konnte die Dinge hinauszögern. Sie hatte schließlich ebenfalls versprochen, für Davey zu sorgen, und das vor Gott, also hatte sie noch einen

Zeugen für alles, was sie und Davey betraf. Einen besseren würde sie nicht bekommen. Sie würde ihr Eheversprechen halten und darauf vertrauen, dass Gott die Kluft überbrücken würde, die sich zwischen ihrer gemeinsamen Geschichte und ihrer Hoffnung aufgetan hatte.

Letitia und Nancy gingen wieder nebeneinander durch den Staub, nähten Quiltstücke, flickten Hosen, erneuerten die Bande ihrer Freundschaft. Martha und Mary Ann liefen immer wieder mit den anderen Kindern voraus, hielten sich aber immer zu ihrem Trupp und waren nie sehr weit entfernt. Martha kam immer zuerst zurück und lief oft mit den beiden Frauen mit. Immer wieder trug sie die kleine Martha auf dem Arm, so lange sie konnte. In einer Rastpause erzählte Letitia Nancy von der Abmachung.

„Zach gibt einen guten Zeugen ab, falls du je einen nötig hast. Er ist ein so guter Mann."

„Du kannst's auch bezeugen."

„Oh, ich glaube nicht, dass das zulässig ist. Ich meine, ich kann bestätigen, was für ein feiner Mensch du bist, aber alles, was ich nicht selbst gehört habe, würde wohl nur als Beweis gewertet werden, der auf Hörensagen beruht. Aber Tish, Davey müsste doch tot sein, bevor du einen Leumundszeugen oder einen für Daveys Versprechen brauchst. Ich bete, dass ihr noch viele gemeinsame Jahre habt, damit überhaupt niemand infrage stellen wird, dass er auf diese Weise für seine Familie gesorgt hat."

Südlich von Fort Hall am Raft River teilte sich der Treck. Eine große Anzahl Siedler zog südlich in Richtung Kalifornien weiter und Letitia war froh, dass die Hawkins' nicht dazugehörten. Die Route führte jetzt oberhalb des mächtigen Snake River entlang, der am Boden der steilen Klippen unter ihnen über scharfe Felsen und durch tiefe Schluchten dahintoste. Adler schwebten in der Luft und stießen dann urplötzlich herab, um Fische zu schnappen. Am 9. August, als sie am Rock Creek lagerten, halfen Doktor Hawkins und Letitia, ein zwölf Pfund schweres Baby auf die Welt zu bringen. Und einen oder zwei Tage danach, bei den Salmon Falls, erblickte noch ein Kind das Licht der Welt. Nur wenig später machten Davey und Doktor Hawkins Pläne, die die Familien aufs Neue trennen würden.

„Sie haben sich für Parkers Trupp entschieden, aber ich bin entschlossen, bei Captain English zu bleiben. Das sind nur zwanzig Wagen. Da sind wir schneller." Davey fettete die Wagenräder und der Ölgeruch stieg ihr in die Nase.

Letitia schlug die Apfelbaumsetzlinge in feuchtes Sackleinen ein und tränkte sie noch einmal gründlich im Wasser. Alle sechs waren noch unbeschädigt. „Die Ochsen sind müde. Die müssen langsam gehen."

„Du hast dafür gesorgt, dass die Klauen in Ordnung sind. Und wir haben leicht gepackt. Wir müssen nichts mehr zurücklassen. Außer deinem Kerzenleuchter."

Sie antwortete nicht.

„Du triffst Nancy Hawkins in Oregon wieder."

An diesem Abend klagte sie Nancy ihren Kummer darüber, dass sie sich wieder trennen sollten.

„Dann sollte ich dir wohl mein neuestes Geheimnis verraten." Nancy lehnte sich zu Letitia hinüber. „Ich bin schwanger."

„Du bist …? Loses Frauenzimmer. Nancy Jane hat doch das letzte sein soll'n."

Nancy kicherte. „Ich habe einen Medizinmann zur Verfügung, der kann mir bei der Geburt helfen."

„Er soll dir lieber helfen, dass du rauskriegst, woher es kommt. Und dafür sorgen, dass es nicht noch mal passiert."

Nancy lachte und schöpfte dann tief Luft. „Es hat mir geholfen, über Laura hinwegzukommen. Neues Leben finden, neue Hoffnung schöpfen, das heilt alte Wunden. Das, und wenn man wie ich glauben kann, dass Gott in allen Dingen ist und dass er das Beste für jeden von uns im Sinn hat. Ich muss auf das Licht zugehen, auch an den dunkelsten Tagen." Sie strich das Kleid über ihrem Leib glatt. „Und außerdem habe ich noch meinen Quiltrahmen. Wie schwer es ihm gefallen ist, diesen Amboss zurückzulassen."

Am Morgen verabschiedeten sie sich voneinander.

„Zach sagt, wir werden südlich von Oregon City im Willamette

Valley nach gutem Land suchen, das noch nicht bewirtschaftet wird. Meine Güte. Wie groß kann ein Tal denn schon sein? Wir finden uns schon wieder."

„Ja. Doktor Hawkins Praxis is' sicher leicht zu finden." Letitia trug Nancy Jane und tauschte sie nun gegen Martha aus. Martha Hawkins spielte mit den Zehen des Babys. „Wir sehn uns in Oregon." Tish fuhr der größeren Martha mit der Hand durchs Haar, das weich war wie Maisbart. „Vielleicht auch früher. Wenn's Hindernisse gibt. Dann holt ihr uns bald ein." Ihre Stimme versagte, aber sie gestattete sich keine Tränen.

Nancy ergriff ihre Hand. „Wir beten, dass es so kommt. Und um eine sichere Reise. Auf der anderen Seite dieser letzten Berge wird alles besser." Das war zumindest das, was jeder Pionier hoffte.

Oregon

Es war etwas, was der ganze Stamm gemeinsam tat, alle zusammen. Die Kinder würden lernen, das Feuer zu lenken: So würde es das Wild an die Orte treiben, an denen es leicht zu erlegen war, damit es dem Volk Nahrung gab. Später würden die Flammen um sich greifen und auch das Unterholz in Brand setzen. Die Baumstämme würden schwarz werden, aber nicht brennen, und das Laubdach der Eichen würde stehen bleiben und Mensch und Tier Schutz bieten. Nach dem Brand würden Frauen und Kinder die Grillen einsammeln, die bereits geröstet und damit fertig waren für den Mahlstein.

„Wann gehen wir zum See, Kasa?"

„Du magst wohl *wapato.*" Little Shoot nickte. „Oder ist es der Schlamm der Flüsse, wonach deine Zehen sich sehnen?"

Der Junge grinste und sein Gesicht wurde rund wie der Vollmond. Sie war froh, dass sein Vater nicht darauf bestanden hatte, ihm das Gesicht flach zu formen, wie es bei vielen Stämmen geschah, die entlang des Tch-i'-Wana lebten, dem mächtigen Fluss mit den großen Wasserfällen. Sie hatte diesen Brauch nie verstanden. Der Kopf eines Babys wurde so verformt, bis mit der Zeit die Stirn zurückwich wie der Rückhang von Coffin Butte Mountain. Nicht, dass sie es laut ausgesprochen hätte. Dass jemand etwas anders tat als man selbst, verlangte nicht nach einem Kommentar, es sei denn, man müsste ein Unglück verhüten. Sie sah keine Anzeichen dafür, dass ein Kind durch die Kopfverformung gelitten hätte. Und sie hatte gehört, dass die fliehende Stirn als schön galt und den Stamm eher als Sklavenhalter auswies denn als Sklaven. Little Shoot war ein hübscher Junge. Wenn sie ihre Besuche entlang des Flusses machten, hob sich ein Kalapuya-Junge mit einem runden, ansehnlichen Gesicht gegen die Anderen ab.

Rauchgeruch durchzog die Luft, als sie in langer Reihe nebeneinander gingen, um die Flammen zu lenken. An diesem ersten Tag des Stammesjahrs war es windstill. Ein guter Tag für das Feuer. Samenkapseln würden verkohlen und die Frauen konnten sie dann an den verkohlten Stämmen sammeln, schälen und ebenfalls zermahlen. Mit Brombeeren vermischt ergaben sie eine Paste, die sich über den Winter halten würde und immer noch geschwärzte Gaumen verursachen würde, wenn man sie aß. Sie hatten so viele Körbe voller Kamas und wilder Zwiebeln und Ferkelkraut gesammelt, dass sie vielleicht den ganzen Winter hier im Tal bleiben konnten und nicht in den Norden zur Mission ziehen mussten. Hier, wo sie waren, trat eine Quelle aus dem Berghang, als habe der Schöpfer eigens für sie diesen Schatz hier angelegt. Es war ein Zeichen seines Wohlwollens.

Sie und Little Shoot würden vielleicht unten im Sumpfland beim Soap Creek *wapato* finden. Die weißen Knollen waren schmackhaft und wenn viele Frauen gemeinsam in das warme Wasser stiegen und mit den Zehen nach den Knollen gruben und sie aufscharrten wie Hunde, die ihren Kot zuwarfen, gab es immer viel Gelächter. Man brauchte das Lachen. So wie man frisches Wasser in der Nähe des Lagers brauchte. Beides, und zwar täglich, half dem Stamm, die Enttäuschungen zu überwinden, die am Wegrand warteten. Darum neckte sie Little Shoot manchmal; darum neckte er sie. Das Lachen verband den Stamm miteinander, schweißte sie alle zusammen und hielt die Schwere der Regenzeit und die Unsicherheit einer unbekannten Zukunft von ihnen fern.

„Ayee." Sie rief ihrem Enkel zu: „Gib acht auf die Flammen. Sie suchen sich ihren eigenen Weg."

Der Junge wandte sich von seinen Freunden ab, die sich um irgendetwas geschart hatten, was einer der Jungen in der Hand hielt. Er blickte in die Richtung, in die sie zeigte, schrak zusammen und eilte mit dem Strauchzweig einer allzu eigenwilligen Flamme nach, um sie auszuschlagen.

„*Kloshe.* Gut." Sie bedeutete ihm mit Gesten, dass er nah an der Flammengrenze bleiben sollte. Sie würde dieses Kind im Auge behalten müssen. Jeder Jungenspaß konnte sein gutes Urteilsvermögen trüben und ihn von wichtigeren Dingen ablenken. Als sie Kind war, hatten die Missionare sie genau davor gewarnt, wenn ihr Geist in die Zeiten des Mangels floh, in denen ihre Familie umgekommen war, statt sich auf den vollen Korb zu richten, den die Missionare versprachen, wenn sie den Blick auf den Schöpfer gerichtet hielt oder auf seinen Sohn. Jetzt sah sie das ganze Bild: den Stamm, die Anderen, ihren Enkel. Vor allem ihn. Ihn zu unterweisen war das, was sie am Leben erhielt.

19 Liebe

In der Gegend von Boise führte ein Pfad einen sanften Abhang hinunter zum Snake River, den der Trupp, mit dem die Hawkins' reisten, an dieser Stelle überqueren würde. Am Fuß des Canyons warteten frisches Gras und kühles Wasser auf die durstigen Tiere, die gestern noch vom Kamm aus verlangend danach Ausschau gehalten hatten. Aber es hatte kein Wasser gegeben.

„Musst du wirklich mit Mr Hinshaw auf die Jagd gehen? Du bist Arzt. Was, wenn man dich hier braucht?"

„Wir haben die Chance, hier auf diesen Inseln auf Wild zu treffen. Ich habe nicht viel Gelegenheit gehabt, auf die Jagd zu gehen." Mit warmen Fingern hob Zach ihr Kinn. „Es wird alles gut gehen, Nancy.

Mindestens kann ich George helfen, seine Beute zurückzutragen, wenn schon sonst nichts.“

„Zum Kuckuck mit euch Männern. Ihr immer mit dieser Jägerei. Warum waren wir nicht so schlau, ein Schwein mitzunehmen oder zwei? Dann brauchtest du jetzt nicht nach Wild zu jagen.“

„Es braucht halt Essen auf dem Tisch, Frau.“ Er grinste und küsste sie heftig. „Es ist gut, dich wiederzuhaben, Liebste.“ Sein Blick wärmte ihr das Herz. „Ich liebe dich nämlich, weißt du.“

„Ich weiß. Und jetzt los.“ Sie schob ihn von sich. „Bring uns nicht nur Wild- oder Bärenfleisch zurück. Wie wär's zur Abwechslung mal mit einer Gans?“

Zach salutierte. „Ja, Ma'am. Für meinen Captain tu ich alles.“

„Geh und komm rasch wieder.“ Sie gab ihm einen flüchtigen Kuss. Nancy Jane quengelte und sie setzte sie auf einen Quilt, wo sie herumkrabbeln konnte. Das Kind rutschte eifrig herum. Nicht mehr lange und sie würde laufen können. Der dreijährige Edward wackelte heran und präsentierte ihr eine kleine Ringelnatter. Die beiden würden bald ihre ganze Aufmerksamkeit fordern.

Davey stieg der scharfe Geruch der heißen Quellen in die Nase, die in dem See sprudelten, dem sie sich näherten. Er lag am Rand eines großen Tals, das von runden baumbestandenen Bergkuppen umgeben war. Sie hatten hier Rast gemacht und die Frauen nutzten das fast kochend heiße Wasser, um Wäsche zu waschen. Eine Schar hochgewachsener Indianer samt ihrer Frauen war aufgetaucht und hatte frisches Gemüse und andere Waren zum Tausch angeboten. Was sie eintauschen wollten, waren Kühe oder Kälber. „Behaltet mir Charity gut im Auge“, wies Davey die Treiber an. Wenn Tishs Kuh etwas zustieß, würde er noch länger bei ihr in Ungnade stehen.

Während dieser Reise war viel schiefgegangen und er wusste: Das lag auch daran, wie er die Dinge handhabte. Tish hatte keine Nacht mehr in seinen Armen verbracht, seit sie sich wieder von den Hawkins' verabschiedet hatten. Das war ihre Weise, zu zeigen, dass sie wütend war.

Ihr Körper war noch da, aber sie selbst war weit weg. Er hoffte, dass es ihm gelingen würde, ihren Zorn zu besänftigen, bevor sie den Columbia River erreichten. Denn was er ihr dort sagen wollte, würde ihr nicht gefallen.

Er bemühte sich, ein belangloses Gespräch aufrechtzuerhalten, nachdem sie die heißen Quellen hinter sich gelassen hatten und auf die Blue Mountains zusteuerten, die „so hießen, weil die Nez Perce und Umatilla-Indianer den Brauch haben, das Unterholz abzubrennen, und die Berge oft in Rauch gehüllt sind. Das Feuer treibt ihnen Wapitis und anderes Wild zu.“ Letitia nickte. „Ich weiß nicht, ob die Indianer dort, wo wir hinwollen, das auch so machen.“

„Wir werden's schon seh'n.“

Wenigstens redet sie überhaupt wieder mit mir.

Die Reise war strapaziös, aber durchaus zu bewältigen, und in den vier Tagen, in denen sie die Blues durchquerten, rasteten sie jeden Abend an einem Fluss und im Schatten dichter Wälder. Die Abende wurden bereits kühl. Davey spielte seine irische Blechflöte und Tish trommelte mit den Händen den Rhythmus auf einer Pfanne, während Marthas große braune Augen jede Bewegung ihrer Mutter verfolgten. Davey blieb jetzt abends eher im Wagen, als sich mit den Männern zu unterhalten. Er spielte mit Martha, während Tish den Abwasch erledigte oder sich für „das Notwendige“, wie sie es jetzt auch nannte, in den Wald zurückzog. Er war für sie da. Er hoffte, dass sie das merkte.

Eines Abends tauchten plötzlich vier Kinder etwa im selben Alter wie Martha Hawkins bei ihnen auf. Sie fragten, ob sie die kleine Martha einmal halten dürften. Sie schmusten mit dem Baby und Letitia fragte sie anschließend, ob sie zum Zeitvertreib „Heiße Kartoffel“ spielen wollten.

„Wie geht das denn?“ Der größte Junge sprach mit deutlichem Neu-England-Akzent.

Letitia nahm eine Socke aus ihrem Nähkorb, rollte sie zu einem Ball zusammen und warf sie dem Mädchen zu.

„Das ist eine Socke.“ Das Mädchen runzelte die Stirn.

„Nein, 'ne Kartoffel is' es. Und heiß. Rasch, rasch. Gib sie weiter an deinen Bruder. Sonst verbrennst du dir die Hand.“

Der Junge nahm das Spiel auf und warf den Wollball in hohem Bogen einem anderen Mädchen zu. „Ginny, Vorsicht, kochend heiß."

Ginny hampelte herum, als ob die Socke ihr Hand und Fuß verbrannt hätte, und warf sie dann Letitia zu, die pustete, als ob sie die Socke abkühlen wollte, bevor sie sie dem kleinsten Jungen in dem Kreis, den sie inzwischen gebildet hatten, zuwarf. Die Kinder lachten und redeten davon, dass sie „Blasen an den Fingern" hätten von der heißen „Kartoffel", die die Haut „versengte". „Seht mal, wie lang ihr dabei wart. Nur weil ihr euch was Neues ausgedacht habt, was Lustiges. War zuerst nur 'ne alte Socke, aber dann war's was ganz andres. So geht das nur mit euren Gedanken."

Baby Martha begleitete das Spiel mit fröhlichem Glucksen und selbst Davey verließ seinen Platz am Feuer und sah ihnen zu. Rothwell ließ ein anerkennendes Geheul ertönen.

Als die Kinder gegangen waren, sagte Davey: „Du kannst gut umgehen mit den Kleinen. Das hab ich gar nicht gewusst."

„'s macht mir Freude."

„Du bist wirklich erfinderisch. Was man aus einer alten Socke nicht alles machen kann! Du hast viel Fantasie, Tish." Er legte ihr den Arm um die Schultern und küsste sie. Sie ließ es geschehen.

„Hab nicht gewusst, dass man's so nennt, wenn die Gedanken einen weit forttragen in neue Gegenden. Und das Herz mitnehmen tun sie auch. Fantasie. 's is' ein gutes Wort."

Einmal stießen sie auf einen gewissen Doc White, einen Unterhändler der amerikanischen Regierung mit den Indianern. Er und seine Begleiter hatten einen Schwarzen namens Moses „Black" Harris als Führer dabei. Davey erinnerte sich, das Harris Missouri im Jahr zuvor mit der Abteilung von National Ford verlassen hatte. Letitia beobachtete den gut aussehenden Mann gebannt, während er ihnen viele Einzelheiten erzählte, die ihnen von Nutzen sein konnten. Die gewählte Ausdrucksweise seiner tiefen Stimme verriet einen gebildeten Mann. In Davey regte sich etwas, aber er war nicht sicher, was. Er bemerkte, wie viel Aufmerksamkeit Letitia Harris schenkte, wie ihr Blick an dem Mann hing, während sie ihm lauschte, und er war froh, die Gesellschaft von hinten zu sehen, als diese ihren Weg fortsetzte. Letitia machte keinerlei Bemerkung über

Harris, aber sicher hatte es sie gefreut, wenigstens einmal auf dieser Reise einen Menschen ihrer eigenen Hautfarbe zu treffen. „Hast du gemerkt, Tish? Niemand hat ihn nach irgendwelchen Papieren gefragt."

Sie nickte.

„Es ist schon gut, dass wir hierhergekommen sind."

„'n guter Mensch is' das, das hab ich gesehn."

„Ist er das?" Er sollte nicht unwirsch sein, dass Tishs Interesse auch einem anderen gelten konnte. Lieber sollte er versuchen, ob er ihre bewundernden Blicke nicht auch auf sich selbst ziehen konnte.

Es gab Gräber am Wegrand. Manchmal stießen sie auf zurückgelassene Gegenstände: Kommoden, bereits von hohem Gras überwuchert, in denen noch Geschirr stand, die es so weit, aber dann nicht weiter geschafft hatten.

„Wir sind doch gut dran, Tish, meinst du nicht?"

Sie bat ihn, an einem der markierten Gräber anzuhalten. Er wartete so lange, bis sie von einem anderen Wagen überholt wurden. Letitia schien sich noch nicht von dem verlassenen Grab trennen zu wollen, auch wenn sie nicht wussten, wer es war, der hier begraben war.

„Wir ziehen besser weiter, Tish."

„Schadet nie, wenn man den Verstorbenen Achtung schenkt."

„Ja, das stimmt wohl."

Am vierten Tag in den Blue Mountains erreichten sie den Rand der Wälder. Vor ihnen in der Ferne ragten schneebedeckte Berge vom Talgrund hoch auf. Er konnte Oregon beinahe schon spüren. „Oh, schau mal, Tish. Ist das nicht großartig?"

„Oh ja. Großartig." Dann ergänzte sie: „Die Berge sind so schön wie ein Gemälde."

Er lächelte. Ein ungewöhnlicher Satz aus ihrem Mund. Er hielt die Zügel in den Händen, streichelte aber ihr Bein, da sie dicht neben ihm saß. Er hatte mal was gesagt, ob sie nicht darauf achten wollte, wie andere Frauen redeten, dass sie andere Worte benutzten, die Silben nicht verschluckten und die Sätze nicht verkürzten, und sie hatte rasch gelernt. Aus eigenem Antrieb. Wieder ein Hinweis, wie klug sie war. Und sie hatte sich für ihn entschieden. Das wollte er nicht vergessen. Und er hatte sich für sie entschieden.

Nach einer langen und nicht ungefährlichen Abfahrt an einem Berghang, auf dem nur vereinzelte Baumgruppen in einer ansonsten kargen Landschaft standen, erreichten sie eine sanft gewellte Ebene. Dann verlief ihr Weg entlang eines recht breiten Flusses. Sie erreichten eine Missionsstation, wo Dr. Whitman, der Missionar, und seine hübsche Frau sie begrüßten. „Ich führe ihre Kolonne durch das Gebiet der feindlichen Cayuse- und Walla-Walla-Indianer", bot der Doktor an. Er schob einen Karren mit kleinen Kartoffeln, Maismehl und losem Weizenmehl vor sich her. Die Reisenden nahmen sein Angebot an. Außerdem konnten sie an der Station ihre Vorräte auffüllen.

„Ich würde vorschlagen, dass Sie das Milchvieh hierlassen", verkündete Dr. Whitman dem Trupp. „Die Tiere sind schon entkräftet und es wird nicht leicht sein, sie über den Mount Peak zu bringen. In Fort Vancouver können Sie neue Tiere erwerben."

„Da ist was dran", sagte Davey am Abend zu Tish. „Der letzte Abschnitt der Reise führt über die Cascades und das soll die schlimmste Etappe sein, heißt es."

„Charity gehört mir und wir baun unser neues Leben nich' ohne sie auf. So hast du's doch immer gesagt. Zwanzig Rinder von uns kommen noch. Sind eh' schon zu viele, die wir verloren habn. Kaum zu hoffen, dass es gute Milchkühe gibt, da, wo wir hingehn. Charity muss mit."

Er ließ sie glauben, dass sie ihn überzeugt hatte. Aber Davey war schon vorher ihrer Meinung gewesen. Er bezweifelte, dass man in Fort Vancouver gutes Milchvieh kaufen konnte. Die Britischen würden ihnen die Tiere wohl auch kaum verkaufen. Außerdem hatte er nicht vor, so weit in den Norden zu reisen; er wollte sich nach Süden orientieren, sobald sie das fruchtbare Tal erreicht hatten, das ihr Ziel war. Wenn sie das eigene Milchvieh hierließen, würden sie sich später mit den wilden Rindern mit ihren langen Hörnern und ihrem tückischen Charakter begnügen müssen, die man von Kalifornien dorthin getrieben hatte.

„Charity bleibt bei uns, Tish, samt ihrem Kalb und unseren Ochsen und Rindern."

Der Wagenzug arbeitete sich jetzt durch eine weite Hügellandschaft. Manchmal schlugen sie das Lager über hohen Basaltklippen auf, wo es kein Holz zum Kochen gab. Davey war den ewigen Zwieback und die trockenen Kuchen, die Letitia aus den gemahlenen Grillen gebacken hatte, gründlich leid. „Ich hab zwar gesagt, diese Grillen würden länger reichen als ein Jahr, weil ich sie nicht anrühren würde. Und wo stehe ich jetzt?" Er biss in den Kuchen und kaute darauf herum. „Nur Martha kriegt von uns dreien hier was richtig Gutes zu essen."

Jeder Fluss, den sie überqueren mussten, bedeutete eine neue Herausforderung. Im schlammigen Ufer des John Day River sanken die Wagenräder tief ein und der steile Anstieg am anderen Ufer forderte die müden Zugtiere heraus. In der wilden Strömung des Deschutes River wurden ein paar der schwächeren Tiere fortgerissen, aber Charity und der Rest ihres Viehs kamen gut hindurch. Sie mussten sich mit Indianern auseinandersetzen, die Pferde stahlen oder Baumwollhemden im Tausch dafür verlangten, dass sie sie in Kanus übersetzten. Nach jeder gelungenen Aktion erinnerte Davey Tish daran, wie viel Glück sie hatten. Alle schwierigen Bergpässe hatten sie erfolgreich überwunden oder umfahren. Jetzt lag nur noch der Mount Hood vor ihnen. Vielleicht hatte er also doch gute Entscheidungen getroffen. „Das ist der Segen des Herrn, Tish." Er küsste seine Tochter auf die Stirn. „Wirst sehen, alles wird gut, wir haben ein langes Leben vor uns. Zusammen." Sie widersprach ihm nicht.

Nancy hörte Vogelgezwitscher, vermischt mit dem Quaken von Enten und dem wehmütigen Schrei der Wildgänse, die über ihnen zogen, bis sie sich am Flussufer niederließen. Als Zach bei Einbruch der Dunkelheit immer noch nicht zurück war, schickte sie Samuel zu Isaac Hinshaw, Georges Bruder, um sich zu erkundigen, ob George schon zurück war. Das war nicht der Fall und Grund zur Besorgnis. Es war nicht Zachs Art, sie derart in Unruhe zu versetzen. Vielleicht war George gestürzt und hatte sich verletzt und Zach war bei ihm geblieben. Sie würden am nächsten Morgen zum Lagerplatz zurückkommen. Vielleicht hatte Zach sich auch mit dem Gewehr verletzt. Er war nicht sehr geübt im Schießen. *Himmel, so muss es sein. Er war so selten auf Jagd. Oder George ist verletzt und sie können erst morgen früh kommen.*

Aber am nächsten Morgen waren sie noch nicht aufgetaucht. Isaac hatte mit drei weiteren Männern die Insel durchstreift, um sie zu suchen. Jetzt war es Mittag und sie waren zurück. Mit Georges Leichnam. „Er starb, kurz nachdem wir ihn gefunden hatten." Nancy hörte die Worte, verstand aber ihren Sinn nicht. „Es gibt keine Spur von … Doktor Hawkins."

„Aber Zach …"

„Wir haben nur … eine Blutspur gefunden."

Neben Nancy stand ihre Mutter, eine Frau, die selbst vor einigen Jahren Witwe geworden war.

„Wir sind der Spur gefolgt, aber sie endete irgendwo am Felsen und wir konnten sie nicht weiterverfolgen." Isaac drehte den Hut in den Händen; seine Knöchel waren weiß vom harten Griff, die Augen gerötet von seinem eigenen Leid.

Nancy heftete den Blick auf diese weißen Knöchel. Sie konnte es nicht ertragen, dem Mann in die Augen zu sehen, so tiefe Trauer lag darin. „Können Sie nicht länger suchen? Vielleicht liegt er irgendwo und wartet auf Hilfe. Bitte."

Der Captain stand neben Isaac, der sich jetzt an den Anführer wandte. „Wir begraben George. Aber dann müssen wir weiter."

„Aber … nur ein paar Stunden, um ihn zu suchen …"

Zachs Eltern kamen, um ihr beizustehen, und das gelang ihnen anscheinend. Die Trauer verband die drei und sie stützten sich gegenseitig wie Bäume, die der Wind gefällt hatte und die nun verhinderten, dass andere ebenfalls zu Boden stürzten.

„Es ist nicht nur wegen der fortgeschrittenen Jahreszeit, Mrs Hawkins. Wenn wir länger bleiben, bringen wir den ganzen Zug in Gefahr. Wir wissen nicht, wie viele Indianer sich hier herumtreiben. Aber wir wissen, dass sie nicht friedlich sind. Das war deutlich zu sehen … an Georges Leichnam. Wir müssen von hier weg."

„Georges Leichnam?"

„Nichts für die Ohren einer Lady", sagte Isaac. „Es tut mir so leid, Missus."

„Ich weiß. Ihr Bruder. Tot." Sie wandte sich an ihre Schwiegereltern. „Es tut mir so leid. Er war euer Sohn …" Sie kümmerte sich um die Trauer aller anderen, um den eigenen Schmerz nicht zu spüren.

Nancys Schwager bot an, ihren Wagen zu fahren, aber Samuel sagte, das könne er auch. Er habe es schon gemacht, erklärte er den Männern. „In Ordnung. Wir fahren weiter, nachdem wir George in die Erde gelegt haben."

Sie sollte ihren Mann hier zurücklassen? Ohne seinen Leichnam gesehen zu haben? Vielleicht war er nicht tot, wartete auf jemanden, der ihn zurückbrachte. Konnte es denn sein, dass sie erst Laura verlor und nun Zach? Nein, unmöglich. Es musste ein Irrtum sein.

„Samuel, komm mit. Lass mich nach ihm suchen."

Die Augen des Jungen waren groß wie Felsbrocken. „Nein, Ma. Es ist zu gefährlich für dich." Er hielt inne. „Aber ich kann gehen."

„Nein!" Richter White, Nancys Bruder, hatte das Gespräch gehört. „Nancy, du musst die Dinge akzeptieren, wie sie sind. Du darfst meinen Neffen nicht auch noch in Gefahr bringen." Er legte dem Jungen die Hand auf die Schulter. Edward starrte verstört zu seinem älteren Bruder hoch.

Nancy wollte nicht auch noch Samuel verlieren. Bitterkeit stieg in ihr auf wie eine sengende Flamme. Eindringlich flehte sie die Männer an und ihre Stimme erschreckte Nancy Jane, Martha und Mary Ann. „Bitte, lasst mich gehen." Sie lief ein paar Schritte, kam zurück. „Wir können nicht weiterfahren. Ich muss ihn sehen. Muss ihn noch einmal berühren." Sie presste die Finger auf die Lippen. „Wie soll ich den Gedanken ertragen, dass wir ihn im Stich gelassen haben?"

„Du musst ihn nicht sehen." Zachs Vater atmete tief durch. „George war bis zur Unkenntlichkeit entstellt, Nancy. Sie haben ihn gefoltert. Skalpiert. Ihm Holzsplitter unter die Fingernägel getrieben und sie angezündet. Und mein Sohn hat dasselbe Schicksal erlitten. Er ist tot und er dürfte seinem Gott gedankt haben, dass es so rasch geschah."

Da brach sie zusammen, spürte kurz den stechenden Schmerz in ihrem Leib, bevor Zachs Mutter sie auffing.

Dann versank ihre Welt im Dunkel.

20 Ein letzter Übergang

Letitia saß am Ufer und kaute einen Bissen geräucherten Lachs. Das Tosen und Brüllen des Wassers übertönte jedes andere Geräusch, auch das leise Glucksen von Martha, die den Mund öffnete und schloss wie ein Fisch auf dem Trockenen. Das Wasser schlug hart an die Felsen und Letitia konnte spüren, wie der Boden unter den dünnen Sohlen ihrer Lederschuhe bebte. Sie durfte nicht mehr barfuß laufen. Es war die erste von vielen Veränderungen, die von jetzt an auf sie zukamen. Das Donnergetöse der Wasserfälle, das alle anderen Laute in sich aufsog, erlaubte ihr, über den Vorschlag nachzudenken, den Davey ihr gemacht hatte. Besser gesagt, über seine Anordnung.

„Du und Martha müsst von hier aus auf dem Fluss weiter. Wir treffen uns in Linnton wieder. Ich hab ein Boot gemietet, das dich und Martha und auch den Wagen transportiert. Dreißig Dollar für den Wagen und je fünf Dollar für euch." Sie tranken schwachen Kaffee in der frostigen Morgenluft. Aber bis zum Mittag würde es so heiß sein wie an einem Sommertag in Kentucky, wenn der gestrige Tag als Maßstab gelten konnte. In dieser Gegend war der September offenbar keineswegs ein kühlerer Monat, außer in den Nächten.

„Wir geh'n mit dir."

„Das wird zu schwer für eine Frau mit einem Kind. Pass auf. Ich nehme den Weg, über den wir das Vieh treiben. Das ist nur ein schmaler Fußpfad. Knighton und Martin begleiten mich. Es ist für dich zu gefährlich, außerdem kann es einen frühen Schneefall geben, das würdest du nicht überstehen. Und Martha schon gar nicht. Ich hab mein Geld gut zusammengehalten – und du bist sparsam mit unseren Vorräten umgegangen – und deshalb können wir uns jetzt diese Passage für dich leisten. Außerdem muss jemand dafür sorgen, dass unser Hab und Gut sicher in diesem Tal ankommt. Dann wird unser Wagen Gold wert sein."

„Wo treff ich dich?"

„Der Viehtrieb endet in Oregon City. Ich muss nur übersetzen und finde euch dann schon."

Wenn der Herr will.

„Manche sagen, sie bleiben hier an den Wasserfällen und baun … bauen Hütten für den Winter. Andre wolln … wollen Wagen und Vorräte hierlassen. Sie kommen im Frühling wieder, sagen sie." Manchmal strengte es sie an, ihre Worte mehr so klingen zu lassen wie die von Nancy. Jetzt war sie sehr müde.

„Aber wir nicht. Wir sind jetzt so weit gekommen und haben Zeit aufgeholt. Und haben immer noch unsere Kühe und Ochsen, einen guten Wagen und genug Vorräte. Die werden uns zugutekommen, wenn wir unser Tal erreicht haben."

„Geld für den Transport wär besser ausgegeben, wenn wir da angekommen sind."

„Nein. Manchmal muss man Geld ausgeben, wenn man etwas verdienen will. Tish, ich will dich nicht in Gefahr bringen. Deshalb schicke ich dich auf dem Fluss weiter." Es war schwer, ihm seinen guten Willen abzusprechen.

„Barlow fährt auch mit dem Wagen weiter. Durch die Berge im Süden. Warum können wir nicht …"

„Barlow geht auf eigene Faust. Und es gibt keine Garantie, dass er's schafft." Er stand auf und wuschelte Martha durch das verzauste Haar. „Sieh dir diese Berge an." Er wies mit dem Kinn auf den spitzen, schneebedeckten Gipfel, der höher war als alle, die Letitia bisher zu Gesicht bekommen hatte. „Es wäre gefährlich, wenn man versuchen wollte, da durchzukommen."

Sie konnte selbst sehen, dass es so war. Aber warum sollte er entscheiden und ihr erst dann sagen, was er beschlossen hatte?

„Ich habe beschlossen, dass wir es so machen", fuhr Davey fort. „Ich hab das Boot schon bezahlt. Sie nehmen dich und Martha, den Amboss, Werkzeug, dein … Gepäck. Wir müssen den Wagen so gut wie auseinandernehmen. Knighton und ich erledigen das heute. Dann warten wir, bis ich euch beide sicher auf dem Boot abwinke, und ziehen dann gleich mit den Rindern los. Ihr steht auf der Transportliste. Es ist alles arrangiert."

„Ich hab keine Wahl."

„Nein. Hast du nicht."

„Was wird mit Rothwell?" Jemand scheuchte den Hund gerade von den Gestellen fort, auf denen Lachse gedörrt wurden, und er sprang mit eingezogenem Schwanz auf sie zu. Unterwegs blieb er stehen und beschnupperte etliche der Indianerhunde, die auch herumliefen.

„Er kommt mit mir. Er kann beim Viehtreiben helfen."

Davey würde vielleicht nicht zum vereinbarten Treffpunkt kommen, wenn es nur wegen ihr und Martha wäre, dachte Letitia. Aber für den Hund würde er bestimmt kommen.

„Hoffentlich bringen sie euch bald hier raus, bevor ihr noch das Fleckfieber kriegt. Oder ich. Dieser Platz wimmelt nur so vor Krankheiten. Und ich kann kaum meine Gedanken zusammenhalten bei dem Lärm, den diese Wasserfälle machen."

Dieses Gespräch zwischen ihnen lag zwei Tage zurück. Sie hatte eine schlaflose Nacht unter Sternen verbracht, die so nah schienen, dass man glaubte, man könnte sie pflücken. Jetzt nahm sie noch einen Bissen von dem Lachs und genoss das feste rosa Fleisch. Jemand aus dem Trupp hatte ihr gesagt, sie solle dem Hund nie rohen Fisch geben, das würde ihn umbringen. Sie brach ein Stückchen Fisch für Martha ab, befeuchtete es in ihrem Mund und schob es dann zwischen die Lippen des Babys. Rothwell bekam ebenfalls einen Happen. Der Ausdruck auf dem Gesicht ihrer vier Monate alten Tochter brachte Letitia zum Lächeln. „Ist das gut? Is' nur ungewohnt."

Sie sah den Indianern zu, die mit Speeren und Netzen auf wackeligen Podesten standen und in den schäumenden Wassermassen nach Fischen stachen. Sie taten, was sie tun mussten, ungeachtet der Gefahr. Und dasselbe musste sie auch tun. Sie würde also mit Martha allein weiterreisen, weil Davey gesagt hatte, das sei sicherer. Aber wo sie sich wiedersehen würden, das konnte sie nicht so in der Schwebe lassen wie ein Büschel Federn, das der Wind verwehte.

Sie stand auf und ging zu der Stelle, wo Davey den Wagen zerlegte. Andere aus dem Trupp hatten Bäume gefällt, aus denen sie ihre eigenen Flöße bauten, Flöße, die deutlich unsicherer aussahen als die, über die die Schifffahrtsgesellschaft verfügte. Die britischen Boote waren das Beste, was sie bekommen konnte, und Davey hatte bereits für ihre Überfahrt bezahlt. Sie würden am nächsten Morgen fahren.

Als sie den Wagen erreicht hatte, sagte sie: „Ich treff dich in Oregon City. Nicht in Linnton."

Ein Mann sah von seiner Arbeit auf, warf Davey einen Blick zu und legte die Stirn in Falten.

„Was?" Davey drehte sich um. „Was hast du gesagt?"

„Ich treff dich in Oregon City."

Er trat etwas beiseite, damit die anderen ihn nicht hörten. „Pass auf, Tish. Ich glaube, es ist besser, wenn du in Linnton auf mich wartest. Oder vielleicht sogar weiterfährst bis Fort Vancouver. Der Kommandant des Forts ist bekannt dafür, dass ihm die Sicherheit von Kindern und Frauen am Herzen liegt. In Oregon City ... also, ich weiß nicht, ob du dort eine Pension finden würdest, die dich bleiben lässt ... Aber in Linnton kannst du im Wagen wohnen. Es ist sicherer. Ich will mich nicht um dich sorgen müssen."

Wie oft war er wohl schon ihretwegen in Auseinandersetzungen mit anderen geraten, von denen sie nichts ahnte? Vielleicht hatte er recht.

Wenn er nicht kam, um sie zu holen, würde sie eben ein eigenes Leben allein beginnen müssen. Das schien er nicht zu verstehen. Aber für den Moment würde sie sich fügen. „Ich wart zwei Wochen, nachdem ich ankomm, auf dich. Danach verkauf' ich die Vorräte und was ich nich' brauch. Und Martha und ich fangen ein eigenes Leben an."

„Klingt vernünftig. Aber ich komme. Glaub mir."

„Du hast Charity. Mir geht's besser, wenn ich Roth dabeihab."

Davey zögerte. „In Ordnung." Er kraulte dem Hund den Rücken. „Roth geht mit dir."

Letitia wollte gerade hinter den zwei anderen Familien, die ebenfalls mitfuhren, auf das Floß gehen, als sie eine vertraute Gestalt zu sehen glaubte. *Ja.*

„Es ist Martha Hawkins", rief sie Davey zu und lief dem Mädchen entgegen, die kleine Martha in der Trage auf dem Rücken. Sie wollte das Kind in seinem verwaschenen und zerknitterten Kleid nicht aus dem Blick verlieren. „Martha!", rief sie und das Kind drehte sich um, verschwand dann aber hinter einem Ochsengespann, das einen Baumstamm zog. „Martha Hawkins. Bist du das?“

Davey rief hinter ihr her. „Letitia! Du musst kommen.“

Sie hastete um die Ochsen herum. Das Mädchen stand noch da, die Augen im Gesicht so tief wie die Löcher, die Rothwell buddelte. Der Hund folgte ihr bellend. Atemlos streckte sie die Hand nach Martha aus, die aber vor der Berührung zurückwich. „Martha? Ich bin Letitia. Letitia Carson. Und Baby Martha. Wo sind deine Eltern?“

Martha zeigte auf eine Gruppe von Männern, die neben einem Stapel noch ungeschälter Baumstämme rasteten. Letitia konnte den Doktor nicht erkennen, dafür aber seinen Vater und Nancys Bruder, den Richter. Keiner der Männer sah wohl aus: Sie waren abgemagert und die Kleider, die sie trugen, waren noch verschlissener als ihr eigenes. Fleckfieber? Dem wollte sie Martha nicht aussetzen.

„Wo ist deine Mama?“

„Mama weint. Sie weint immer.“

„Warum denn, Mädchen?“ Letitia kauerte sich hin, um Martha in die Augen zu sehen. Sie legte dem Kind die Hand auf eine Schulter, die so mager war wie ein Hühnerbein.

„Das Baby ist gestorben und Papa auch. Und dann ist Mr Meek weg gewesen und wir sind auch fast gestorben.“

Martha schien erst jetzt ihre kleine Namensschwester zu bemerken und ihre Augen füllten sich mit Tränen, die bald die hohlen Wangen hinunterliefen. „Baby Martha.“ Die Worte kamen heraus wie ein Seufzer.

Die Kleine braucht Trost. Hat eine schlimme Zeit gehabt. Und ihre Mama ebenfalls.

Letitia griff nach Marthas Hand. Ihre Sorgen waren Kieselsteine im Vergleich zu den Felsen, die diesem Kind im Weg standen. „Bring mich zu deiner Mama.“

„Letitia!“ Atemlos blieb Davey neben ihr stehen. „Du musst jetzt wirklich kommen.“

„Erst mal werd’ ich hier gebraucht.“

Der Blick, mit dem Nancy Letitia begrüßte, war leer. Nancy klopfte mit der Hand neben sich auf die am Boden liegende verblichene Decke, auf der sie saß. Sie stillte Nancy Jane, obwohl sie fast keine Milch mehr für das Baby hatte. Sie wollte aufstehen, um die Freundin zu umarmen, hatte aber kaum die Kraft dazu. Schlafen wollte sie, schlafen und nie mehr aufwachen. Die Reisegruppe, der sie sich angeschlossen hatten, hatte eine Abkürzung genommen. Meek hatte sie zwar davor gewarnt, aber die Männer hatten darauf bestanden, dass Meek sie auf der kürzeren Route führte. Dieser Greenberry Smith war ein besonders lautstarker Verfechter gewesen.

„Letitia!"

Nancy sah, wie Letitia sich Davey zuwandte. „Gib mir ein wenig Zeit für meine Freundin. Ich komm rechtzeitig."

Davey blies die Backen auf, überließ die Frauen aber sich selbst und stapfte davon.

Letitia wandte sich wieder Nancy zu. „Dir geht's nicht gut. Nancy Jane … hat Hunger." Letitia nickte dem Kind zu, das sich in Nancys Armen wand.

„Ich hab Milch genug."

„Oh, wirklich?"

Tränen stiegen Nancy in die Augen, als sie Letitia ihr Kind reichte. Wenigstens eines ihrer Kinder würde heute satt werden. Sie hatten alle viel zu wenig gegessen.

„Judge und die anderen sagen, Meek hat uns schlecht geführt. Aber der hatte ihnen gesagt, dass er diese Route nicht sicher kennt. Schon als wir noch in der Gegend von Boise waren. Aber nachdem Zach …" Ihre Arme lagen kraftlos in ihrem Schoß. „Ich hatte nicht mehr die Kraft. Oder das Interesse. Oder den Willen oder Glauben, um mich in die Diskussion einzumischen. Die Männer hätten sowieso nicht auf mich gehört." Sie holte tief Luft.

„Dann gab es die ersten Toten. Zwanzig, sagen sie. Ich wollte überleben. Obwohl ich gar nicht weiß, warum. Zach ist tot, Tisha. Oder er wartet noch immer auf Rettung." Ihre Stimme brach. Die Freundin stellte keine Fragen. Sie war so dankbar. Sie waren an dem Ort angekommen, den Sarah Bowman in ihrem Brief beschrieben hatte. Tosende

Wasserfälle, kahle braune Hügel. „Wie soll denn meine Zukunft aussehen? Hoffnungslos! Das muss alles ein schrecklicher Fehler sein." Sie hustete. Das Sprechen strengte sie an, wie jetzt immer, seit sie das Baby verloren hatte. Das letzte Kind, das sie und Zach gemeinsam hatten.

„Aber ihr habt's bis hierher geschafft. Gott sei Dank." Letitias dunkler Zeigefinger strich über die Wange von Nancy Jane, die an ihrer Brust lag.

„Ob ich Gott danken soll, weiß ich nicht. Aber vielleicht war er es ja, der uns diesen Major Moses ‚Black Squire' Harris über den Weg geschickt hat." Der lange Name machte ihr Mühe. „Meek sagte, er wolle Hilfe von der Mission holen. Die Männer wollten das nicht. Meek hat dann von seinem eigenen Geld Lebensmittel und Seilzüge und Äxte gekauft – und hat diesen Major und ein paar Indianer dazu gebracht, die Sachen bis zu uns zu transportieren. Der hat uns dann über den Deschutes River gebracht bis hierher. Dem Himmel sei Dank. Dieser Major ist wirklich ein guter Mensch. Vielleicht macht es ein paar Leute nachdenklich, wie es mit dem Herzen von Schwarzen bestellt ist. Aber deinen G. B. Smith wird das sicher nicht umstimmen."

„Er is' nich' mein Greenberry Smith."

„Er hat am lautesten gefordert, dass Meek die kürzere Route nimmt und dann … haben wir uns völlig verlaufen." Sie reckte die Hände zum Himmel. „Es war … unbeschreiblich."

Nancy wollte fragen, wie es Letitia ging und warum Davey so drängte. Aber sie war zu erschöpft. Letitia hatte ihr Haar nicht mehr in kleine Zöpfe geflochten, sondern die dichten, kräftigen Locken mit einem Stoffband im Nacken zusammengebunden, sodass ihr hübsches Gesicht frei war. Sie war nicht so hohlwangig wie Nancys Kinder oder die anderen Männer und Frauen, die sich Meek angeschlossen hatten. Seufzend fragte Nancy: „Und du? Wie geht es dir?"

„Es is' anstrengend gewesen. Aber Hunger mussten wir nich' leiden. Doktor Whitman hat Lebensmittel gekauft. Diesen Major Black Harris, den hab'n wir auch getroffen. Gut, dass der Herr ihn auf 'ne andre Route geschickt hat. Da hat er euch helfen könn'n."

„Vielleicht. O Letitia, was soll ich denn jetzt machen – ohne Zach? Wenn die Kinder nicht wären, wär's mir ja egal. Mein Bruder sagt, ich müsse rasch wieder heiraten. Anders könnte ich nicht überleben, meint er. Und nur so bekomme ich auch meinen Anteil am Land. Als ob mir das noch was bedeuten würde."

„Eine Frau darf Land besitzen?"

„Das sagen sie jedenfalls. Aber wieder heiraten? Das kann ich nicht. Das verstehst du doch, oder? Zach war alles für mich. Und so wird es bleiben." Ihr Blick wanderte über die Reihe ihrer Töchter, die teilnahmslos um ihre Mutter herumsaßen. An ein Wagenrad gelehnt saß Mary Ann da, blass wie ein Gerippe; Martha daneben starrte ins Leere. Aber als die kleine Martha wimmerte, kümmerte sie sich sofort um das Baby. Samuel stürzte sich in die Arbeit bei den Männern und hatte den kleinen Edward mitgenommen. Manchmal glaubte Nancy, sie hätte ihre beiden Söhne verloren. Dieser verirrte Trupp von Siedlern barg mehr Verluste, als man ihm auf den ersten Blick ansah. „Zach ist vielleicht noch am Leben und findet uns wieder. Nicht auszudenken, wenn er gewartet hätte und wir ..."

Nancy war sich nicht sicher, ob sie kräftig genug war, dem Fieber zu trotzen, das sich unter den Siedlern ausbreitete, geschweige denn noch weitere Meilen zurückzulegen, die, wie es hieß, die anstrengendsten der ganze Reise sein würden. Mary Ann war immer noch kränklich. Vielleicht lag es an dem halb garen Essen, das sie genossen hatten, als sie am Columbia River angekommen waren. Alle waren so ausgehungert gewesen, dass sie selbst nach Verdorbenem gegriffen hatten. Aber sie waren alle noch am Leben. Zach war sich so sicher gewesen, dass diese Reise unter einem guten Stern stand. Was würde sie in dieser Seelenwüste wohl noch alles entdecken müssen?

„Das Schlimmste ist, dass es keine Gewissheit gibt", sagte sie. „Wie bei Laura. Ein Holzkreuz, wieder aus Teilen von meinem Quiltrahmen gezimmert. Ich werde beide Kreuze nicht wiedersehen. Gerade waren sie noch da, und im nächsten Moment ... fort. Ich habe ihm nicht mal mehr sagen können, wie sehr ich ihn liebe." Sie verdrückte ein paar Tränen und wiegte den Oberkörper hin und her. Ihre Arme waren leer, sie hatten niemanden mehr, den sie umarmen konnten. „Jeden Tag haben wir es uns gesagt", fuhr sie fort. „Aber ich habe gedacht, am Abend ist ja auch noch Zeit."

„Du bist am Leben. Und deine Kinder sind's auch. Und Träume, die kannst du auch für deine Kinder hab'n. Und später auch für dich wieder."

Nancy sah in das dunkle Gesicht ihrer Freundin. „Wenn ich nur den Willen dazu hätte. Ich fühle mich so kraftlos."

„Erst mal musst du für heute leben. Der Herr kümmert sich um morgen." Letitia reichte ihr das gestillte Kind und rückte ihre Schürze zurecht.

Nancy hatte sich immer etwas darauf zugutegehalten, dass sie die Dinge nahm, wie sie kamen, ohne sich allzu sehr um das Morgen zu sorgen. Vielleicht würde sie sich jetzt mit der Hoffnung auf eine Zukunft begnügen müssen, um überhaupt nach vorn schauen zu können.

„Letitia, sie warten nicht ewig", unterbrach Davey jetzt mit Nachdruck.

„Ich halt' Ausschau nach dir", versicherte Letitia Nancy. „Ich lass 'ne Nachricht für dich da, bei Leuten, die auch nach Oregon City woll'n. Die sagen dir, wo wir am Ende geblieben sind."

Nancys Familie wollte ebenfalls auf dem Fluss weiterreisen. Sie waren dabei, Flöße zu zimmern. Sie brauchten ein paar Tage, um sich zu erholen, wieder etwas Gewicht zuzulegen und um Abstand zu den Wochen zu bekommen, in denen sie ziel- und orientierungslos herumgeirrt waren. Und um die zu begraben, die es nicht geschafft hatten.

Sie verabschiedeten sich und Letitia ließ sich von Davey zu ihrem Floß bringen. „Doktor Hawkins is' tot", sagte sie. „Nancy wünscht, sie hätt' ihm noch was gesagt. Das hat sie dann nich' mehr gekonnt. Deshalb sag ich dir jetzt auch was." Sie sah ihm direkt ins Gesicht. „Ich will, dass du heil ankommst, Davey Carson. Ich hoff, dass wir zusammen ein gutes Leben hab'n, wenn wir erst mal in diesem Tal ankomm'n." Sie wusste nicht, ob sie diesen Mann eigentlich liebte oder nicht. Aber ihr Herz fühlte sich ihm verbunden. Und vielleicht war das ja Liebe. Sie würde alles für ihn tun und er, das glaubte sie fest, würde fast alles für sie tun. Er hatte für ihre Passage auf dem Schiff gezahlt. Das hätte er sicher nicht getan, wenn sie und Martha ihm egal wären. Sie kaute auf ihrer Unterlippe. „Ich hab Gefühle für dich, Davey Carson."

„Ist das so?" Er sah sie an. „Und ich hab Gefühle für dich, Tish." Er strich ihr über die Stirn, in der Mitte, wo das Haar sich etwas vorwölbte. Sie spürte seine schwieligen Finger. Seine Stimme war zärtlich, als er sagte: „Tu, was die Männer dir sagen, dann geht alles gut. Und warte auf mich. Ich komme. Und bring Charity mit. Verlass dich drauf. Wir haben es so weit geschafft, Tish. Wenn Gott will, sehen wir uns in zehn Tagen wieder."

Seine Erinnerung, dass Gott für sie sorgte, und die Hoffnung, die in seinen Worten lag, trösteten sie. Und so bestieg sie das breite Floß mit einem Ausmaß an Zuversicht, wie sie es schon sehr lange nicht mehr empfunden hatte. Die in Segeltuch eingeschlagenen Vorräte waren im Wagen verstaut, die Räder gesichert, die Apfelbaumsetzlinge welk, aber noch intakt. Neben ihnen stand der schwanzwedelnde Roth. Letitia küsste ihre Tochter auf die Stirn und murmelte ein Gebet. Sie winkte Davey und dann glitt das Floß in sicherer Entfernung von den gefährlichen Wasserfällen in die Strömung. Sie sprach noch ein Gebet für Davey und eines für sich selbst: dass sie ihn wiedersehen würde und dass sie sich endlich in der Wildnis ein eigenes Leben einrichten konnten. Sie hatten es schon so weit geschafft, da hatte Davey recht. Und der Herr würde sie nicht verlassen. Daran wollte sie festhalten.

21 Getrennte Wege

Zusammen mit vier weiteren kräftigen jüngeren Männern trieb Davey eine Herde von 150 Stück Vieh über den schmalen Viehpfad. Er hatte das Kommando des kleinen Trupps und verstand es als Kompliment, dass er für die anderen „Onkel Davey" war. Nach so langer Zeit, in der man gemeinsam unterwegs war, stand man sich fast so nah wie Verwandte. Man kümmerte sich umeinander, bestand die Strapazen gemeinsam und hatte auch schon das eine oder andere Fest zusammen gefeiert. Das taten doch Verwandte füreinander, oder? Er wollte feiern, wenn sie Oregon City erreichten, so viel stand fest. Das zuverlässige

Läuten von Charitys Kuhglocke begleitete ihn durch Brombeergestrüpp, über Flüsse und durch tiefe, enge Schluchten.

Am dritten Tag begann es leicht zu regnen. Als der Regen nachließ, folgte Nebel.

„Hallo! Hallo!"

Davey wandte sich in die Richtung, aus der der Ruf gekommen war. Eine Frau, die ein Pferd ritt, und ein Junge von vielleicht neun Jahren erschienen zwischen den Bäumen; außerdem vier Männer. Einer seiner Viehtreiber führte die kleine Gruppe an und berichtete Davey, er sei auf Mr und Mrs Walden und ihre Leute gestoßen. Indianer hätten ihnen ihre Vorräte gestohlen. „Sie hoffen, dass sie sich uns anschließen können."

„Nun, natürlich." Davey hielt Walden für leichtsinnig, dass er seine Frau und seinen Sohn mit auf diese Route genommen hatte, behielt seine Gedanken aber für sich. Das Gelände forderte seine ganze Aufmerksamkeit.

Am nächsten Tag verloren sie Stunden, weil sie einen Weg um umgestürzte Bäume herum suchen mussten. An einem anderen Tag stießen sie auf einen Wildwechselpfad, der verlockend aussah, aber zu sehr in die Höhe führte. Am Abend waren sie wieder an derselben Stelle angekommen, von der sie am Morgen aufgebrochen waren. Am siebten Tag grübelte Davey darüber, wo der Weg weiterging. Er war hier zu beiden Seiten von Lorbeersträuchern gesäumt und einige Rinder hatten sich schon daran gütlich getan, bevor die Männer sie daran hindern konnten. Noch am selben Nachmittag verendeten einige Tiere. „Das Fleisch ist nicht genießbar", sagte Davey. „Wenn wir es essen, verenden wir ebenso."

Aber die Vorräte reichten nicht für die nun größere Schar. Sie würden sie rationieren müssen. Da waren sie nun so weit gekommen und am Ende drohte doch noch der Hunger. Das war die Höhe. Und er war verantwortlich, er war derjenige, der entschied: Wir machen es so. Vielleicht war es doch keine so schlechte Idee, die Dinge gemeinsam zu besprechen, wie Letitia es immer gern wollte. Es ersparte einem die Vorwürfe.

Mitten in der Nacht weckten sie ein tobendes Schneegestöber und das Knarren der hohen Bäume im Sturm. Sturmböen und scharfkantige Hagelkörner drangen durch die Kleidung. Nach nur wenigen Minuten waren sie nass bis auf die Haut. Hastig standen sie auf, brachen das Lager ab, sahen nach der Herde.

Die Herde war fort.

Mit erstarrten Fingern aßen sie ein Brötchen, beluden die Packtiere mit ihren restlichen Sachen und begannen den Abstieg in der Hoffnung, weiter unten wieder auf einen gangbaren Weg zu stoßen. Aber der Wind trieb ihnen den Schnee ins Gesicht und verwehte den fraglichen Pfad ebenso wie ihre eigenen Spuren. Am Mittag waren die Pferde erschöpft und sie mussten sie am Zügel führen. Davey hielt Fergus seinen Hut vor den Kopf, damit der Schnee dem Tier nicht in die Augen drang. Daveys Bart war schon gefroren, die Augenwimpern eisverkrustet und er verlor das Packtier vor sich aus dem Blick. Die Gruppe verlor sich aus den Augen.

„Geh zurück und sag den Langsameren Bescheid, dass wir vorausgehen", rief Davey einem der Viehtreiber durch das Geheul des Windes zu. Es war Nacht und der Schnee war hell genug, um den Weg zu erkennen. Aber Davey spürte zum ersten Mal, wie Angst ihm die Kehle zuschnürte. Sie hatten keinen Proviant mehr, waren unterkühlt und durchgefroren. Der Sturm konnte noch tagelang anhalten. Die Frau, Sarah Walden, war durchnässt. Jetzt hatte sie sich in eine Decke gehüllt. Er hörte, wie ihre Zähne klapperten. Er hatte das Kommando. Die Verantwortung. Eisregen schlug ihm ins Gesicht; es brannte wie von Tausend Bienenstichen und ließ ihn nicht mehr klar denken. Er zog das Halstuch über die Nase. Es war schon fast an der Haut festgefroren.

Sarah Waldens Mann setzte sie auf eines der kräftigeren Pferde. Zerbrechlich wie ein Kind hockte sie darauf und zitterte, obwohl ihr Mann ihr noch seine eigene Decke umlegte. Das Pferd tat keinen Schritt vorwärts; auch die Söhne der Waldens wollte es nicht tragen, obwohl die Jungen zart waren und kaum von Gewicht.

Er dachte an Letitia. Sie würde überleben. Und ihr Kind auch. Er hätte mit ihr zusammen reisen sollen, Herde hin oder her. Aber er hatte es nicht getan. Das Floß war abgefahren. Und er war hier. Hier. Versuchte zu überleben. Er bekannte Gott seine Sünden und wünschte sich, er hätte die Beziehung zu seinem Schöpfer besser gepflegt. Dann würden ihn die Gebete, die er jetzt stammelte, nicht so überraschen.

Letitias Blick verfolgte eine Rinderherde, die am Fluss entlangzog. Der Weg, dem sie folgten, sah aus, als wäre er von Muscheln übersät. *Davey hätte diese Route wählen können und wir hätten uns heute Abend getroffen.* Dann verlor sie die Tiere aus den Augen. Später erfuhr sie, dass die Männer mit dem Vieh noch zwei Wochen brauchen würden. Und dass Schluchten und Flüsse ihren Tribut gefordert hatten. Letitia beobachtete die anderen Reisenden, die ihre Habseligkeiten immer wieder neu verstauten, wenn der Fluss zu wild wurde und das Floß von kräftigen Männern an Seilen auf Kurs gehalten wurde, bis man es ohne Gefahr wieder besteigen konnte. Sie hatte an nichts zu denken als an ihr Kind und die Tasche mit ihren Kerzenleuchtern und den Dingen, die sie bei einer Geburt brauchte. Sie hatte es gut. Davey hatte für diese Fahrt bezahlt, auch dafür, dass jemand ihr beim Gepäck helfen würde. Davey hatte das Richtige getan.

Die Strömung war heftig, aber sie kamen gut voran. Reiher kreisten über ihnen, und als Rothwell Laut gab und eine Spur aufnahm, glaubte Letitia, am Ufer einen Bären gesehen zu haben. Das Wetter hielt auch nachts und sie schlief in ihrem Zelt ohne eine einzige Sorge, dass jemand sie belästigen würde. Sie wusste nicht, warum sie so sorglos war. In Missouri oder in Kentucky hätte sie die ganze Nacht kein Auge zugetan, wenn sie allein in einem Zelt gelegen hätte. Vielleicht war das ja die Freiheit: Da zu sein, wo man keine Angst mehr hatte.

Am Willamette River ankerten sie hinter weiteren Fahrzeugen der Schifffahrtsgesellschaft, die die Siedler weitertransportieren würden bis nach Fort Vancouver. Rothwell sprang herum und erkundete die Gegend. Letitia sah zu, wie die Leute einen kleinen Schoner bestiegen, die *Calapooia.* Das Schiff sollte sie von den Wasserfällen flussaufwärts auf den Willamette und weiter nach Oregon City bringen. Kurz vor Oregon City würden sie wieder an Land gehen. Davey würde zuerst durch diese

Stadt kommen. Welchen Sinn machte es, dass sie – und Davey später auch – erst nach Linnton reiste?

Sie hatte ein wenig Geld und konnte etwas von ihren Vorräten verkaufen. Sie würde in der Nähe ihres zerlegten Wagens schlafen, bis Davey kam. Dann konnten sie gleich in den Süden weiterfahren, um einen Landanspruch anzumelden. Er würde sie nicht erst suchen müssen.

„Ich hab mich umentschlossen", sagte sie dem Schiffsangestellten, der für ihre Gruppe zuständig war. „Wir gehen nach Oregon City. Das ist näher. Davey Carson hat für uns bezahlt. Wenn wir nicht bis nach Linnton mitfahren, möchte ich etwas Geld zurück."

„Ich bin nicht befugt, einer Lady, die es sich anders überlegt hat, Bargeld zu erstatten." Er sprach mit starkem Akzent.

„Ich weiß, wo ich hinwill. Nach Oregon City. Ich brauche Fahrgeld für den Schoner. Für mich und mein Gepäck." Sie wies mit dem Kinn darauf. „Und für mein Baby." Sie drehte sich halb um, sodass er das Baby in der Trage auf ihrem Rücken sehen konnte.

Er kratzte sich so heftig an der vorstehenden Nase, dass die Haut sich schälte. *„Oui.* Ich sag's dem Kap-i-tän und erstatte ihm das Geld. Aber es wird ein Kredit sein. Ihr Mann wird mit dem Kap-i-tän reden müssen. Das ist alles, was ich tun kann."

Es genügte. Sie bestieg das Schiff und sah zu, wie ihre Sachen verladen wurden, die paar Fässer, das Zuggeschirr, Daveys Amboss und die Bretter, Räder, Bespannung und Planen des Wagens. Langsam glitten sie flussaufwärts und sie entdeckte kleine Häuser, die unter grünen Nadelbäumen aus dem Unterholz hervorlugten. Ein solches Holzhaus würden sie und Davey bauen, bevor der Winter kam. Die Luft war von Dunst und Rauch erfüllt. Die Dunstschwaden wogten über Bäume, deren Spitzen so dünn waren, dass man Besenstiele daraus hätte machen können.

An der Landungsstelle in Oregon City bezahlte sie zwei Leute dafür, dass sie ihr den Wagen zusammensetzten, wies sie an, wenn sie nicht mehr weiterwussten, und war selbst überrascht, wie gut es ihr gelang, den Wagen zusammenzusetzen, obwohl sie damals nicht mit in Bethel gewesen war, um das Fahrzeug zu kaufen. Sie erhielt mehr als nur ein Angebot, ihr den Wagen abzukaufen, aber sie kannte seinen Wert und die Leute akzeptierten es, wenn sie ihre Angebote ablehnte. Am zweiten Tag war der Wagen fahrbereit; sie legte ihre Kerzenleuchter und ihre Geburtshilfetasche hinein; dann kamen Kräuter, Kokosöl, Arzneien. Schließlich setzte sie Martha in die Trage, nachdem sie sie hinten im Wagen gewickelt hatte. Rothwell sprang von vorn in den Wagen hinein und schnüffelte im Inneren herum. Sie waren in Oregon City. Die Stimmen, die sie umgaben, erinnerten sie an Kentucky und an Leute aus dem kalten Norden. Neue Gerüche, neue Aromen umgaben sie; alles war neu, außer dem Warten auf Davey.

Nancy und ihrer Familie hatten die Flöße gute Dienste geleistet. Sie trugen sie und die Ochsen stromabwärts und ans Nordufer, wo sie die Tiere wieder vor die Wagen spannten. Aber im tiefen Schlamm blieben die Räder stecken, es war kein Vorankommen, bis sie wieder ausspannten, abluden, den Wagen aus dem Schlamm schoben und zogen und dann die Tiere wieder anschirrten. Es war fast so schlimm wie in den Tagen mit Meek, aber wenigstens hatten sie zu essen. Manchmal kamen sie an „Totenhäusern" vorüber, kleinen Gerüsten, die die Indianer Monate oder Jahre zuvor hier über den Körpern ihrer Toten aufgerichtet hatten. Während sie diese Totenstätten passierten, waren die Menschen schweigsam; man hörte nur das Splittern, wenn die Wagenräder über einen im Sand verborgenen Knochen rollten. An einer anderen Stelle weiter unten lagen weitere Schiffe der Schifffahrtsgesellschaft am Kai, um die Leute ans Südufer zu bringen. Männer verluden Rinder auf kleine Lastkähne. Judge White, Nancy Hawkins und ihre Mutter nahmen einen solchen Lastkahn, setzten über, machten die Wagen reisefertig und rollten dann weiter in Richtung Oregon City. Als sie die Stadt erreichten, fragte sich Nancy, was sie nun wohl als Nächstes tun sollte. Aber da brachte ihr Bruder ihr „einen Ausweg aus deinem Kummer", wie er sagte.

„Du musst Thomas Read kennenlernen. Er ist Witwer, hat zwei Kinder und er braucht eine Frau."

„Bitte, sag ihm ab. Es ist noch zu … Ich kann nicht."

„Er ist Farmer. Und gebildet. Kommt aus New Hampshire. Ich kenne die Familie." Sie standen unter einem der großen, hohen Nadelbäume.

Tannen hießen sie. Um sie wogte der Strom von wettergegerbten Wagen und ebenso gezeichneten Siedlern, die versuchten, den nächsten Schritt auf diesem Treck nach Westen festzulegen.

„Ich weiß deine Mühe zu schätzen, Bruder“, sagte sie. „Aber …“

„Du kannst es nicht immer vor dir herschieben. Wo willst du den Winter verbringen?“

„Soll das heißen, dass es bei euch für mich keinen Platz gibt?“

„Nein, natürlich nicht.“ Ihr Bruder war ein attraktiver Mann. Seine Entschlossenheit stand ihm mit tiefen Linien ins Gesicht geschrieben. „Du darfst keine Zeit mehr damit verschwenden, jemandem nachzutrauern, der nicht mehr ist. Du musst nach vorn schauen. Das würde Zach auch wollen.“

„Ich glaube nicht, dass du weißt, was Zach wollen würde.“ Es hatte nicht so scharf klingen sollen. Aber er hörte gar nicht, was sie sagte. Hatte es noch nie getan.

Er seufzte, und als ihr jetzt die Tränen kamen, trat er näher, streichelte ihr den Rücken und legte die Arme um sie. „Willst du ihn nicht wenigstens einmal treffen? Er will von hier aus weiter in den Süden. Ihr könntet hier heiraten und später zusammen abreisen.“

„Es ist unmöglich. Ich kann einfach nicht. Ich überlege, wie ich für mich und die Kinder sorgen kann.“

Ihr Bruder räusperte sich. „Samuel sagt, er will lieber bei uns bleiben.“

„Oh, sagt er das.“ Sie entzog sich ihm. „Nun, da hat seine Mutter wohl auch ein Wort mitzureden.“

„Du hast noch vier weitere Münder zu stopfen. Und wenn du schon keine Vernunft annehmen willst, dann braucht wenigstens dein Ältester ein bisschen Sicherheit.“

Er würde mir tatsächlich meinen Sohn wegnehmen? „Sag Mr Read, dass ich mich gern mit ihm unterhalte. Aber mehr auch nicht. Das ist alles. Und Samuel bleibt bei mir – und Edward ebenfalls.“

Sie würde ihren Bruder nicht über ihre Zukunft entscheiden lassen. Schwach war sie lange genug gewesen.

Die Rinder hatten sich in alle Himmelsrichtungen verlaufen. Charity war auch weg. Aber was Davey am meisten Sorgen machte, war die Frau. Sie war so zerbrechlich und zart. Ihr Mann trug sie über umgestürzte Bäume. Davey selbst trug einen der Jungen auf dem Rücken. Bald würden sie die ersten Fehlentscheidungen treffen. Es war diese Nässe und Kälte, die dem Verstand einen Streich spielte. Er hatte sogar gehört, dass Männer sich in diesem Zustand die Kleider vom Leib rissen, weil sie die beißende Kälte für Hitze hielten. Aber das würde ihm nicht passieren. Er konnte es nicht zulassen. Letitia wartete auf ihn. Er musste sie wiedersehen.

„Bleibt in Bewegung. Der Schnee lässt nach. Wir suchen uns ein ebenes Fleckchen und schlagen das Lager auf. Bleibt in Bewegung." Er wünschte, es wäre Vollmond und das Dunkel nicht ganz so schwarz. Wenigstens ließ der Schnee jetzt nach.

„Gras! Ich sehe Gras!"

Hatte er das wirklich gehört?

Der Ruf kam von einem der Viehtreiber. „Ebenes Gelände!" Die Worte waren wie Wasser für eine ausgetrocknete Kehle.

Sie standen unter einem großen Baum und einer der Männer feuerte einen Schuss in die Baumrinde, die die Männer von einem dicken Ast abgeschält hatten. Eine kleine Flamme zuckte auf. Noch nie war Davey beim Anblick einer Flamme so glücklich gewesen. Davey zog Mrs Walden näher ans Feuer. Sie war reglos bis auf das Zittern. Das Feuer gewann an Kraft und sie schoben sie noch ein wenig näher heran. Ihr Mann brachte ihr ein Brötchen, das letzte, was die Vorräte noch hergaben. Allmählich taute die Frau auf; das Feuer quälte und rettete sie zugleich. Stumme Tränen rannen ihr über die Wangen, während langsam und unter Schmerzen wieder Gefühl in ihre Glieder kam. Dann schluchzte sie auf und Davey war sich sicher, dass er diesen Laut nie wieder vergessen würde.

Er döste ein bisschen, hielt das Feuer in Gang. Er wusste, dass sie das Vieh finden mussten. Sie hatten seit zwei Tagen nichts gegessen.

Der Morgen brachte einen blauen Himmel und schmelzenden Schnee, kapriziös wie ein hübsches Mädchen in vollem Bewusstsein seiner Schönheit, das vergisst, dass es seinen Liebhaber am Abend zuvor fast zur Weißglut getrieben hat.

„Sie und die Jungen bleiben hier und bewachen das Feuer", wies Davey Sarah Walden an. Sein Atem gefror in der Kälte. Sie nickte. Sie konnte jetzt wieder stehen und das Feuer hatte ihre Kleider fast getrocknet. „Wir suchen das Vieh, Männer." Die anderen nickten zustimmend.

Sie gingen ein Stück zurück und stiegen dann durch Unterholz und Gebüsch ein wenig höher in den Berg. Davey glaubte etwas zu hören. „Pssst." Sie blieben stehen und da war es wieder. Eine Kuhglocke. „Jungs, das ist eine Kuhglocke."

Charity. Es musste Charity sein.

Er hastete voran, immer in die Richtung, aus der der Klang gekommen war. Plötzlich standen sie am Anfang einer Schlucht. „Nun sieh mal einer an." Dort, unter einem breiten Felsvorsprung, standen die Rinder, eng zusammengedrängt, aber gut geschützt vor Wind und Schnee.

„So viel Glück hätten wir auch haben sollen", bemerkte einer der Männer.

Davey ging zu Charity und griff nach dem Lederhalsband. Er nahm ihr die Glocke ab, redete ihr gut zu und hockte sich dann hin und molk die frische Milch in die Kuhglocke. Dann trank er sie mit einem Zug leer. Für jeden der Männer molk er sie voll. „Kommt Männer, stärkt euch. Wir brauchen jedes bisschen Kraft, das wir kriegen können, bevor wir diese Kuh hier vom Berg heruntertreiben. Und ich bete darum, dass die anderen ihr von selbst folgen."

Aber die Kühe hatten das durchaus nicht vor. Sie ließen sich zu ein paar Schritten bewegen, bevor sie wieder stehen blieben und sich erneut zusammendrängten und nur die Köpfe schüttelten. Die Männer schrien, stießen ihnen die Stöcke in die mageren Rippen, zogen, schoben und stießen bis zur Erschöpfung. Trotz der Kälte lief ihnen der Schweiß über die Gesichter.

Davey wusste nicht, warum die Tiere schließlich doch fügsam wurden – mit Rindern kannte man sich eben nicht aus. Jedenfalls wurden sie das Spiel zuletzt leid und ließen sich widerstandslos zurücktreiben ans Feuer. Es war schon Mittag. Sarah und die Jungen erhielten ihre Portion Milch; die Jungen hatten inzwischen ein paar winzige Blaubeeren gefunden. Mit der frischen Milch ergab das eine Mahlzeit, die ebenso schmackhaft war wie Maisbrot und Rauchfleisch. Einer der Männer zog den Hut vom Kopf und sprach ein Dankgebet.

„Richtig“, schloss Davey sich an. „Wir danken dem Herrn und hoffen, dass er uns bis morgen so weit bringt, dass wir Feuer in Kaminen sehen und vielleicht bei neuen Nachbarn ein Dach über den Kopf bekommen.“ Wenn er das nächste Mal eine Rinderherde treiben würde, würde er dafür sorgen, dass er Roth dabeihatte.

„Was machst du hier, Frau?“

„Ich hab andere Pläne gemacht. Eine gute Frau denkt selbst, oder?“ Ihr Blick suchte den seinen und ihr wurde warm ums Herz, als sie die Freude darin las.

„Mag sein. Aber ich hatte dir gesagt …“

„Ich bin hier und Martha auch. Und du auch. Und meine Charity muss auch da sein, denn ich hab ihre Glocke gehört. Rothwell ist außer sich vor Freude.“

„Diese Kuhglocke hat uns den Braten gerettet. Ich weiß nicht, ob wir die Rinder sonst wiedergefunden hätten.“ Er strich Martha durchs Haar. „Es war gut, dass du nicht mit mir gekommen bist, Tish. Wir haben noch eine kleine Gruppe von Siedlern getroffen. Mrs Walden haben die Kälte und die Nässe fast umgebracht. Nein, du hast es richtig gemacht und getan, was ich gesagt habe.“

„Es hat mir eingeleuchtet und kam mir klug vor, deshalb hab ich’s getan.“

Er legte die Stirn in Falten, dann trat ein Funkeln in seine Augen und er grinste. „Gut gesagt.“ Er strich Martha über die kleinen Fingerchen, die aus der Trage herausguckten, und sie streckte die Arme nach ihm aus. „Ich wollte dich suchen, aber ich wollte zuerst weiter im Süden nach einem schönen Stück Land sehen.“

„Du hättest mich wochenlang warten lassen?“

„Ich wusste, dass dir nichts passieren kann.“

„Am wenigsten passiert mir, wenn ich bei dir bin. Was tun wir jetzt?“

„Wir setzen über den Willamette und ziehen weiter nach Süden. Hier in der Gegend ist das gute Land schon seit Jahren vergeben. Aber die Trapper sagen, das Tal sei groß und fruchtbar. Wir müssen einfach weiter in den Süden, vielleicht noch fünfzig Meilen oder mehr."

Sie hatte gehofft, sie könnte noch ein wenig bleiben und vielleicht Nancy Hawkins wiedersehen. Aber das Wetter verschlechterte sich. Fast täglich fiel ein feiner Nieselregen. Und es würde nicht mehr lange dauern, dann gab es Schnee. Sie würde dem Postangestellten Geld geben, wenn er einen Brief für sie an Nancy schrieb, den sie hinterlegen konnte. Außer Nancy gab es niemanden, der wissen musste, wo sie war. Auch das war eine Art von Freiheit.

Oregon

Die Frau und Little Shoot blieben stehen, damit sie sich die Leggins neu zuschnüren konnte. Sie würde bald neue Sehnen brauchen. Es fiel selten hoher Schnee und wenn, dann blieb er nicht lange liegen, aber die Kälte würde kommen und sie würde Little Shoot sagen, er solle auch die festeren Leggins anziehen. Sie kehrten ins Dorf zurück, wo sie den Winter verbringen würden. Ein kalter, zäher Nebel, der für den „guten Monat" typisch war, ließ sie ihren Wolfspelzumhang fester um sich ziehen. Im guten Monat feierten die Missionare die Geburt eines Kindes, Jesus. Zum Fest gab es reichliches und gutes Essen und die Geschichte von dieser Geburt weckte jedes Jahr wieder ein Glücksgefühl in ihrem Herzen. An diesen Tagen hörte sie auf den Namen Betsy; aber für sich selbst war sie nur „die Frau".

Etwas durchbrach die Stille. Rinder, zehn, zwölf und noch mehr Tiere, stürmten durch den Wald und kamen am alten Trapperpfad zum Stehen, der sich am Rand der Prärie entlangzog. Die Tiere rupften an Gräsern, wo die Frau einige Monate zuvor mit Little Shoot die Kamas gesammelt hatte. Little Shoot zeigte auf etwas und sie nickte.

Den Rindern folgten ein Mann auf einem Pferd und zwei Maulesel, die mit jeder Art von Habseligkeiten beladen waren, die ein Trapper so mit sich führte. Hinter ihnen rollte ein Wagen heran, den ein schmächtiger Junge lenkte. Der Frau blieb vor Überraschung der Mund offen stehen, als der Wagen zum Soap Creek rollte. Der Junge … nein, die Frau … hatte Haut von der Farbe gerösteter Kürbiskerne wie die Kalapuya, nur noch dunkler. Die Frau beobachtete die Gruppe und ihr Staunen wuchs, als sie die Trage erblickte, die auf dem Kutschbock befestigt war. *Sie haben ein Kind dabei.*

Wo das Quellwasser plätschernd im Grasland versickerte, hielten die Reiter die Pferde und Esel an. Der Mann sah sich um, wies auf die Bergkuppe und dann auf den Soap Creek. Er rief der Frau etwas zu und stieg vom Pferd, lief zurück zu ihr und sagte etwas, das nur sie und das Kind hören konnten. Aber als er dann zur Quelle hinaufstieg, die aus dem Berghang quoll, war sie sicher, dass ihm ein Lächeln im Gesicht stand, auch wenn das unter einem Bart verborgen war, der die Farbe eines Sonnenuntergangs im Frühling hatte.

„Nichts bleibt so, wie wir es kennen“, sagte sie zu dem Jungen. „Das ist die einzige Gewissheit, die eine Kalapuya-Frau kennt.“ Auch das war etwas, das man nicht vergessen durfte.

Teil 3

22 Ungewohnte Freiheit

Niemand fragte nach ihren Papieren. Niemand war da, der die Schläge von Daveys Axt hören konnte, mit denen er die Bäume für ihr neues Heim fällte. Die Last, die sie während der Reise mit sich herumgetragen hatte, fiel allmählich von ihr ab und sie begegnete jedem neuen Tag gut gelaunt, obwohl der unablässige Regen gegen die Planen des Wagens schlug. Aber sie mussten nicht gegen Winterstürme ankämpfen und das Grün unter den Bäumen erinnerte sie an die Rasenflächen auf den Plantagen, die von Sklaven in Ordnung gehalten wurden – und von Schafen. Dies hier war ihre neue Heimat und jeder neue Morgen bestätigte ihr einmal mehr: Es war das Richtige gewesen, in den Westen zu gehen.

Der Boden war noch nicht gefroren. Letitia sagte, bevor sie irgendetwas anderes in Angriff nahmen, müssten die Apfelbaumsetzlinge eingepflanzt werden.

„Das Haus soll hier stehen." Davey schritt einen Grundriss ab; erklärte ihr, wie praktisch es sein würde, so dicht am Haus eine Quelle zu haben. Und das Haus selbst würde windgeschützt sein. „Dieser Bach ist nicht so groß; wir können ziemlich nah ans Wasser bauen." Letitia hatte im Wasser des Baches Wäsche gewaschen und verstand, warum er bei den Trappern Soap Creek hieß. Ihre Waschlauge war sehr schaumig gewesen. „Und falls die Quelle versiegt, haben wir Trink- und Waschwasser im Bach. Da bist du nah dran. Ja, ich würd sagen, das ist der richtige Platz."

„Ich hätt's lieber am Hang und etwas näher an der Quelle."

„Tish, ich hab's dir doch erklärt: Wenn die Quelle versiegt, musst du das Wasser aus dem Bach holen, und den Hang hinauf ist es dann ganz schön weit."

Sie wusste nicht genau, warum sie gern etwas weiter oben wohnen würde, vielleicht, damit sie auf das Tal und den Bach hinunterschauen konnte, damit sie früher wusste, wenn das Wetter umschlug und sich in den umstehenden Bergen ein Gewitter zusammenbraute. „Ich mag's einfach lieber am Hang."

„Und ich hab dir erklärt, warum das nicht sein muss."

„Ich werd die meiste Zeit im Haus verbringen, und wenn die Quelle trocken wird, bin ich's, die das Wasser vom Bach holt. Du darfst ruhig sagen: ‚Ich hab dich gewarnt.' Aber ich werd die Apfelbäume nah an die Quelle pflanzen und ich möcht sie auch nah am Haus haben."

„Mach das nur. Und ich baue das Haus nah am Bach." Die Absätze seiner Stiefel gruben sich tief in den Boden und verliehen seinen Worten Nachdruck.

Ihre Uneinigkeit lag Letitia im Magen wie verdorbenes Fleisch. Sie konnte Davey durchaus seinen Willen lassen, einfach nur, weil er es sich so wünschte. Aber dies war ein neuer Ort und hier hatte sie doch wohl auch ein Recht, mitzureden und hier und da auch ihre Vorstellungen durchzusetzen, oder? Wenn sie nur wüsste, was sie tun sollte, damit es ihr gelang.

Noch in der ersten Woche fuhr Davey zurück nach Oregon City, um die Vorräte aufzufüllen und bei der provisorischen Regierung seinen Anspruch auf gut 250 Hektar Land anzumelden. Er hatte das bevorzugte Land kreuz und quer durchstreift, konnte den Soap Creek und den Trapperpfad ebenso beschreiben wie die Quelle am Hang und den markanten Gipfel des Coffin Butte. Und so gelang es ihm, den Zuschlag für genau dieses Stückchen Land zu beantragen, bevor die Gegend noch offiziell vermessen war. Er und Letitia wussten, dass Oregon demnächst zum Territorium der Vereinigten Staaten erklärt werden sollte. Dann würde er seinen Landanspruch noch einmal anmelden müssen. Und falls Oregon einmal Bundesstaat würde, noch einmal. Aber ein Stück eigenes Land „brachte Wohlstand ins Haus", wie Davey sagte.

Er fuhr ohne sie, um den provisorischen Antrag auf Landzuteilung einzureichen. Er würde behaupten, dass er amerikanischer Staatsbürger sei – falls überhaupt jemand fragte. Er hatte gehört, dass das meist gar nicht der Fall sei. Man ging wohl davon aus, wer den beschwerlichen Weg durch den ganzen Kontinent auf sich nahm, um den Traum vom eigenen Land zu verwirklichen, sollte auch ein Recht auf dieses Land haben.

Hatte er nicht schon seinem geliebten Irland abgeschworen? Und auch der nicht ganz so sehr geliebten Queen? Es war nicht seine Schuld, dass die Papiere noch nicht vorlagen. Er schickte ein Stoßgebet zum Himmel, dass er wegen dieser Lüge nicht auf der Stelle tot umfallen würde. Und dass der Postmann die Lüge sehr bald gegenstandslos machen würde.

Mit Rothwells Hilfe bemühte Letitia sich, das Vieh in Sichtweite zu halten. Eines Tages würde Martha die Kühe mit einem Stock zum Melken zusammentreiben. Heute sah Letitia die Herde kaum, denn ein dichter Nebel legte sich auf das Buschwerk, wie eine alte Frau in einen Lehnstuhl sinkt, aus dem sie sich nur mit Mühe wieder erheben wird.

„Was is' denn los, Roth?" Der Hund knurrte. Letitia versuchte zu erkennen, ob mit den Kühen etwas nicht in Ordnung war. „Wölfe?" Sie hatte das Geheul in der Nacht gehört, aber Wölfe jagten ihr weniger Schrecken ein, als Menschen es taten. Trotzdem würde sie froh sein, wenn sie, Martha und Davey wieder hinter dicken Holzbalken schliefen und nicht mehr im Wagen oder im Zelt. Jetzt bellte Rothwell und dann sah sie auf dem alten Trapperpfad, auf den Davey sie hingewiesen hatte, einen Reiter hinter der Herde auftauchen.

Letitia wünschte, sie hätten das Zelt etwas tiefer unter die Bäume gestellt. Sie kraulte den Hund und nach ein paar Augenblicken sprang er davon, um sein Geschäft zu verrichten. Sie blieb in der Nähe des Zelts. Dort war auch die Waffe, die Davey ihr dagelassen hatte. Sie beobachtete die Reitergruppe, die dicht an ihrem Land vorbeizog. Ihrem zukünftigen Land. Die Männer hatten die Packtiere aneinandergebunden. Die Sonne brach durch und verhieß einen Wetterumschwung. Aber Letitia hatte bereits gelernt: Ein kurzes Aufklaren bedeutete hier nicht, dass es nicht in wenigen Minuten wieder in Strömen regnen konnte.

„Tach, Ma'am." Der Erste im Trupp trug eine Pelzkappe. Auch seine Kleidung war aus Pelz gefertigt. „Wo sind Sie her?"

„Kentucky. Missouri."

„Dacht mir's schon. Seid wohl mit Black Harris gekommen, was? Oder mit Meek?"

„Wir hab'n beide getroffen. Sind ein Stück mit Meek gezogen. Später dann mit English."

„Und Sie hab'n den ganzen Weg allein geschafft?"

„Hab mein'n Mann dabei." Die Härchen auf ihrem Arm sträubten sich.

„Dacht mir's schon."

Der Anführer spuckte auf den Boden. Sein Pferd tänzelte und verlangte nach Bewegung und die Mauleselkolonne drohte unruhig zu werden, wenn sie zu lange stillstanden. Sie hatte das schon beobachtet – die Tiere liebten es nicht, so wenig Bewegungsfreiheit zu haben.

„Sie hab'n wohl nich' zufällig 'ne Prise Tabak? 'n paar gute Züge könnt ich nämlich gebrauchen, wo's doch hier jede Menge Bärentrauben gibt. Die kann man gut druntermischen." Das kam von einem der Männer in der Mitte des Trupps.

Letitia schüttelte den Kopf. Bärentrauben kannte sie nicht und Tabak hatten sie nicht mehr. Seltsam, dachte sie. Wenn der Trupp erst vor Kurzem aufgebrochen war, hätten sie sich sicher in Fort Vancouver mit allem Nötigen ausgestattet und sollten noch reichlich von allem dabeihaben.

Sie trat einen Schritt zurück und betete, dass Martha nicht aufwachen würde. Es mochten anständige Kerle sein … oder auch nicht. Rothwell kam zurück und bezog seinen Posten neben ihr, den Schwanz hoch erhoben. Sie wünschte, sie hätte die Pistole dabei.

„Du bist immer knapp mit Tabak", sagte der Anführer.

„Ich hab zwei gute Stränge verlor'n", verteidigte sich der Angesprochene.

„In der Tat. Beim Kartenspiel hast du sie verlor'n. Missus, wir führ'n nichts Böses im Schild." Er musste die Besorgnis in ihrem Gesicht gelesen haben und wollte sie nun beruhigen. „Wir zieh'n weiter, runter nach Kalifornien. Und seh'n unterwegs nach den Fallen."

„Ich hab nichts anzubieten, Mista." Dann: „Wartet." Sie huschte ins Zelt, kehrte zurück, eine Hand mit der Pistole in den Falten ihres Rocks verborgen, in der anderen ein Stück frische Butter, die sie in Blätter eingeschlagen hatte. Sie reichte ihm das Päckchen.

„Das werd'n wir uns schmecken lassen. Danke, Missus." Er setzte seinen Hut auf und tippte grüßend an die Krempe. „Und Sie passen auf sich auf, ja? In dieser Gegend gibt's 'n Gesetz, das Schwarze zwingen will, für andre Leute die Arbeit zu machen."

„Sklaverei hab'n wir in Kentucky dazu gesagt."

„Mein ich doch. Würd's auch so nennen. Aber hier gibt's viele, die seh'n das anders. Die würden Sie schnappen, damit Sie ihnen die Butter machen, sobald sie Sie zu Gesicht kriegen."

„Ich dank für die Warnung."

Die Männer zogen weiter. Letitia musste zugeben, dass Davey eine gute Wahl getroffen hatte, als er nach Land suchte, das an der Trapperroute lag. Zunächst hatte sie es sich abgeschiedener gewünscht. Ja, es lag auch ein Risiko darin. Aber den nächsten Reisenden, die vorbeikamen, würde sie Butter und Käse und alles andere, was die Leute noch brauchen konnten, verkaufen. Und die Pistole würde sie von jetzt an bei sich tragen, falls die Warnung, die sie erhalten hatte, sich bewahrheiten sollte.

Die Frau ging auf den Wagen zu, der ein wenig unterhalb der Quelle stand. Junge Bäume, die erst vor Kurzem gepflanzt worden waren, ragten in den von keinem Windhauch gestörten Regen. Als sie den Wagen erreichte, begrüßte sie das Bellen eines Hundes und sie wünschte, sie hätte Little Shoot mitgenommen. Der würde das Tier rasch für sich gewonnen haben. Aber sie wollte ihren Enkel nicht in Gefahr bringen. Deshalb war sie allein gekommen.

Der Hund bellte weiter, bis die Kürbishautfrau aus dem Wagen kletterte und ihr ein überraschtes Gesicht zuwandte. Sie trug ein Baby im Arm und einen kleinen Hut als Schutz vor dem Regen. Jetzt, wo sie so nah stand, war sie nicht viel größer als die Frau. Die Frau trug einen Korb voll gegarter Kamas, die sie Letitia nun hinhielt.

„Vielen Dank. Ich bin Letitia Carson. Das ist Martha." Die Kürbishautfrau nahm den Korb und stellte ihn in den Schutz des trockenen Wagens.

„Betsy." Sie wies mit den Fingern auf ihre eigene Brust. „Kalapuya. Wir suchen hier nach Kamas." Sie strich mit dem Handrücken über das

Gras und es wirkte so sanft, als wolle sie gleich ein Wiegenlied anstimmen.

„Dein Englisch is' gut. Meins nich' so."

Die Frau wusste, dass es nicht recht war, mit dem eigenen Können zu prahlen. Aber sie erfuhr gern, dass ihr Englisch für die Anderen verständlich war. Little Shoot hatte in ihr eine tüchtige Lehrerin und das war gut. Die Kürbishautfrau, Letitia, hatte ein rundliches, offenes Gesicht, in dem die Frau neben Neugier auch Respekt las. Sie stellte auch keine Fragen, von denen ihr der Kopf schwirrte wie von Mücken, wie es die Anderen häufig taten.

„Die Missionare unterrichten an ihrem Institut. Dann geht Doktor White fort und alles wird anders."

Letitias Blick wurde nachdenklich, so als ob sie den Namen schon einmal gehört hätte.

„Du kennst Doktor White?"

„Ich mein, er is' uns begegnet. Mit noch einem Mann, einem Schwarzen. Wollten zurück in die Staaten."

„Und du? Du gehst auch zurück?"

Letitia schüttelte den Kopf. „Nein. Wir bleiben." Sie ahmte die Handbewegung nach, mit der Betsy nach Kamas suchte.

„Ayee."

„Du kannst weiter hier deine Kamas suchen. Und andere Pflanzen auch. Vielleicht kannst du's mir auch zeigen."

Wenn die Anderen erst einmal beschlossen hatten zu bleiben, waren sie durch keine Worte dazu zu bewegen, wieder zu gehen. Sie hatte gehört, dass andere das schon versucht hatten und dass viele ums Leben gekommen waren. Und es waren nur noch mehr von den Anderen gekommen. Aber sie wollte eins nicht versäumen: Sie wollte den Anderen die Weisheit ihres Volkes bringen. Nur so konnten sie in Frieden im Schatten dieser Berge wohnen.

Sie betrachtete Letitias Gesicht mit Interesse. Sie hatte noch niemals einen von den Anderen getroffen, der so dunkle Haut gehabt hatte. Bei den Missionaren hatte niemand eine Haut wie geröstete Kürbiskerne.

Diese Letitia stand jetzt an einem kleinen Feuer und wärmte ihrem Kind die Hände.

Dann bemerkte die Frau die Holzbalken in der Nähe des Flüsschens. Sie sollten wohl den Standort des künftigen Hauses markieren. „Der Fluss." Sie zeigte darauf. „Steigt im Frühling. Dann steht hier auf diesem Fleck das Wasser."

„Es gibt Hochwasser?"

Die Frau nickte.

„Ich will sowieso weiter oben bauen. Näher an der Quelle."

An der Quelle. Nicht „unserer Quelle". Noch nicht. Die Frau hoffte, dass ihre Miene die Trauer nicht verriet, die sie empfand. „Mein Volk wird weiter aus der Quelle trinken?"

„Natürlich. Und wenn wir Äpfel ernten, esst ihr auch davon." Sie wies mit dem Kind auf die sechs kleinen Erdhäufchen, die sie um die Stämmchen aufgeworfen hatte. „Es is' sicherer, näher an der Quelle zu baun?"

„Ayee."

Letitia biss sich auf die Unterlippe und setzte das Baby zurecht. Das Kind hatte alles interessiert verfolgt; die großen Augen des Mädchens hatten die Farbe eines Grauwolfs oder eines Bären.

„Betsy, hilfst du mir die Hölzer hochtragen? So hoch, wie das Wasser nich' kommt?"

Die Frau nickte. Letitia legte Martha in ihrer Trage unter die Zeltplane. Dann zogen, schoben und trugen die beiden Frauen die Holzbalken ein Stück den Hügel hinauf. Sie sollten das Haus in den Hang hineinbauen. Die Erde würde es warm halten. Und sie sollten es auf Holz stellen, so wie es beim Volk üblich war. Die Frau sprach aus, was sie dachte.

„Ja. Eine gute Idee. Die Erde als Wand zu nehmen."

Als sie fertig waren, schrie das Baby im Zelt nach seiner Mutter. Es regnete jetzt wieder und die Frau nahm das zum Anlass, sich zu verabschieden. Ihre Hand glitt über die Blätter an einem der Apfelbäumchen.

„Äpfel. Eines Tages. Heut hab ich was andres für dich." Letitia holte vier Brötchen und ein Glas mit Marmelade aus dem Zelt. „Pfirsich-und-Apfel-Gelee. Weit gereist."

„Ayee. *Kloshe.* Meinem Enkel Little Shoot wird das zu seinem Ei schmecken."

„Du hast Hühner?“ Die Frau nickte. „Was kann ich eintauschen für eine Legehenne?“

„Mehr von dem hier.“ Sie hielt das Glas hoch.

Die Frau verließ den Lagerplatz. Sie stieß ihren Wanderstab tief in den weichen Boden. Sie war erschöpft von der Anstrengung, das Holz zu verlagern. Aber ihr Herz war dankbar. Für ihren Enkel gab es hier nichts zu befürchten.

Als Davey zurückkam, brachte er vier kräftige Männer mit, die ihm helfen sollten, weitere Bäume zu fällen und Gerüst und Dachbalken für das Haus hochzuziehen, das er dann mit Ziegeln auskleiden würde.

„Du hast die Grenzen verändert.“

„Ja, hab ich.“

„Allein?“

Sie schüttelte den Kopf. „Eine Frau kam vorbei. Betsy. Eine Kala… Kalapuya. ’s gibt Hochwasser, hat sie gesagt. Im Frühling. Wo das Holz lag, steht’s dann ’nen halben Meter hoch. Sie hat’s an ihrem Hosenbein markiert, wie hoch.“

„Hochwasser? Jedes Jahr? Dieses Flüsschen sieht mir nicht so aus, als ob es Hochwasser führt.“

„Wir bau’n in den Hang. Dann is’ der Boden schon ein Teil der Wand. Dann geht’s schneller mit dem Bau’n. Und drin bleibt’s wärmer.“

„Das hat was für sich“, kommentierte einer der Männer.

Davey runzelte die Stirn. „Ich hatte es mir schön vorgestellt, von drinnen auf den Fluss schauen zu können. Und direkt vor der Haustür die Angel auszuwerfen.“

„Vom Hügel ist’s ja nicht so weit.“ Ein anderer von den vieren zupfte Tabak aus dem Strang. „Los, packen wir’s an.“

Und so bauten sie ihr Haus in den Hang und nutzten den Boden als Isolation, wie Betsy geraten hatte. Einer der Helfer sagte, Davey habe ein feines Stück Land ausgewählt. Er selbst wollte südlich von Daveys Boden siedeln. „Wir werden Nachbarn“, sagte er.

„Sie hab'n Familie, Mista?" Es wäre schön, eine Frau in der Nähe zu haben … falls diese Frau jemand war, der Menschen wie sie akzeptierte.

„Noch nicht. Aber ich bin auf Brautschau."

„Ich wünsch, dass Sie eine finden, die ebenso gut ist wie meine Tish."

Davey zog Furchen, um Kartoffeln anzubauen, obwohl er bekundet hatte, die Kamas seien „genießbar" und er hoffe, im nächsten Jahr würden sie selbst welche anbauen. Eine Henne wurde erworben, die zwar in der dunklen Jahreszeit noch kaum Eier legte, aber in Letitia doch schon die Vorfreude weckte: Wie sie das Ei suchen, entdecken und noch warm in die Hand nehmen und ins Haus tragen würde.

Den Frühling und den Sommer über war Betsy ihre Lehrerin. Sie erklärte ihr die Pflanzen und wozu man sie verwenden konnte, welche essbar waren und wie man sie trocknete. Sie fanden einen alten Baumstamm, brannten ihn aus und pflanzten Tabak hinein. Martha war schon fast zu groß für die Trage, von der aus sie alles genau beobachtete. Sie bestiegen den Coffin Butte und Betsy nannte ihr die indianischen Namen für die Flüsse und Berge der Umgebung, die sie selbst noch kannte. Vom Gipfel hatten sie eine prachtvolle Aussicht auf das ganze Tal mit seinen Wiesen und Baumgruppen. Aber was Letitia nicht entdeckte, war ein weiteres Haus außer dem ihren. Der Horizont schien unendlich weit weg, das Tal ein Ort voller Verheißung.

Wie die Wintertage dem Frühling gewichen waren, so war in ihr Leben trotz der harten Arbeit eine stille Freude eingezogen. Davey lachte und schmuste mit seiner Tochter und ließ sie auf seinen Knien reiten. Sie hatten beschlossen, keine Kuh zu schlachten, sondern eine gute Herde aufzubauen. Sie lebten von Wild, Waschbären und einmal erlegte Davey auch einen Elch. Als Letitia beschloss, es sei Zeit, wieder Käse zu machen, gewann sie das Lab aus dem Magen eines Rehs. Sie trocknete es und teilte es gut ein, musste aber ein wenig experimentieren, bis sie die Mengen wieder richtig im Griff hatte. Davey half ihr beim Abwasch und bestätigte mehr als einmal, wie gut es war, dass sie näher an der Quelle gebaut hatten, besonders, als im Frühjahr tatsächlich im Tal das Hochwasser stand. „Du hast recht gehabt."

Letitia grinste und dachte an Nancy. Sie hatte ihr einmal gesagt, wie selten es vorkam, dass ein Mann zugab, seine Frau sei im Recht. Denn es war immer das Eingeständnis eines eigenen Irrtums.

Auch Betsy lernte, Käse zu machen, und Letitia war froh, dass sie der Kalapayu-Frau auch etwas von ihrem Wissen anbieten konnte. Little Shoot kam oft und Letitia beneidete den Jungen um sein langes schwarzes Haar, das glatt fiel und leicht zu pflegen war. Ebenso wie das von Betsy. In Letitias dickem krausen Haar, das sie jetzt meist ungeflochten trug, verfingen sich Marthas kleine Händchen. Die wilden Locken ließen sich nur mit Kokosöl und Honig einigermaßen bändigen. Marthas Haar lag auf ihrem Kopf wie ein zarter Flaum, schwarz wie die Nacht.

„Zuerst machen wir die Milch heiß. Hier, im Kupferkesssel. Dann kommt sie vom Feuer. Dann kommt ein winzig kleines bisschen vom Magen von 'nem Reh dazu. Den Magen muss man immer aufheben. Und ihn aufspannen, wie ein Banjo."

„Eine Trommel."

„Man trocknet ihn, rollt ihn aus, dann hält er sich lang. Und jetzt gib mir ein Stück davon, nich' mehr als Marthas Daumen. Dadurch gerinnt die Milch."

Betsy nickte und schien sich alles genau einzuprägen. Wenn sie darauf warteten, dass die Milch warm wurde oder abkühlte, erzählte Betsy Geschichten. Sie ermahnte Little Shoot, sich hinzusetzen und zuzuhören. „Wenn du stehst, bekommst du einen krummen Rücken. Es sollte immer drei Geschichtenerzähler in einem Volk geben."

Letitia reichte ihr einen Löffel.

„Die anderen können mich korrigieren. Aber nur noch wenige im Volk beherrschen die Kunst. Deswegen bringe ich sie Little Shoot bei. Und wenn man das Baby mitzählt, gibt es auch drei Zuhörer. Meine Geschichte handelt heute von Rothörnchen und Rehen, von Furcht und von Hoffnung." Sie lachte scheppernd und Martha quiekte fröhlich.

„Jetzt muss man warten, bis die Milch dick wird und schlackert wie ein fetter Bauch."

Betsy erzählte von einem Jungen, der sich in den Mond verwandelte, und dann von einem Koyoten, der einen Frosch überlistete. Die Geschichten trugen Letitia weit zurück in eine Zeit, als ihre Mutter noch keine Sklavin gewesen war und man abends um die Feuer gesessen, Lieder gesungen und Geschichten erzählt hatte, die die Kinder zum Lachen brachten und die Älteren manchmal zum Weinen.

„Dann schneid ich die dicke Milch in kleine Stücke und mach den Käsebruch." Das war der Moment, den sie besonders genoss, wenn ihre dunklen Finger durch die dicke Milch fuhren und erspürten, ob das Bruchkorn fein genug war für die Weiterverarbeitung. Sie konnte Milch verwandeln. Eine Frau war immer dabei, irgendetwas zu verwandeln. „Es muss sein wie ein missglückter Pudding. Den macht man noch mal heiß. Immer mit Rühren. Aber kochen darf er nich' mehr. Gut." Sie blickte Betsy über die Schulter. „Jetzt kann's abkühlen und wir hör'n Geschichten. Oder ich erzähl euch mal was mit Bewegungen, da klatscht man oder schnippst mit den Fingern oder hüpft …"

Betsy gab sich Mühe mit dem Klatschen und Schnipsen und brachte Little Shoot zum Lachen. Schließlich schüttelte sie den Kopf. „Nicht gut."

Letitia goss die abgekühlte Milch durch ein Sieb und dann durch ein Stück Stoff von einem alten Unterrock. Dann kam die Masse wieder in die Schüssel, wo Salz untergeknetet wurde. Schließlich griff Letitia nach einem runden Quiltrahmen. Betsys Stirn legte sich in Falten.

„Ich hol Stoff. Ich form den Käse mit dem Rahmen und schlag ihn in Stoff ein. Dann kommt er in ein Fässchen, das hab ich extra aus Missouri mitgeschleppt. Da bleibt er schön trocken und kühl und bekommt 'ne Kruste. Und dann schmeckt er *kloshe.*" Sie war stolz darauf, dass sie sich Betsys Wort für „gut" gemerkt hatte.

„Du tauschst ihn ein."

„Ich verkauf ihn an die Trapper oder jeden andern, dem nach einem kräftigen Happen Käse zumut' is'. Die nächsten anständigen Kühe gibt's in Fort Vancouver, sagt Davey. Wir sind gut dran. Sehr gut, mit unsren eigenen Kühen. Wir sind auch pfiffig. Wie dein Koyote. Mach'n Milch zu Butter und Käse zu Geld."

In die Stadt fuhr Davey allein. Letitia blieb lieber im Schatten des Coffin Butte und sang Martha Kirchenlieder oder Kinderlieder vor, während sie die Milch abrahmte oder in Käse verwandelte. Zu Hause schien Davey zufrieden zu sein; er war glücklich, wenn er Zaunpfosten zurechtschlug, um die Grenzen seines Eigentums zu markieren und die Rinder davon abzuhalten, auf Entdeckungsreisen zu gehen. Für die Rinderzucht verließen sie sich auf Charity und eines ihrer Kälber. Der gute alte B ging auch vor dem Pflug und sie pflügten ein Stück Land für einen Garten um. „Getreide bauen wir nicht an. Wir sind Viehzüchter."

Ein Schuppen schützte Letitia beim Melken vor dem Regen. Sie rief die Kühe einzeln beim Namen. „Charity, du bist dran." Sie molk sie und schickte sie dann mit einem sanften Klaps, der die Glocke zum Klingen brachte, zurück auf die Weide. Dann rief sie nach Blue, Charitys Kalb, die inzwischen selbst ein Kalb geboren hatte. Martha konnte „Kuh" sagen und versuchte sich an „Baby", als ob sie wüsste, dass das Wort auch ihr galt.

Die Tage vergingen mit Höhen und Tiefen und mit Alltäglichkeiten: Matratzen mussten gestopft werden, es galt, die Pflanzen zu suchen, die Betsy ihr gezeigt hatte, sie aßen Brunnenkresse an den Schwefelquellen. Little Shoot lernte, mit Daveys Pistole zu schießen, und die beiden Männer hatten ihren Spaß miteinander. Martha machte die ersten Schritte. An einem kalten Morgen blätterte die Käserinde ab. Das war das freie Leben – äußerlich frei und innerlich frei. Und Letitia genoss es. Sie ging sogar hinaus zu den Trappern, die vorbeikamen, verkaufte ihnen Käse und Butter und genoss die Sicherheit, die ihr das eingenommene Geld gab.

Im Herbst 1846 erhielt Davey endlich die Bescheinigung seiner amerikanischen Staatsbürgerschaft. Er nahm sie am Postamt von Oregon City in Empfang und vollführte anschließend einen Freudentanz vor dem Laden, der die Poststelle beherbergte.

Zu Hause angekommen, rief er nach Tish. „Tish!? Rat mal, was passiert ist. Meine Papiere sind da!"

„Was für Papiere?“ Sie wischte sich die Hände an der Schürze ab und ging nach draußen, wo Davey sie freudestrahlend erwartete.

„Na, die Bescheinigung für die Staatsbürgerschaft, auf die ich gewartet hab ... Oh.“

Wie hatte er vergessen können, dass sie nichts davon wusste?

„Jetz' erst? Jetz' erst sind die Papiere gekommen? Und was is' mit diesem Land?“ Sie wies mit der Hand auf die Fläche, die sie ihr Eigen wähnte. „Du hast gelogen?“

„Nein. Schau mal, Tishi, 's war so. Sie wussten, dass ich den Antrag gestellt hab. Schließlich haben wir den ganzen langen Weg auf uns genommen. Nur ein Narr würde einen so weiten Weg zurücklegen, um sein eigenes Land zu bekommen, wenn er nicht sicher wär, dass er's auch kriegt.“

Sie starrte ihn an. War es Abscheu, was er in ihrem Gesicht las?

„Tish, hör zu ...“

„Du riskierst das Land? Diesen Ort, der uns gehört, wenn dir was passiert?“ Sie spuckte die Worte aus. Ihre Augen waren enge Schlitze.

„Aber schau mal, 's ist doch alles gut ausgegangen. Für die Sperlinge wird gesorgt.“

Sie schüttelte den Kopf und ging ins Haus. Das hatte er nun davon, dass er eine gute Neuigkeit mit dem Menschen teilen wollte, der versprochen hatte, ihn zu lieben. Davey führte Fergus in den Stall. Das war vielleicht auch für ihn ein guter Ort, um die Nacht dort zu verbringen.

Später im Oktober wurde Davey gebeten, auf dem Landstück, das im Süden an sein eigenes grenzte, beim Hausbau zu helfen. Der Bauherr war einer der Männer, die auch ihm beim Bauen geholfen hatten. Letitia hatte Johannisbeerkuchen, Eiernudeln, frisches Brot und Käse mitgebracht. Das Wetter war mild wie an einem windstillen Frühlingstag und Davey sagte, sie würde viele Menschen wiedertreffen, mit denen sie so lange unterwegs gewesen war und die sie nun ein Jahr nicht gesehen hatte. Sie konnte in der Ferne Rauch riechen. Auf dem Trapperpfad begegneten ihnen Kinder. Als sie näher herankamen, erkannte Letitia die kleine Martha Hawkins und an ihrer Hand Nancy Jane. Ihr wurde warm ums Herz.

„Martha! Bist du's wirklich, Kind?"

„Sie kennen meine zukünftigen Stiefkinder?" Thomas Read nahm Letitia die Kuchen aus der Hand.

Aus dem Wagen stieg Nancy Hawkins. „Die Stimme kenne ich doch." Sie nahm Letitia mit ausgebreiteten Armen in Empfang.

Martha rannte ihr entgegen und Nancy fragte: „Wohnst du in der Nähe?" Dann wandte sie sich an Thomas Read: „Warum hast du mir nicht gesagt, wem das Land nördlich von uns gehört?"

„Du hast nicht danach gefragt."

„Wir sind bald Nachbarn." Letitias Lächeln breitete sich über ihr ganzes Gesicht aus. Sie konnte nicht übersehen, wie gut es sich anfühlte, dass sie sich auf eine Nachbarin freuen konnte, die sie so sehr ins Herz geschlossen hatte. „Der Herr ist gut zu uns. So gut."

Einen Monat später gab Nancy einem dunkelblauen Kleid, das sie von Sarah Bowman geliehen und zu ihrer Hochzeit im November tragen wollte, den letzten Schliff. Mit Sarah hatte sie den Winter verbracht. Aber die Spitze, die sie jetzt annähte, hatte sie in den langen Stunden selbst gefertigt, in denen sie auf dem Treck neben dem Wagen gegangen war.

„Ich habe nicht damit gerechnet, dass ich mich noch einmal verlieben würde, aber dieser Thomas Read … ", flüsterte sie Letitia zu, als diese ihr in das Kleid half. Sie befanden sich in dem Haus, das Thomas mit der Hilfe von Davey und anderen gebaut hatte. „Er ist so freundlich und zärtlich, wie ein Mann nur sein kann."

Letitia warf einen Blick aus dem Fenster auf den Coffin Butte. Von hier aus war der Blickwinkel ein anderer als der, den sie und Davey genossen. Trotzdem liebte sie diese Aussicht und sie hoffte, Nancy würde es auch bald so gehen.

„Er ist etliche Jahre älter als ich. Witwer ist er seit fast zwei Jahren. Er hat gesagt, er hätte ‚die vollkommene Frau gesucht und sie in mir gefunden'. Rührend, oder?" Nancy zog ihre Schuhe aus und zwängte die Zehen in weiße Seidenstrümpfe. Auch die weißen Lederschuhe waren geliehen.

„Nancy", hatte ihre Mutter gewarnt. „Du holst dir einen Splitter im Fuß. Die Bretter sind zwar gut geschliffen, aber Splitter gibt es überall."

„Ich ziehe sie später an. Meine Füße jucken darin." Sie rieb sich mit den Zehen über den Spann. „Er hat zwei Kinder, aber er nimmt meine sechs gern dazu. Meinst du, es ist richtig, dass ich Laura noch immer dazuzähle?"

„Sicher is's richtig. Sie bleibt doch dein kleines Mädchen. Er macht dich glücklich?"

„Ja, das tut er." Nancy nahm Letitias Hand und sah ihr in die Augen. „Und willst du wissen, was er mir zur Hochzeit geschenkt hat? Rate mal. Nicht verraten, Mama."

Nancys blaue Augen funkelten. Sie erinnerte Letitia an die junge Sarah Bowman, wenn sie mit ihren Freundinnen scherzte. Seit sie und Davey hier im Westen angekommen waren, hatte sie Sarah einmal gesehen, in einem Kaufhaus. Sie hatte mit anderen Frauen gelacht und Letitia nicht beachtet, obwohl ihr Blick verriet, dass sie sie erkannt hatte. Der Vorfall mit der Kuh stand immer noch zwischen ihnen.

„Komm schon, Tish. Rate."

„Er schenkt dir … ein Borstenschwein. Die kriegt man schwer. Wär 'n mächtig feines Geschenk."

„Oh, du … Nein. Er hat mir einen neuen Quiltrahmen gebaut. Und ich kann ihn unter die Decke ziehen, so wie zu Hause, und wenn ich daran sticken will, kann ich ihn herunterlassen. Das erste Stück, das ich daran gearbeitet habe, war eine Decke mit dem Ehering-Motiv. Das wird unsere Bettdecke. Schien mir zu passen." Sie lehnte ihren Kopf an Letitia, die hinter ihr stand und ihr das Haar frisierte. „Er ist ein guter Mann. Zach würde ihn mögen, glaube ich." Sie schluckte und ihr Blick traf im Spiegel auf den von Letitia. „Ich vermisse ihn schrecklich. Er war mein bester Freund … Es kommt mir so vor, als ob er hier dabei ist. Als ob er mich bei meiner zweiten Hochzeit zum Altar führt."

„Oh, gut, dass du's so nimmst. Ein Segen is' das. Laura würd wohl auch Beifall klatschen."

„Ja, das möchte ich auch gern glauben."

Letitia wünschte, sie hätte nicht gerade jetzt an Lauras Tod erinnert. „Dann is' Nancy Jane vielleicht noch nich' dein letztes Kind?"

„Oh doch, das glaube ich schon."

Nancys Mutter scheuchte die Mädchen aus dem Raum. Samuel und Edward würden zur Hochzeit kommen. Sie lebten inzwischen bei Nancys Bruder, dem Richter, auf der anderen Seite des Columbia River. Letitia fragte sich, ob es Nancy nicht traurig machte, dass ihre Söhne so weit weg waren.

Schweigend flocht Letitia eine grüne Ranke mit roten Beeren in Nancys blondes Haar. Die hübschen Pflanzen wuchsen in der Nähe ihres Hauses. *Kinnikinnick* nannte Betsy sie.

„Vielleicht haben wir noch Kinder, Thomas und ich. Laura werde ich natürlich nie vergessen. Und Zach auch nicht. Und das Baby, das ich verloren habe. Aber jetzt fängt ein neues Kapitel in meinem Leben an."

„Ausseh'n tust du auch ganz neu."

„Oh, Tish, wie hübsch du mich gemacht hast." Nancy lächelte sich in dem Handspiegel zu, den sie sich vors Gesicht hielt, und drehte den Kopf, um sich von allen Seiten zu sehen. „Dazu eignet sich dieses Kinnikinnick viel besser als zum Rauchen. Thomas raucht nicht, nicht mal eine würzige Pfeife. Ich denke, wir werden gut miteinander auskommen. Übrigens hat er sogar schon ein Testament verfasst." Sie runzelte die Stirn. „Ich muss Zachs Testament bestätigen lassen. Ich glaube, bis jetzt wollte ich noch nicht wahrhaben, dass Zach tot ist. Immer noch denke ich manchmal, dass er doch gleich um die Ecke kommen muss … Aber jetzt muss ich die Sache mit dem Land regeln."

„Der Doktor hat für dich sorgen woll'n. Auch wenn er mal nich' mehr da sein würde. Und dein Thomas is' genauso. 's is' gut, wenn's 'n Testament gibt."

„Ja. Das stimmt. Dein Davey sollte auch daran denken. Vielleicht kann ich Thomas bitten, dass er mit Davey mal deswegen spricht."

„Das wär mächtig gut von dir, Nancy. 'n großes Geschenk. Dabei sollt' ich heut dir Geschenke machen."

„Der Käse, den du mitgebracht hast, ist doch mehr als genug. Und vor allem beschenkst du mich mit deiner Freundschaft." Nancy griff nach Letitias Hand und führte sie an ihre Wange. „Es gibt kein größeres Geschenk für eine Frau an ihrem Hochzeitstag als eine gute Freundin, die die Freude mit ihr teilt."

Letitia half Nancy in die weißen Schuhe und verließ sie dann, um sich unter die Gäste zu mischen. Davey hatte Martha auf dem Arm; der kleine Windelpo hing zwischen seinen Unterarmen und die kleinen Hände patschten auf Daveys Kopf herum. Davey sah glücklich aus, zufrieden. Sie scheute sich fast, diesen glücklichen Moment zu unterbrechen. Aber nur fast. Sie trat zu ihm und hakte sich ein. „Nancy macht mir ein Geschenk. An ihrem Hochzeitstag."

„So? Was denn für ein Geschenk?"

„Sie will Thomas um was bitten. Dass er mit dir redet. Dass du das Testament machst." Sie spürte seine Anspannung. Flüsternd sprach sie weiter: „Thomas gibt ihr schriftlich, wie alles geregelt is'. Damit sie sich nich' um die Zukunft sorgen muss. Willst du mir und Martha das nich' auch gönn'n?"

„Tish, doch nicht jetzt", gab er flüsternd zur Antwort. „Das ist jetzt nicht die Zeit dafür. Übrigens gefällt's mir, wie du heut dein Haar trägst. Weich wie fließendes Wasser."

„Du kannst mir ruhig schmeicheln. Ich werd trotzdem wieder davon anfang'n."

Letitia befürchtete, dass „die Zeit dafür" nie kommen würde. Sie wünschte sich, die Sache würde ihr nicht so viel bedeuten. Aber das tat sie nun einmal.

Es ging ihnen gut. Daveys Landanspruch wurde verbrieft. Er baute Kartoffeln an und setzte genügend Zaunpfähle, dass die Rinder keine Ausflüge machen konnten. Sie kamen gut durch den Frühling. Letitia hielt den Käse kühl und weckte die Sommerfrüchte ein, damit sie sie im Winter auf den Tisch bringen konnte. Sie verkaufte Butter und Käse an Trapper und Siedler, die in Scharen in den Süden zogen. Sie verbrachte Zeit mit Nancy, die elf Monate nach ihrer Hochzeit eine Hebamme brauchte. Und weitere zwanzig Monate später noch einmal.

Letitias Tage waren arbeitsreich und das gab ihrem Leben einen Sinn. Morgens sammelte sie Eier in ihre Schürze; die Schweine wühlten grunzend nach den Eicheln und Kartoffelschalen, die sie ihnen vorwarf.

Martha gedieh prächtig, nicht zuletzt, weil Betsy und die anderen Kalapuya-Frauen sie verwöhnten. Zu Letitia sagten sie scherzhaft: „Martha ist eine Kalapuya. Eine von uns. *Kloshe.*"

Letitia fand ihre Geborgenheit in Daveys Armen. Mehr als einmal saß sie unter Eichen mit breiten Baumkronen und lauschte einem Wanderprediger, während sogar Davey die Choräle mitsang und die Nachbarn im Norden und im Süden sie ganz selbstverständlich akzeptierten. Sie war ein Sperling, für den Gott sorgte. Als sie merkte, dass sie noch ein Kind bekommen würde, nahm sie es als Geschenk des Himmels, umso mehr, als Davey bei der Geburt des kleinen Adam sagte: „So ein Geschenk, dies Kind." Ihr Sohn kam – nach Betsys Zählung – im Ersten Monat zur Welt. Für alle anderen war es im September 1849.

Dann ließ Davey sie wissen, was er vorhatte. Die Sorgen kehrten zurück. Adam war drei Wochen alt.

23 Wahre Sicherheit

„Und warum soll ich nicht zu Sutter gehen? Da gibt's tonnenweise Gold. Und wenn das sich erst mal rumspricht, wird's bald jeden zweiten Mann im ganzen Land in den Westen locken. Wenn ich gehe, muss ich's jetzt tun."

„Wir hab'n doch, was wir brauchen. Die Herde wird größer. Gemüse im Garten. Dies Jahr verkaufen wir nich' nur Butter und Käse, sondern auch Fleisch. Schinken und Rauchfleisch. Warum willst du von dem allen weg? Und was, wenn du kein Gold findest? Du hast jetzt noch einen Sohn, um den musst du dich kümmern. Der braucht seinen Daddy." Sie legte Adam an die Brust. Er war noch keinen Monat alt; es war bald Oktober. Sie schüttelte den Kopf. Mit einem ruhelosen Mann war einfach nicht zu reden.

Sie hatte gedacht, dass Davey mit seinem Leben zufrieden war. Nur eins machte ihr Sorgen – bevor Davey ankündigte, dass er fortwollte.

„Ehrlich gesagt, ich bin unruhig. Da is' dieses Gesetz. Das gegen Schwarze."

„Du hast nichts zu befürchten, Tish."

„Nancy sagt, alle Schwarzen soll'n weg aus Oregon. Wer Neger is' oder Mulatte, darf nich' bleiben. Unsre Tochter wär auch in Gefahr. Kann jeder komm'n und sagen, wir müssen weg. Wenn du nach Kalifornien gehst, was soll'n wir mach'n, wenn das passiert? Was wird aus der Farm?"

„Wenn ich's doch sage, Tish: Dieses Gesetz kommt nicht durch. Das sind nur ein paar Leute, die für die Sklaverei sind und sich ein bisschen politisch wichtig machen wollen. Außerdem betrifft's nur die, die jetzt neu hier ankommen. Nicht die Schwarzen, die schon hier leben. Außerdem sagen alle, niemand will, dass Oregon ein Sklavenstaat ist, wenn wir mal den Staaten beitreten. Niemand glaubt, dass dieses verrückte Gesetz zur Anwendung kommt."

„Diesen Leuten, die Sklaven woll'n, sind wir ein Dorn im Auge. Ich, Martha und jetz' auch Adam. Die lass'n nich' locker."

„Ich hab extra dieses Land hier ausgesucht, weil's weit weg ist von der Regierung. Hier kommt niemand bloß zufällig vorbei, außer den Trappern, und die verlassen die Gegend. Und wenn sie zurückkommen, haben sie keine politischen Ziele, soweit ich beobachtet hab. Die meisten sind ohnehin Britische. Und die, die von dir ihre Butter und ihren Käse kaufen, warum sollten die was gegen dich haben? Du gehörst ebenso hierher wie sie." Er war dabei, Käse in seinen Proviant zu packen. „Kannst du übrigens nicht mal wieder diesen Käse machen, der schneller reif wird? Früher hast du den doch gemacht."

„Wenn du hierbleibst, mach ich dir den jede Woche. Wenn du nich' nach Kalifornien gehst."

„Bestechung, Frau, ist zwecklos." Er beugte sich über seinen Rucksack, der auf dem Bett lag, und küsste sie auf die Nase.

„So schnell geb ich mich nich' zufrieden." Sie verschränkte die Arme vor der Brust. Die Schweißperlen auf ihrer Stirn verstärkten den Duft des Kokosöls in ihrem Haar. „Davey Carson, du schreibst dein Testament oder unsere Vereinbarung auf, eh du gehst. Sonst kommst du vielleicht wieder und wir sind nich' mehr da."

„Du würdest fortgehen? Das würd'st du doch nicht tun, Tish, oder? Sieh mal, das ist eine große Chance für uns. In ein paar Monaten bin ich zurück." Er kam zu ihr herüber. „Es ist nur ein Gesetz, es hat keine Bedeutung. Niemand hat die Zeit, sich darum zu kümmern."

„Ich hab gehört, dass schon ein Schwarzer weiter nach Norden gegangen is'. Wegen diesem ersten Gesetz. Oregon reitet immer wieder darauf rum, wie wenn sie's beim ersten Mal nich' richtig hingekriegt hätten."

„Nein, niemand hat ihn verjagt. Das Gesetz von 1844 ist inzwischen nicht mehr in Kraft. Und das von 1845 auch nicht. Und so wird's auch mit dem von 1849 werden. Das ist nur das Werk von Leuten, die nichts Besseres zu tun haben. Niemand wird es durchsetzen. Wo ist dein Glaube? Du sagst doch immer, du hast einen starken Glauben."

Wenn sie mit Betsy zusammen war, vergaß sie ihre Sorgen. Die Freundlichkeit, die die Frau ausstrahlte, führte ihr vor Augen, dass sie alles hatte, was sie zum Leben brauchte. Zu einem guten Leben sogar. Je vertrauter sie mit der Lebensweise der Kalapuya wurde, umso leichter fiel es ihr, „an den Sperling zu denken" und sich keine Sorgen darüber zu machen, ob jemand für sie eintreten würde, falls etwas passierte. Trotzdem …

„Ich versprech nich', dass wir noch hier sind, wenn du wiederkommst."

„Tish, ich weiß, du bist nicht weit weg, nicht mit den beiden Kleinen. Wenn du fort bist, dann bist du bei Nancy oder bei France Gage."

„Die hab'n beide 'nen Mann zu Hause, der bei der Arbeit hilft und bei den Kindern. Nancy hat jetz' auch wieder ein Baby, Theresa, und den kleinen Perry. Glaubst du, Mr Read würd sie damit alleinlass'n? Mr Read führt jetz' ein Gasthaus. Weil er bei seiner Frau und den Kindern sein will. Und für sie da is'. Und du lässt mich mit dem Baby allein? Und das ohne Papiere?"

Er streichelte ihr die Hand. „Ich bring uns Gold nach Hause. Damit können wir jeden, der dieses Gesetz gegen Schwarze hier einfordern will, beeinflussen. Nein, du kannst ganz beruhigt sein."

Sie sah ihm nach, als er mit dem bepackten Maulesel im Gefolge davonritt, und fragte sich, ob ihre Besorgnis über seine Weigerung, ihr eine schriftliche Sicherheit in die Hand zu geben, bedeutete, dass sie der göttlichen Vorsehung nicht genug vertraute. Oder war es nicht vielmehr ein ständiger Ansporn, sich umso mehr darauf zu verlassen, dass Gott für sie sorgen würde? Wenn Davey sie liebte, warum konnte er ihr eine so einfache Bitte nicht erfüllen, um sie glücklich zu machen und ihr ihre Zukunftssorgen zu nehmen? War es denn nicht das, was Liebe bedeutete?

Er war gegangen. Das war ihre Antwort.

Thomas Read kam jede Woche vorbei, um nach ihr zu sehen. Sie bezahlte mit ihrem Käse, wenn er den annahm. Little Shoot ritt ihre Pferde mit dem Geschick eines Jungen und half ihr bei den Rindern. Und beiden, Thomas und dem Jungen, verdankte sie, dass ihre Weidezäune kontrolliert und bei Bedarf repariert wurden. Als die Kartoffelernte kam, grub Little Shoot gemeinsam mit Letitia die Knollen aus. Betsy saß auf einer Decke daneben, spielte mit Martha, der sie eine mit Gänsedaunen ausgestopfte Stoffpuppe in die Hand gedrückt hatte, und sang dem kleinen Adam etwas vor.

„*Wapato* ernten macht mehr Spaß“, sagte der Junge.

Letitia und Martha waren einmal mit den beiden zu dem Sumpfgebiet gegangen, hatten mit im Wasser gestanden und mit den Zehen nach den kartoffelähnlichen *Wapato* getastet. Selbst Rothwell hatte sich an der Suche beteiligt und die Knollen mit der Schnauze aufgewühlt. Aber Letitia mochte auch die Kartoffeln aus ihrem Garten.

Der erste Schnee fiel und das Wasser in der Blechschüssel trug eine dünne Eisschicht. Davey war noch immer nicht zurück. Sie hätte es nicht zugegeben, aber eine Seite in ihr fand Gefallen daran, ihre eigene Herrin zu sein. Sie war viel allein, aber nicht einsam; er hatte sie hier allein gelassen, aber verlassen hatte er sie nicht. Das galt in gewisser Weise auch im Blick auf den Gott, an den sie glaubte.

Sie dachte, sie hörte Little Shoot oder Thomas kommen, als eines Morgens zwei Reiter vor dem Haus auftauchten. Einer trug eine neue rote Weste, die unter einem fabrikneuen Mantel hervorlugte.

„Nein, wen haben wir denn hier?“, sagte Greenberry Smith.

Letitia stand geschützt im Flur, während draußen ein kalter Regen fiel. Sie bat die Männer nicht ins Haus. „Davey Carsons Braut, so wie's aussieht. Und wo ist deine schwarze Brut?" Er reckte den Kopf und versuchte, über sie hinweg ins Haus zu sehen. Sie spürte, wie ihr die Galle hochkam. Ihre Hände waren feucht, obwohl die Luft kalt war.

„Was woll'n Sie hier?"

„Nun, ich bin Greenberry Smith, falls du's vergessen haben solltest. Und das ist mein Bruder Alexander. Wir helfen dem Sheriff aus. Und wir fragen uns, wo dein Mister Carson wohl ist?"

„Er is' drin." Es war eine unbedeutende Lüge, aber sie brachte das Pochen in ihren Ohren nicht zum Schweigen.

„Ist er das? Nun, vielleicht bittest du ihn dann, an die Tür zu kommen."

„Sie hab'n hier nichts zu tun. Am besten, Sie geh'n wieder."

„Willst du frech werden, Mädchen?"

Rothwell begann zu bellen und stellte sich vor sie. Mit gesträubtem Fell und hoch aufgerichtetem Schwanz blockierte er den Eingang.

„Ruf sofort den Hund zurück. Wir vertreten das Gesetz", bellte G. B.s Bruder.

Greenberry warf Letitia einen Blick zu. „Du befindest dich hier im Territorium Oregon, Frau. Und da gibt es Gesetze, was dir wohl kaum bekannt sein dürfte. Und gegen eines dieser Gesetze verstößt du, indem du hier wohnst. 'ne Negerin und ihre Mulattenbrut. Ihr habt zu verschwinden."

Ihre Kehle war trocken wie Maisstroh. „Hab'n Sie Papiere, die sagen, wir müssen geh'n? Nur wer neu kommt, muss geh'n. So is' das Gesetz."

„Ooh, diesmal ist sie's, die nach *deinen* Papieren fragt, G. B." Der Bruder grinste breit, die Hände auf dem Sattelknopf, als gäbe es keinen besseren Zeitvertreib als diese Begegnung.

Der Hund bellte immer noch und sprang vor und wieder zurück. Den Schwanz hatte er aufgestellt wie eine Sichel. Smith hob die Pistole und zielte.

„Rothwell! Nein. Komm." Die Worte kamen krächzend. Sie griff nach dem Halsband.

„Na also. Das ist schon besser. Und jetzt: Raus hier." G. B. spuckte die Worte geradezu durch die Lücke zwischen seinen Schneidezähnen. Sein Pferd wurde unruhig und er riss an den Zügeln. Die Pistole war immer noch auf den Hund gerichtet. Rothwell knurrte leise und zerrte am Halsband. „Nimm deine Brut und verschwinde. Das ist Gesetz."

„Dies hier is' ein Distrikt." Ihre Stimme bebte. „Das weiß ich. Ich will den Distriktsheriff seh'n. Nich' seine … Patrouille."

Mit wild pochendem Herzen ging sie ein paar Schritte zurück und nahm die Pistole vom Regal über der Tür. Mit beiden Händen hielt sie sie vor sich und bemühte sich, nicht zu zittern. „Roth, ins Haus." Der Hund gehorchte, blieb aber knurrend neben ihr stehen.

„Ein Weibsbild richtet nicht ungestraft 'ne Waffe auf mich. Das wird dir leidtun."

G. B. sprang vom Pferd. Rothwell bellte, bellte, war in einem Satz bei ihm und biss ihn ins Bein. G. B. schlug dem Hund den Pistolengriff über den Kopf und taumelte auf Letitia zu. Er drückte ihr die Arme an die Brust und presste sie gegen die Tür. Aus den dünnen Lippen rann Speichel und er roch nach Schweiß. Er wand ihr die Pistole aus der Hand.

Martha schrie: „Mama. Mama." Adam schluchzte.

G. B. schlug Letitia den Pistolengriff ins Gesicht und stieß sie rückwärts, sodass sie über Rothwell stolperte und gegen den Tisch fiel. „Wag es nie wieder, mir zu trotzen, Mädchen. Du kennst deinen Platz. Und du widersetzt dich keinem Weißen mehr. Nie wieder. Und jetzt raus aus diesem Staat."

In einiger Entfernung hörte sie ein Pferd.

„Geh'n wir besser", rief G. B.s Bruder.

Greenberry Smith zögerte, dann saß er auf und die beiden ritten davon. Letitia blieb mit einem jaulenden Rothwell und zwei weinenden Kindern zurück und sah ihnen zitternd nach.

„Dieser Davey! Wie konnte er dich hier allein lassen! Ich bin so wütend, es dreht mir fast den Magen um!"

Nancy presste ein kaltes Tuch auf Letitias Wange. „Das muss genäht werden." Sie waren bei den Reads. Thomas hatte Letitia und ihren Kindern aufs Pferd geholfen und dann Rothwell vor sich über den Sattel gelegt. Es sah aus wie reiner Zufall, dass er gerade vorbeigekommen war.

„'s hätt noch schlimmer sein könn'n. Wenn Martha und Adam allein geblieb'n wär'n. Rothwell wird's wohl übersteh'n, oder, Mista Thomas?"

Er erwiderte ihren Blick nicht.

Nancy griff zur Nadel. Letitia zuckte zusammen, ließ aber das Nähen über sich ergehen. „Eine Narbe wird bleiben."

„Weißt du, wer die Männer waren?", fragte Thomas.

Besser ist's, wenn ich es nicht sage. Er war aus New Hampshire. Er wusste vielleicht nicht, dass es eine schwarze Frau in Schwierigkeiten bringen konnte, wenn sie gegen einen Weißen aussagte.

„Ich muss wieder nach Haus. Mich ums Vieh kümmern. Little Shoot kommt vielleicht erst spät. 's is' Zeit zum Melken." Sie nahm Martha auf den Schoß, die die Hand ausstreckte und scheu über die genähte Wunde auf ihrer Wange strich. Sie spürte, wie das Blut darin pochte. Adam schlief frisch gewickelt auf dem Sofa.

„Du solltest dort nicht mehr allein sein. Nicht jetzt, wo das Gesetz gegen Schwarze gilt. Ich kann's nicht fassen, dass jemand etwas so Verabscheuungswürdiges tut."

„Hab meine Zunge nich' beherrscht. Das hat ihn geärgert."

„Letitia, du hast hier keine Schuld. Meine Güte. Nicht das kleinste bisschen."

„Könn'n sie mich zwingen wegzugeh'n? Braucht das nich' den Sheriff?"

„Wenn sie Hilfssheriffs wären, hätten sie's bestimmt gesagt. Der Winter kommt bald, und dann braucht ein Mann etwas, das ihn beschäftigt hält, statt in der Gegend herumzureiten und sich unbefugt als Gesetzeshüter aufzuspielen", sagte Thomas.

Sie hasste es, dass ihre Kinder in einer Welt aufwuchsen, wo allein die Tatsache, dass sie überhaupt existierte, sie in Konflikt mit dem Gesetz brachte. Alles, was darin zählte, waren anscheinend schriftliche Worte von weißen Männern. „Würdest du … würdest du mir was aufschreiben? Ein Papier, das Davey unterschreibt, wenn er wiederkommt? Dass ich für ihn arbeite, seit '45 schon. Wenn sie wissen, dass ich für ihn arbeite, vielleicht schicken sie mich dann nich' weg."

Sie spürte, wie ihr die Tränen in die Augen stiegen. Jämmerlich, das war sie. Jämmerlich und durch Umstände gefesselt, an denen sie nicht das Geringste ändern konnte.

„Er hat kein Testament gemacht?" Nancy verstaute ihre Schere wieder im Nähzeug.

„Jetz' nützt's wohl auch nichts mehr. Aber vielleicht könnt' ich seinen Besitz in den Staaten kriegen, falls was passiert. Auch wenn ich schwarz bin."

„Irgendein Gesetz besagt doch, dass Verträge zwischen den Rassen gültig sind, oder?", fragte Nancy.

Thomas nickte zustimmend. „Und wo sollen die Schwarzen oder die Hawaiianer denn hin? Etwa rauf in den Norden nach Puget Sound?"

Nancy nahm ihren Jüngsten auf den Arm und lief im Raum hin und her. „Vielleicht sollte sie hierbleiben, bis Davey wiederkommt", sagte sie.

„Ich glaube nicht, dass sie noch mal belästigt wird. Der Sheriff kommt jedenfalls nicht hier raus, das steht fest. Hofins ist auch auf Goldsuche unterwegs. Ich weiß nicht, wen sie jetzt ernannt haben. Aber wer es auch ist, er dürfte genug mit tatsächlichen Verbrechen und Landstreitereien zu tun haben, ohne auch noch das Gesetz gegen Schwarze zu vollstrecken. Hab auch noch von keinem Richter gehört, der einen solchen Fall verhandeln würde. Vielleicht gehen die beiden Schufte, wer immer sie auch sind, ja nach Kalifornien. Das wäre überhaupt der beste Platz für jeden, der Ärger macht."

„Ich geh nich' weg aus meinem Haus." Wohin hätte sie denn auch gehen sollen? „Ich frag Little Shoot. Vielleicht bleibt der bei uns. Im Haus. Aber zuerst schreibst du mir die Worte auf? Und Davey unterschreibt, wenn er wiederkommt. Falls er wiederkommt."

Zurück auf ihrer Farm – für sie war es „ihre Farm" – sah sie sofort, dass Little Shoot die Schweine bereits gefüttert hatte, als sie eintraf.

Sie hatte Martha vor sich im Sattel und Adam in der Trage auf dem Rücken. Rothwell hatte sie bei den Reads lassen wollen, bis es ihm besser ging, aber der Hund war ihr gefolgt. Sein Kopf hing schief zur Seite. Sie würde ihm einen Kräuterumschlag machen, wenn sie zu Hause war, oder ihm das Schwefelwasser aus den heißen Quellen zu trinken geben. Beides half vielleicht.

Was konnte sie tun, um nicht ganz allein hier zu sein? G. B. Smith konnte jederzeit wiederkommen. Little Shoot nahm ihr Martha aus den Armen und half ihr dann vom Pferd. „Ich hab mir gedacht, ich könnt im Winter Hilfe brauchen." Sie meinte den Jungen. Little Shoot war schlaksig wie ein junger Baum, obwohl er höchstens dreizehn Sommer gesehen hatte.

„Du hast Ärger." Er starrte auf ihre Wange. „Wir gehen bald zurück ins Dorf. Für den Winter. Dann sind wir länger fort. Aber du hast auch nicht so viel Arbeit."

„Besuch im Haus hält ungebet'ne Gäste fern."

„Und ein solcher ungebetener Gast hat dich verletzt." Er blickte auf die genähte Wunde und sie hob die Hand an die Wange.

Und wenn dem Jungen auch etwas zustößt? Heißer Zorn stieg in ihr auf. Zorn auf Davey, der sie hier allein gelassen hatte. Zorn auf G. B. Smith, der hier auftauchen musste, nachdem sie vier Jahre vor ihm sicher gewesen war. Zorn auf die Regierung, die ein solches Gesetz erließ. Und Zorn darauf, dass sie als schwarze Frau geboren war, die keinerlei Einfluss besaß.

„Und deine Kasa? Würd sie erlauben, dass du hierbleibst? Vielleicht ist's gefährlich."

„Vielleicht fragst du sie, ob sie auch bleibt." Sein rundes Gesicht verzog sich zu einem Grinsen. Er strich sich das schwarze Haar aus dem Gesicht. „Das gibt mehr Käse. Und schneller. Fragst du sie?"

„Ja, ich frag."

„*Kloshe.* Gut."

Vielleicht würde sie Davey nie dazu bringen, ihre Zukunft abzusichern. Aber für die Gegenwart würde sie für ihre Sicherheit tun, was sie konnte. Nachbarn zu haben, die sich um einander kümmerten, war tröstlich und sie schöpfte Kraft daraus. Sie konnte das Gesetz nicht ändern. Aber sie konnte entscheiden, wie sie sich verteidigen wollte und was für Geschichten sie sich selbst erzählte – ob sie Sklavin ihres Zorns sein wollte oder eine freie Frau. Das war sie ihren Kindern schuldig. Sie konnte noch nicht ahnen, wie sehr.

24 Verwandtschaft

Davey sprang vom Pferd und breitete die Arme für sie aus. Es war Mitte Dezember und sie stand im Eingang und trug ihren Pelzmantel und ihren Unmut. Er nahm die Satteltaschen vom Pferd und kam ins Haus, um dem Nieselregen zu entkommen. In den Weiden unten am Soap Creek hing der Nebel wie zarte Spitze. In Daveys Augen lag ein Funkeln. *Wieso auch nicht. Er hat sich gut amüsiert.*

„Ich war länger weg, als ich vorgehabt hab. Aber ich bringe Gold mit." Er zog ein kleines Säckchen aus der Satteltasche. Als sie nicht in seine Arme lief, sondern sich ins Haus zurückzog, huschte etwas wie Enttäuschung über sein Gesicht.

Er ließ den Beutel mit einem Klirren auf den Tisch fallen. „Gold."

Das bedeutet ihm mehr als wir.

Er rieb sich die kalten Hände. Oder war es ein Ausdruck seiner Geldgier? Wieder wollte er sie umarmen. Sie wich ihm aus.

„Was denn, kein Kuss?" Seine Arme sanken herab wie Äste unter einer Schneelast.

Sie bückte sich und nahm Adam auf den Arm.

„Wie geht's meinem Sohn?"

„Er wird bald vier Monate." Sie konnte sich den bissigen Ton nicht verkneifen.

Sie hoffte, ihr Zorn würde sich abkühlen, als sie sah, wie zärtlich er seinen Sohn in den Arm nahm. Und so war es auch. Ein wenig. Martha klammerte sich noch ängstlich an den Rock ihrer Mutter.

„'s tut mir leid, dass ich dich so lange allein gelassen hab. Eine ganze Zeit lang war's so: Ich war auf dem Acker und das Glück war auf der

Straße. Hat ein bisschen gedauert, bis ich's dazu bringen konnte, die Seiten zu wechseln." Er kraulte seinen Sohn im Nacken und der Junge gluckste und griff nach Daveys rotem Bart. „Au, au, du kleiner Schlingel." Er lachte. „Du wirst sehen, Tish, ich hab Erfolg gehabt." Er wies mit dem Kinn auf den Beutel. „Wir können einen Bullen kaufen und uns die Kosten für die fremden Zuchttiere sparen. Und für dich gibt's neue Kleider. Und für die Kleine auch."

„Ich komm zurecht mit den Kleidern, die ich hab. Und die Kleine braucht ihren Vater und keine feine Hülle."

„Tish, ich hab so viel zu erzählen. Und wo ist meine Martha?" Er reichte Adam zurück an Letitia und hob seine Tochter auf den Schoß. Die Kleine schlang die Arme um seinen Hals. „Mein Vater hat immer gesagt: Kein Schal wärmt einem so gut den Hals wie die Arme einer Tochter." Er ging mit Martha auf dem Arm zurück zu seiner Satteltasche und holte drei runde, in Papier gewickelte Päckchen heraus, die er Letitia reichte. Martha bekam auch ein Päckchen zum Auspacken, aber er verdarb die Überraschung, indem er verriet, was es war. „Teegeschirr. Direkt aus England." Er setzte Martha wieder ab. „Schau hier. Zwei kleine Tassen und eine Kanne. Bestes Porzellan. Zart wie Blütenblätter. 's gibt viele interessante Sachen in Kalifornien."

„Kloshe, Papa. Hübsch." Martha hauchte ihm einen Kuss auf die Wange.

„Na, das ist schon eher eine Begrüßung für einen Mann, der Geschenke mitbringt."

Jetzt trat er zu Letitia. Er beugte sich herab, um sie auf die Wange zu küssen. Als er die Narbe sah, runzelte er die Stirn, fragte aber nicht, was geschehen war, und strich sanft mit dem Daumen darüber. Sie zitterte unter seiner Berührung. Sie war starr wie ein Schraubstock. Sie brauchte es.

„Es ist gut, wieder zu Hause zu sein, Tish. Und gut sieht's hier aus." Sein Blick schweifte durch den Raum. „Du hast's gut in Schuss gehalten."

Er nahm prüfend den Raum in Augenschein und Letitias Blick folgte dem seinen, sah die Dinge mit seinen Augen. Neben dem Kamin hatte sie einen Kuhmagen ausgespannt, der jetzt am Feuer trocknete. Ein Schrank beherbergte Geschirr, Krüge und Butterformen, die Nancy bei einem Besuch in der Stadt für sie gekauft hatte. Getrocknete wilde Zwiebeln und Petersilie hingen von den Dachbalken. Der Wäscheständer hatte sich bei einer der letzten Wäschen verfärbt. Durchs Fenster sah man die weidende Herde mit der fleckigen Charity, deren Kuhglocke herüberklang. Über den Weidezaun waren Felle und Tierhäute gebreitet. Betsy würde sie im Frühling bearbeiten: Sie wusch sie im Fluss und machte dann aus dem Leder Leggins, Handschuhe und Mokassins für die Kinder. „Ich hab gute Nachbarschaft."

„Wer wohnt in den Hütten?"

„Kalapuya. Little Shoot und Betsy, die wohnen in einer."

„Gut, gut. Du hast alles im Griff." Er breitete die Arme aus. „Und jetzt komm zu mir, Tish. Du hast mir gefehlt."

Sie brachte die Worte „Du mir auch" nicht über die Lippen. Sie kam ihm auch nicht entgegen und nach einem Schweigen, das auf ihnen lastete wie der Nebel auf dem Fluss, verließ er das Haus, um sich um Fergus und das Packtier zu kümmern. Beim Abreiben des Pferdes hatte er keine Eile.

Am Abend nach dem Essen erzählte er ihr von den Goldfeldern. Dass sich mehr Geld aus ihrem Käse und Schinken machen ließe, wenn er beides unten im Süden verkaufte. Wie jemand ihm seinen Claim streitig gemacht hatte und wie er darum gekämpft hatte, ihn wiederzubekommen. Dass er den Sheriff getroffen hatte. „Letzten Monat hab ich G. B. Smith gesehen. Hat erzählt, dass er wegen diesem Gesetz gegen Schwarze bei dir war. Und dass er dich entwaffnen musste. Hast du wirklich eine Waffe auf ihn gerichtet, Tish?"

„Und du bist nich' gekommen, um zu sehen, ob's uns gut geht?"

Er schluckte. Dann noch einmal. „Hab gedacht, wenn was Ernstes passiert wär, hätt er bestimmt was gesagt."

„Er hat erzählt, was er mir getan hat? Und Rothwell?"

„Nein. Wo ist der Hund überhaupt?" Der Hund hörte seinen Namen und kroch aus der Ecke hinter dem Schrank. Der Kopf hing noch immer zur Seite. Kleinlaut schlich er zu Davey hinüber.

„Er denkt, es war seine Schuld." Letitia kraulte dem Hund den Kopf. „Smith hat ihn geprügelt, und jetz' hat er diesen unberechenbaren Gang, wie Betsy sagt." Der Hund schmiegte sich jetzt an ihr Bein und sie strich ihm übers Fell. „Mich hat er auch geschlagen." Sie legte die Hand an die Wange.

„Das war er? Hätte ich das gewusst! Ich hätte …"

„Was hätt'st du gemacht?" Es war das Stichwort, das sie brauchte. „Du lässt uns hier allein, damit jeder, dem es einfällt, uns einfach schlagen kann? Nennst du das ‚für uns sorgen'?" Sie lachte bitter und hasste sich zugleich selbst für ihren bitteren Zorn.

„Nein doch. Hätt ich's gewusst, ich hätte dem Kerl einen Denkzettel verpasst."

„Er hat sich an deinem … Besitz vergriffen." Jetzt wallte der Zorn in ihr auf wie ein Geysir, der sie innerlich versengte.

„Oh nein. Du bist nicht mein Besitz. Er hat kein Recht, dich zu verletzen. Oder eine andere Frau." Er streckte den Arm nach ihr aus, aber sie wich zurück.

Sie legte wieder die Hand auf die Narbe. „Die Schwefelquellen und Nancy Read, die hab'n das geheilt." Mit den Fingern fuhr sie über die Narbe, die sich wie ein gezackter Blitz über ihre Wange zog.

„Es tut mir so leid." In seinen Augen blinkte es feucht. „Ich hab gedacht, wenn ich Gold finde, sind wir bald fein raus. Und das sind wir jetzt auch. Aber du bist ohne mich auch gut zurechtgekommen." Er sah sich um. „Woher hast du denn den Schrank?"

„Willst du über die Möbel reden?"

„Ich will über alles reden, was dich nicht auf die Palme bringt, Tish. Es tut mir wirklich leid, was da mit deiner Wange passiert ist. Und mit Rothwell."

„Joseph Gage." Jetzt ging sie auf seine Frage ein. „Die Nachbarn im Norden, in Polk County. Haben 'ne Menge Kinder, ein paar Zwillingspärchen sind dabei, und brauchen Fleisch und Schinken. Das hab ich. Wir haben getauscht."

„Du kommst gut ohne mich zurecht. Vielleicht wär's dir ja lieber, ich wäre nicht wiedergekommen."

Sie wusste nicht, was ihr lieber war. Sie hatte in diesen Monaten hart gearbeitet. Sie hatte ein Neugeborenes zu versorgen und war mit all der Arbeit allein gewesen. Aber sie war besser dran als manch andere Frau. Geschichten von Männern, die Haus und Hof verließen, weil das Goldfieber sie gepackt hatte, waren so zahlreich wie Pferdebremsen und genauso lästig.

„Warum kommst du zurück?"

Rothwell lag auf der Seite, die Pfoten kratzten Löcher in den Fußboden, während er im Traum den Kaninchen nachjagte.

„Wegen dir natürlich. Und weil sie das Gesetz über die Landzuteilung verabschiedet haben. Ich muss das Land noch einmal auf meinen Namen eintragen lassen, sonst könnt' es auch wer anders beanspruchen. Wir bekommen das Land umsonst."

„Aber nicht Leute wie ich oder Betsy oder Little Shoot. Die leben schon länger hier als alle, die aus den Staaten herkommen. Und sie bekommen nichts."

„Ja, ja, ich weiß. Jedenfalls sorge ich dafür, dass niemand anders sich diese schöne Farm hier unter den Nagel reißt. Mit dem Gold wird sie noch schöner werden. Hier." Davey öffnete den Beutel und schüttete die Erzklumpen auf den Tisch. Dann legte er ihr zwei Nuggets von der Größe seines Daumennagels in die Hand. „Mit diesem Gold könntest du hingehen, wo du willst. Aber ich hoffe, dass du bleibst."

Sie starrte ihn an. „Warum denkst du, ich will weg? Das hier ist mein Zuhause. Vielleicht nimmst du dein Gold und gehst."

Er zuckte zusammen. „Tish, ich geh nirgendwo hin. Wir sind verheiratet. Ich bin hier, um zu bleiben, zu arbeiten und mit dir zu leben wie vorher. Meine rastlosen Füße sind bereit, ein wenig langsamer zu treten. Und ich war doch nur ein paar Monate fort."

„Du vergisst nur, dass du wieder nach Kalifornien willst."

„Doch nur für uns, Tish. Zwei Wochen, vielleicht einen Monat am Stück, dann bin ich wieder da. Diese Goldgräber zu versorgen bringt uns mehr ein, als wenn ich selbst nach Gold suche. Hier, nimm das Gold. Versteh's als Absicherung. Dass du jederzeit gehen könntest, wenn du wolltest."

„Und dieses Gesetz? Was, wenn sie mich ausweisen?"

„Das wird nicht passieren. Verlass dich auf mich."

„Wir müssen was ändern, Davey. Daran, wie die Dinge zwischen uns stehn. Du sagst: ‚So wird's gemacht.' Und wenn ich's anders will, dann denkst du dir dein Teil. ‚Darum muss man sich doch nicht sorgen' oder:

‚Das bring ich schon in Ordnung.' Aber du sagst mir nich', was du denkst. Du gehst über meine Wünsche hinweg und machst's so, wie du denkst, und lässt mich im Staub sitzen. Ich bin's leid, dass du auf mir herumtrampelst. Das war's nämlich. Du bist einfach gegangen. Obwohl ich's nich' so hab haben woll'n."

Er nickte.

„Und was glaubst du wohl, was dich das kostet?"

Er zupfte sich am Bart. „Eine kratzbürstige Frau beim Nachhausekommen."

„Welchen Preis kostet's hier?" Sie legte die Hände aufs Herz. „Mich kostet's, dass ich kratzbürstig bin. Dass ich drüber sprech', wenn's Zeit ist. Aber was kostet's dich?"

Er wurde nachdenklich. „Vielleicht entgeht mir viel. Ich versuch's nicht so, wie du's willst, wenn ich nicht sehen kann, warum. Und wenn's auf meine Weise nicht funktioniert, muss ich mir selbst die Schuld geben."

Sie nickte. „Ich sag dir, was es dich kostet. Du bist nicht der Ehemann, der du sein wolltest, als du's mir versprochen hast. Und ich bin nicht die Frau, die ich sein will. Nicht, wenn ich meinen Groll in mir trag, wenn wir schon längst nich' mehr reden und versuchen, den Streit zu schlichten." Sie stand vom Tisch auf, ging zum Schrank und öffnete die mit Zinn beschlagene Tür. „Ich will dein Gold nich', Davey Carson. Ich will, dass du mich hörst. Auch wenn du denkst, meine Worte sind nich' wichtig. Das is's, was ein Partner tut." Sie wandte sich wieder ihm zu, ein Papier in der Hand. „Thomas Read. Er hat aufgeschrieben, was zwischen uns abgemacht is'. Ich weiß, du glaubst, das is' nur Zeitverschwendung. Aber unterschreibst du's jetz'?"

Er schien über ihre Worte nachzudenken und strich sich bedächtig über das bärtige Kinn. „Und das würde dich glücklich machen?"

„'s würd mich glücklich machen, wenn ich sicher sein kann, ich krieg meine Arbeit bezahlt, falls dir was passiert. Und behalt', was mir gehört. Meine Kühe. 's is' zwischen uns abgemacht. Jeder bekommt seins. Und für unsre Kinder is' gesorgt."

„Du meinst, außer den Nuggets?"

„Die sind längst nich' so viel wert wie all der Schweiß, den ich hier vergieße, wenn ich schrubbe und koch. Ich bin mehr wert wie zwei Erzklumpen."

„Ja, du bist mehr wert." Er lächelte sie an. „Du bist eine wirklich beachtliche Frau. Hol mir was zum Schreiben. Ich werd mich von meiner besten Seite zeigen. Ich unterschreibe."

Und so stahl Davey sich wieder in ihr Leben, wie eine Maus sich an einer schlafenden Katze vorbeistiehlt. Er unterschrieb das Dokument. In der Nacht streichelte er ihren Arm, als sie nebeneinanderlagen, und flüsterte Worte, die ihr Herz gewinnen und ihm die süße Frucht ihrer Verzeihung einbringen sollten.

In der folgenden Zeit stellte Letitia öfters verwundert fest, dass sie darüber, dass sie nun ein paar Papiere in einer Blechdose verwahren konnte, keinesfalls die Genugtuung empfand, die sie sich vorgestellt hatte. Vielleicht lag es daran, dass sie so viele Jahre mit der Unsicherheit gelebt hatte und inzwischen ein dünnes Band des Vertrauens gewachsen war, das auch ohne Papiere und die Versprechen von Männern Bestand hatte. Vielleicht hatte sie inzwischen auch viel von Betsy und ihrem Volk gelernt – die Kalapuya kamen mit so wenig aus. Sie brauchten keinen teuren Kerzenleuchter, um sich reich vorzukommen, und keine Papiere, um sich sicher zu fühlen. Der Herr würde für sie sorgen wie für die Sperlinge, so wie er es ja bisher auch getan hatte. Alles, was sie tun musste, war, sich an diese Hoffnung zu klammern.

„Junior? Mein Sohn? Aber natürlich, das ist er."

David Carson Junior tauchte gerade rechtzeitig aus dem Nieselregen auf, um Weihnachten mit ihnen zu feiern. *Kriegt's immer hin, zum Fest aufzutauchen, der Junge.* Er nahm den Hut nicht ab, nachdem er eingetreten war, bis er den Hund sah. „Rothwell, so war's doch? Braver Hund."

Er warf den Hut auf Daveys und Letitias Bett. Es hätte sich gehört, vor der Dame des Hauses den Hut zu ziehen und nicht vor dem Hund.

Der junge Carson war um die Taille fülliger geworden und das gerötete Gesicht verriet, dass er dem Alkohol nicht abgeneigt war. Er war glatt rasiert bis auf einen buschigen Schnurrbart, der an den Enden gezwirbelt war. Letitia nahm an, dass er Bienenwachs oder ein Öl verwendete, ähnlich wie sie selbst, wenn sie ihr Haar zu bändigen versuchte.

„Ja, da bin ich, Pa. Mit dem Schiff angekommen, wie ich's vorgehabt hab." Er sah sich um. „Nett hast du's hier." Jetzt sah er Letitia an. „Und wie ich sehe, hast du deine ... Frau noch."

„Und sie ist eine gute Frau. Bist du zu Besuch? Oder willst du bleiben?"

„Kommt drauf an. Eher würd ich bleiben wollen."

„Dann kommst du grade recht. 65 Hektar kannst du kriegen als Mann ohne Familie. Ich will versuchen, die vollen 250 zu bekommen, die mir eigentlich zusteh'n. Aber die Chancen sind ziemlich schlecht."

„Warum?" Junior ging in die Hocke, um den Hund zu kraulen.

„Menschen mit schwarzer Haut haben kein Anrecht auf Land. Und vor dem Gesetz sind wir nicht verheiratet ..." Er zuckte die Schultern. „Die Frauen unserer Nachbarn können Land auf eigenen Namen beanspruchen. Das sind dann noch mal 130 Hektar, zusätzlich zu dem, was der Mann bekommt."

Kein Anrecht. So wie auch Betsys Volk kein Anrecht hatte. Kein Anrecht auf das Land, in dem sie seit Generationen lebten.

„Dann brauchst du 130 Hektar von dem eingezäunten Land gar nicht? Und ich könnt mich darum bewerben?"

Davey zögerte, als ob er Letitia nach ihrer Meinung fragen wollte. „Ich wüsste nicht, was dagegenspricht. Es wird gut sein, dich in der Nähe zu haben. Du kannst nach dem Rechten sehen, wenn ich unten in Kalifornien bin. Oder du kommst mit. Die Landzuteilung wird erst auf Dauer gültig, wenn man vier Jahre hintereinander hier wohnt. Aber hin und wieder eine kleine Tour in den Süden wird man uns nicht verübeln." Er tätschelte seinem Sohn die Schulter. „Tisha, komm, bring was Gutes auf den Tisch für Junior. Ich muss wirklich sagen: Es ist ein guter Tag für einen Mann, wenn der Sohn nach Hause kommt."

Im Februar ritt Davey mit Junior nach Oregon City, um beim Vermessungsamt noch einmal die Zuteilung von Land zu beantragen. Letitia hatte den Verdacht, dass dies der eigentliche Grund war, warum Davey zurückgekommen war. Thomas Read begleitete die beiden; er und Davey würden gegenseitig als Zeugen bestätigen, seit wann sie sich am Soap Creek angesiedelt hatten und wo die Grenzen verliefen, die sie achteten. Als Davey nach Hause kam, berichtete er, er habe einen gewissen David Davis getroffen, der nordöstlich von ihrer Farm Land besaß. „Und er macht Sarah Bowman den Hof. Ihr Mann starb letztes Jahr."

„Miss Sarah is' Witwe?"

„Das stimmt. Das greift um sich wie eine Seuche. Sorg bloß dafür, dass du dich nicht ansteckst."

Im Spätherbst kamen die Nachbarn und halfen Junior, sein Haus zu bauen. Letitia würde nun endlich nicht mehr für ihn kochen und ihm die Wäsche waschen müssen. Sie stellten das Futter für sein Pferd. Er schien kaum Ausrüstung zu besitzen, um eine Farm zu führen, und lieh sich Pflug und Spaten von ihnen, ebenso wie das Geschirr, das sie übrig hatten. Nancy brachte einen Quilt. Frances Gage kam mit Johannisbeerkuchen.

„Wie sind eigentlich die Matten, auf denen die Indianer schlafen? Kann man die irgendwo kriegen?", erkundigte sich Junior am Tag nach dem Richtfest.

„Mach dir selbst eine." Letitia schlug etwas kräftiger auf die Spinne ein, als sie beabsichtigt hatte. Dann schlug sie Eier in die Pfanne auf dem Dreifuß.

„Jetzt komm, Tish. Ein Mann wird es leid, immer auf der Erde zu schlafen", sagte Davey. „Vielleicht gibt uns Betsy die Hängematte, die sie gemacht hat."

„Du kannst weggeben, was mir gehört. Aber du hast kein Recht, zu verteilen, was Betsy gehört."

„Ich würd sie natürlich fragen." Er klang gekränkt.

„Sie haben sowieso kein Recht, hier zu sein."

„Sie war'n schon hier, als noch keiner von uns da war." Sie hatte den scharfen Ton wahrgenommen und holte tief Luft. Groll zu hegen war so, als ob man ein Feuer anzumachen versucht und dabei auf den Regen wartet. „Ich mach dir die Hängematte."

Junior zwirbelte seinen beachtlichen Schnurrbart. Seine braunen Augen wirkten fast heiter. „Tatsächlich. Nun, das wäre ein sehr nettes Geschenk von einer Mutter für ihren Sohn."

Davey lächelte. „Schön zu sehen, dass ihr beide endlich miteinander auskommt."

Junior war kein dankbarer Mensch. Er konnte anscheinend alles haben, was er brauchte, und war trotzdem verdrossen. Er besaß Land. Ein Haus. Eine Kuh und ein Schwein. Die hatte er von Davey – und von ihr, was Junior geflissentlich übersah. Die Liebe und Aufmerksamkeit seines Vaters waren ihm sicher, aber er verzog die Miene, wenn Davey Adam – den Davey immer öfter Jack nannte – auf den Knien schaukelte oder mit Martha ein Teestündchen hielt. Wenn sie die Matte für Junior machte, würde es für ihn zumindest etwas schwerer werden, sich zu jeder Mahlzeit bei ihnen einzuladen und nicht nur seinen ordentlichen Appetit, sondern auch seine schlechte Laune mitzubringen.

Während der nächsten beiden Jahre belud Davey in jedem Frühjahr die Maulesel mit ihren Waren und zog in den Süden, um sie dort zu verkaufen. Junior begleitete ihn und Letitia stand mit Rothwell vor dem Haus und sah den Männern nach, die mit den Packtieren im Schlepptau auf dem Trapperpfad fortritten. Für sie und Little Shoot bedeutete es mehr Arbeit, dass sie auch Juniors Kuh und Schwein versorgten, aber sie gewöhnte sich rasch an die Zeiten, in denen Davey und Junior nicht da waren. Letitia folgte ihrem eigenen Zeitplan und traf Entscheidungen, über die sie mit niemandem verhandeln musste. Und sie musste keine Überraschungen befürchten, wenn Davey mit Junior Pläne machte, es aber nicht der Mühe wert hielt, ihr etwas davon zu sagen. Sie besuchte Frances Gage zum Quilten, während Martha und Adam im großen Bett der Gages schliefen. Ihr Sohn hatte dieselbe nussbraune Haut wie seine Schwester und Daveys hohe Stirn und ausgeprägtes Kinn. Die Apfelbäume trugen reichlich. Letitia wurde mehr als einmal zu Geburten gerufen. Sie besuchte Nancy Read und staunte über die Neuzuwächse, die sie mit auf die Welt geholt hatte.

„Ich dachte, Perry würde unser Letztes sein. Aber nun haben wir noch Clara. Und ich möchte um nichts in der Welt darauf verzichten, sie zu kennen. Aber Clara ist wirklich unser Letztes."

„Wilde Möhren gibt's hier genug. Wenn du die nutzt, bleibt Clara die Letzte. Oder diesen Schwamm. Betsy hat mir's gesagt."

„Oh, damit wäre Thomas niemals einverstanden. Liebe Güte, ich werde stark sein müssen und noch mehr Kräfte sammeln."

Solange Davey fort war, blieb Betsy in der Nähe des Hauses. Als Junior aufgetaucht war, war sie wieder in die Nähe des Kalapuya-Dorfes gezogen, aber wenn die Männer weg waren, sammelten sie und Letitia Pflanzen und Kräuter, Wurzeln und Beeren zum Trocknen oder fingen Lachse, die sie dörrten und an die Dachbalken hängten. Der geräucherte Fisch verbreitete einen würzigen Duft. Die Kalapuya-Frau brachte Adam bei, einen Bogen zu halten, der viel zu groß war für einen Zweijährigen. Der siebenjährigen Martha zeigte sie, wie man aus Haselruten große Körbe flocht, in denen sie Rüben und Gemüse aus Letitias Garten aufbewahren konnten.

Nachts lag Letitia oft wach und dachte darüber nach, wie sehr sich ihr Leben hier in diesem Land verändert hatte. Was hatte sie nicht schon alles darüber gelernt, wie es sich in einer Familie lebte, die man sich selbst gewählt hatte. Betsy war ihr und ihren Kindern eine gute Lehrerin und sie freute sich auf ihren Unterricht, wenn Davey nicht da war und ihre Zeit in Anspruch nahm. Little Shoot wuchs vor ihren Augen zu einem jungen Mann heran. Einmal kam er in Begleitung eines hübschen Mädchens zum Käsemachen. Alles hatte sich verändert. Letitia fragte sich, ob sie Davey inzwischen weniger liebte, weil es ihr nichts ausmachte, wenn er fort war. Oder hatte sie nur mehr von ihrer eigenen Stärke entdeckt und das machte es ihr leichter, mit seinen Ecken und Kanten zu leben und auch ihre eigenen Unarten zu akzeptieren? Vielleicht war ihre Zufriedenheit in den einsamen Zeiten ja auch ein Zeichen, dass die Liebe zwischen ihnen wuchs. Und auch ihr Vertrauen. Vielleicht hätte sie das Papier in ihrem Schrank gar nicht wirklich gebraucht.

25 Loslassen

Davey hielt sein Wort und blieb nie länger als wenige Wochen am Stück fort. Das Gesetz, das Schwarzen eine Ansiedelung in Oregon verbot, war jetzt in Kraft. Und es gab auch eine Bestimmung, die es Menschen mit schwarzer Haut verbot, gegen Weiße zu klagen. Wenn ein Weißer einem Farbigen etwas stahl, boten die Gerichte dem Geschädigten keinen Rückhalt.

Letitia hatte gehört, dass G. B. Smith wieder in der Gegend war. Er hatte geheiratet. Vielleicht war das der Grund, warum er sie nach ihrer letzten Begegnung in Ruhe gelassen hatte. Seine junge Frau, Eliza Hughart, starb im Kindbett. Letitia hatte diese Geburt nicht begleitet. Sie wusste nicht, wer als Hebamme gerufen worden war, aber sie war sich sicher, dass der Tod der Mutter der Frau zusetzte. G. B. hatte bestimmt genug damit zu tun gehabt, sich um das Baby – das nach G. B.s Bruder benannt wurde – zu kümmern. Doch bereits im folgenden Jahr heiratete er Mary Baker.

„Er nennt sich jetzt Verwalter für öffentliche Angelegenheiten", wusste Nancy zu berichten. „Befasst sich mit Erbschaftsgeschichten und Testamenten und so weiter. Sein Bruder ist letztes Jahr gestorben, in Hawaii, und er hat sich um den Besitz dort gekümmert." Nancy ließ ihren Quiltrahmen von der Decke herab und Letitia half, ihn gut aufzustellen. Sie lieferte den Reads Käse und Butter für die kleine Gastwirtschaft, die die Nachbarn jetzt betrieben. „Die Erben sind nicht besonders glücklich darüber, wie er die Dinge handhabt, hört man. Aber die Gerichte bestellen ihn immer wieder. Thomas sagt, er würde mit dem Mann keinesfalls Geschäfte machen. Er tut vielleicht nichts Illegales, aber er bewegt sich auf jeden Fall immer an der Grenze dazu."

Letitia wünschte G. B.s junger Frau alles Gute und betete für sie. Sie verbannte Greenberry Smith aus ihren Gedanken und fand eine stille Freude an ihrem Leben, so wie es nun geworden war. Ein wenig weiter im Süden war eine Ortschaft entstanden, Corvallis. Dort gab es eine Schmiede, einen Notar und ein Kaufhaus. Aber Letitia hatte kein Interesse daran, dorthin zu fahren. Sie blieb zu Hause. Sie war die Hüterin des Herdfeuers, schürte die Flammen, bediente Freunde, die sie besuchten, und hieß Davey willkommen, wenn er nach längerer Abwesenheit zurückkam. Sie fütterte ihre Kinder und den Hund. Sie hörte sich Daveys Geschichten an, wenn er wieder da war, aber es verlangte sie nicht danach, nach Kalifornien oder irgendwo anders hinzugehen. Sie war so frei, wie sie es immer gewesen war. Sie hatte ein Zuhause gefunden, hier, in Benton County.

Davey kam immer ausgeglichen von seinen Reisen zurück, hob die Kinder nacheinander auf den Arm und schwenkte sie durch die Luft, bis das fröhliche Juchzen durch das ganze Tal zu hören war.

„Ich weiß gar nicht, warum ich überhaupt immer wieder loszieh'", sagte er. „Wo's doch nichts Besseres gibt als diese Hügel, diese Farm, dich und unsere kleinen Schätze."

Auf einem seiner Ausflüge in den Süden wurde Davey krank und brachte die Krankheit bei seiner Rückkehr mit nach Hause.

„Little Shoot, geh bitte zu Mrs Read und frag, ob sie auf die Kinder aufpassen kann. Sie hat zwar auch die eignen und muss sich um die kümmern. Aber für Martha und Adam sind sie und Thomas wie Mama und Papa."

Little Shoot war inzwischen aus ihrem Leben nicht mehr fortzudenken. Er war ebenso wie Betsy immer bereit, auszuhelfen, und gehörte sozusagen zur Familie.

„Ich nehme die Kinder mit. Und hole Kasa. Vielleicht kann sie etwas für Davey tun."

Letitia gab ihm ein Brötchen mit auf den Weg.

Sie wollte nicht, dass die Kinder sich ansteckten, und sie wollte Davey nicht sich selbst überlassen, der stöhnend und mit Schweißperlen auf dem Gesicht im Bett lag. Nicht einmal die dünne Weizengrütze, die sie ihm kochte, behielt er bei sich. Der scharfe Körpergeruch, den er verströmte, erfüllte den Raum und manchmal schaffte er es auch mit dem Nachtgeschirr nicht rechtzeitig, aber Letitia störte sich nicht daran. Er hätte dasselbe für sie getan, da war sie sich sicher. Um den Abtritt zu erreichen, den sie im Jahr zuvor draußen gebaut hatten, war er viel zu schwach.

„Ich fühle mich ganz wund an, Frau. Kannst du nichts tun? Ist ja erbarmungswürdig, dieser Zustand."

Er war wie ein krankes Kind, ein Kind, das sich nicht trösten ließ. Sie leerte das Nachtgeschirr und machte ihm Kräuterumschläge. Betsy kam und brachte Schwefelwasser aus den heißen Quellen mit. „Das wird ihm guttun." Es war die Zeit der Brandrodung. Aber die Indianer taten das inzwischen viel seltener. Es gab inzwischen zu viele Zäune und neue Grenzen und Land, das jemand als sein Eigentum beanspruchte. Letitia allerdings begrüßte es, dass die Kalapuya weiterhin wie früher auch die Gebiete abbrannten, die nun ihr gehörten. Das Feuer hielt die Brombeerhecken in Grenzen und brachte ihnen das Wild dicht vor die Tür.

Junior wollte auf seinem Gelände nichts von Bränden wissen. „Der Rauch ist doch nicht gut für Pa", bellte er bei einem seiner Besuche. „Bring diese Wilden dazu, dass sie das Feuer löschen. Hier, ich hab einen Strang Tabak für ihn. Den kann er kauen."

Aber Davey lehnte ab und Junior klopfte ihm auf die Schulter und verabschiedete sich dann.

Daveys Atem war mühsamer geworden.

„Die Brände sind fast aus", berichtete Letitia Davey. Sie wischte ihm die Stirn mit einem kühlen, feuchten Tuch. „Ich koch Äpfel. Die tun dir gut."

Er schüttelte den Kopf und schenkte ihr ein schwaches Lächeln. „Wir hatten's doch gut zusammen, Tish, oder?"

„Ja. Gut." Sie rieb ihm Arme, Schultern und Hals ab. Die Richtung dieses Gesprächs gefiel ihr nicht.

Martha kam herein, um ihm einen Schmetterling zu zeigen, den sie in der Hand gefangen hatte. Dann hockte sie sich auf den Fußboden neben sein Bett und spielte mit kleinen Stöckchen und Steinen Käsekästchen. Letitia hatte die Kinder zurückgeholt, weil sie Davey so fehlten.

Irgendetwas veranlasste das Kind, sein Spiel zu unterbrechen.

„Is' schon gut. Dein Dad is' schwach. Das wird bald besser. Geh jetzt und spiel draußen. Und pass auf Adam auf. Du bist die Große, du weißt ja."

Gehorsam huschte Martha aus dem Raum.

„Du bist eine gute Mama, Tish. Könnt mir keine bessere wünschen. Das größte Geschenk für 'nen Mann, glaub mir. Gold wert ist das, mehr als Gold."

„Was soll das, diese Schmeicheleien? Bald geht's dir wieder besser. Und dann tun dir die Worte leid. Ich vergess es nämlich nich', wenn du Süßholz raspelst." Sie strich ihm das inzwischen schüttere rote Haar hinter die Ohren.

„Oh, Tish. Mach dir doch nichts vor."

Ihr Magen zog sich zusammen.

Auch die klare Septemberluft brachte Daveys Atemnot keine Erleichterung. Sie bat Thomas, noch einmal den Doktor zu holen, und während sie darauf wartete, dass er eintraf, starrte sie aus dem Fenster auf den Coffin Butte Mountain und betete, dass Davey gesund würde. Sie wollte, dass er Martha und Adam aufwachsen sah und dass die Kinder ihren Vater nicht verlören. Er war ihr Mann und, das wurde ihr bewusst, ihr engster und bester Freund.

„Ich … fühl mich so schwach. Kann … mich nicht aufsetzen." Das war wenige Tage später.

Er – nein, sie beide – waren im letzten Winter krank gewesen, 1851. Pertussis hatte der Doktor es genannt, Keuchhusten. Die Gages hatten sie wochenlang aufgenommen, bis sie wieder zu Kräften kamen, und Frances hatte es genossen, Martha und Adam um sich zu haben. Die Kinder hatte es nur schwach erwischt. Davey war als Erster genesen und wieder zu den Goldminen gezogen. Er hatte einen gewissen Walker eingestellt, der für Letitia das Schlachten erledigen sollte. Später sagte er ihr, wie viel Arbeit Letitia leistete, sei ihm erst klar geworden, als sie nicht an seiner Seite war und im Voraus ahnte, was er erledigt wissen wollte – oder es schon erledigt hatte, bevor er überhaupt daran gedacht hatte. Junior war nicht aufgetaucht, davon, dass er seine Hilfe angeboten hätte, ganz zu schweigen.

Sie hatte sich unter France' guter Pflege erholt und war seitdem nicht mehr krank gewesen, obwohl sie immer, wenn der Ofen nicht richtig zog und den Rauch ins Zimmer drückte, hustete und sich besorgt fragte, ob es wieder der kräftezehrende Keuchhusten war.

Daveys Krankheit im September 1852 war anders. Sie ließ eine Kälte im Inneren nach außen sickern. Daveys Körper schmerzte, die Augen tränten und wurden rot. Die Haut spannte sich über den Wangenknochen und ließen den Schädel hervortreten. Sie hatte ihm den Bart abrasiert, um ihn leichter waschen zu können. Die Haut an seinem Kinn war wachsbleich. Doktor Smith schien nicht zu wissen, was Davey plagte.

„Kannst du … mich füttern? Etwas Suppe?"

Füttern? Wie ein Kind? „Ich … tunke Brot in die Fleischbrühe. Und du nimmst's dann selbst. Das geht. Du kannst selbst essen." Sie strich ihm über die Hand mit den jetzt so faltigen Fingern und den gelblichen Nägeln. „Besser, du bleibst dabei, selbst was zu tun."

„Ich … kann nicht. Bitte."

Was war mit ihr los? Konnte sie ihrem kranken Mann nicht einen Löffel nahrhafter Suppe zum Mund führen?

Und dann wusste sie es. Wenn sie Davey diese Suppe einflößte, dann hieß das, dass er nicht mehr für sich selbst sorgen konnte und dass er es nie wieder können würde. Es hieß, dass er starb. Sie wollte nichts tun, das bestätigte, dass seine Tage gezählt waren, dass er sterben würde. Trotz all seiner Ecken und Kanten war er ihr teuer. Sie liebte diesen Mann, den Vater ihrer Kinder. Es machte ihr nichts aus, seinen Körper zu waschen, seine Missgeschicke zu beseitigen, all ihre Heilmittel einzusetzen, damit er durchkam. Aber dies … dass sie ihn füttern musste, versetzte ihrer Hoffnung einen tödlichen Schlag. Sie holte tief Luft. Tränen standen ihr in den Augen. Sie griff nach seiner Hand; sie fühlte sich eiskalt an. Sie flößte ihm die heiße Suppe ein, die von den blau verfärbten Lippen tropfte.

„Wo is' sie geblieb'n, unsre Zeit? Hab getan, was ich gekonnt hab, damit wir mehr zusamm'n hätt'n sein könn'n." Sie fuhr sich über die Mundwinkel. „Jede Sekunde is' mir heilig gewesen. Aber die Minuten sind verflogen wie Schnee, der auf der Zunge zergeht. Hab'n wir das vergessen, Zeit zu hab'n für uns? Hab ich dich so verlor'n, Davey Carson?" Ihre Stimme versagte.

„Du hast Zeit gefunden. Und so haben wir beide uns gefunden."

Er sah sie an und lächelte. „Hab auch mein Bestes versucht, weißt du. Wenn bloß der Herr es auch gesehen hat."

Davey Carson starb am 22. September 1852. Letitia bat Nancy, das Datum in die Familienbibel einzutragen, ebenso wie Marthas und Adams Geburtstage. Davey hatte das versäumt. Er hatte viele Dinge schleifen lassen, aber doch war es, wie er gesagt hatte: Er hatte sein Bestes getan. Sicher würde der Herr nicht mehr verlangen.

Doktor Smith stellte den Totenschein aus und sagte, er würde die Formalitäten auf dem Amt erledigen und den Wanderprediger schicken, wenn er durchzog, damit sie einen Abschiedsgottesdienst halten konnten. „Wir sollten ihn aber bald beerdigen."

Little Shoot, Thomas und seine Jungen und Joseph Gabe hoben unter den Apfelbäumen das Grab aus, während Rothwell, den Kopf auf den Pfoten, aufmerksam zusah. Die Kinder standen neben ihr und sie spürte die Wärme der kleinen Körper, die sich an sie drängten. Martha trug eine Haube und Letitia einen neuen flachen Strohhut, den Frances Gage in Corvallis für sie gekauft hatte. Junior drehte den Hut in der Hand und sagte kein Wort, hörte aber zu, als Thomas aus der Bibel las. Sie hatte die Verse gewählt, die sie Nancy mitgegeben hatte, als die kleine Laura gestorben war.

„‚Eine Zeit zu klagen.' Die is' jetzt." Sie dankte Thomas, nahm ihre Bibel wieder in Empfang, presste sie an die Brust und dann begann sie mit ihrer tiefen, vollen Stimme zu singen: „I want Jesus to walk with me …"

Wer die Worte kannte, stimmte mit ein.

„Warum haben wir Papa in die Erde gelegt?", fragte Martha. Sie waren zurück im Haus.

„Sein Körper war müde. Sein Geist is' nach Haus gegang'n, Martha. Er is' jetz' da, wo er hingehört. Und wir sind da, wo der Herr uns hab'n will. Nämlich hier. Gesund und wohlbehalt'n." Sie warf einen Blick auf den Schrank und streichelte ihrer Tochter die Schulter. „Geh jetz' und spiel mit deinem Bruder. Macht Teeparty. Nehmt das Geschirr, das euer Papa euch mitgebracht hat."

„Tod gehört zum Leben." Betsy goss den Pfefferminztee auf, den sie auf den feuchten Wiesen erntete, die der Soap Creek River in jedem Frühjahr überschwemmte. Die beiden Frauen saßen beieinander. Die Kinder spielten, als hätten sie begriffen, dass Trauer am besten im Schweigen zu ertragen wr.

Letitia besaß noch etwas von dem Golderz und Geld, das sie nicht für Kühe und einen Zuchtstier und Arbeitsgeräte und einen guten Herd ausgegeben hatten, alles Dinge, die Davey anschaffen wollte. Sie hatte jetzt neunundzwanzig Kühe. Die waren ihr von Davey zugesagt. Sie hatte seine Einwilligung schriftlich. Wenn die Zeit kam, Daveys Angelegenheiten zu regeln, hatte sie nichts zu befürchten. Er hatte für sie und die Kinder gesorgt, wie ein guter Vater es tat. In dieser Nacht saß sie lange beim Schein der Kerze, die in ihrem Leuchter flackerte, bis sie zu einem Stummel heruntergebrannt war.

26 Unbeabsichtigtes Erbe

Die folgenden Wochen fanden Letitia in sich gekehrt, wenn sie morgens und abends ihre Kühe mit Namen zum Melken rief. Sie machte Käse und sorgte vor für den Winter. Ihre gemeinsame Zeit, sieben Jahre, war kürzer gewesen, als sie gehofft hatte. Es hatte Zeiten gegeben, in denen sie sich unsicher gewesen war, aber sie und Davey hatten ein gutes Leben zusammen geführt und ihr Teil dazu beigetragen, eine verwundete Welt ein wenig heller zu machen: Sie waren gute Nachbarn, sorgten für ihre Kinder und fürs eigene Auskommen und hatten noch einen Blick und eine helfende Hand für andere gehabt. Die tausend kleinen Ärgernisse dieser Jahre zogen an ihrem inneren Auge vorbei; auch Zorn darüber, dass er nach Kalifornien gegangen und den Tod heimgebracht hatte. Aber vielleicht traf ihn auch keine Schuld. Vielleicht war es so, wie die Bibel sagte: Alles hatte seine Zeit. Sie wünschte nur, dass Daveys Zeit nicht so früh gekommen wäre.

Die Wochen vergingen und sie dachte jetzt weniger an die Ärgernisse, sondern an die schönen Momente, an die Augenblicke, die durch den Tränenschleier hindurchdrangen und ihr das Herz wärmten. Das waren die Geschichten, die sie den Kindern erzählen würde. Das waren die Erinnerungen, denen sie sich gern überlassen würde.

Niemand wusste, wann der Landbesitz endgültig bestätigt werden würde. Inzwischen hatte sie das Haus und die gesamte Einrichtung. Alles Vieh gehörte ihr; die Tiere waren Nachkömmlinge von Charity. Davey hatte zwei alte Kühe und ein Kalb aus der Vereinbarung ausgenommen. Sie rechnete damit, die Summe zu erhalten, die in dem Papier stand, zweihundert Dollar jährlich seit 1845, als sie Missouri verlassen hatten. Das waren tausendvierhundert Dollar. Um diese Summe zu erlösen, würde man Land verkaufen müssen. Aber wenn sie diesen Betrag erhielt, konnte sie selbst irgendwo Eigentum erwerben, vielleicht weiter im Süden des Landes, am Ufer des Umpqua. Oder sie konnte Land pachten. Sobald ein Testamentsvollstrecker benannt war, würde sie ihm ihr Dokument überreichen und ihre Ansprüche geltend machen. Das hatte Thomas ihr geraten. Und sie würde anführen, was ihr bereits als Lohn für die sieben Jahre Arbeit gehörte. Daveys Uhr hatte sie beiseitegelegt; die sollte Junior bekommen, falls der sich noch einmal blicken ließ. Seit der Beerdigung hatte sie ihn nicht gesehen. Bis der Nachlassverwalter auf ihren Hof ritt, würde sie der Sperling sein, der darauf vertraute, dass Gott für alles sorgte.

Jemand klopfte kräftig an die Haustür. Es waren die dunkelsten Tage im November. Und es war so früh am Morgen, dass nur der Mond Zeuge gewesen wäre, wenn der Himmel nicht von Wolken verhangen gewesen wäre.

„Wer … wer is' da? Schhhh, mein Kleiner." Letitia beruhigte Adam, der angefangen hatte zu weinen. „Is' ja gut." Sein karamellfarbenes Gesicht war tränennass. „Alles gut, Kleiner." Sie streichelte ihn und griff nach ihrem Wolltuch, um die Tür zu öffnen.

„Was ist denn, Mama?"

„Nichts, mein Baby. Schlaf wieder ein."

Sie nahm Adam und setzte ihn sich auf die Hüfte. Rothwell stand vor ihr, den Kopf zur Seite gelegt, aber er bellte nicht. Seit G. B. ihn geprügelt hatte, hatte er nicht mehr gebellt.

Wieder pochte jemand heftig und diesmal erkannte sie die Stimme, die sie „im Namen des Gesetzes" aufforderte, die Tür zu öffnen.

„Was … was woll'n Sie hier?"

Greenberry Smith drängte sich an ihr vorbei. Sein erster Schwiegervater und ein weiterer Mann, den sie nicht kannte, folgten ihm auf dem Fuß. Er warf ein Dokument auf den Tisch. Dann riss er Schubladen auf, durchwühlte Schränke, zählte Geschirr. Von seinen schweren Stiefeln tropfte der Schlamm.

„Was woll'n Sie hier?" Sie setzte Adam zu Boden und hielt ihr Nachthemd zu, sein Papier in der Hand. Beide Kinder weinten.

„Ihr zwei geht raus und zählt das Vieh."

„Es ist ja noch dunkel, G. B. Wir können wohl warten, bis die Frau was Anständiges angezogen hat."

„Und vergesst die Gerätschaften nicht. Und den Stier und jedes einzelne Schwein."

„Was mach'n Sie hier drin?"

„Ich mach meine Arbeit."

„Hör'n Sie auf."

„Und warum? Willst du wieder 'ne Pistole zücken? Da." Er wies mit dem Kinn zu dem Dokument, das auf den Boden gefallen war. „Du kannst's ja nicht lesen. Also les ich's dir vor. Ich bin der amtlich bestellte Nachlassverwalter von Davey Carson. Und da es kein Testament gibt …"

„Es gibt ein Papier. So gut, wie wenn's 'n Testament wär."

„Ach ja? Lass mal sehen."

Konnte sie es wagen, ihm das Dokument zu geben? Thomas hatte gesagt, der Nachlassverwalter würde es brauchen.

„Ich hab's da, wo's sicher is'." Sie hätte Thomas das Papier geben sollen. Zumindest konnte er bezeugen, dass es existierte. Allerdings hatte er es nur ohne Daveys Unterschrift gesehen.

„Komm schon. Gib's her."

Ihre Hände wurden feucht. In ihrem Kopf rasten verworrene Gedanken durcheinander wie Billardkugeln. *Soll ich's tun? Soll ich nicht?*

„Alles, was den Besitz deines Mannes betrifft, geht jetzt auch das Gericht etwas an.“ Das war einer der beiden Begleiter von G. B. Er sprach ruhig, freundlich.

„Ich hab euch gesagt, ihr sollt draußen das Vieh zählen.“ Die beiden verließen den Raum und G. B. sagte: „Du kommst in Teufels Küche, Weib, wenn du Sperenzchen machst. Eigentlich solltest du schon gar nicht mehr hier sein. Vergiss das nicht.“

Davey hatte gesagt, das Gesetz gegen die Ansiedelung von Schwarzen galt nicht für die, die bereits hier lebten, als es verabschiedet wurde. Letitia ging zum Schrank. Ihre Hände zitterten, als sie die Schranktür öffnete, den Tonkrug herausnahm und an die Brust presste, während sie nach dem Dokument langte. Dann gab sie es G. B. Er entfaltete es, las es und steckte es in seine Westentasche.

„Nein!“ Sie griff nach dem Blatt. „Ich behalt das. Für den Sheriff.“

Er stieß sie weg. „Der Sheriff und das Nachlassgericht haben mich mit diesem Fall beauftragt.“ Er grinste. „Und ich sorg schon dafür, dass dein Papier an die richtige Stelle gelangt. Und jetzt lass mich durch. Wir müssen eine Liste von Daveys Hab und Gut machen.“

„Hab und Gut? Was Sie da zähl'n, das is' auch mein Hab und Gut. Die Möbel gehör'n mir. Hat Gage gemacht und ich hab sie ihm bezahlt. Und die Tiere gehör'n mir auch, bis auf drei. Das Geschirr …“

„Was gehört hier dir? Gar nichts gehört dir. Du bist doch selbst nur ein Stück Besitz. Und der einzige Grund, warum du nicht auf meine Liste kommst, ist der, dass heutzutage in diesem *freien Staat* niemand mehr 'ne Sklavin kauft. Eigentlich lustig, würde ich sagen. Da kommst du den weiten Weg durchs ganze Land hierher, nur um festzustellen, dass du immer noch da bist, wo dein Platz ist: bei den Niemanden und Nichtsen. Das ist der Platz, der dir *gehört.*“

Die beiden anderen kamen zurück.

„Frag'n Sie Sarah Davis. Sie weiß, dass ich frei bin. Ich gehör niemandem. Missus Davis' Schwiegervater war der, der mich freigegeb'n hat. Sie weiß, ich gehör keinem. G. B. weiß es auch.“ Sie wendete sich ihm zu. „Er hat mein Papier geseh'n. In Missouri. Er weiß: Ich bin frei und ich bin mit Davey gekomm'n und hab für ihn die Arbeit gemacht. Er hat's unterschrieb'n. Frag'n Sie ihn.“

„Was sagt sie da, G. B.? Sie hat Papiere?"

„Lassen wir Mrs Davis mal lieber aus dem Spiel. Und das Gericht lassen wir wissen, was wir hier gefunden haben. Und du … kannst mit deiner Br… deinen Kindern hierbleiben. Bis zur Auktion."

„Auktion?"

„Es gibt eben kein Testament." Er hob die Hände in gespielter Ohnmacht. „Sicher gibt's auch noch irgendwelche ausstehenden Rechnungen und Ansprüche Dritter. Wenn man die befriedigen will, wird man verkaufen müssen, was da ist. Ich setze den Termin fest und danach verschwindest du von hier. Die Erträge der Auktion gehen an Daveys Erben. Die haben wir schon ausfindig gemacht. Leben größtenteils in North Carolina. Junior ist natürlich hier. Aber aufgeteilt wird es unter seinen *rechtmäßigen* Angehörigen." Er beugte sich zu ihr vor. „Zu denen du allerdings nicht gehörst."

„Unsre Abmachung sagt, er bezahlt mich für die sieben Jahre, die ich für ihn gearbeitet hab. Seit 1845. Dafür allein krieg ich vierzehnhundert Dollar. Und alle Kühe gehör'n mir. Neunundzwanzig Stück."

„Warten wir mal ab, was der Richter dazu sagt. Und mit dem Packen brauchst du erst gar nicht anzufangen. Jedes Stück hier drin ist Daveys. Und wird verkauft."

„Nein! Ich hab gekauft, was mir gehört." Sie schlug mit der Hand auf den Tisch. „Den hab ich gekauft."

„Wovon denn wohl?"

„Mit Butter und Milch und Fleisch. Ich hab Geld verdient."

„Du hast verkauft? Nein, David Carson hat verkauft. Gehört doch alles ihm. Begreifst du das endlich mal?"

„Wo soll ich hin? Wo bleiben die Kinder?"

„Das ist nicht unsre Sorge. Ich hab bereits einen Käufer für das Anwesen."

Es kann nur Junior sein.

Wie ein Sommergewitter mit schwarzen Wolken, Blitz, Hagel und Sturm brach alles über sie herein. Alles geschah so rasch, dass sie das

Ausmaß der Verwüstung erst im Nachhinein begriff. G. B. setzte die Auktion für Januar fest. In der kältesten und nassesten Zeit des Jahres würde sie das Dach über dem Kopf verlieren.

„Du bleibst bei uns", sagte Betsy. „Wir bauen Hütten. Da bist du sicher."

Die angebotene Freundlichkeit brachte Letitia zum Schluchzen. Sie musste Charity unbedingt behalten. Sie musste sicher sein, dass ihr Dokument dem Gericht vorgelegt worden war. Nur so konnte sie ihre Ansprüche geltend machen, nicht als Erbin und Ehefrau, aber zumindest als bezahlte Arbeitskraft, der Davey ihren Lohn schuldig war.

Junior hatte ihre Vereinbarung nie gesehen und sagte, er wisse nichts von einem solchen Dokument. Nein, er hätte nicht vor, das Frauenzimmer und ihren Nachwuchs bei sich aufzunehmen.

„Ich hab auch für dich gearbeitet."

„Ach ja? Was hast du denn für mich getan? Meinen Daddy hast du mir weggenommen, das hast du getan. Mit solchen wie dir sollt ich nicht mal reden. Du hast ihn verhext. Und wer weiß, vielleicht hast du ihn auch vergiftet. Und deshalb ist er jetzt tot."

Es war nicht vernünftig mit ihm zu reden.

Sie besprach das Problem mit Nancy und Thomas, aber es war, als wolle man einen Stein durch ein Käsesieb pressen: aussichtslos.

„Sie braucht einen Anwalt, Thomas."

„Ich kann dafür zahlen. Ich hab ein bisschen Geld."

„Eine schwarze Frau kann nicht gegen einen Weißen klagen. Das ist gegen das Gesetz. Jedenfalls darf sie nicht gegen Weiße aussagen." Thomas schaukelte das jüngste Kind auf den Knien. „Ich bezweifle, dass wir einen Anwalt finden, der sich auf einen solchen Fall einlässt. Dazu ist das Thema viel zu brisant – Gesetze gegen die Ansiedlung von Schwarzen und der Streit darum, ob Oregon ein Sklavenstaat werden soll oder nicht und all das. Jedenfalls wird es uns kaum gelingen, bevor diese Auktion stattfindet."

„Aber ich könnt da sein? Könnt meine Sachen kaufen?"

„Ja, das wohl. Aber das größere Problem ist, wo du dann damit hinwillst."

„Sie kommt zu uns." Nancy klang entschieden.

Letitia schüttelte den Kopf. „Hier gibt's schon zu viele, um die du dich kümmern musst. Da braucht's nich' auch noch meine zwei."

Martha Hawkins saß neben ihr. Das Mädchen war gewachsen und bot Letitia jetzt den Halt, den sie Martha damals gegeben hatte, als ihre kleine Schwester starb. Adam und Perry Read spielten mit Holzspielzeug, das Joseph Gage für sie gemacht hatte.

„Vielleicht die Gages. Das is' schon ein andres County. Vielleicht sind die bereit, jemanden aufzunehm'n, der eigentlich nich' hier sein sollte."

Ende November fuhr sie nach Salem zum Nachlassgericht. Sie war nie zuvor in der Stadt gewesen, aber sie bezwang ihre Furcht und verlangte, jemanden zu sprechen, der für ihren Fall zuständig war. Sie sagte, sie hätte einen Anspruch auf tausendvierhundert Dollar als Entschädigung für die geleistete Arbeit. „G. B. Smith hat das Papier. Davey Carson hat's unterschrieb'n." Sie wusste, dass ihre Stimme zitterte. Würden sie sie abweisen, sie und ihre Kinder? Verhaften? Ins Gefängnis werfen?

„In dem Material, das der zuständige Nachlassverwalter dem Gericht vorgelegt hat, gibt es keinen Beweis für diese Behauptung", sagte der Sekretär. Er trug einen langen Mantel und eine Westernkrawatte. Sie hatte an Davey nie eine Krawatte gesehen. „Etliche andere Leute haben noch Ansprüche. Doktor Smith bekommt fünfzig Dollar für die Behandlung von David Carson. David Carson verlangt zweihundert Dollar für vier Monate Arbeit zu je fünfzig Dollar. Wohl nicht der verstorbene David Carson." Er lachte über seinen eigenen Scherz.

„Ich hab geseh'n, wie er's mitgenommen hat. Ich hab das Papier Mr Smith gegeben, wie er die Liste aufgestellt hat."

Der Sekretär blätterte in seinen Akten. „Hier ist kein solches Dokument. Deine Ansprüche sind nicht aufgeführt. Es tut mir leid."

„Wie muss ich meine Ansprüche anmelden? So wie Junior, wenn er sagt, er hat gearbeitet, aber noch kein Geld dafür gekriegt?"

„Schreib eine Rechnung. Oder such dir einen Anwalt."

Einen Anwalt suchen? Gegen Weiße? Das erhöhte das Risiko. Vielleicht konnte sie bei der Auktion genug von ihrem Hab und Gut erwerben, um zurechtzukommen. G. B. war kein Richter. Er traf nicht die letzten Entscheidungen, oder?

Die Wagen zogen tiefe Furchen in den Schlamm. Nachbarn und Menschen, die sie noch nie gesehen hatte, fuhren vor ihrem Haus vor. Es war der 4. Januar 1853. Dichte Regenschauer verbargen die Rücken der Pferde und Esel wie eine Decke. Gelegentlich brach ein Sonnenstrahl durch den regenverhangenen Himmel. Einige Käufer kamen mit geräumigen Wagen; sie erhofften sich wohl günstige Einkäufe. Die Luft war kühl und ihr Herz so schwer wie die tief hängenden Wolken.

Letitia stand unter einer tropfenden Plane und sah zu, wie andere die Dinge wegtrugen, an denen kostbare Erinnerungen hingen. Es war, als würde man ihr vor aller Augen die Kleider vom Leib reißen. Irgendwann galten die Gebote, die abgegeben wurden, der Bibel, auf die sie und Davey sich die Treue versprochen hatten, und sie betete darum, dass es ihr gelingen würde, den Tag mit anderen Augen zu sehen. Sie wollte selbst bestimmen, welchen Erinnerungen sie Raum gab, statt sich an diesem Tag voller Kummer und Sorgen festzuklammern. Sie begann, sich selbst andere Geschichten zu erzählen.

Die Bibel ging an die Wheelers und würde ihnen Trost und Segen bringen. Sie hatten sie überboten, weil der Herr wollte, dass sie diese Bibel erhielten. Der Pflug, das Gewehr würden dafür sorgen, dass bei den Wheelers immer der Tisch gedeckt war. Ihr guter Tonkrug würde sich für die Familie ebenso mit guter, nahrhafter Milch füllen, wie er es für ihre Familie getan hatte.

Schwieriger war es schon, neue Geschichten für Mr Davis zu erfinden. Er war hier, um Vieh zu kaufen. Im Jahr zuvor hatte er Sarah Bowman geheiratet. Er kaufte eine Kuh und ein paar Fässer, aber nicht ihre Charity. Sarah würde ein paar Dinge besitzen, die Letitia in den Händen gehalten hatte. Das war gut. Eine Kuh brüllte.

Sie hatte die Herde einige Tage lang nicht zu Gesicht bekommen. Gestern war selbst Charity nicht zum Melken erschienen. Die Tiere waren manchmal weit verstreut, aber sie hatte gedacht, G. B. würde sie für die Auktion zusammentreiben lassen. Bisher waren allerdings nur die drei Rinder von Davey und der Stier im Pferch zu sehen.

Junior erschien ebenfalls mit einem Wagen, in den er eine Schaufel lud; andere halfen ihm, Egge, Pflug und ein Thermometer aufzuladen. Dann begann er, ihr Geschirr in die Decke einzuschlagen, die sie für ihn genäht hatte. Den guten Kupferkessel, den sie für die Käseherstellung brauchte, nahm er auch mit.

Letitia richtete sich auf. Fünf Tassen samt Untertassen mit einem Veilchenmuster kamen zum Verkauf, die Teile, die Davey Martha aus Kalifornien mitgebracht hatte.

„Die kauf ich." Sie trat einen Schritt vor.

„Das sind die Sachen der Kinder." Nancy hob die Stimme. „Um Himmels willen. Lasst ihr wenigstens die."

„Alles kommt unter den Hammer." G. B. zuckte wie entschuldigend mit den Achseln, als habe er keinen Einfluss auf den weiteren Verlauf der Dinge. „Was bekomme ich dafür? Fünf Cent? Feinstes Porzellan, wie es aussieht. Und weit gereist, wie man hört. Kam direkt aus Kalifornien."

„Fünf Cent." Letitia hob die Hand.

„Drei Dollar. Das Geschirr hat meinem Pa gehört. Ich hab wohl ein Recht auf das, was ihm was bedeutet hat."

„Zum Dritten!" G. B. reichte das zarte Geschirr Junior, der es mit seinen breiten Händen zwischen dem Bettzeug verstaute, das er ebenfalls gekauft hatte.

Auch ein Koffer voll mit Daveys Kleidung ging an Junior. Die hätte Letitia ihm sowieso gegeben, wenn er danach gefragt hätte. Aber ihre Töpfe und Pfannen und Teller – und Marthas Teeservice … Es brach ihr das Herz zuzusehen, wie all das aus ihrem Haus in den Nebel und dann in Juniors Wagen wanderte. Er erwarb den Zuschlag für die Hälfte der noch unausgegrabenen Kartoffeln, dann band er ein Kalb an seinen Wagen. Als die Zaunlatten drankamen, kaufte Junior den Löwenanteil. *Sogar die Zäune kommen weg?* Dann gab es keine Grenzen mehr. Eine leichte Weste ging an Mr Hodges, der auch den Stier kaufte. Andrew Carson – war das ein Verwandter aus dem Osten?

Sie wusste es nicht. Er stand neben Junior und er kaufte Daveys einzige Uhr. *Schön. Ich hätt Junior die Uhr gelass'n. Aber schön. Soll'n sie doch dafür zahlen.* Nein, sie würde nicht das Opfer sein. Sie verwandelte ihren Zorn in eine andere Geschichte. Der Junge brauchte Zeit für seine Trauer. Eine Uhr würde ihm da wenig nützen. Aber ihr ebenfalls nicht.

Nancy und Thomas kauften Bettzeug und Federbetten und Stühle. „Die wenigstens kriegst du zurück", sagte Nancy. „Ich hab kaltes Huhn zum Essen dabei."

G. B.'s erster Schwiegervater nahm den treuen Fergus. „Und dass du dich gut benimmst", flüsterte sie dem Tier zu, als sie ihm über die samtigen Nüstern strich. Sie hörte die Männer davon reden, dass der Nachlassverwalter etliches schon „unter der Hand" verkauft hatte und dass das auch für das Land galt, für das es einen Interessenten gab. Er würde den Besitz im März übernehmen. Aber was war mit Charity? Und mit Blue und dem Rest der Herde? Auch die Kuhglocke mit der Weißdorn-Gravur war nirgends zu hören.

Einer von Daveys guten Mänteln aus Wolfspelz und eine Samtweste, die er nie getragen hatte, gingen an G. B.

Und im letzten Moment – sie waren der letzte Posten, der zur Versteigerung kam – bot sie mit um ihre Kerzenleuchter. Die kupfernen Leuchter waren wie ein Symbol für ihre Freiheit. Sie musste dringend die Leiter finden, auf der sie wieder zum Licht emporsteigen konnte. Sie begann mit einer Goldmünze als Gebot. Junior überbot sie.

„Er braucht jetz' Licht in seinem Leben", sagte sie später zu Nancy. „Und Marthas Teegeschirr is' dann nich' ganz allein."

„Meine Güte, Tish! Wie kannst du so selbstlos sein? Und so tiefsinnig?"

„Weil ich frei entscheid'. Ich bestimm', wie ich diesen Tag in Erinnerung behalt. Ich bestimm', ob ich in mir das Licht schein'n lass und die dunklen Gedanken fernhalt'."

Es war später Nachmittag, als die Männer im Dämmerlicht das Anwesen verließen. Ein paar tippten grüßend und verlegen, wie sie dachte, an den Hut. Die Schweine wurden verladen und ihr Grunzen und Gequieke hallte durch die feuchte Luft. Und dann verabschiedeten sich auch Nancy und Thomas und die kleine Clara.

„Du warst tapfer." Nancy nahm sie in die Arme. „Und du hast eure Betten. Das ist gut. Die Kinder können drin schlafen."

Letitia nickte. Sie war bis auf die Knochen durchnässt.

„Versuch, ein bisschen Schlaf zu finden. Und geh nicht heute Abend zu den Gages. Besser, du wartest bis morgen."

Letitia nickte und winkte den Freunden nach. Die Stille, die über dem Tal lag, war erstickend wie ein modriger Teich. Die Leere schnürte ihr die Kehle zu. Sie ging ins Haus, das sie nicht wiedererkannte. Alles, wofür sie gearbeitet hatten, all die Dinge, die Davey so wichtig gewesen waren, waren verschwunden wie Schneeflocken im Feuer.

Sie hörte ein Geräusch an der Tür. „Rothwell?" Sie hatte keine Waffe. Wer sie gekauft hatte, hatte sie vergessen. „Junior? Bist du das?" Sie betete, dass es nicht G. B. Smith war.

„Ayee."

Beim Klang von Betsys Stimme seufzte sie vor Erleichterung.

„Es ist nicht viel, was ich anzubieten habe, aber was ich habe, teile ich mit dir." Betsy sprach ruhig, aber bestimmt. „In meinem Volk geben wir fort, was den Verstorbenen gehört hat. Dann kann der Geist sich besser von dieser Welt lösen. Die Toten gehen an einen besseren Ort, wenn wir sie lassen."

„Ich hab nich' vorgehabt, um meinen Davey so zu trauern, wie die Kalapuya das tun", erwiderte Letitia. „Aber wie's aussieht, werd ich's müssen. Fast alles is' fort, was er noch in den Händen gehabt hat."

„Du pflanzt wieder neu."

„Das werd ich. Ich hab Milch von meiner Kuh. Und etwas Käse is' noch im Brunnenhaus. Da hat niemand gesucht. Eine Wachskerze auch noch. Und die Betten für die Kinder."

„Heute Abend lassen wir es uns gut gehen." Betsy reichte ihr einen kleinen Korb mit geräuchertem Lachs, Beeren und gerösteten Kamasknollen. Der Raum war so leer, dass es kaum Schatten gab. „Kerzenlicht wärmt. Wie die Kohlen im Kamin."

„Und wie wir uns. Wie Schwestern."

Schon andere vor ihr hatten alles verloren und weitergemacht, hatten neue Geschichten für sich selbst erfunden. Sie würde nicht aufgeben. Sie würde einen Schritt vor den anderen setzen. Immer wieder.

„Du musst Kontakt zu diesem Anwalt aufnehmen“, sagte Nancy zu Letitia, als der März und damit die Übernahme des Anwesens durch den neuen Besitzer heranrückte. Sie flickte ein Hemd ihres Mannes. Die selbstverständliche Tätigkeit trieb Letitia die Tränen in die Augen. Nancy befürwortete eine gerichtliche Lösung; sie wollte Gerechtigkeit für die Freundin.

Von dem gewissen Mr Fogel, der, wie es hieß, ihren Besitz gekauft hatte, hatte Letitia noch nichts gesehen oder gehört.

„Für Martha und für Adam. Für die beiden musst du es tun. Du kannst nicht einfach zusehen und schweigen.“

„Ich bin eine schwarze Frau. Soll ich vor Gericht geh’n und ’nen weißen Mann um Geld verklagen? Damit mach ich nur auf mich aufmerksam. Vielleicht weisen sie uns dann aus? Nach Missouri kann ich nich’ zurück. Nich’ ohne die Papiere.“

„Ich weiß. Du kannst es dir nur schwer vorstellen. Aber es ist das Richtige. Davey hat eure Abmachung unterschrieben. Und meinst du nicht, dass er schließlich auch gewollt hat, dass für eure Kinder gesorgt ist? Dass für dich gesorgt ist?“

Letitia nickte.

„Ich habe auch nicht gedacht, dass ich Thomas Read je auch nur anschauen könnte, so kurz nachdem ich Zach verloren hatte. Aber wenn ich nicht getan hätte, was ich mir kaum vorstellen konnte – wo wäre ich dann jetzt? Manchmal muss eine Frau tun, was sie selbst nicht für möglich hält.“

Letitia hatte Vertrauen zu ihrer Freundin, aber gerichtlich vorzugehen war zu öffentlich, zu riskant, und sie war zu müde. Es war besser, wenn sie schwieg, sich mit den Dingen abfand und die Gastfreundschaft der Gages weiter in Anspruch nahm, bis … ja, bis wann? Bis sie sich als Hebamme ein wenig Geld verdient hatte? Oder vielleicht mit anderer Arbeit?

An diesem Abend sprachen die Gages beim Abendessen davon, dass sie daran dachten, nach Süden in die Gegend am Umpqua River zu gehen. „Es sind weniger Siedler dort. Du könntest mitkommen und als Hebamme tätig sein. Verzichte auf einen Rechtsstreit. Wir helfen euch. Freunde aus Portland kommen auch mit, die Elliffs, die werden bald eine Hebamme brauchen. Wir warten noch bis zum Sommer, wenn die Wege wieder trocken sind. Dann reisen wir auf der alten Trapperroute. Du kannst bei uns bleiben, bis du genug gespart hast, um etwas für euch zu mieten und neu anzufangen."

Worauf es ankam, war, dass sie sich um ihre Kinder kümmerte und den nächsten Schritt tat.

Sie hatte diesen Kampf um ihr Eigentum verloren. Ihn noch einmal aufzunehmen hieß, das Risiko einzugehen, dass man sie aus Oregon auswies. Und würde das ihren Kindern helfen?

„Ich bin so froh, dass du mitgekommen bist. Du warst noch nie in Corvallis, oder?", fragte Nancy ihre Freundin, die neben ihr im Wagen saß. „Es ist eine aufblühende Stadt. Thomas macht seine Einkäufe jetzt immer dort. Es ist viel näher als Salem."

Es war ein gutes Gefühl, ein paar Stunden lang der Großzügigkeit der Gages zu entfliehen, die sie nicht erwidern konnte, und das Unbehagen hinter sich zu lassen, das Letitia darüber empfand, dass sie Gast in einem fremden Haushalt war. Auch der Frühling schien an ihrem Ausflug Gefallen zu finden; er tat, was er konnte, ließ Knospen aufspringen und schmeichelte der Nase mit dem Duft der schweren fruchtbaren Erdschollen. Normalerweise hätte Letitia jetzt geplant, wie sie ihren Garten bebauen würde. Aber im Soap Creek Valley würde sie das nie mehr tun.

Als sie die ersten Gehsteige erreichten, stiegen die beiden Frauen aus, während Thomas weiterfuhr zum Schmied. Das Städtchen entwickelte sich gut und es herrschte geschäftiges Treiben. Die Frauen gingen die Straße entlang, blieben vor dem einen oder anderen Schaufenster stehen und betrachteten die Auslagen. Filzhüte mit Federschmuck beim Hutmacher. Dann kam der Schuh- und Lederwarenhändler. Ihre Absätze klapperten, während sie Arm in Arm den Gehsteig entlangschlenderten. Als ihnen ein Pärchen entgegenkam, wich Letitia aus und trat vom Gehsteig auf die matschige Straße.

„Das musst du nicht tun", sagte Nancy, als die beiden außer Hörweite waren.

Letitia kehrte auf den Gehsteig zurück. Manche Dinge änderten sich nie. Sie blieb vor dem Fenster einer Gemischtwarenhandlung stehen. Dann verzogen sich ihre Lippen zu einem „Ohh …“, das in einem Klagelaut endete. Sie presste die Hand vor den Mund.

„Was ist denn?“ Nancy ergriff die schwankende Letitia am Arm. „Was hast du?“

„Da! Sieh dir das an.“

Im Fenster stand das Teeservice, das Junior ersteigert hatte. Eine Tasse war angeschlagen, der kleine Teller mit dem Veilchenmuster hatte einen Sprung. Daneben sah sie die beiden Kerzenleuchter, die sie aus Missouri mitgebracht hatte.

„Das gehört mir“, hörte sie sich selbst sagen und endlich brach sich der Kummer über alles Bahn, was sie verloren hatte. „Das gehört meinen Kindern. *Meinen* Kindern. Er hat nich' das Recht, zu verkaufen, was …“

„Nein. Das hat er nicht, Letitia. Absolut nicht.“

Es war der Moment, in dem Letitia etwas klar wurde: Äußerlich frei zu sein hieß, auch innerlich frei zu sein und den Mut zu haben, für eine gerechte Sache einzustehen.

„Für meine Kinder … muss ich …“

„Ja! Geh vor Gericht. Tu's für deine Kinder. Hol dir wieder, was dir gehört. Für Martha und Adam und für die Kinder all derer, denen es auch so ergeht wie euch.“

„Dass ich gewinn, is' nich' sicher.“

„Nein. Aber du musst es versuchen. Komm, lass uns reingehen. Ich kaufe die Sachen für dich zurück.“

„Nein.“ Letitia straffte die Schultern, rückte den abgetragenen Strohhut zurecht und öffnete die Ladentür. „Mista?“

Der Verkäufer füllte gerade Garnrollen nach. Jetzt sah er auf.

„Ich kauf das Teeservice und die Kerzenständer. Die, die im Fenster steh'n. Wenn ich das Geld hab. Halt'n Sie mir die Sachen zurück?“

„Die Dinge sind Ihnen was wert?“ In seinen Worten lagen Freundlichkeit und Verständnis. Kannte er die Geschichte?

Letitia bemerkte, dass er Nancy fragend ansah.

„Sie wird zahlen“, sagte Nancy. „Und notfalls komme ich für die

Dinge auf. Bitte halten Sie die Sachen zurück. Und schreiben Sie dran, für wen. Würden Sie das tun?"

„Können Sie etwas anzahlen?"

„Ich bring Ihnen morgen ein Fässchen Käse, wenn Sie mir die Sachen aufheb'n."

„Abgemacht. Welchen Namen soll ich dranschreiben?"

Letitia zögerte einen Moment. „Sie gehören Missis David Carson."

27 Licht über rauem Land

Am nächsten Tag kam sie mit Thomas Read zurück, um den Käse zu liefern und den Anwalt aufzusuchen. Der Mann war im vorigen Winter in Oregon eingetroffen und hatte einen Partner in Corvallis.

„Er ist neu hier", sagte Thomas. „Er wird keine Rücksicht auf G. B. Smith oder auf sonst jemanden nehmen. Aber was er schnell merken wird, ist, dass G. B. kaum Freunde hat, du dagegen viele."

„So viele sind's nich'. Aber 's sind gute Freunde."

„Vielleicht hast du mehr Freunde, als du glaubst. Die Leute haben das ganze Gerede über Gesetze gegen Schwarze oder alleinigen Landanspruch für Weiße satt. Wir sind es leid, immer wieder darüber zu debattieren, dass es hier Sklaven geben soll. Es ist eine grundsätzliche Frage: Soll Oregon für die Gerechtigkeit stehen oder nur für Macht und Einfluss? Die Menschen haben Hochachtung vor dir, Letitia. Dafür, dass du dich nicht entmutigen lässt. Wie du für deine Kinder sorgst. Ich kenne niemanden, der der Meinung ist, dass Smith die Nachlassfrage für Davey fair gehandhabt hat." Er brachte den Wagen vor einer Haustür zum Stehen. „Mr A. J. Thayer kommt aus New York. Wir werden bald wissen, ob er der Richtige für diese Angelegenheit ist."

Der Anwalt hatte freundliche, sanfte Augen und sprach in kurzen, präzisen Sätzen. „Das ist ein Unrecht. Ein Schlag ins Gesicht jeglichen Rechts." Etliche noch unausgepackte Kisten schauten unter dem Tisch hervor, der ihm als Schreibtisch diente. Ob das wohl ein Möbelstück war, das Joseph Gage getischlert hatte?, fragte sich Letitia. „Wenn Sie offiziell verheiratet gewesen wären, hätten wir keine Schwierigkeiten." Er schwieg nachdenklich. „Wir werden auf arbeitsrechtlicher Basis klagen. Vorenthaltung von vereinbartem Lohn für erbrachte Dienstleistungen. Ich bin zwar erst zwei Monate hier, aber was mir bereits über Greenberry Smith zu Ohren gekommen ist, ist mehr, als ich eigentlich wissen möchte. Ich vertrete Ihren Fall. Und zwar mit Vergnügen."

Im März veröffentlichte Letitias Anwalt einen Aufruf im *Statesman Journal*, der zwei Männer bat, sich als Zeugen zur Verfügung zu stellen. Es handelte sich um Henry Walker, den Davey damals bei Letitias Krankheit eingestellt und dem gegenüber er geäußert hatte, dass der Großteil der Herde Letitia gehörte, und um Thomas Knighton, einen ihrer Viehtreiber während des Trecks. Von Knighton hatte Davey damals in Missouri in Letitias Auftrag Charity gekauft. „Ich habe außerdem ermittelt, wer Ansprüche aus dem Nachlass erhoben hat. G. B. erhielt eine Entschädigung für seine ‚Auslagen'. Daveys Sohn hat zweihundertzweiundvierzig Dollar für seine Arbeit bekommen."

„Was für Arbeit?" Sie befanden sich in Mr Thayers Kanzlei. „Der Junge is' ja nich' mal seinem Dad zur Hand gegang'n. Kann sein, dass er das Geld dafür will, dass er mit is' nach Kalifornien. Hab'n Sie schon was von dem Mann gehört, der das Land gekauft hat? Kommt er? Und wann?"

„Kein Wort. Es gibt auch keinen Hinweis darauf, dass Land samt Haus überhaupt schon verkauft ist. Und auch keinen darauf, wo der Großteil der Herde geblieben ist. Ich vermute, Smith hat sie irgendwie unter der Hand verkauft. Oder hat sie sich selbst unter den Nagel gerissen. Die Tiere zurückzubekommen, könnte schwierig werden."

„Dann muss er sie doch irgendwo halten. Aber niemand hat was von der Herde geseh'n", sagte Letitia. „Ich bin ab und zu mal auf unser Land und hab nach den Kühen gesucht."

„Das Land kann ich nicht für Sie zurückgewinnen, so leid es mir tut. Aber vielleicht können wir den Lohn für Ihre Arbeit erstreiten und auch die Kühe. Und außerdem ein bisschen Gerechtigkeit."

Gerechtigkeit? Wie würde die aussehen?, fragte sich Letitia. Ihre Hautfarbe schloss sie davon aus, als legale Ehefrau anerkannt zu werden.

Ihre Hautfarbe und ihr Geschlecht schlossen sie davon aus, jemals ihre Stimme abgeben zu dürfen, um gegen Gesetze zu stimmen, die ihr und ihren Kindern jeden Rechtsanspruch zu verweigern drohten und verhinderten, dass sich das Leben vieler anderer Frauen und Kinder zum Besseren wenden konnte. Letitia musste an Betsy denken. Sie wusste etwas davon, wie es war, wenn einem Unrecht geschah. Man hatte sie ebenso von ihrem Land vertrieben wie Letitia. Beide waren sie noch hier, obwohl sie die Gegend schon längst hätten verlassen sollen.

Im Februar 1854, ein gutes Jahr nach der Auktion, war Mr Thayer so weit, einen Prozess anzustrengen. Er hatte Zeugenaussagen, die er vorlegen konnte. Letitia hatte etliche Zeugen, die bereit waren, für sie auszusagen.

„Muss ich beim Richter direkt gegen ihn aussag'n? Was, wenn sie uns wegschicken, mich und die Kinder?" Sie saßen in der Kanzlei, die inzwischen mit polierten Bücherregalen und einer Pflanze mit glänzenden grünen Blättern auf dem Schreibtisch ausgestattet war.

„Wo wohnen Sie jetzt?"

„In Polk County, bei den Gages. Ich hab ja nich' gewusst, ob G. B. Smith nich' nachts auftaucht und uns aus'm Haus wirft. Ich geh bald für 'ne Weile nach Cow Creek Valley, weil ich da 'ner Familie helf, wo bald ein Baby kommt. Sag'n Sie mir, wann ich wo sein muss. Ich werd da sein."

Er nickte. „Ich vertrete Ihren Fall, Mrs Carson." Sie hatte ihm nie gesagt, wie sehr es sie freute, dass er sie bei diesem Namen nannte. „Die Sache wird sich zum großen Teil schriftlich abspielen. Aber Sie werden schwören müssen, dass Sie alle Tatsachen wahrheitsgemäß angegeben haben. Die Befragung von Mr Greenberry Smith werde ich vornehmen. Sie brauchen dabei kein Wort zu sagen. Ich werde die Fragen stellen. Jetzt, wo Walker und Knighton als Zeugen aussagen werden, haben wir tragfähige Beweise, dass Sie nicht nur für Mr Carson gearbeitet haben, sondern dass Ihnen auch die vermissten Rinder gehören. Wir werden ihn auf fünftausend Dollar Schadensersatz verklagen."

Langsam begann sie doch zu hoffen, auch wenn er sie warnte, dass die Mühlen der Gerechtigkeit manchmal langsam mahlten und es Monate, vielleicht auch Jahre dauern könnte, bis die Sache zum Abschluss kam. Sie hatte lange gezögert, bis sie für ihr Recht aufgestanden war. Aber sie hatte auch lange gewartet, bis sie einen Mann gefunden hatte, den sie lieben konnte, mit dem sie zwei gesunde Kinder hatte. Und noch länger hatte sie darauf gewartet, frei und sicher leben zu können. Sie konnte auch warten, bis sie ihr Recht bekam.

Letitia und ihre Kinder lebten in diesem Jahr an drei verschiedenen Orten: anfangs bei den Gages, dann einige Zeit im Haushalt der Elliffs im Cow Creek Valley im Süden Oregons, bis das Baby da war, und schließlich wieder in dem Haus, das einmal ihr und Davey gehört hatte. Wenn sie wegen der Prozessangelegenheiten in der Gegend war, ging sie immer auf die Farm, lief über die Felder, sah nach den Apfelbäumen und schnitt die Brombeerranken zurück. Der gute Rothwell trottete hinter ihr her und blieb an ihrer Seite, wenn die Kinder unter den Apfelbäumen herumtollten.

Auf den Frühling folgte der Sommer, dann Herbst und Winter. Als die Zeit kam, die Kamas zu dörren, ging Letitia mit Little Shoot und ihren Kindern die wenigen Meilen bis zu dem Lager, wo der Stamm die Erdgrube aushob und das Feuer anlegte, um die Knollen zu dörren. Sie blieben den Tag über dort und sahen zu, wie die Kinder mit Stöcken spielten und mit flinken Fingern Lossteine warfen. Letitia schätzte diese geradlinigen Menschen, aber sie wusste, dass sie nicht zu ihnen gehörte. Doch sie fühlte sich ihnen verbunden.

In gewisser Weise versetzte die Gemeinschaft mit dem Stamm sie zurück in ihre Kindheit, als sie in einer Sklavenhütte gelebt hatte, aber unter Menschen, die sich alle verwandt fühlten und wo jeder auf das Wohl des anderen bedacht war. Und obwohl ihre Zukunft im Ungewissen lag, fühlte sie sich geborgen. Nicht nur bei den Kalapuya. Sondern auch in ihrem eigenen Herzen. Keine äußere Sicherheit, keine Papiere konnten sie schützen. Sie musste jeden Tag neu aus dem Vertrauen leben, dass sie mit Gottes Hilfe und der ihrer Freunde auch ihre jüngsten Sorgen zum Schweigen bringen konnte. Es war etwas, das oft wiederholt werden wollte.

Später im Herbst wollte ihr Anwalt sie auf der Farm treffen. Er sagte, er wolle sich ansehen, was sie und Davey hier aufgebaut hatten. Die Gebäude standen leer, die Scheunentür hing schief in den Angeln. Noch immer war niemand eingezogen. Letitia und Betsy ernteten die Äpfel und sammelten sie in einem Korb, während sie auf Mr Thayer warteten. Letitia suchte wie immer nach Hinweisen auf ihre Kühe. Einen Kuhfladen und Spuren von Rinderhufen hatte sie bereits entdeckt, aber die Tiere selbst waren nirgends zu sehen.

Thayer traf ein und betrachtete den Coffin Butte mit seiner auffälligen Form. „Von dem Berg habe ich gehört. Er hat tatsächlich etwas von einem Sarg an sich."[1] Er stieg vom Pferd und zog den Hut. „Heißer Tag." Er wischte sich mit dem Unterarm den Schweiß von der hohen Stirn. „Aber nicht so feucht wie in New York." Es klang wie „New Yak."

Sie bot ihm einen Apfel an und er biss hinein, dass es krachte.

„Wir haben Antwort von Mr Smiths Anwalt erhalten. In etlichen Punkten widerspricht er uns. Aber damit haben wir ja gerechnet." Um sie zu beruhigen, fuhr er rasch fort: „Man hat Geschworene bestimmt und es kommt zur Verhandlung."

Sie bekam feuchte Hände. „Muss ich auch hin?"

„Das ist nicht notwendig."

Aber ihr Entschluss stand fest. „Ich will dabei sein."

Ihr Leben war, wie das Leben jeder schwarzen Frau, ein Wechselspiel: Sie passte sich an, fand sich ab und sie wagte sich vor, kämpfte für ihre Sache. Vor diesem Gericht wollte sie ein Vorbild dafür abgeben, für ihr Recht aufzustehen. Das war sie sich schuldig. Sich und ihren Kindern.

Die Monate des Wartens hatten ihr etwas gezeigt: Es war weder Verzweiflung noch Zukunftsangst, was sie dazu veranlasste, um ihr Recht zu kämpfen. Sie sah einen Weg vor sich, den sie gehen konnte, und die Zukunft ängstigte sie nicht mehr. Sie hatte eine neue Geschichte zu erzählen. Nein, in diesem Rechtsstreit ging es um etwas anderes: um Ge-

---

1 Englisch „Coffin" – „Sarg".

rechtigkeit für ihre Kinder und für Davey und vielleicht, eines Tages, für andere Frauen, die Männer liebten, die nicht dieselbe Hautfarbe hatten wie sie. Es war ein kleiner Beitrag dazu, eine verwundete Welt zu heilen.

Der Gerichtssaal war im zweiten Stock des neuen Distriktsgerichtsgebäudes. Er beherbergte mit Öl polierte Stühle und einen großen Tisch, hinter dem der Bezirksrichter saß. Er sah erschöpft aus; er musste viel im County umherreisen, um in Kneipen und Bars, die man in provisorische Gerichtssäle verwandelt hatte, Recht zu sprechen. Wenigstens konnte sich Corvallis eines Gebäudes rühmen, das der Sache der Gerechtigkeit würdig war. An der hinteren Wand rutschten zwölf Männer nervös auf zerbrechlich wirkenden Stühlen herum. Letitia nahm an, sie hofften, die Sache würde schnell erledigt sein. Der Name des Richters war Williams.

„Er gilt als fair und weise. Politisch sehr wach. Das ist für ihn ein wichtiger Fall", flüsterte Thayer ihr zu. „Sehen wir mal, wer sonst noch da ist. Bois ist Fachanwalt für Grundeigentumsfragen, Wilson stellvertretender Distriktsanwalt und dann haben wir sogar noch einen Rechtsvertreter für die Vereinigten Staaten."

„Das bedeutet Schwierigkeiten?", fragte sie flüsternd.

„Politisch vielleicht, je nachdem, wie die Sache ausgeht."

„Muss ich … Angst hab'n, dass sie mich ausweisen? Wegen diesem Gesetz gegen Schwarze?"

„Nein, nein. Es wurde schon vor ein paar Monaten annulliert. Vielleicht hat sich das nicht bis ins Umpquatal herumgesprochen, weil man dort mit den Kämpfen gegen die Indianer beschäftigt war." Er strich ihr beruhigend über die Hand.

„Einen von den Männern kenn ich." Letitia wies mit dem Kinn auf die Geschworenen.

„Wen?"

„Rinehart. Er is' '45 zusammen mit mir und Davey gekomm'n. Damals, noch in Missouri, hab ich bei der Geburt von ihrem Sohn geholfen, Charles."

„Gut. Das ist gut."

„Er kennt G. B. Smith auch. Is' im selben Trupp gereist."

„Sonst noch jemand?"

„Vielleicht, wenn ich die Namen hör. Aber ich glaub nich'."

„Einige Geschworene sind erst seit Kurzem hier, seit '52. Und kommen aus freien Staaten wie Ohio, New York und Massachusetts. Aber die meisten kommen aus Sklavenstaaten: Kentucky, Tennessee, Alabama, Virginia." Er las die Herkunft von einer Liste ab.

„Niemand aus Missouri?"

„Einer. Bounds, kam '50 hier an, deshalb kennt er G. B. Smith wohl kaum. Ich denke, wir haben eine faire Jury." Wieder legte er beruhigend die Hand auf die ihre. Seine war kühl.

Die ersten Besucher setzten sich auf die Stühle hinter ihnen. Jemand machte sich Notizen. „Der kommt vom *Statesman*", sagte Mr Thayer. „Der Fall ist für das Territorium Oregon wichtig. Es geht um die künftige Rechtsform. Und die Vertreter der Sklavereifraktion sind besonders interessiert. Wir werden bald sehen, was für ein Staat unser Oregon zu sein beabsichtigt."

G. B. Smith saß etwas seitlich neben Letitia und ihrem Anwalt. Er warf ihr einen Blick zu und die Röte stieg ihm ins Gesicht. Ihr wurde klar, dass dieser Rechtsstreit ihn bloßstellte und auf eine Weise in die Öffentlichkeit brachte, die ihm nicht recht sein konnte. Er trug die Weste von Davey, die er bei der Auktion erworben hatte. *Hoffentlich hält sie ihn warm.*

Thayer trug ihren Fall vor und begründete ihre Forderung von fünftausend Dollar mit dem abgemachten Lohn für jahrelange Arbeit und dem Wert der verlorenen Kühe.

G. B.s Anwalt, Kelsey, hatte das Wort. „Zunächst einmal: Mein Klient besitzt eine Verkaufsurkunde, die besagt, dass diese Frau eine Sklavin war, die der Verblichene in Missouri gekauft hat."

„Nein", flüsterte Letitia Thayer zu. „Ich hab Papiere gehabt. Freiheitspapiere. Er weiß das. Er hat versucht, sie mir wegzunehm'n, als er auf Patrouille war. In Missouri. Sarah Davis weiß, dass ich frei bin. Wir fragen sie." *Nie wieder verfolgt werden. Nichts mehr fürchten müssen. Auch nicht um ihr Leben.* Sie zwang ihr Herz, langsamer zu schlagen.

„Stimmt etwas nicht, Mr Thayer?"

„Nein, Euer Ehren." Thayer machte eine kleine Pause. „Aber wenn der Beschuldigte eine solche Urkunde besitzt, wäre es dem Gericht dann nicht eine Hilfe, wenn er sie vorlegte? Ich vermute, es handelt sich um ein Gerücht. Wir dagegen haben eine Zeugin, die bestätigen kann, dass die Klägerin während ihrer Reise von Missouri nach Oregon eine freie Frau war."

„Mr Kelsey?"

„Wir werden dem Gericht die Beweise vorlegen. Woraus folgt", fuhr Kelsey fort, „dass ihr Besitzer, als er starb, ihr in nichts verpflichtet war. Ihre jetzige Freiheit ist Bezahlung genug. Zweitens: Die Behauptung, sie habe siebeneinhalb Jahre für den Verstorbenen als freie Negerin und mit einer vertraglichen Abmachung gearbeitet, ist eine Lüge. Wir haben glaubwürdige Zeugen, die bestätigen, dass sie oft krank war, so krank, dass sie eine Zeit lang bei Joseph Gage und seiner Familie lebte. Und dass der Verstorbene mehr als sechs Monate lang die Kosten für ihre Pflege übernommen hat, ohne dafür eine Gegenleistung durch ihre Arbeit zu bekommen. Als sie selbst ihr Kind geboren hatte, hat sie monatelang nicht gearbeitet." Er blickte in seine Unterlagen. „Was die Rinder anbetrifft: Wann wurden die neunundzwanzig Tiere, die sie als ihren Besitz ausgibt, erworben? Gibt es Papiere, die den Erwerb der Rinder bescheinigen? Nein." Um seinen Worten Nachdruck zu verleihen, schlug Kelsey mit den Fingern in die Handfläche der anderen Hand. „Für ihre Arbeit standen ihr zehn Kühe des Verstorbenen zur Verfügung. Aus dem Verkauf von Käse, Butter und Fleisch hat sie Erlöse erzielt, die den verlangten Lohn für ihre Arbeit weit übersteigen. Es bestehen also keine weiteren Ansprüche."

Letitia saß kopfschüttelnd da. Wie konnte er so viele falsche Behauptungen aufstellen?

„Schließlich, verehrte Geschworene." Kelsey wandte sich an die Männer, unter denen etliche so aussahen, als würden sie am liebsten auf der Stelle den Raum verlassen, um eine Zigarre zu rauchen. Anderen stand dagegen ein ehrliches Interesse in den wettergegerbten Gesichtern. „Der Verstorbene hat auch die Reisekosten im Treck für die Sklavin getragen, die, wie viele von Ihnen wissen, beträchtlich sind, außerdem die Unterhaltskosten für sie und ihr Kind. Beinahe zehn Jahre lang hat er für Kleidung und für Kost für sie und ihre Kinder gezahlt."

„Sieben", flüsterte Letitia dem Anwalt zu. „Wir hab'n nur wenig mehr als sieben Jahre zusammen gehabt."

„Sie ist reichlich genug entschädigt worden. Sie verdient keinen Cent mehr. Ich plädiere für ein Urteil zugunsten des Beklagten."

Thayer widersprach und widerlegte viele der falschen Behauptungen. Weder sie noch G. B. Smith wurden befragt und sie konnte beobachten, wie sich G. B.s Gesichtsausdruck von verächtlichem Grinsen zum Rot eines Wutanfalls wandelte, schließlich aber Genugtuung spiegelte. Sie war die einzige Person mit schwarzer Hautfarbe im Saal. Sie war aufgestanden und hatte sich aus der Deckung gewagt. Aber zum ersten Mal wünschte sie sich nicht, sie könnte sich in den tröstlichen Schutz eines Kreises von Frauen flüchten, die „das Notwendige" verrichteten. Sie konnte gelassen ertragen, wie ihr Leben hier in aller Öffentlichkeit ausgebreitet wurde. Sie war fast glücklich, dass sie sich gegen einen Mann zur Wehr setzte, der sie terrorisiert hatte – sie und andere ebenfalls, wie zu vermuten war. Er war aus tiefster Überzeugung ein Sklavenhalter und er würde es bleiben, wenn ihm nicht jemand die Peitsche aus der Hand schlug. Sie hatte eine schriftliche Abmachung gehabt. Und genau darum ging es in diesem Verfahren.

Der Richter stellte einige Fragen. Thayer legte Knightons Aussage vor, die bestätigte, dass Letitia die Besitzerin der Kühe war. Walker bezeugte Äußerungen von Davey, dass Letitia den Großteil der Arbeit auf der Farm bewältigt hatte und drei Jahre zuvor alle Tiere der Herde bis auf sieben ihr gehört hatten. Menschen stellten sich hinter sie, vertraten ihre Sache.

Während die Geschworenen sich berieten, tranken Letitia und die Reads in Thayers Kanzlei Tee. Er war noch nicht kalt, als man sie wieder in den Gerichtssaal rief.

„Sind Sie zu einem Urteil gelangt?", fragte Richter Williams die Geschworenen.

Der Sprecher erhob sich. „Unser Urteil lautet zugunsten der Klägerin. Neun gegen drei Stimmen."

Hinter sich hörte Letitia einen Freudenschrei und erkannte Nancys Stimme.

„Das heißt für uns?", versicherte sie sich flüsternd bei Mr Thayer.

„Ja, für uns. Aber das Urteil muss noch im Einzelnen ausgeführt werden. Sie müssen festlegen, was das bedeutet."

Welche Summe würde man ihr zuerkennen? Es spielte keine Rolle.

Was sie bekam, würde ihr helfen, aber angewiesen war sie nicht darauf. Sie hatte einen Sieg für das Recht errungen. Sie hatte bewiesen, dass ein weißer Mann einer schwarzen Frau nicht einfach übel mitspielen konnte, ohne dass die Justiz einschritt.

Der *Statesman* berichtete über die Verhandlung: Sie hätte verloren und das sei eine Schande.

„Der Reporter muss das Urteil verpasst haben", sagte Thayer, als er ihr davon erzählte. „Wir werden nicht auf eine Richtigstellung warten. Meist kommen die nie. Wir wissen ja, dass wir gewonnen haben. Jetzt bleibt nur noch abzuwarten, wie viel man Ihnen zuspricht und was man im Blick auf die Rinder tun will."

„Ich hab von den Kühen keine Spur gefund'n", sagte Letitia. „Wahrscheinlich hat er sie verkauft."

„Mrs Carson, Sie werden aus dieser Sache ein schönes Einkommen erhalten. Halten Sie noch so lange durch, bis feststeht, wie viel? Es kann noch Monate dauern."

„Ich halt durch. Denn ich werd gehalten."

Im Januar 1855 zahlte G. B. den Betrag von fünfhundertneunundzwanzig Dollar als Teil der Summe, die noch endgültig festgelegt werden würde. Und zwar zahlte er, noch bevor selbst Mr Thayer den Bescheid bekommen hatte. Im Mai verlangte das Gericht eine Zahlung von weiteren dreihundert Dollar.

„Aber achthundert Dollar sind zu wenig", kommentierte Thayer. „Ich werde Einspruch einlegen. Fünfzehnhundert Dollar sind das Mindeste, was Ihnen für die Arbeit von mehr als sieben Jahren zusteht. Wenigstens siebenhundert Dollar stehen Ihnen noch zu." Und zu guter Letzt lud er auch Sarah Davis als Zeugin, weil G. B. hartnäckig an der Aussage festhielt, Letitia sei eine Sklavin gewesen und sei mit ihrer Freiheit genug belohnt.

„Und das mag alles sein, was wir für Ihre Arbeit bekommen, Mrs Carson.“ A. J. Thayer lehnte sich in seinem Stuhl zurück. „Übrigens: Sie haben wohlerzogene Kinder.“

„Ja, ich hab wirklich feine Kinder.“ Martha trug ein Kleid, das Letitia für sie genäht hatte, und der fünfjährige Adam einen Anzug, ebenfalls von ihr. Beide Kinder saßen mit baumelnden Beinen auf den hohen Stühlen und bestaunten die Bücherregale und Pflanzen in der Kanzlei.

„Ich würde deshalb vorschlagen: Wir klagen noch einmal. Diesmal wegen der Rinder.“

„Sir?“

„Die Tiere waren in Ihrem Besitz, waren aber nicht in der Inventarliste erfasst. Sie sind spurlos verschwunden, aber jeder hier aus der Gegend kann bestätigen, dass es neunundzwanzig Tiere waren. Er muss sie irgendwie beiseitegeschafft haben. Aber diese Kühe gehören Ihnen.“

Also strengten sie ein weiteres Verfahren an und erstritten zwölfhundert Dollar als Gegenwert für die Tiere. Aber erst einmal nahm Letitia das Geld, das G. B. bereits gezahlt hatte, und ging damit zur Gemischtwarenhandlung. Dort fragte sie nach der Ware, die für „Missis David Carson“ zurückgelegt war. Und sie zahlte die ganze Summe für das Teeservice und die Kerzenleuchter in einem Batzen.

Es war ihnen nicht gelungen, Sarah Davis zu finden und eine Aussage wegen der Kühe von ihr zu bekommen. Es war schon komisch. In gewisser Weise hatte ja alles mit den Bowmans und mit ihrer Kuh angefangen. Sie wusste, dass sich die Farm gut verkaufen würde, sobald alle Verfahren abgeschlossen waren, und der Erlös, der über ihren Anteil hinausging, würde Daveys Erben zufallen – seinen Geschwistern, Neffen, Verwandten. Sie würden in North Carolina die Früchte aus Oregon ernten. Sie hatte erfahren, dass Daveys Bruder Smith Carson in dem Sommer gestorben war, in dem sie Missouri verlassen hatten. Sie fragte sich, ob er Kinder hinterlassen hatte.

Sie hatte beschlossen, sich mit dem Geld im Süden des Umpqua Valley anzusiedeln. Die Gages wohnten bereits dort und sie hatte

Melvina Ellis inzwischen bei der Geburt einer Tochter beigestanden, der kleinen Alice. Man hatte sie gefragt, ob sie nicht bei den Ellis' bleiben wolle, sie und die Kinder. Sie wusste, dass sie Nancy sehr vermissen würde, aber es war ein guter Ort, um neu anzufangen. Weit genug weg von den Erinnerungen an Davey und seinen Tod. Nancy würde eine neue Hebamme suchen müssen, wenn im Mai das jüngste Baby kam. Letitia würde nicht abwarten, bis alle rechtlichen Angelegenheiten abgeschlossen waren, sondern ihr neues Leben in Cow Creek Canyon beginnen. Sie verfügte über das Geld von G. B. Smith und behielt ein hübsches Sümmchen übrig, nachdem sie den Anwalt bezahlt hatte. Die Ungewissheit der Zukunft schreckte sie nicht mehr. Sie hatte hinter sich gelassen, was sie klein gemacht hatte.

„Er soll noch mehr bezahl'n?"

„So ist es." Es war das Jahr 1856 und Thayer berichtete seiner Klientin von ihrem jüngsten Erfolg. „Weitere achthundertsiebzig Dollar aus Ihrem Abkommen über Arbeitslohn. Das sind dann insgesamt die geforderten fünfzehnhundert. Aber es geht noch weiter. Er behauptet, das Anwesen sei zweitausendzweihundertundfünfig Dollar wert. Allerdings war es mit gut tausend Dollar mehr verschuldet. Außerdem gibt es noch einen Betrag von dreihundert Dollar in bar."

Letitia war nach Corvallis gekommen, um ihren Anwalt zu sprechen, nachdem sie in Douglas County ein Stück Land gefunden hatte, das ihr perfekt geeignet erschien und nah am Besitz der Gages und Ellis' lag.

„Und Daveys Erben gehn leer aus? Das is' nich' richtig."

„Das sind die Zahlen, die der Nachlassverwalter vorgelegt hat. Er wirft Ihnen vor, dass Sie das Anwesen verschuldet haben. Aber das spielt keine Rolle. Wenn wir die Klage auf zwölfhundert Dollar für die Kühe gewinnen, die er verkauft hat, muss er die aus eigener Tasche zahlen und nicht vom Erlös der Farm. Der Landverkauf hat noch einmal zweitausend Dollar erbracht. Das kommt zum Wert des Anwesens hinzu. Damit sind die Schulden ausgeglichen und es bleibt noch etwas für die Erben."

„Davey hat noch Eigentum in Missouri gehabt. Das is' nie verkauft worden. Das können sie hab'n. Seine Erben, mein ich. Ich will für mich und meine Familie nur das, was wir in Soap Creek Valley selbst aufgebaut hab'n."

Der Anwalt erhob sich und drückte ihr die Hand. „Sie sind eine großherzige Frau, Mrs Carson. Eine wirklich große Frau."

Vier Jahre nach Daveys Tod, im Oktober 1856, kamen die Geschworenen noch einmal zusammen. Auch diesmal entschieden sie für die Klägerin und G. B. Smith musste für das entwendete Vieh zahlen. Und zwar aus eigener Tasche. Für die neunundzwanzig Tiere hatte er allerdings selbst kein Geld erhalten; er hatte sie seiner eigenen Herde einverleibt. Auf das Urteil vom 12. Oktober 1856 reagierte er mit einem Einspruch: Es seien nur achtundzwanzig Tiere gewesen. Eine Kuh musste verloren gegangen sein.

Nancy war mit ihren Kindern gekommen. Am nächsten Morgen würde Letitia mit ihren Kindern in den Süden aufbrechen. Sie hatten sechs junge Apfelbäume ausgegraben und den Tisch und die Betten der Kinder verladen. Alles, was von ihrem Besitz noch übrig war. Letitia stand an Daveys Grab. Sie rückte das kleine Holzkreuz gerade, das Little Shoot auf den Grabhügel gesteckt hatte. Noch immer wohnte niemand auf dem Gelände; nur ins Haus waren Mäuse eingezogen. Letitia hoffte, künftige Besitzer würden das Land und die Farm ebenso lieben, wie sie es getan hatte; würden sich in diesem Boden verwurzeln und im Schatten der Berge ringsum ein gutes Leben finden.

„Die Gages schreiben für dich." Nancy wischte sich die Tränen ab. Letitia würde nun nicht mehr oft wegen der Gerichtsangelegenheiten herkommen. Der Fall war abgeschlossen und sie besaß genug, um ein neues Leben zu beginnen und ihre Kinder gut zu versorgen.

„Frances bringt mir Schreiben bei."

„Noch besser. Und dass du mir diese Babys da unten im Süden gut auf die Welt bringst, hörst du. Und falls du wieder heiratest, dann sag vorher rechtzeitig Bescheid, damit wir noch nachschauen können, ob er auch gut genug für dich ist."

„Das mach ich bestimmt." Letitia lächelte. Der Abschied von diesem Tal machte sie traurig. Aber sie hatte sich ihren Ängsten gestellt und sie besiegt. Die neue Stärke war auf die Liebe guter Nachbarn gestoßen und hatte sich mit der Gerechtigkeit verbündet. Davey wäre stolz auf sie, dachte sie. Seine Kinder waren gut versorgt. Und er sollte schließlich doch noch recht behalten: Es würde schon alles gut.

Rothwells Bellen, das jahrelang verstummt gewesen war, unterbrach das Gespräch. Dann fragte Martha: „Ist das eine Kuhglocke, Mama?"

Letitia sah in die Richtung, in die Martha zeigte. Jetzt hörte sie es auch. Es sah nicht so aus, als ob jemand gerade eine Herde über den Trapperpfad trieb. Aber hier kam eine Kuh mitsamt einer Glocke. *Ist das möglich? Kann es Charity sein?* Rothwell sprang bereits munter auf das Tier zu.

„Charity?"

Beim Klang von Letitias Stimme lief die Kuh schneller, das Euter schwang unter ihr, die Hüftknochen stachen scharf gegen die Landschaft ab.

Letitia raffte die Röcke und lief auf die Kuh zu. „Wo hast du bloß gesteckt, meine Gute?"

Die Glocke, die Davey ihr an dem Tag geschenkt hatte, als sie sich einander versprochen hatten, hing von Charitys Hals. Sie sah mitgenommen aus, aber sie war immer noch da. Die Kinder fielen der Kuh um den Hals, strichen ihr übers Maul und ließen sich von der rauen Zunge beschlecken. Rothwell hockte sich hin und jaulte.

„Seh man sich doch das an!", meinte Nancy. „Die alte Kuh hat euch alle vermisst. Vermutlich ist sie vorbeigekommen, um zu sehen, wo ihr steckt."

„Kaum zu glaub'n, dass die Wölfe und Koyoten sie nich' erwischt hab'n."

Der knochige Rücken der Kuh war eingefallen, die Haut am Kopf abgeschürft, wo sie sich an einem Baum gescheuert hatte. Aber es war Charity. Letitia ließ die Finger über die Weißdorn-Gravur auf der Glocke gleiten und spielte mit Charitys samtigen Ohren. Nach den Händen ihrer Kinder und der Umarmung ihres Mannes war es die tröstlichste Berührung in der ganzen Welt.

„Es is' nich' mehr wichtig, ob wir die ganze Herde find'n oder dafür Geld krieg'n. Ich hab die eine Kuh, die mir zuerst gehört hat, wiederhab'n woll'n. Und ich hab mein Recht gekriegt. Mehr brauch ich nich'. Mehr hab ich nie gebraucht." Sie umarmte ihre Freundin „Wir Spatzen sind gut versorgt für den Winter. Und für jeden andern Winter, der noch kommt."

Epilog

Aus dem Brunnenhaus holten sie die Geräte für die Käseherstellung, die noch dort lagerten: Fässer, große Löffel, Milchkannen, Butterfass und das noch vorhandene Lab wanderten in den Wagen. Dann folgten das Teeservice und die Leuchter sowie zwei flache Teller aus Eibenholz, die Little Shoot ihr geschnitzt hatte. Letitia, Betsy und Nancy stiegen noch einmal gemeinsam auf den Coffin Butte. Letitia wollte den Blick über das Land in Erinnerung behalten und sich selbst damit etwas einprägen: Sie wollte jeder Herausforderung aufrecht begegnen, wollte sich auf den Schwingen des Staunens in die Höhe tragen lassen, wollte nur zurückschauen, um sich zu vergewissern, dass sie gegen die Angst gekämpft und gewonnen hatte. Das Bett, das für Letitias Kinder inzwischen zu klein geworden war, bekam Nancy für den jüngsten Spross der Familie.

„Das Eichenholz ist wunderbar", sagte Nancy und dankte ihr.

„Zu deinem Quiltrahmen passt's gut."

Als sie am Gipfel ankamen, sagte Betsy: „Wir gehen alle gleichzeitig fort." Obwohl sie die Älteste war, war Betsy die Einzige, die vom Aufstieg nicht außer Atem war.

„Ich wünscht mir, du kämst mit." Letitia sprach die Einladung ein wenig zögernd aus.

„Und ich wünsche mir, du könntest hier in der Nähe bleiben." Das war Nancys Bitte. Aber sie wusste, dass bereits alles entschieden war. Es war an der Zeit, Abschied zu nehmen.

„Ich gehe mit meinem Volk. Wir ziehen ins Grand-Ronde-Reservat. Wir gehen alle dorthin. Little Shoot hat eine Frau. Und bald auch ein Kind. Wir bleiben zusammen."

„'s is' nich' fair."

Betsy legte Letitia die Hand auf den Rücken. „Fair ist ein kleiner Vogel auf einem schwankenden Grashalm. Dort rastet er, bevor er weiterfliegt. Er muss weiterfliegen, wieder leicht werden. Fair braucht viel Zuwendung. Eines Tages sehen wir uns wieder."

Den Worten der weisen Freundin hatte Letitia nichts entgegenzusetzen. Sie hatte in den letzten Jahren Fairness erlebt und hoffte, dass das auch weiterhin der Fall sein würde, selbst an diesem Ort voller Streit und Missgunst. Oregon hoffte, eines Tages den Staaten beitreten zu können. Und vielleicht waren die Ausschlussgesetze gegen Schwarze dann ein für alle Mal vergessen. Sie hoffte es. Auf ihrem langen Weg hatte sie immer wieder Hilfe erfahren, durch Freunde und durch Fremde, durch Menschen unterschiedlicher Hautfarbe. Ja, sie hatte oft um Hilfe gebeten. Gott sei Dank hatte sie Freunde wie Nancy gefunden und einen Anwalt, der bereit war, sich für sie einzusetzen. Selbst der Verkauf des Landes stellte sich als Segen heraus. Der neue Eigentümer wollte in dieser Woche einziehen. Sie hatte Mr Fogel kennengelernt. Er schien ein guter Mensch zu sein, hatte zupackende Hände und eine freundliche Frau, die sie gefragt hatte, ob es einen Weg „auf diesen lustigen Gipfel gibt, der aussieht wie ein Sarg".

Letitia hatte die Frage bejaht, ihr den Garten gezeigt und ihr die Geschichte von den Ursprüngen der Farm erzählt.

„Ich hoffe, dieser Ort wird für uns so wichtig werden, wie er es für Sie war."

„Das hoff ich auch."

Dass sie das Land, das sie liebte, jemandem überließ, der Achtung davor hatte, gab Letitia Hoffnung. Sie würde anderswo auch Land finden, das ihr ans Herz wachsen würde. Vielleicht auch einen anderen Mann. Cow Creek bot viele Möglichkeiten. Den Kindern gefiel es dort, trotz der manchmal feindlichen Indianer. Und jetzt, wo sie Charity wiederhatte, würde sie auch bald eine neue Herde haben.

Sie und die Kinder sagten endgültig Lebewohl zu Betsy, Little Shoot und seiner Frau und hielten sich in den Armen, bis es Zeit war. Als sie im Wagen saßen, sprach Letita ihre Abschiedsworte. Sie galten nicht nur dem Land, das sie aufgenommen und jahrelang ernährt hatte. Sie galten vor allem Davey: „Du hast's gut gemacht, Davey Carson. Du hast's gut gemacht und uns in ein freies Land gebracht."

Letitia lenkte den Wagen zum Anwesen der Reads, wo Nancy und ihre Jüngste ausstiegen.

„Ich kann dir gar nicht sagen, wie du mir fehlen wirst." Nancy umarmte die Freundin.

„Nicht weinen." Letitia wischte sich über die eigenen Wangen. „So weit bin ich ja nich' weg. Wenn du noch ein Baby kriegst, komm ich und helf dir's holen."

Nancy lachte. „Ich glaube, diese Tage sind wirklich vorbei. Aber du kommst uns besuchen, ja? Und zur Hochzeit von Mary Ann im nächsten Monat seid ihr doch da?"

Letitia nickte.

„Ich habe nie genug für dich getan, Tish. Lieber Himmel. Du warst immer ein Mensch, der mehr gegeben hat, als er nahm."

Letitia lächelte und hakte sich bei der Freundin ein. Sie wünschte, sie könnte die Worte finden, um ihr zu sagen, was sie ihr bedeutete. Wie ihr Glaube und ihre vorbehaltlose Annahme Letitias Seele gestärkt und aufgerichtet hatten. „Du bist der Baum, zu dem der Setzling aufschaut."

„Jetzt klingst du wie deine Kalapuya-Freundin."

„Das könnt sein. Nein, ich hab's meine Mutter zu ihrer Freundin sag'n hör'n. Wir brauchen alle jemanden, zu dem wir aufsehn könn'n. Das darf man nich' vergess'n."

Die Frauen trennten sich lachend. Die Kinder wurden wieder in den Wagen geladen, Letitia und Martha Hawkins umarmten sich ein letztes Mal. Dann brachen sie auf – zu einem neuen Anfang in einem rauen Land, über dem ein neues Licht leuchten würde.

Nachbemerkung der Autorin

Letitia fand ein Stück Land im Myrtle Creek Valley im Süden Oregons, das sie lieb gewann. Sobald Frauen – einschließlich der Witwen, Frauen von körperlich behinderten Männern und alleinstehenden Frauen – das Recht erhielten, Land zu erwerben, stellte sie ihren Antrag. Am 11. Juni 1863 zahlte sie die Gebühr von elf Dollar zweiundneunzig Cent für ihren Antrag. Sechs Jahre später, am 1. Oktober 1869, erhielt Letitia Carson eine der einundsiebzig Besitzurkunden, die in Oregon ausgestellt wurden – darunter nur vier für Frauen. Sie war von einer Sklavin zur Landbesitzerin geworden. Letitia (die in den Dokumenten gelegentlich als Lutishia erscheint) verbrachte den Rest ihres Lebens im südlichen Oregon. Sie war weiterhin als Hebamme tätig. Manche Quellen besagen, sie habe eine Pension betrieben. Vielen war sie als „Tante Letitia" bekannt. Sie bewirtschaftete ihre Farm, sah ihre Kinder groß werden und hatte später Enkel, die sie verwöhnen konnte.

Adam, später Jack genannt, hat nie geheiratet und blieb sein Leben lang im südlichen Oregon, wo er als Fuhrmann sein Geld verdiente. Martha heiratete Narcisse Lavender und zog mit ihrem Mann ins Umatilla-Indianerreservat im Nordosten Oregons. Viele ihrer Nachkommen leben bis heute dort.

Von Letitia berichten die Quellen: Sie wurde um 1818 in Kentucky geboren. Später finden wir sie in Missouri, wo sie zusammen mit David Carson am Oregon-Treck teilnahm und eines der ersten Mulattenkinder, wie sie damals genannt wurden, während des Trecks zur Welt brachte. Das Gesetz, das offizielle Ehen zwischen Weißen und Schwarzen verbot, erinnert an die Rassengesetze der Nationalsozialisten im 20. Jahrhundert. Es stellte ein großes Unrecht gegenüber diesen Liebenden dar und wurde erst 1967 in den gesamten Vereinigten Staaten abgeschafft.

Ob Davey je eine Abmachung mit Letitia unterzeichnet hat, ist nicht belegt. Aber Letitia hat über den Inhalt dieser Vereinbarung oft gesprochen und diese Abmachung war die Grundlage für ihr juristisches Vorgehen gegen Greenberry Smith. Sie führte zwei Verfahren gegen ihn und gewann beide. Das zweite Verfahren wurde von wichtigen Persönlichkeiten aus der Geschichte des Staates Oregon begleitet, darunter spätere Richter am Obersten Gerichtshof von Oregon, ein US-Marshall und ein Anwalt in Vertretung der Vereinigten Staaten. Den Vorsitz hatte Richter Williams. Vielleicht war dieser Fall entscheidend in der Frage, ob Oregon den Vereinigten Staaten als Sklavenstaat beitreten würde oder als Staat, in dem es keine Sklaverei mehr gab.

Letitia starb 1888 und ist auf dem Bryant-Friedhof in Douglas County auf einem privaten Stück Land begraben. Adam wurde neben ihr beigesetzt.

David Carson wurde in Irland geboren. 1844 beantragte er die amerikanische Staatsbürgerschaft, die ihm im Herbst 1846 zuerkannt wurde, ein Jahr nach seiner Ankunft in Oregon. Im Dezember 1845 beantragte er unter der provisorischen Rechtsprechung Oregons die Zuteilung von 260 Hektar Land im Willamette Valley. Nachdem 1850 das Landverteilungsgesetz verabschiedet worden war, musste er seinen Anspruch erneuern. Er konnte allerdings nur 130 Hektar Land behalten, da er offiziell als unverheiratet galt und Farbige keine Ehe mit Weißen eingehen durften. In Platte County, Missouri, war er Patrouillengänger gewesen; während des Oregon-Trecks hatte er als Captain eine Abteilung angeführt. Auf dem Treck war er einmal eingeschlafen, während er Wache hatte. Er war in einen Rechtsstreit über die Sklavin Eliza White verwickelt. Während des Trecks hatte er den Fußweg um den Mount Hood genommen, war dort in einen heftigen Sturm geraten und hatte die Milch einer Kuh in eine umgestülpte Kuhglocke gemolken. Die Milch hatte nicht nur ihm das Leben gerettet. Eine Mrs Walden war beinahe in dem Sturm umgekommen. Unter den Leuten hieß er „Onkel Davey“, ein Tribut an seine Großzügigkeit und seinen Mut. Bekannt war er auch als alter Trapper aus seiner Wanderzeit in North Carolina. Davey starb am 22. September 1852 in Soap Creek Valley. Seine Grabstätte ist unbekannt.

Die Zeugenaussagen von Walker und Knighton lauteten nach den Quellen so, wie sie hier dargestellt werden. Letitia gehörten die Kühe; sie hatte Davey das Geld gegeben, um eine Kuh von Knighton zu erwerben. Sie muss also zu diesem Zeitpunkt bereits eine freie Frau gewesen sein, die ihr eigenes Geld verdiente, oder aber eine Sklavin, die zum Teil auf eigene Rechnung arbeitete und nur einen Teil ihres Lohns ihrem Besitzer abzugeben hatte. Unterlagen, die belegen, ob sie frei war oder nicht, gibt es nicht. G. B. Smith behauptete, er könne eine Verkaufsurkunde für sie vorlegen, tat das aber nie. Nachdem er die Prozesse verloren hatte, wäre es für ihn von Vorteil gewesen, ein solches Dokument vorzulegen. Er zahlte die gegen ihn verhängten Beträge wie dargestellt. Wie es sich mit der Herde verhielt, entspricht ebenfalls der Darstellung dieses Buches.

G. B. Smith hatte bereits in Missouri mit dem Gericht zu tun gehabt und kann sehr wohl ein Patrouillengänger gewesen sein. Im Staat Missouri gab es keine großen Plantagen; die meisten Sklavenhalter besaßen weniger als zehn Sklaven. Aber die Befürworter der Sklaverei waren stark und die Patrouillen schützten „das Eigentum" der Weißen. Davey wurde 1838 zum Patrouillengänger ernannt.

Greenberry Smith brachte es in Oregon zu Wohlstand und wurde später aktives Mitglied der Golden Knight Society, eines Ablegers des Ku-Klux-Klans in Oregon, der nach dem Bürgerkrieg dort aktiv war. Er erwarb Eigentum in der Stadt Tampico, die mit Corvallis rivalisierte, und drängte alle Konkurrenten dort aus dem Markt. Seine Motive dafür liegen im Dunkeln. Eigentümlicherweise pflanzte G. B. Smith im Soap Creek Valley eine Apfelplantage an. Die Pflanzen dafür stammten aus einer Baumschule in Missouri.

David Carson „Junior" stellte seinen Antrag auf Zuweisung von 130 Hektar Land wie dargestellt. Auf dem Oregon-Treck selbst begleitete er seinen Vater nicht. Er tauchte kurz vor dem Tod seines Vaters in Oregon auf, in Begleitung eines Andrew Carson. In welcher Beziehung die beiden zueinander standen, ist unklar. Für seine Verwandtschaft mit David Carson, Letitias Mann, gibt es keine Belege außer einigen Dokumenten von G. B. Smith, in denen er als „Junior" erwähnt wird, und den Landzuteilungsurkunden, die ihm einen Teil des ursprünglich 250 Hektar großen Geländes von David Carson zuweisen. Er mag ein Neffe von Carson gewesen sein; ich habe ihn hier als seinen Sohn dargestellt. Nach dem Landverteilungsgesetz von 1850 standen Davey 130 Hektar Land zu. Es ist gut möglich, dass er versucht hat, die zusätzlichen 130 Hektar des ursprünglich beantragten Landes weiter zu bewirtschaften oder „Junior" dazu zu bewegen, das zu tun. Junior stellte seinen Antrag auf Landzuteilung als unverheirateter Mann, der noch keine vier Jahre in Oregon gelebt hatte.

Nancy White Hawkins Read hatte zwölf Kinder, von denen elf das Erwachsenenalter erreichten. Ein Bett, das einmal Adam Carson gehört hatte, wurde in der Familie Read über Nancys Sohn Charles Read weitervererbt. Heute steht es in den Räumen der Benton County Historical Society im Willamette-Tal in Oregon. Ich danke Mary Gallagher und Irene Zenev von der Historical Society für ihre Hilfe bei meinen Nachforschungen.

Die Geschichte um den Tod von Dr. Zachariah Hawkins in Idaho basiert auf Informationen in genealogischen Urkunden und der Arbeit von Donna M. Wokjcik in *The Brazen Overlanders of 1845* (1976). Nancy hat im Herbst 1846 wieder geheiratet, hat aber erst im Februar 1847 um den Nachlass ihres Mannes gekämpft. Vielleicht hat sie erst zu diesem Zeitpunkt akzeptiert, dass er nicht mehr zurückkommen würde. Viele Witwen heirateten damals rasch wieder. Es war eine Frage des Überlebens, aber auch der Landansprüche, da einer Frau wie ihrem Mann weitere 130 Hektar Land zustanden. Wäre Letitia eine Weiße und zu einer offziellen Ehe mit einem Weißen berechtigt gewesen, hätte sie die Farm geerbt, die Davey aufgebaut hatte. Die Reads siedelten südöstlich vom Land der Carsons und waren Nachbarn, bis Letitia ins Cow Creek Valley umsiedelte.

Sarah Bowman heiratete 1852 ihren zweiten Mann David Davis, der dem Anschein nach ein Kollege oder Freund von Greenberry Smith war. Dass die Bowmans Letitia in Missouri die Freiheit geschenkt haben, ist Spekulation der Autorin. Vielleicht erlangte Letitia auch auf andere Weise ihre Freiheit. Die Gerichtsakten besagen nichts darüber, warum Sarah als Zeugin in Letitias Prozess geladen wurde, nur, dass sie nicht vor Gericht erschien. Sowohl Letitia als auch die Bowmans kamen aus Kentucky nach Platte County, Missouri; sie können sich also gekannt haben. In Oregon lebte die Familie Davis zweieinhalb Meilen nordöstlich von den Carsons. Hätte Sarah bezeugen können, dass es eine Vereinbarung zwischen Davey und Letitia gegeben hatte? Die Frage muss offen bleiben.

Joseph und Frances Gage und ihre Kinder wohnten nördlich vom Besitz der Carsons in Polk County. Zumindest bei einer Gelegenheit boten die Gages Davey, Letitia und ihren Kindern Zuflucht, als einer von ihnen krank war. Sie übersiedelten etwa zur selben Zeit wie Letitia vom Soap Creek Valley in die Gegend von Myrtle Creek im Süden von Oregon, wo sie in nachbarschaftlicher Nähe zueinander lebten.

Betsy und ihr Enkel Little Shoot sind Vertreter des Kalapuya-Stammes, der seit Generationen im Soap Creek Valley gelebt hatte. Das Leben dieser friedliebenden Menschen wird großartig beschrieben von Judy Rycraft Juntunnen, May D. Dasch und Ann Bennett Rogers in ihrem Buch *The World of the Kalapuya: A Native People of Western Oregon* (Benton Historical Society, 2005). Sie lebten von den Früchten des Landes und wurden 1857 in ein Reservat umgesiedelt, das in einem ihnen fremden Gebiet lag und in dem man keine Unterkünfte für sie bereitgestellt hatte – zwei Jahre nachdem 1855 die Vertreter der Indianerstämme einen Vertrag unterzeichnet hatten, der den Ureinwohnern Reservatsgebiete überall im Land zuwies. Dass Betsy Letitia begegnet ist und ihr Freundschaft und Unterstützung zukommen ließ, ist Spekulation – allerdings eine legitime. Eine Gruppe von Kalapuya-Frauen erhielt die Erlaubnis, auf ihrem Land im Yoncalla-Gebiet zu bleiben und nicht ins Reservat zu ziehen. Dies verdankt sich den Bemühungen eines der ersten Pioniere, Jesse Applegate, und seiner Familie. Ich bin zu der Überzeugung gelangt, dass diese beiden Frauen mit dunkler Haut Freundschaft geschlossen haben könnten und sich gegenseitig Stütze und Hilfe waren. Sie können uns allen als Vorbild dienen.

1844 wurde die Sklaverei in Oregon für illegal erklärt; allerdings wurde auch das berüchtigte „Auspeitschungsgesetz“ verabschiedet. Im selben Jahr machte sich der Afroamerikaner George Washington Bush auf den Weg in den Westen. Besorgt darüber, welchen Empfang man einem Mann mit schwarzer Haut bereiten würde, schickte er einen Mitreisenden vor. Dieser berichtete Bush von dem Auspeitschungsgesetz. Mr Bush reiste mit etlichen anderen Farbigen weiter ins Territorium Washington, wo sie, wie sie hofften, einen herzlicheren Empfang erwarten konnten als in einem Gebiet, das Schwarze als Siedler ausschloss und wegpeitschte. Das Auspeitschungsgesetz – ein Mensch mit schwarzer Haut konnte zweimal jährlich ausgepeitscht werden, bis er den Staat Oregon „von selbst“ verließ – galt bald als zu hart und wurde im Dezember 1844 durch ein Gesetz ersetzt, das Schwarze zur Arbeit für Weiße zwang. Auch dieses Gesetz wurde 1845 annulliert. 1849 erließ der Staat Oregon ein weiteres Gesetz gegen die Ansiedlung von Schwarzen, das 1854 für ungültig erklärt und 1857 durch eine Volksabstimmung erneut bestätigt wurde. Am 14. Februar 1859 wurde Oregon als erster sklavenfreier Staat, der aber dennoch Schwarzen eine Ansiedlung auf dem Gebiet verweigerte, in die Vereinigten Staaten aufgenommen. Diese Bestimmung, die Schwarze als Siedler ausschloss, wurde erst 1926 aufgehoben. Allerdings war sie seit der Erklärung zur Abschaffung der Sklaverei von 1863 nicht mehr durchgesetzt worden.

Setzlinge von Apfelbäumen wurden in Fort Hall zurückgelassen, aber ob Letitia einige davon mitnahm oder Saatgut erwarb, ist reine Spekulation. Ein Apfelbaum auf dem oder in der Nähe des Geländes der Carsonfarm wurde nach Letitia Carson benannt, und zwar von einem gewissen Dr. Bob Zybach im Rahmen eines Forschungsprojektes des Staates Oregon – ein würdiges Andenken an eine Frau, die Stärke und Widerstandskraft bewiesen hatte.

Über dem historischen Soap Creek Valley, in dem Davey und Letitia sich ansiedelten, ragen etliche Berge in den Himmel: Forest Peak, Smith Peak, Oak Hill, Coffin Butte, Glenders Hill und Vineyards Hill. Der Soap Creek ist die Lebensader des Tals. Der California Trappers Trail führt am Gelände der Carsonfarm entlang. Davey und Letitia können sehr wohl gute Gewinne mit dem Verkauf von Fellen, Butter, Schinken und Rindfleisch an die Siedler erzielt haben, die in die Goldminen und in den Süden des Landes weiterzogen. Bei der Auktion des Carson-Eigentums kamen etliche Fässer zur Versteigerung, sodass es naheliegt, dass die Käseherstellung zum Lebensunterhalt der Carsons beigetragen hat. Davey kann sehr gut dem Goldrausch erlegen sein, der 1849 viele Abenteurer in den Süden lockte.

Die Lage der Carsonfarm ist so dargestellt, wie Gerichtsakten und Nachlassdokumente es bezeugen. Der Theologe Paul Tillich hat einmal gesagt: „Macht ohne Liebe ist Ungerechtigkeit; und Liebe ohne ein Bewusstsein für Macht wird nie Gerechtigkeit erzielen.“ Dass Letitia in einem juristischen Umfeld, das ihr feindlich gegenüberstand, Gerechtigkeit erstritten hat, spricht für ihren Mut. Es spricht auch für ihre Entschlossenheit, sich nicht mehr mit dem zufriedenzugeben, was man ihr zuteilte, sondern für ihr Recht einzustehen, auch wenn das bedeutete, nicht mehr unauffällig zu sein. Es spricht für ihren Glauben. Und es spricht für die Großherzigkeit ihrer Freunde.

In einem Interview wurde ich gefragt, ob Letitias Geschichte nicht noch weitergeht und ob ich nicht auch ihr Leben nach ihrem Umzug in den Süden erzählen möchte. Hier ist meine Antwort:

„Ich glaube nicht, aber … man kann nie wissen. Meist sage ich meinen Leserinnen, dass sie die Geschichte selbst zu Ende schreiben sollen, in ihrem Herzen, in ihrer Vorstellungskraft. Wer das tut, wird Entdeckungen über sich selbst machen, die ihm sonst verborgen geblieben wären. Die beiden Autoren, die mich auf Letitias Geschichte hingewiesen haben, schreiben gerade eine Biografie über sie, die auch die späteren Jahre bis zu ihrem Tod umfasst. Darauf freue ich mich schon."

Über die Autorin

Jane Kirkpatrick ist Bestsellerautorin von mehr als 25 Romanen. Sie hat obere Plätze auf verschiedenen Bestsellerlisten belegt, darunter die der New York Times. Jane lebt mit ihrem Mann in Oregon und freut sich über Reaktionen ihrer Leserinnen und Leser: www.jkbooks.com oder Facebook.com/theautorJaneKirkpatrick

Melissa Jagears

Weil das Herz nicht schweigen kann

384 Seiten. Paperback

ISBN Buch 978-3-7655-2050-1
ISBN E-Book 978-3-7655-7382-8

Möglicherweise gab es ja einen göttlichen Grund dafür, dass ihr Verlobter nicht zu finden war, als Eliza in Salt Flatts angekommen war. Sie hatte Gott zwar nicht gefragt, was sie tun sollte – aber vielleicht war die Ablehnung ihres künftigen Schwiegervaters eine Warnung. Und dass der Sheriff am Morgen die Banditen verhaftet hatte, die ihre gesamten Ersparnisse gestohlen hatten, kein Zufall, sondern ihre Rückfahrkarte nach Hause …

Eliza Cantrell kommt als bestellte Braut in die karge Landschaft von Kansas, um den jungen Kaufmann Axel zu heiraten. Statt ihres Verlobten trifft sie dort auf dessen Geschäftspartner William. Zarte Funken fliegen, doch Eliza ist Axel versprochen. Und Williams Zukunft als Arzt scheint so gar nicht zu Elizas eigenen beruflichen Träumen zu passen …

LChoice App kostenlos laden,
dann Code scannen und ganz einfach beim Buchhändler Ihrer Wahl bestellen

LChoice

www.brunnen-verlag.de